BRAM STOKER

Drácula

Tradução
Cristina Barcia

ubook ubk Publishing House

COORDENAÇÃO Alessandra Brito
EDIÇÃO Fernanda Avelino
COPIDESQUE UBK Publishing House
REVISÃO Luisa Geisler, Nádia Maia e Kamila Wozniak
CAPA Flávio Inácio
IMAGENS DA CAPA pixnio.com e pxhere.com
ADAPTAÇÃO DE CAPA E PROJETO GRÁFICO Clarissa Duarte
DIAGRAMAÇÃO Studio Oorka
IMAGENS DO MIOLO Garry Killian | Freepik
LoveTheWind | iStock

Dados Internacionais de Catalogação na Publicação (CIP)
(Câmara Brasileira do Livro, SP, Brasil)

Stoker, Bram, 1847-1912.
Drácula / Bram Stoker ; [tradução Cristina Bárcia]. – 1. ed. – Rio de Janeiro : Ubook Editora, 2019. – (Clássicos Ubook ; 1)

Título original: Dracula.
ISBN 978-85-9556-041-3

1. Ficção irlandesa I. Título. II. Série.

19-25009 CDD-Ir823.9

Índices para catálogo sistemático:

1. Ficção : Literatura irlandesa Ir823.9

Maria Alice Ferreira - Bibliotecária - CRB-8/7964

Ubook Editora S.A
Av. das Américas, 500, Bloco 12, Salas 303/304,
Barra da Tijuca, Rio de Janeiro/RJ.
Cep.: 22.640-100
Tel.: (21) 3570-8150

"PARECE QUE O MUNDO ESTÁ CHEIO DE HOMENS BONDOSOS AINDA QUE EXISTAM TANTOS MONSTROS."

1

CAPÍTULO 1

Do diário de Jonathan Harker

3 maio

Bistritz

Saí de Munique no dia primeiro de maio às 8h35 da noite e cheguei a Viena na manhã seguinte bem cedo, por volta das 6h46. O trem estava uma hora atrasado.

Pelo pouco que vi de dentro da estação e pela pequena caminhada que fiz pelas ruas da cidade, Budapeste me pareceu um lugar maravilhoso. Mas fiquei com medo de me afastar demais da ferrovia, já que, como chegamos tarde, o trem deveria partir o mais próximo possível da hora marcada.

A impressão que tive foi a de que estávamos saindo do Ocidente para entrar no Oriente. Cruzando a mais ocidental de todas as esplêndidas pontes que pairam sobre o Danúbio, que aqui é largo e bem profundo, chegamos a lugares que em outra época haviam sido dominados pelos turcos.

O tempo estava bom e já era noite alta quando chegamos a Klausenburg. Eu me hospedei no Hotel Royale, e no jantar, comi frango temperado com páprica. Estava muito saboroso, mas me deu muita sede. (Lembrar de pegar a receita para Mina.) Perguntei ao garçom e ele me disse que se chamava *paprika hendl*, e como era um prato típico eu poderia encontrá-lo em qualquer esquina dos Cárpatos.

Descobri que meu conhecimento básico de alemão me ajudava muito ali. De fato, não sei como teria me virado sem isso.

Como tive algum tempo livre durante minha estadia em Londres, visitei o Museu Britânico e procurei na biblioteca por livros e mapas sobre a Transilvânia. Acreditava que um prévio conhecimento do país seria de grande utilidade e importância para facilitar o contato com um nobre da região. Pude verificar que o distrito mencionado pelo Conde estava localizado no extremo leste do país, justo na fronteira de três estados: Transilvânia, Moldávia e Bucovina — no centro dos montes Cárpatos, uma das partes mais inexploradas e desconhecidas da Europa.

Não consegui encontrar nenhuma orientação em livros ou manuscritos que lançasse alguma luz sobre a exata localização do castelo de Drácula. Devo dizer que neste país os mapas não se comparam, em exatidão, com os nossos. Uma das poucas coisas que descobri foi que Bistritz, o povoado mencionado pelo Conde, era bem conhecido. Vou incluir aqui algumas de minhas notas, pois podem clarear minha memória quando contar sobre minhas viagens à Mina.

A população da Transilvânia é formada por quatro nacionalidades: saxões no sul, misturados com os eslovacos, descendentes dos dácios; os magiares no oeste e os zequelis no leste e norte. Estou indo ao encontro destes últimos que afirmam ser descendentes de Átila, e dos hunos. Pode ser verdade, pois quando os magiares conquistaram o país, no século XI, os hunos já habitavam o local.

Pelo que li, todas as superstições conhecidas no mundo estão reunidas aqui nos Cárpatos, como se o lugar fosse o centro de algum tipo de redemoinho da imaginação; por isso, acredito que minha estadia poderá ser muito interessante. (Lembrar que devo perguntar ao Conde sobre essas crendices.)

Não dormi bem, apesar de minha cama ser bastante confortável, pois tive todo tipo de sonhos estranhos. Um cachorro latiu embaixo de minha janela a noite inteira, o que pode ter contribuído para que meu sono tenha sido bastante perturbado; ou pode ter sido a páprica que comi no jantar, que me levou a beber toda a água do garrafão disponível em meu quarto, e ainda assim continuei com muita sede.

Já era madrugada quando peguei no sono, e acordei apenas porque bateram insistentemente na porta me chamando para o desjejum. Parece que neste lugar a páprica acompanha todos os pratos, pois o condimento também esteve presente no café da manhã, quando me serviram uma espécie de mingau de farinha de milho chamado de "*mamaliga*"; e berinjela recheada com carne, um prato delicioso que chamam de "*ïmpletata*" (lembrar de pegar essa receita também).

Comi depressa. O trem partiria um pouco depois das oito horas, ou melhor, deveria ter partido; porque depois de sair correndo do hotel por volta das 7h30, tive de me sentar no vagão e esperar por mais de uma hora antes que o comboio finalmente partisse. Bom, acredito que, quanto mais ao Leste, menos pontuais são os trens. Como será na China?

Durante todo o dia viajamos por um país repleto de belezas. Algumas vezes víamos povoados ou castelos no cume de íngremes colinas — tais como os que são retratados em livros antigos — em outros momentos o trem passava ao lado de rios e riachos, que pelas largas e pedregosas margens pareciam estar sujeitos a grandes inundações, seria necessária uma corrente bem caudalosa para causá-la.

Em todas as estações havia grupos de pessoas, por vezes pequenas multidões, vestindo todo tipo de traje. Alguns eram exatamente iguais aos camponeses de meu país, ou aos que havia visto na travessia pela França e Alemanha, com jaquetas curtas, chapéus de sol redondos e calças feitas por eles mesmos. Eram bastante pitorescos. As mulheres eram bonitas de longe, mas nem tanto quando vistas de perto. Todas usavam blusas brancas de mangas compridas, e a maioria usava cintos largos com um monte de tiras penduradas formando uma espécie de saia. Claro que todas usavam anáguas por baixo.

As figuras mais estranhas que vimos foram os eslovacos, que eram mais rústicos que os demais, com seus grandes chapéus de vaqueiro, calças largas e encardidas, camisas brancas de linho, e cintos de couro largos e pesados, daqueles cheios de tachinhas. Usavam botas, com a calça enfiada dentro delas. Tinham cabelos compridos e escuros, e os bigodes negros e fartos. Posso dizer que eram bastante pitorescos também, mas não pareciam nada simpáticos. Em qualquer lugar, seriam facilmente confundidos com alguma velha gangue de bandidos. No entanto, me falaram que são bastante inofensivos e muito tímidos.

Já estava anoitecendo quando chegamos a Bistritz, um lugar antigo e bem interessante. Como fica praticamente na fronteira, sua história é marcada por vários períodos agitados, como se pode perceber pelos sinais deixados pelo tempo. Em cinquenta anos aconteceram cinco grandes incêndios, em ocasiões distintas, causando estragos terríveis.

No começo do século XVII, sofreu uma invasão que durou três semanas, causando a morte de treze mil pessoas. E a essas baixas se somaram milhares de habitantes que morreram de fome ou de doenças.

O Conde Drácula me indicou o Hotel Golden Krone, que, para minha satisfação, era histórico e bastante tradicional. Eu queria mesmo conhecer tudo o que fosse possível dos costumes e da cultura do país. Claro que já me esperavam, pois quando me aproximei da porta vi que ali estava uma senhora de rosto alegre, vestida como uma típica mulher do interior: roupa branca com um avental duplo na frente e atrás, de um tecido vistoso, e de caimento tão apurado que não poderíamos chamá-lo de modesto.

Quando me aproximei, ela se inclinou e disse:

— É o senhor inglês?

— Sim — respondi. — Jonathan Harker.

Ela sorriu e deu algumas instruções a um homem idoso, de uniforme branco, que a havia seguido até a porta.

O homem saiu, mas voltou rapidamente segurando uma carta:

> *"Meu querido amigo: bem-vindo aos Cárpatos. Espero-o ansiosamente. Durma bem esta noite. A diligência para Bucovina sairá amanhã, às três da tarde, seu lugar já está reservado. No desfiladeiro de Borgo, minha carruagem estará esperando e o conduzirá à minha casa. Espero que sua viagem de Londres até aqui tenha transcorrido sem obstáculos, e que desfrute de sua estadia em meu belo país.*
>
> *Seu amigo,*
> *DRÁCULA"*

4 maio

Meu anfitrião havia recebido uma carta do Conde lhe dizendo para reservar o melhor lugar da diligência para mim, mas, ao lhe perguntar sobre os detalhes, se mostrou um tanto reticente e fingiu não entender o meu alemão.

Isso não poderia ser verdade, porque até aquele momento havia me entendido perfeitamente. Bom, pelo menos, respondia minhas perguntas como se assim fosse.

Ele e sua mulher, a senhora que me recebeu, se entreolharam com um certo receio. Ele murmurou que o dinheiro havia sido enviado em uma carta e que isso era tudo que sabia. Quando perguntei se conhecia o Conde Drácula e se poderia me falar algo sobre o castelo, tanto ele quanto sua esposa se esquivaram, dizendo que não sabiam mais sobre o assunto, e se negaram a comentar qualquer outra coisa. Já era quase hora de partir e não tive tempo de perguntar mais nada a ninguém, mas tudo me parecia muito misterioso e nada tranquilizador.

Pouco antes de sair, a senhora veio até meu quarto e disse com uma voz receosa:

— Tem mesmo que ir? Meu jovem, o senhor precisa mesmo ir?

Estava tão agitada que me pareceu haver perdido a noção do pouco alemão que sabia, e misturou-o com outro idioma do qual não entendi uma só palavra. Apenas compreendi algo ao fazer algumas perguntas. Quando disse que tinha que ir imediatamente por conta de negócios importantes, ela me perguntou:

— O senhor sabe que dia é hoje?

Respondi que era dia 4 de maio. Ela sacudiu a cabeça e disse:

— Sim! Isso eu já sei. Isso eu já sei, mas o senhor sabe que dia é hoje?

Quando respondi que não havia entendido, ela continuou:

— Estamos na véspera do dia de São Jorge. O senhor não sabe que hoje, quando der meia-noite, todas as coisas demoníacas do mundo terão pleno poder? O senhor sabe aonde vai e o que vai fazer?

Estava tão desesperada que tentei acalmá-la, mas não tive sucesso.

Por fim, se ajoelhou e implorou para que eu não fosse. Que pelo menos eu esperasse um ou dois dias antes de partir. Tudo aquilo era bastante ridículo, mas não me senti tranquilo. No entanto, tinha um negócio a tratar e não poderia permitir que algo o atrapalhasse, então a levantei e lhe disse, da maneira mais firme possível, que a agradecia, mas que tinha um compromisso e deveria mesmo partir naquele dia. Ela enxugou as lágrimas, tirou um crucifixo de seu pescoço e me deu. Eu não sabia o que fazer, pois como membro da Igreja Anglicana, via essas coisas como símbolos de idolatria. Contudo me pareceu uma grosseria rejeitar o presente de uma senhora com tão boas intenções, e tão perturbada.

Suponho que ela leu a hesitação em meu rosto, porque colocou o amuleto no meu pescoço e disse:

— Pelo amor que tem à sua mãe. — E saiu do quarto.

Estou escrevendo esta parte do diário enquanto espero a diligência, que, é claro, está atrasada. E o crucifixo segue ao redor do meu pescoço.

Não sei se é devido ao medo que vi naquela senhora ou pelas tantas tradições fantasmagóricas deste lugar, ou mesmo o próprio crucifixo. O certo é que não me sinto tão tranquilo quanto de costume.

Se este livro chegar às mãos de Mina antes de mim, que transmita meu adeus. Ah! Aqui vem meu carro!

5 maio

no castelo

A escuridão da madrugada já se dissipou, e o sol se ergue sobre o horizonte distante, que parece estar sendo perseguido por árvores ou colinas, não dá para distinguir, pois a distância faz as coisas se misturarem. Estou sem sono e, como ninguém virá me chamar, naturalmente escrevo até que os olhos pesem. Gostaria de escrever sobre muitas coisas estranhas, mas para que ninguém pense, ao ler isto, que comi muito antes de sair de Bistritz, o que poderia ter causado minha insônia, também anotarei o que, exatamente, jantei.

Apenas experimentei o que eles chamam de bife roubado, com rodelas de toucinho, cebola e carne de boi, tudo refogado com pimentas vermelhas, e depois espetado em um palito e assado. No mais puro estilo dos simples espetos de carne vendidos nas ruas de Londres. O vinho era Mediasch Dorado, que causa uma estranha sensação de formigamento na língua, porém nada desagradável. Só bebi umas duas taças e nada mais.

Quando me aproximei da diligência, o condutor ainda não havia sentado em seu lugar, estava conversando com a senhora do hotel. Evidentemente falavam sobre mim, pois de vez em quando se voltavam na minha direção. Algumas pessoas, que estavam sentadas do lado de fora (que chamam de Mensageiros) se aproximaram e logo me olharam com compaixão.

Pude escutar muitas palavras repetidas várias vezes: palavras estranhas, já que o grupo era formado por diversas nacionalidades, então peguei meu dicionário e comecei a procurá-las. Admito que os significados não me trouxeram nenhuma alegria, já que entre elas estavam *Ordog* (Satanás), *pokol* (inferno), *stregoica* (bruxa), *vrolok* e *vlkoslak* (que significam a mesma coisa, uma em eslovaco e outra em sérvio, algo como um lobisomem ou um vampiro). (Lembrar: devo perguntar ao Conde sobre essas coisas.) Quando partimos, a multidão na porta do hotel, que a essa altura já havia aumentado consideravelmente, fez o sinal da cruz apontando para mim. Com alguma dificuldade consegui que um dos passageiros me dissesse o que significava tudo aquilo. No começo ele não queria me responder, mas quando soube que eu era inglês, me explicou que era uma simpatia contra o mau-olhado. Isso também não me agradou muito, principalmente porque estava indo embora de um lugar estranho com um homem desconhecido. Mas todo mundo parecia tão bondoso, tão cheio de compaixão e tão simpático que não pude evitar a emoção.

Nunca esquecerei a última olhada que dei ao pátio do hotel e a multidão de personagens pitorescos se benzendo ao redor do amplo pórtico, que emoldurava o centro do átrio onde havia muitas plantas e pés de laranja em vasos verdes.

Enquanto me perdia nessas imagens, nosso condutor, cuja grande calça de linho cobria todo o assento da frente (eles a chamam de *gotza*) fustigou os quatro pequenos cavalos que estavam perfilados de dois em dois, e iniciamos nossa viagem...

Logo perdi de vista, e da memória, todos os temores sobrenaturais devido à beleza do caminho que atravessávamos. Apesar de que, se eu soubesse falar as línguas de meus companheiros de viagem, não conseguiria me livrar desses medos assim tão facilmente. Diante de nós se estendia um campo verde cheio de montes íngremes, coroados por feixes de trevos e pelas casas dos camponeses.

Por todos os lados havia uma quantidade absurda de frutos florescendo: maçãs, ameixas, peras e morangos. À medida que íamos avançando, a quantidade de pétalas caídas na grama aumentava. A estrada serpenteava os verdejantes montes, no lugar que eles chamavam de Terra Média, e ora alargava nas curvas, ora se fechava nas aleias de pinheiros estreitas, os quais se alastravam pelos montes como labaredas de fogo.

O caminho era ruim, mas apesar disso parecia que estávamos voando, devido à brisa agradável. Não conseguia entender o porquê de tanta pressa, mas era evidente que o condutor não queria perder tempo, e tinha urgência para chegar ao desfiladeiro de Borgo. Disseram-me que o caminho era excelente durante o verão, porém ainda não havia sido feita a manutenção após as nevascas do inverno. Essa estrada era diferente das outras daquela região, pois é uma antiga tradição não deixá-la em tão boas condições. Naquela época, se assim fosse feito, os turcos poderiam pensar que tropas estrangeiras se preparavam para invadir, e dessa maneira, começar a guerra que estava sempre prestes a explodir.

Para além da Terra Média, se erguiam imponentes colinas que chegavam até os picos dos Cárpatos.

Erguiam-se à nossa esquerda e à direita, com o sol da tarde se pondo sobre elas e realçando as cores gloriosas desta bela cordilheira, um azul com tons de violeta profundo sombreando os picos, verde e marrom onde a grama e as pedras se misturavam; e uma infinita perspectiva de rochas lascadas e pontiagudas que se perdiam na distância, onde os picos nevados se agigantavam.

Em vários pontos das montanhas podíamos entrever grutas, através das quais, quando o sol começava a se pôr, víamos em algumas ocasiões o brilho espumoso de uma queda d'água. Um dos meus companheiros me chamou a atenção para uma montanha coberta de neve, que parecia estar bem à nossa frente.

— Olhe! *Ilsten szek*! O trono de Deus! — disse-me, e se benzeu novamente.

À medida que andávamos por nosso interminável caminho, o sol ia sumindo cada vez mais atrás de nós e as sombras da tarde começavam a dar sinal de sua presença.

Esse fato foi realçado pelos topos das montanhas nevadas que ainda recebiam os raios de sol e pareciam brilhar com uma delicada e fresca cor rosada. Passamos entre tchecos e eslovacos, todos em suas pitorescas vestimentas; notei que, infelizmente, o bócio acometia muitos deles. Ao longo da estrada havia muitas cruzes, e meus companheiros de viagem faziam o sinal da cruz ao passar por cada uma. Também encontramos uma camponesa ajoelhada em frente a um altar, sem nem sequer se mover, mesmo quando nos aproximamos. Ela parecia, no furor de sua devoção, não ter olhos nem ouvidos para o mundo exterior. Muitas coisas eram completamente novas para mim. Por exemplo: montes de palhas sob as árvores e os belos grupos de salgueiros, com suas ramas brancas brilhando como prata através do delicado verde das folhas. Passamos por charretes (o meio de transporte mais comum dos camponeses) grandes e largas, calculadas para se ajustarem aos desníveis da estrada. Cada uma delas com um grupo de camponeses voltando para suas casas: os tchecos com suas peles de ovelha brancas, e os eslovacos com peles coloridas. Estes últimos também carregavam varas compridas com gumes de machado na ponta.

A noite chegou fria, e algumas vezes enquanto a estrada era cortada pelos bosques de pinheiros, cada vez mais próximos de nós, uma bruma densa e cinzenta se derramava ao longo do caminho, produzindo um efeito lúgubre e solene, fazendo com que os pensamentos e fantasias sinistras, que foram criadas durante aquela tarde, voltassem. Com as últimas nesgas de sol, esvaiu-se também o conforto produzido pela claridade sobre a névoa que rastejava do vale, tão comum nos Cárpatos.

Em algumas ocasiões, as colinas eram tão íngremes que, apesar da pressa de nosso condutor, os cavalos só conseguiam avançar muito devagar. Eu quis descer do carro e caminhar ao lado deles, assim como fazemos em nosso país, mas o cocheiro não permitiu.

— Não, não... — disse-me. — O senhor não deve caminhar por aqui. Os cachorros são muito ferozes. — E acrescentou o que parecia ser uma piada macabra, pois olhou ao seu redor para captar os sorrisos afirmativos dos demais. — Já terá bastante o que fazer antes de dormir. Então, fizemos apenas uma única parada rápida para acender os lampiões.

Ao escurecer, os passageiros pareciam mais nervosos, falando todos ao mesmo tempo com o cocheiro, me parecia que lhe pediam para aumentar a velocidade. O homem fustigou os cavalos sem piedade, e com gritos selvagens tentou obrigá-los a um esforço maior. Então, através da escuridão, pude ver uma espécie de mancha de luz acinzentada diante de nós, como se houvesse uma fresta entre aqueles montes. A inquietude dos passageiros aumentou, a carruagem cambaleou e se inclinou para um lado e para o outro, como um barco flutuando sobre um mar revolto. Eu tive que me segurar. De repente, o caminho ficou mais nivelado e me deu a impressão de que voávamos nele. As montanhas estavam cada vez mais perto de nós, de ambos os lados, tanto que pareciam querer nos esmagar. Pouco depois chegamos à entrada do desfiladeiro de Borgo.

Nesse momento, sem saber o porquê, os passageiros me ofereceram presentes, insistindo de uma maneira tão sincera que não havia como me negar a recebê-los. Os presentes eram de diversos e estranhos tipos. E foram todos entregues, com palavras muito amáveis, junto com uma bênção — aquela mistura esquisita de movimentos de temor que eu já havia visto fora do hotel em Bistritz: o sinal da cruz e a simpatia contra o mau-olhado.

De repente, o cocheiro se inclinou para a frente, os passageiros se apoiaram nas janelas de cada lado do carro, tentando, ansiosos, enxergar através da escuridão. Era evidente que esperavam que algo estranho acontecesse, mas apesar de ter perguntado a cada um, ninguém me deu a menor explicação.

Esse estado de ânimo durou algum tempo. No final vimos como o desfiladeiro se abria até o lado oriental. Sobre nós, pendiam nuvens escuras e tenebrosas, e o ar estava pesado, como a sensação opressora de um trovão. Parecia que a cordilheira separava as atmosferas, e que agora estávamos adentrando em uma tempestade.

Ao chegar a Borgo, eu mesmo fui procurar o veículo que deveria me levar até a residência do Conde. A cada instante esperava ver luzes, mas o breu permanecia. A única iluminação vinha dos tremeluzentes raios de luz de nossas próprias lamparinas. Assim pudemos ver o caminho arenoso e branco se estendendo à nossa frente, mas nele não havia nenhum sinal de veículo. Os passageiros se reclinaram com um suspiro de alívio, que parecia zombar de minha desilusão.

Já estava pensando no que poderia fazer quando o cocheiro, olhando seu relógio, murmurou algo para os outros. Eu quase não o ouvi, de tão suave e misterioso foi o tom em que o disse. Acredito que foi algo como "uma hora adiantado". Então se voltou para mim e falou em um alemão pior que o meu:

— Não há nenhuma carruagem aqui. Ninguém o espera, senhor. Será melhor que venha agora a Bucovina e regresse amanhã ou depois... melhor depois.

Enquanto falava, os cavalos começaram a relinchar e a empinar-se de maneira tão selvagem que o cocheiro teve de segurá-los com mais firmeza. Então, em meio à algazarra dos camponeses que faziam o sinal da cruz de maneira nervosa, apareceu por trás de nós uma carruagem, e parou ao nosso lado. Pela luz de nossas lamparinas, pude ver que os cavalos eram espécimes esplêndidos, negros como o carvão. Eram conduzidos por um homem alto, com uma barba grande e grisalha, que usava um enorme chapéu preto escondendo seu rosto. Só consegui vislumbrar um par de olhos muito brilhantes, que, sob a luz da lamparina, me pareceram vermelhos.

Ele veio até nós e se dirigiu ao cocheiro:

— O senhor chegou cedo hoje, meu amigo.

O homem gaguejou ao responder:

— O senhor inglês tinha pressa.

Então o estranho voltou a falar:

— Suponho, então, que por conta disso, o senhor sugeriu que ele seguisse até Bucovina?! Não pode me enganar, meu amigo. Sei muita coisa, e meus cavalos são velozes.

Ao falar isso, sorriu e pude ver a luz da lamparina, sua boca fina e firme, com lábios muito vermelhos e dentes pontiagudos, brilhantes como o marfim. Um dos meus companheiros sussurrou para um outro aquela frase de Leonora, de Burger: *Denn die Todten reiten schnell* (pois os mortos viajam ligeiro).

O estranho condutor escutou aquelas palavras e levantou o olhar com um sorriso maquiavélico. O passageiro escondeu o rosto ao mesmo tempo em que fez o sinal da cruz.

— Dê-me sua bagagem, senhor — disse o estranho cocheiro.

Com uma velocidade extraordinária, minhas maletas foram retiradas e acomodadas no outro veículo. Desci da diligência e passei para a carruagem, estacionada ao nosso lado. O cocheiro me ajudou a subir me pegando pelo braço com uma mão que parecia feita de aço. Sua força, com certeza, era fora do comum. Sem dizer nem uma palavra, agitou as rédeas e os cavalos deram meia-volta. Começamos, então, a deslizar pela escuridão do desfiladeiro.

Ao olhar para trás, vi os cavalos da diligência, e, projetados contra a luz das lamparinas, avistei meus companheiros se benzendo, enquanto o cocheiro fustigava os cavalos e arrancava rumo a Bucovina. Ao perdê-los de vista na escuridão, senti um calafrio esquisito, e um sentimento de solidão se apoderou de mim.

Meu novo cocheiro me cobriu os ombros com uma capa e colocou uma manta sobre meus joelhos, falando logo a seguir em um excelente alemão:

— A noite está fria, e meu amo, o Conde, me pediu que cuidasse muito bem do senhor. Debaixo do assento há uma garrafa de *slivovitz*, um licor regional, feito de ameixas, caso aprecie...

Não bebi nada, mas era agradável saber que havia ali uma provisão de licor. Senti-me um pouco confuso, e, na mesma medida, assustado. Acho que se houvesse uma alternativa, não prosseguiria com aquela misteriosa viagem noturna.

A carruagem avançou rápido, logo fizemos uma curva completa e entramos por outro caminho reto. Pareceu-me que apenas dávamos voltas no mesmo lugar. Assim, memorizei um determinado ponto e confirmei minha suspeita. Eu gostaria de perguntar ao cocheiro o que significava tudo aquilo, mas tive medo. Pensei que, na situação na qual me encontrava, qualquer protesto poderia não ter o efeito desejado, caso houvesse a intenção de causar um atraso. Depois de um tempo, no entanto, estava bastante curioso para saber quanto tempo levávamos nesse jogo. Acendi um fósforo e olhei o relógio. Faltavam poucos minutos para a meia-noite. Esse fato me sobressaltou, pois suponho que meu temor acerca dessa hora específica aumentara devido às minhas recentes experiências. Fiquei aguardando com uma ansiedade doentia.

Mais adiante no caminho, um cachorro começou a uivar na casa de algum camponês. Deixou escapar um grande e lúgubre uivo, como se tivesse medo. Seu chamado foi reconhecido por outro cachorro, e por outro, e por outro. Até que, nascido como o vento, que agora passava suavemente através do desfiladeiro, começou um concerto de uivos que pareciam vir de todos os lados, desde o lugar mais longínquo tanto quanto a imaginação pudesse captar, por meio da escuridão da noite. Já no primeiro uivo, os cavalos começaram a relinchar e a inquietar-se, mas o cocheiro falou com eles de forma tranquilizadora; e recuperaram a calma, apesar de ainda tremerem e resfolegarem, como se acabassem de passar por um grande susto.

De repente, das montanhas que nos rodeavam chegou um uivo muito mais forte e agudo; o uivo dos lobos, que afetou os cavalos e a mim da mesma maneira, pois estive a ponto de saltar da carruagem e sair correndo, enquanto eles retrocederam e deram pinotes frenéticos, fazendo com que o cocheiro tivesse que empregar toda a sua força para impedir que tombassem. Todavia, passados poucos minutos, meus ouvidos já estavam acostumados aos uivos, e os cavalos haviam se acalmado outra vez. O cocheiro, então, se pôs na frente deles, os acariciou e sussurrou algo em suas orelhas, assim como fazem os domadores. E extraordinariamente, após esses mimos, voltaram a ser obedientes, ainda que continuassem tremendo de medo. Assim que tranquilizou os cavalos, o cocheiro saltou novamente para seu assento e reiniciamos nossa viagem com o ritmo regular.

Depois de chegar ao outro lado do desfiladeiro, a carruagem entrou em um caminho estreito, à direita, e logo nos deparamos com grandes árvores, que em alguns pontos cobriam a estrada por completo, formando uma espécie de túnel. Além disso, gigantescos e ameaçadores penhascos nos cercavam dos dois lados.

Apesar de achar que agora estávamos protegidos, ainda podia escutar o vento que se agitava, gemendo e sibilando através das rochas, e os galhos das árvores se chocarem uns contra os outros ao passarmos. O frio estava aumentando e uma fina neve começou a cair, de forma que, em pouco tempo, tudo ao nosso redor estava coberto por um manto branco. Os uivos dos cachorros ecoavam no vento, ainda que diminuíssem conforme nos afastávamos. Os uivos dos lobos, ao contrário, se aproximavam cada vez mais, como se viessem de todas as direções. Me senti terrivelmente angustiado, e os cavalos compartilhavam o mesmo medo. Entretanto, o cocheiro parecia não temer nada. Volta e meia ele movia a cabeça para os lados como se estivesse procurando algo, mas eu não conseguia enxergar nada naquela escuridão.

De repente, longe, à esquerda, consegui enxergar um brilho débil de uma chama azul. O cocheiro também a viu. De imediato, parou os cavalos, saltou e desapareceu na escuridão. Eu não sabia o que fazer. Os uivos dos lobos pareciam cada vez mais próximos. Enquanto me perguntava qual atitude tomar, o cocheiro reapareceu e sem dizer uma palavra tomou seu lugar na carruagem e prosseguimos viagem.

Acho que adormeci, e sonhei várias vezes com esse incidente. Lembrando bem, me parece que foi um pesadelo horripilante.

Uma vez, a chama apareceu tão perto do caminho que até na escuridão que nos rodeava pude observar os movimentos do condutor. Ele foi com rapidez na direção da chama azulada (que era bem tênue, pois não parecia iluminar seu entorno), pegou umas pedras e as posicionou de uma maneira significativa. Em um determinado momento fui vítima de uma visão estranha: parado entre a chama e eu, o cocheiro parecia permeável… eu continuava vendo aquela luminosidade fantasmagórica. Isso me assombrou, mas como foi apenas um efeito momentâneo, achei que meus olhos haviam me enganado devido ao esforço que fazia na escuridão.

As chamas azuis ficaram um tempo sem aparecer e nos apressamos através da noite, com os uivos dos lobos nos rondando, como se nos seguissem em círculos.

Depois, o cocheiro se afastou da carruagem novamente, e por mais tempo que antes. Na sua ausência, os cavalos começaram a tremer outra vez e a relinchar de medo. Não havia nenhuma causa aparente para todo aquele nervosismo, pois os lobos já haviam parado de uivar. Foi então que a lua, deslizando pelas nuvens negras, apareceu por trás do cume de uma rocha saliente revestida pelos galhos dos pinheiros. E sob sua luminosidade, vi um círculo de lobos ao nosso redor, com dentes brancos, língua vermelha e pelo eriçado. Eram cem vezes mais terríveis naquele silêncio lúgubre nos encarando, do que quando uivavam sem que os pudéssemos ver.

Eu caí em uma espécie de terror paralisante. Só quando o homem se encontra cara a cara com semelhante horror pode compreender o verdadeiro significado do medo.

Logo, todos os lobos começaram a uivar como se a luz da lua produzisse neles um efeito peculiar. Os cavalos retrocederam, vulneráveis, e olharam ao redor, seus olhos giravam de maneira sofrida; encurralados pelo círculo vivo de terror, fazendo-os permanecer ali. Gritei para que o cocheiro voltasse, pois acreditava que a nossa última chance seria abrir caminho através dos lobos. Para convocá-lo a voltar, gritei e bati em um dos lados da carruagem, esperando que o barulho espantasse os animais, e assim ele tivesse a oportunidade de subir a bordo.

Como conseguiu chegar é algo que não sei, mas escutei sua voz em tom de comando imperativo. Olhei para o lugar de onde ecoara e o vi parado no meio do caminho. Agitou os braços como se tratasse de afastar um obstáculo abstrato, e os lobos se retiraram. Justo neste momento, uma nuvem pesada encobriu a lua, nos deixando novamente na total escuridão.

Quando pude enxergar de novo, o cocheiro estava subindo na carruagem e os lobos haviam desaparecido. Tudo isso foi tão estranho e misterioso que fui acometido por um tremendo pânico e não consegui me mover nem falar. O tempo parecia não passar enquanto continuávamos nossa viagem, agora no mais completo breu. O trajeto era íngreme, na maior parte do caminho, com raras descidas.

De repente percebi que o condutor estava parando os cavalos no pátio de um imenso castelo, cujas altas janelas escuras não permitiam ver nem um só raio de luz, e cujas muralhas em ruínas desenhavam uma linha pontiaguda contra o céu iluminado pela luz do luar.

2

CAPÍTULO 2

Do diário de Jonathan Harker (continuação)

5 maio

Devo ter adormecido, porque se estivesse completamente acordado teria notado que nos aproximávamos de um lugar tão extraordinário. Na escuridão, o pátio parecia ser de um tamanho considerável, e como dele saiam vários corredores escuros com grandes arcos arredondados, talvez parecesse maior do que realmente era. Mas ainda não tive a oportunidade de vê-lo à luz do dia.

Quando a carruagem parou, o cocheiro saltou e me ajudou a descer. Mais uma vez pude comprovar sua notável força. A mão dele parecia uma prensa de aço que poderia esmagar a minha se quisesse. Tirou meus pertences da carruagem rapidamente e os colocou no chão, ao meu lado, enquanto eu permanecia perto de uma grande e velha porta decorada com detalhes de metal, incrustada na parede de pedra maciça. Em meio à tênue luz, consegui ver ainda que a pedra estava esculpida, mas as imagens já estavam muito desgastadas devido ao tempo e às chuvas. Enquanto permanecia de pé, o cocheiro voltou ao seu lugar na carruagem, agitou as rédeas, e num instante, desapareceu por uma das saídas escuras.

Fiquei em silêncio, pois não sabia o que fazer. Não havia sinais de campainha, tampouco da aldraba; e minha voz, com certeza, não conseguiria atravessar aquelas paredes sombrias e janelas escuras. A espera me pareceu não ter fim, e as dúvidas e os temores começaram a me assaltar outra vez. Que lugar era esse? E que classe de pessoa morava aqui? Em que lúgubre aventura eu embarcara? Aquele incidente seria normal na vida de um assistente de advogado, enviado para explicar a compra de uma propriedade em Londres a um estrangeiro? Assistente de advogado! Mina não gostaria disso. Melhor, advogado! Antes de sair de Londres recebera a notícia de que passara nas provas, de tal modo que agora eu era um advogado de fato e de direito.

Comecei a esfregar os olhos e a me beliscar para ver se estava mesmo acordado. Tudo parecia ser um grande e terrível pesadelo, e esperava despertar de uma hora para outra em minha casa, com a aurora brilhando através das janelas, assim como já me aconteceu em outras ocasiões depois de trabalhar demais no dia anterior. Infelizmente minha pele respondeu sentindo o beliscão, e meus olhos não se deixavam enganar. Não havia sombra de dúvida de que estava acordado e nos Cárpatos. Tudo o que poderia fazer era ter paciência e aguardar a chegada da manhã.

Entre esses pensamentos escutei passos arrastados, que se aproximavam por trás da grande porta e vi, pelas fendas, o brilho de uma luz. Ouvi o barulho de correntes e o ranger de pesados ferrolhos. Uma chave girou fazendo o conhecido barulho produzido pela falta de uso, e a imensa porta se abriu.

Apareceu um homem alto, já velho, bem barbeado, mas com um espesso bigode branco. Estava vestido de preto da cabeça aos pés, sem nenhum pingo de cor em todo o figurino. Tinha na mão uma antiga lamparina de prata, na qual uma chama queimava sem proteção, projetando grandes e onduladas sombras ao flutuar pela porta aberta. O velho me fez um aceno com a mão direita, em um gesto cortês, e falou em excelente inglês, ainda que com um sotaque estranho:

— Seja bem-vindo à minha casa. Entre com liberdade e por sua própria vontade!

Não fez nenhum movimento para se aproximar, ao contrário, permaneceu imóvel como uma estátua, como se seu gesto de boas-vindas o tivesse transformado em pedra. No entanto, no instante em que pisei além do umbral da porta, ele deu impulsivamente um passo até mim e, estendendo a mão, segurou a minha com uma força que me fez retroceder. Um efeito potencializado pelo fato de sua mão estar fria como o gelo, mais parecida com a de um homem morto do que um vivo. Ele disse outra vez:

— Bem-vindo à minha casa. Venha livremente. Vá a salvo, e deixe um pouco da alegria que traz consigo. — A força do aperto de mão era tão parecida à do cocheiro, cujo rosto não pude ver, que por um momento duvidei se não seriam a mesma pessoa.

Então para me assegurar, perguntei:

— Conde Drácula?

Ele se inclinou gentilmente ao me responder:

— Eu sou Drácula; e lhe dou as boas-vindas à minha casa, senhor Harker. Entre. A noite está fria e com certeza o senhor precisa comer e descansar.

Enquanto falava, colocou a lamparina sobre um suporte na parede, saiu e pegou minha bagagem antes que eu pudesse evitar. Protestei, mas ele insistiu:

— Não, o senhor é meu hóspede. Já é tarde, e meus serviçais não estão a postos. Deixe que eu me preocupe com seu conforto.

Ele insistiu em carregar minhas coisas ao longo do corredor. Em seguida, subiu uma grande escada em caracol. Nossos passos ressoavam com força no piso de pedra. Por fim, abriu de um só golpe uma pesada porta; e tive o prazer de ver um cômodo muito bem iluminado, no qual estava posta uma mesa para a ceia. Na lareira, a lenha ardia em um fogo alto e acolhedor.

O Conde atravessou o quarto e abriu outra porta que dava para um pequeno cômodo, que à primeira vista parecia não ter janelas, iluminado por uma lâmpada simples e que dava acesso a outro ambiente muito agradável, aquecido pelo fogo de outra lareira acesa há pouco tempo, pois a lenha estava fresca e crepitava. O Conde deixou minha bagagem e se retirou, dizendo antes de sair:

— O senhor necessita, depois de sua viagem, descansar um pouco e arrumar suas coisas. Espero que encontre tudo o que deseja. Quando terminar, venha comer.

A luz e o calor das boas-vindas com que o Conde me dispensou pareceram dissipar todas as minhas dúvidas e medos. Então, de volta ao meu estado normal, descobri que estava morto de fome. Arrumei-me o mais rápido que pude e entrei na saleta onde faria minhas refeições a partir de agora.

A ceia estava servida. Meu anfitrião estava de pé ao lado do fogo, reclinado contra a grande lareira de pedra, fez um movimento gracioso com a mão mostrando a mesa e disse:

— Peço-lhe que se sente e ceie como melhor lhe aprouver. Espero que o senhor me perdoe por não o acompanhar, mas já jantei, e geralmente não ceio.

Entreguei-lhe a carta selada que o senhor Hawkins me havia encarregado. Ele a abriu e a leu com seriedade. Em seguida, com um sorriso encantador, a devolveu e me pediu que a lesse.

Pelo menos um trecho me deu grande prazer:

> *"Lamento que um ataque de gota, doença da qual estou sofrendo constantemente, faça com que me seja absolutamente impossível efetuar qualquer viagem por algum tempo; mas me alegra dizer que posso lhe enviar um substituto eficiente, uma pessoa na qual tenho a mais completa confiança. É um homem jovem, cheio de energia e talento, com uma grande disposição. É discreto e silencioso, e tem crescido e amadurecido sob o meu comando. Está*

preparado para atendê-lo como o senhor quiser, durante sua estadia nessa cidade."

O próprio Conde retirou a tampa da travessa, e de imediato ataquei um excelente frango assado, com um pouco de queijo e salada, e uma garrafa de um antigo vinho Tokay, do qual bebi duas taças. Essa foi minha ceia. Durante o tempo em que estive comendo, o Conde me fez muitas perguntas sobre minha viagem, e eu o comuniquei sobre tudo o que havia acontecido.

Terminei de cear. Por indicação de meu anfitrião, sentei-me em uma cadeira próxima do fogo e comecei a fumar um cigarro que ele me oferecera ao mesmo tempo em que se desculpava por não fumar. Assim tive a oportunidade de observá-lo, e percebi que sua fisionomia tinha traços bem acentuados.

O rosto do Conde era forte, muito forte, com um nariz aquilino e uma testa ampla e lisa. Suas sobrancelhas eram arqueadas e espessas, quase se encontrando. O cabelo, grisalho apenas nas têmporas, era tão abundante que parecia cachear devido à sua profusão.

A boca, pelo que se podia ver sob o grosso bigode, era fina e tinha uma aparência meio cruel, com dentes brancos e pontiagudos, que sobressaíam dos lábios rudes, demonstrando uma vitalidade singular em um homem de sua idade. Quanto ao resto, bem... As orelhas eram pálidas e extremamente pontudas na parte superior, o queixo era grande e definido, e as bochechas firmes, ainda que magras. A pele era de uma brancura incomum.

Durante a ceia, observei os dorsos de suas mãos pousadas sobre os joelhos, e, à luz do fogo, me pareceram muito brancas e finas. Mas vendo-as de perto, notei que eram bastante grossas, grandes e com dedos rechonchudos. É uma coisa esquisita, mas havia pelos no centro de suas palmas. As unhas eram grandes, finas e pontiagudas. Quando o Conde se inclinou até mim e me tocou, não pude reprimir um calafrio. Posso ter sentido seu hálito, que era fétido, mas o certo é que uma terrível sensação de náusea se apoderou de mim e, apesar do esforço que fiz, não consegui disfarçar.

Claro que o Conde, notando isso, se afastou e com um sorriso um tanto sombrio, que exibiu mais ainda seus protuberantes dentes, se recostou outra vez em seu assento, junto à lareira. Permanecemos em silêncio por uns instantes, e quando olhei para a janela vi os primeiros brilhos da aurora. Uma estranha calmaria envolveu o ambiente, mas ao escutar atentamente, pude ouvir, como se viesse do vale situado mais abaixo, o uivo de muitos lobos. Os olhos do Conde brilharam, e ele disse:

— Ouça-os. Os filhos da noite. Que bela música tocam!

Mas vendo, suponho, alguma expressão esquisita em meu rosto, se apressou em acrescentar:

— Ah, Sir! Os senhores, habitantes da cidade, não podem entender os sentimentos de um caçador. — Logo se refez, acrescentando: — Bom, mas a verdade é que o senhor deve estar cansado. Seus aposentos estão prontos, e poderá dormir o quanto desejar. Estarei ausente até o entardecer. Assim, durma bem, e tenha bons sonhos!

Com uma inclinação cortês se retirou, e me deixou só.

Estou desconcertado. Duvido, temo, penso em coisas estranhas, que eu mesmo não me atrevo a confessar à minha própria alma. Que Deus me proteja, ainda que seja apenas por amor aos meus entes queridos!

7 maio

Novamente é manhã, bem cedo, mas descansei bem nas últimas 24 horas. Dormi até bem tarde, entrando o dia, acordando naturalmente. Quando me vesti, entrei na sala de jantar e encontrei um café da manhã frio já servido, com o café mantido quente porque a chaleira fora posta sobre a lareira. Na superfície da mesa havia um cartão que dizia:

"Tenho que me ausentar por um tempo.
Não me espere.
D."

Sentei e me deliciei com um bom café. Ao terminar, procurei por uma campainha para avisar aos serviçais, mas não encontrei nenhuma. Certamente a casa tem algumas falhas peculiares, especialmente se considerarmos as extraordinárias mostras de opulência que me rodeiam. O serviço de mesa é de ouro, e tão belamente ornado que deve ter um enorme valor. As cortinas, os forros das cadeiras e dos sofás, e os cobertores da cama são de primeira e feitos com belos tecidos. Apesar de, com certeza, terem séculos, ainda se encontram em bom estado e devem ter custado uma fortuna na época em que foram confeccionados. Vi algo parecido a isso em Hampton Court, mas lá as roupas de cama e as cortinas estavam carcomidas pelas traças. Porém, o mais estranho foi não ter encontrado espelho em nenhum lugar. Nem em minha mesinha de canto. Para me barbear e pentear, me vi obrigado a usar o pequeno espelho que trazia em minha maleta. Tampouco havia visto qualquer serviçal, nem escutei ruído algum perto do castelo, exceto o uivo dos lobos. Pouco tempo depois de terminar minha refeição (não sei como chamá-la, se desjejum ou ceia, pois eram cinco ou seis horas da tarde) procurei algo para ler, já que não queria perambular pelo castelo antes de pedir permissão ao Conde. No quarto, não encontrei absolutamente nada, nem livro, nem jornais, nenhum material impresso, então notei que havia outras duas portas, nas quais não prestara atenção, dentro daquele cômodo. Abri a primeira, e me deparei com uma espécie de biblioteca. Tentei abrir a segunda, mas estava trancada à chave.

Na biblioteca encontrei, para meu deleite, um vasto acervo de livros em inglês. Havia estantes inteiras cheias deles, edições de jornais e revistas. Em cima de uma mesinha de centro, havia muitos exemplares de jornais e revistas ingleses, ainda que nenhum muito recente. Os livros eram dos mais variados gêneros: história, geografia, política, economia, botânica, biologia, direito... Mas todos eram sobre a vida e os costumes na Inglaterra. Havia, inclusive, livros de referência, tais como o guia de Londres, o almanaque de Whitaker, os códigos do Exército e da Marinha, e o que me deu uma grande alegria, o Código de leis.

Enquanto eu estava entretido com os livros, o Conde entrou. Saudou-me de maneira efusiva perguntando se eu descansara bem pela noite.

Logo, continuou:

— Fico feliz que tenha encontrado o caminho até aqui, pois estou seguro de que nesta biblioteca haverá muita coisa de seu interesse, senhor. Estes companheiros — disse, colocando sua mão sobre uns livros — têm sido bons amigos há alguns anos, quando tive a ideia de ir para Londres, e têm me proporcionado muitas, muitas horas de prazer. Por meio deles aprendi muito sobre sua Inglaterra; e conhecê-la significa amá-la. Tenho um desejo profundo de caminhar pelas ruas cheias de gente de sua poderosa cidade. Estar no meio do turbilhão e da pressa da humanidade, compartilhar sua vida, suas mudanças e sua morte, e tudo o que a faz ser o que é. Mas, infelizmente, só conheço sua língua pelos livros. Ao senhor, meu amigo, lhe parece que falo bem seu idioma?

— Conde — disse —, o senhor fala muito bem o inglês.

Ele fez uma reverência.

— Agradeço, meu amigo, por sua gentileza. No entanto, temo que me encontro apenas começando o caminho pelo qual quero seguir. É verdade que conheço a gramática e o vocabulário, mas ainda não me expresso com fluidez.

— Insisto — disse. — O senhor fala de maneira excelente.

— Nem tanto — respondeu. — Quero dizer, sei que se eu estivesse em Londres, todos ali me tomariam por um estrangeiro. Isso não é o suficiente para mim. Aqui sou um nobre, o povo me conhece e sou o seu senhor. Mas um estrangeiro em terra estrangeira não é ninguém. Os homens não o conhecem, e não conhecer é o mesmo que não se importar. Estarei feliz quando for como o resto, de modo que nenhum homem me pare quando se deparar comigo, ou faça uma pausa ao escutar a minha voz e diga: "Ha, ha! Um estrangeiro!" Tenho sido por tanto tempo um senhor, que continuarei sendo um, ou pelo menos ninguém prevalecerá sobre mim. O senhor não veio até mim apenas como agente de meu amigo Peter Hawkins, de Exéter, para me dar os detalhes sobre minha nova propriedade em Londres. Espero que fique comigo algum tempo, para que por intermédio de nossas conversas, eu possa aprender o sotaque inglês. E gostaria muito que me corrigisse quando eu cometer algum erro, ainda que pequeno, ao falar. Sinto muito ter estado fora tanto tempo hoje, mas espero que o senhor perdoe alguém que tem tantos afazeres importantes.

Claro que lhe disse tudo o que se poderia dizer sobre estar disposto, e lhe perguntei se poderia entrar naquele cômodo quando desejasse. Ele respondeu que sim e completou:

— O senhor pode ir aonde quiser no castelo, exceto aos cômodos cujas portas estão trancadas, locais, que, obviamente, o senhor não irá querer entrar. Há uma razão para todas as coisas serem como são, e se o senhor enxergasse com meus olhos e tivesse meu conhecimento, possivelmente entenderia melhor.

Assegurei ao Conde que assim seria, e ele terminou:

— Estamos na Transilvânia, e a Transilvânia não é a Inglaterra. Nossa maneira de ser não é como sua maneira de ser, e haverá muitas coisas estranhas para o senhor. Pelo que me contou de suas experiências, já sabe um pouco sobre quais coisas esquisitas me refiro.

Isso levou a uma longa conversa; e era evidente que ele queria falar, ainda que fosse apenas por falar. Fiz muitas perguntas sobre as coisas que me aconteceram, ou das quais eu tomara nota. Algumas vezes, se esquivou ou mudou de assunto simulando não me entender; mas geralmente respondia a tudo que eu lhe perguntava da maneira mais franca. À medida que o tempo passava, ia me sentindo mais confiante. Então lhe perguntei sobre alguns dos acontecimentos esquisitos da noite anterior, por exemplo, por que o cocheiro ia aos lugares onde a chama azul aparecia. Ele me explicou que era uma crença comum que em certa noite do ano (de fato a noite passada, quando os maus espíritos, segundo se acredita, têm poderes ilimitados) uma chama azul desponta em qualquer lugar onde tenha sido escondido algum tesouro.

— Que tesouros tenham sido escondidos na região pela qual o senhor passou durante a noite — continuou ele — é algo do qual não podemos duvidar. Nesta terra, durante séculos, guerrearam os eslovacos, os saxões e os turcos. A bem da verdade, seria difícil encontrar um metro quadrado de terra nesta região que não houvesse enriquecido por meio do sangue de homens: patriotas ou invasores. Na antiguidade, os tempos eram bastante agitados. Quando os austríacos e húngaros chegavam em hordas e os patriotas saíam a enfrentá-los, homens e mulheres, idosos e crianças, esperavam sua chegada entre as rochas acima dos desfiladeiros; para jogar sobre eles destruição e morte com suas avalanches artificiais. Quando os invasores triunfavam, encontravam pouco o que saquear, uma vez que tudo havia sido escondido na amável terra.

— Mas como é possível — perguntei — que tanto tempo tenha se passado sem o tesouro ser descoberto? Já que há sinais tão claros de onde está; bastando que o homem se dê apenas ao trabalho de verificar?

O Conde sorriu, e seus caninos, grandes e pontiagudos, se mostraram altivos.

— Porque o camponês é no fundo de seu coração um covarde e um imbecil! Essas chamas só aparecem em uma noite; e nessa noite nenhum homem desta terra, se puder evitar, atreve-se a sequer espiar pela porta. E, meu querido amigo, ainda que espiasse, não saberia o que fazer. Asseguro-lhe que nem mesmo o cocheiro, que o senhor afirma ter marcado os lugares da chama, saberá onde procurá-la durante o dia. Até o senhor, me atrevo a afirmar, não conseguiria encontrar este lugar outra vez. Certo?

— Sim, é verdade — confirmei. — Não tenho a mais remota ideia de onde poderia procurar.

Mudamos de assunto em seguida.

— Vamos — disse. — Conte-me sobre Londres e sobre a casa que comprou em meu nome.

Desculpando-me por meu esquecimento, fui ao meu quarto pegar os papéis em minha pasta. Enquanto os colocava em ordem, escutei o tinir de porcelana e prata no outro cômodo, e ao atravessá-lo notei que a mesa havia sido posta e a lâmpada estava acesa, pois já estava bastante tarde. Na biblioteca, as lâmpadas também estavam acesas, e encontrei o Conde deitado no sofá, lendo, entre todas as coisas do mundo, um Guia Inglês de Bradshaw. Quando entrei, ele retirou os livros e papéis de cima da mesa, e comecei a explicar as plantas, documentos e números. Estava interessado em tudo, e me fez uma infinidade de perguntas relacionadas ao lugar e seus arredores. Estava claro que estudara de antemão tudo o que podia sobre vizinhança, pois evidentemente, sabia muito mais que eu. Quando chamei sua atenção para este fato, me respondeu:

— Mas, meu amigo, não é necessário que assim seja? Quando eu for para Londres estarei completamente só, e meu amigo Harker Jonathan... Não, perdoe-me. Caio sempre no costume de meu país em dizer primeiro o sobrenome. Bem, meu amigo Jonathan Harker não estará ao meu lado para me corrigir e me ajudar. Ele estará em Exéter, a quilômetros de distância, trabalhando provavelmente em documentos jurídicos com meu outro amigo, Peter Hawkins. Não é assim?

Entramos no assunto da compra da propriedade em Purfleet. Logo depois de lhe explicar tudo, e de obter sua assinatura nos documentos necessários, comecei a preparar uma carta para enviar ao senhor Hawkins. Ele começou a fazer perguntas sobre como eu encontrara um lugar tão apropriado. Então, li as anotações que fizera na época. Transcrevo-as aqui:

> *"Em Purfleet, ao lado da estrada, encontrei um lugar que me parece ser exatamente o solicitado, e está com uma placa de vende-se. É rodeado de um muro alto, de estrutura antiga, construído com pedras pesadas, e que não passa por uma reforma já há bastante tempo. Os portões são de carvalho velho e ferro, todos carcomidos pelo mofo e pela ferrugem. A propriedade é chamada de Carfax, que sem dúvida é uma alusão ao antigo Quatre Face, já que a casa tem quatro lados coincidindo com os pontos cardeais. Tem no total oito hectares, completamente cercados pelo muro sólido de pedra acima mencionado. O lugar tem muitas árvores, o que lhe confere um aspecto soturno. Também há um pequeno lago, profundo, de atmosfera sinistra, evidentemente alimentado por algumas fontes, já que sua água é clara e desliza em uma nítida correnteza. A casa é grande e, creio eu, com sinais de todas as épocas passadas. Diria que sua história remonta aos tempos medievais, pois um lado é composto de uma pedra muito grossa e áspera, com apenas poucas janelas abarrotadas de ferro; se parece com um castelo e tem uma capela, ou igreja ao lado. Não pude entrar nela, pois não tinha a chave da porta, mas tirei com minha Kodak vários retratos de diversos ângulos. A casa foi expandida, mas de um modo peculiar, e ocupa boa parte do terreno, só não sei precisar quanto exatamente. Existem poucas casas próximas, uma delas é bem grande, recentemente ampliada para se transformar em um hospício privado. No entanto, da propriedade não é possível vê-la."*

Quando terminei, o Conde disse:

— Fico feliz que seja grande e velha. Eu mesmo venho de uma família antiga, e viver em uma casa nova me mataria. Uma casa não se faz habitável em um dia e, depois de tudo, não são poucos os dias necessários para se fazer um século. Também me alegro por haver uma capela de tempos ancestrais. A nós, os nobres da Transilvânia, não nos agrada pensar que nossos ossos possam, algum dia, descansar entre os mortos comuns. Não busco o júbilo, nem a brilhante voluptuosidade de muitos raios de sol e águas cintilantes, que tanto agradam aos jovens felizes. Eu não sou jovem. Meu coração, pelos pesados anos que passei velando os mortos, não está disposto a esses prazeres. Isso se nota pelas muralhas de meu castelo que estão quebradas, permitindo que o vento frio sopre através delas. Amo a sombra e a escuridão, e prefiro, quando posso, estar só com meus pensamentos.

De alguma forma, suas palavras e seu olhar não pareciam estar de acordo. Ou talvez a expressão de seu rosto é que fizesse com que seu sorriso parecesse maligno e soturno.

De súbito, desculpando-se, me deixou. Mas antes pediu que eu recolhesse todos os documentos. Ficou um tempo ausente, e comecei a folhear alguns livros. Havia um atlas, que estava aberto, como era de se esperar, na página da Inglaterra, e parecia ter sido muito manuseado. Ao estudá-lo, encontrei alguns lugares marcados com pequenos pontos. Ao examiná-los, notei que um ponto era perto de Londres, do lado leste, na verdade onde sua nova propriedade estava situada. Os outros dois eram Exéter e Whitby, na costa de Yorkshire.

Passou mais ou menos uma hora até que o Conde regressasse:

— A-rá! — disse. — Ainda com seus livros? Bem! Mas o senhor não deve trabalhar o tempo todo. Venha! Disseram-me que sua ceia já está servida.

Ele tomou meu braço, e fomos para o cômodo ao lado, onde encontramos um excelente jantar servido sobre a mesa. Novamente o Conde se desculpou dizendo que já havia comido enquanto estava fora. Mas igual à noite anterior, ele se sentou e conversamos enquanto eu ceava. Depois de comer, fumei um cigarro e o Conde ficou comigo, conversando e fazendo perguntas sobre todos os assuntos possíveis, no correr das horas. Senti que devia ser bastante tarde, mas não disse nada, pois me sentia na obrigação de satisfazer os desejos de meu anfitrião de qualquer maneira possível. Não sentia sono, já que o descanso da véspera me revigorara; mas não pude evitar de experimentar esse calafrio que nos pega com a chegada da aurora, que também representa, à sua maneira, a mudança da maré. Dizem que as pessoas agonizantes morrem, geralmente, nesta hora. Qualquer um que, quando cansado ou ligado a um dever ou posto, experimentou essa mudança na atmosfera consegue acreditar bem nisso. Logo ouvimos o canto de um galo com sua estridência sobrenatural em meio ao ar fresco da manhã; nesse instante, o Conde Drácula, de sobressalto, disse:

— Bem, já amanheceu outra vez! Sou muito rude obrigando-o a ficar acordado tanto tempo. O senhor deve fazer com que nossa conversa sobre meu novo e querido país, Inglaterra, se torne menos interessante, para que eu não me esqueça de como o tempo voa. — E, com uma reverência cortês, se afastou rapidamente.

Entrei em minhas acomodações e abri as cortinas, mas havia pouco o que ver. Minha janela dava para o pátio central, e tudo o que pude enxergar foi o cinza caloroso do céu sem nuvens. Voltei a fechar as janelas e escrevi sobre este dia.

8 maio

Quando comecei a escrever estes registros tive medo de que estivesse sendo minucioso demais, mas agora fico feliz de ter entrado em detalhes desde o princípio, pois há algo tão estranho sobre este lugar, que só posso me sentir inquieto. Desejaria estar seguro, longe daqui, ou jamais ter vindo. Pode ser que essa estranha vida noturna esteja me cobrando mentalmente, mas será que é só isso? Se houvesse alguém com quem pudesse falar acho que suportaria melhor, mas não há ninguém. Há apenas o Conde com quem falar, e ele… temo que eu seja a única alma viva neste lugar. Permito-me ser prosaico, como os fatos podem ser. Isso me ajudará muito a enfrentar a situação e torço para que minha imaginação não se amotine contra mim. Porque se o fizer, estarei perdido. Digamos de uma vez por todas em qual situação me encontro, ou pareço me encontrar.

Dormi apenas umas poucas horas e me levantei. Pendurei meu espelho na janela e estava começando a me barbear quando senti uma mão sobre o meu ombro. Escutei a voz do Conde que me dizia: "Bom dia". Assustei-me! Fiquei intrigado por não o ter visto, já que o espelho refletia a imagem de todo o quarto atrás de mim. Devido ao susto, me cortei; mas não notei no mesmo instante. Depois de responder à saudação do Conde, me voltei para o espelho para entender o que acontecera. Desta vez, não poderia haver dúvida alguma, pois o homem estava perto de mim e eu podia vê-lo por sobre meu ombro. Mas não! A imagem dele não aparecia no espelho! Todo o quarto ao fundo estava refletido, mas não havia sinal de nenhum homem, à exceção de mim mesmo. Isso era surpreendente. E somado à grande quantidade de coisas esquisitas que acontecera, esse vago sentimento de inquietude que tenho quando estou perto do Conde começou a aumentar. Neste instante notei o corte, e um fiozinho de sangue que corria por meu queixo. Coloquei a navalha de barbear sobre a mesinha e fui à procura de um curativo. Quando o Conde viu meu rosto, seus olhos brilharam com uma espécie de fúria demoníaca, e, de repente, se lançou sobre meu pescoço. Eu dei um passo para trás e sua mão tocou o colar com o crucifixo. Isso produziu uma mudança instantânea nele, pois a fúria passou tão rápido que mal pude acreditar que a tivesse presenciado.

— Tenha cuidado — disse —, tenha cuidado para não se cortar. É mais perigoso do que o senhor imagina, em nosso país — acrescentou, pegando o espelho. — Foi essa coisa maldita que armou essa confusão. É uma tola bugiganga a serviço da vaidade humana. Fora com ela!

Ao dizer isso abriu a pesada janela e arremessou o espelho, com sua manzorra, que se fez em cacos, nas pedras do pátio, ao fundo do castelo.

Saiu sem dizer uma palavra. Tudo isso era muito desagradável. Agora não sei como poderei fazer a barba, a menos que use o vidro do meu relógio ou o fundo da minha tigela de barbear, que por sorte é de metal.

O café da manhã estava posto, quando entrei na sala, mas não encontrei o Conde em lugar algum. É estranho que até agora não tenha visto o Conde comer ou beber. Deve ser um homem muito peculiar!

Depois do café fiz uma pequena exploração no castelo. Subi as escadas e encontrei um cômodo que ficava de frente para o Sul. A vista era magnífica, e de onde estava, tinha toda a oportunidade para apreciá-la. O castelo está localizado à beira de um precipício. Se uma pedra cair da janela pode despencar por trezentos metros sem tocar em nada. Tão longe quanto o olho pode alcançar só se vê um mar de copas de árvores, com uma ou outra fenda terminando em um abismo. E aqui e ali se viam os fios prateados dos rios que passam por profundos desfiladeiros através do bosque.

Mas não estou com ânimo para descrever tamanha beleza. Após contemplar a vista, continuei a examinar o ambiente, e por todo o castelo, apenas portas, portas, e mais portas, todas trancadas. Não há nenhum lugar, à exceção das janelas, pelo qual se possa sair.

O castelo é uma verdadeira prisão, e eu sou um prisioneiro!

3

CAPÍTULO 3

Do diário de Jonathan Harker (continuação)

Quando me dei conta de que era um prisioneiro, uma espécie de sensação selvagem se apoderou de mim. Corri para cima e para baixo pelas escadas, verificando cada porta e olhando através de cada janela que encontrava; mas passado um tempo, a convicção da minha impotência se sobrepôs a todos os outros sentimentos. Agora, depois de passadas algumas horas, quando penso nisso, me vem a certeza de que tive um surto de loucura, pois me comportei igual a um rato pego em uma armadilha. Quando constatei que estava à mercê, sentei-me tranquilamente, tão tranquilamente como jamais o havia feito na vida, e comecei a pensar que era o melhor que podia fazer. De uma coisa tinha certeza: não faria sentido falar com o Conde sobre meus receios. Ele sabe perfeitamente que fui capturado, tendo em vista que é o responsável pela minha captura, e indubitavelmente tem seus motivos para isso; portanto, se confesso ao Conde minha situação, ele só tentará me enganar.

Até onde posso ver, meu único plano é guardar minhas descobertas e meus medos para mim mesmo, e manter meus olhos abertos. Sei que ou estou sendo enganado como uma criança por meus próprios temores, ou estou em uma enrascada desesperadora.

E se estiver, necessito e necessitarei de minhas faculdades mentais preservadas para poder sair disso.

Eu mal havia chegado a essa conclusão quando ouvi fecharem a grande porta da entrada e intuí que era o Conde voltando. Não veio imediatamente para a biblioteca; portanto, cautelosamente, regressei ao meu quarto; e o encontrei arrumando minha cama. Isso era bastante esquisito, e confirmou minha suspeita: não havia serviçais na casa.

Quando o vi depois, pelas frestas das dobradiças da porta, colocando a mesa para o café, não tive dúvidas; o fato de que ele se encarregava de fazer todos aqueles trabalhos domésticos, era prova suficiente de que não havia mais ninguém no castelo. Pensei também que o próprio Conde deveria ser o cocheiro que me trouxera de carruagem até aqui, e esse é um pensamento horrível; porque se assim for, significa que pode controlar os lobos com apenas um levantar de mão.

Porque todos em Bistritz e os passageiros da diligência temiam tanto por mim? Qual o significado do crucifixo e de todos os outros amuletos que me foram dados durante a viagem? Bendita seja aquela boa mulher que pendurou o crucifixo em meu pescoço! Consola-me e me dá força cada vez que o toco. É interessante que algo que aprendi a ver com desagrado e como um instrumento de idolatria possa ser de tanta ajuda em tempos de solidão e atribulações. Existe algo na essência disso ou é apenas um meio, uma ajuda tangível que evoca a lembrança de simpatias e conjuros? Talvez eu deva pensar sobre o assunto. Mas por enquanto preciso averiguar tudo o que posso sobre o Conde Drácula! Quanto mais informações tiver sobre ele, mais poderei compreendê-lo. Esta noite farei com que fale sobre si mesmo, conduzindo a conversa nessa direção. No entanto, devo ser muito cuidadoso para não despertar suspeitas.

Meia-noite Tive uma longa conversa com o Conde. Fiz algumas boas perguntas sobre a história da Transilvânia, e ele me respondeu tranquilamente. Ao falar de fatos e pessoas, e especialmente de batalhas, narrou como se estivesse presente em todas elas. Ele me explicou, depois, que para um *boyar*, o orgulho de sua casa e de seu nome é o seu próprio orgulho; que a glória deles era sua própria glória, que o destino deles era seu próprio destino. Sempre que falava de sua casa se referia a ela utilizando o pronome "nós", e quase todo o tempo falava no plural, assim como fazem os reis. Gostaria de registrar tudo como ouvi da boca dele, pois para mim soava fascinante. Parecia estar ali toda a história do país. Conforme ia falando, se agitava mais e andava de um lado para o outro do cômodo, alisando o bigode branco e pegando tudo o que via pela frente com uma força tal que parecia destruir o objeto. À sua maneira, conseguiu narrar toda a história de sua raça, e tento aqui transcrever suas palavras o mais exatamente possível:

— Nós, os zequelis, temos razões para sermos orgulhosos, pois em nossas veias circula o sangue de muitas raças valentes que lutaram com bravura. Aqui, neste caldeirão de raças europeias, a tribo úgrica trouxe, desde a Islândia, o espírito guerreiro que Thor e Odin lhes concedera, espírito este que foi tão bem representado pelos *Berserkers*, guerreiros nórdicos, na Europa costeira, na África e na Ásia. As pessoas acreditavam que eles eram os verdadeiros lobisomens. Quando chegaram aqui encontraram os hunos, cuja fúria havia varrido a terra como uma chama viva, de tal maneira que as pessoas agonizantes acreditavam que em suas veias corria o sangue das bruxas antigas que, expulsas da Cítia, copularam com demônios no deserto. Tolos! Tolos! Qual bruxa ou qual demônio foi algum dia tão grandioso quanto Átila, cujo sangue corre em nossas veias? — disse, levantando seus braços e continuou. — Éramos conhecidos como uma raça conquistadora e tínhamos muito orgulho disso. Húngaros, lombardos, ávaros, búlgaros e até mesmo os turcos chegaram aos milhares às nossas fronteiras, mas nós os mandamos de volta para o lugar de onde vieram. Não é estranho que quando Arpad e suas legiões invadiram a pátria húngara, nos encontraram ao chegar à fronteira; e que a conquista húngara se completara lá? Se estranha também o fato de que quando a invasão húngara se deslocou até o Leste, os zequelis foram proclamados parentes pelos vitoriosos magiares, e foi a nós que confiaram durante séculos a guarda da fronteira da Turquia? Temos o dever infindável de proteger a região, pois como diziam os turcos, "a água dorme, o inimigo não". Quem, entre as quatro nações, recebeu, além de nós, "a espada ensanguentada", ou correu mais rápido ao lado do rei quando este dava seu grito de guerra? Quando nos redimimos da grande vergonha da nossa nação, a vergonha de Cassova, onde as bandeiras dos valáquios e dos magiares se rebaixaram a do Crescente? Quem foi, a não ser um de minha própria raça, que cruzou o Danúbio e venceu os turcos em sua própria terra? Este era indubitavelmente um Drácula! Não foi este Drácula quem inspirou aquele outro de sua raça a levar suas forças sobre o grande rio para dentro da Turquia? E que, quando era derrotado, voltava outra vez, ainda que tivesse que ir só, ao sangrento campo de batalha onde suas tropas estavam sendo destroçadas, porque sabia que apenas ele poderia garantir o triunfo? Dizem que se importava apenas com ele mesmo. Ora! De que servem os camponeses sem um líder? No que se transforma uma guerra na qual não há um cérebro e um coração que a comande? Depois da batalha de Mohacs, nós os da linhagem Drácula, nos livramos da opressão húngara e ocupamos o lugar de dirigentes, pois nosso espírito não poderia suportar que não fôssemos livres. Ah, meu jovem amigo, os zequelis (e os Dráculas) podem se vangloriar de uma tradição que os Habsburgos e os Romanovs nunca poderão alcançar. Os dias de guerra terminaram. O sangue é algo muito precioso nestes dias de paz desonrada, e as glórias das grandes raças são como contos que se narram.

Estava amanhecendo e fomos nos deitar. (Este diário parece tão horrível como o começo das *Mil e uma noites*, pois tudo tem que ser suspenso ao cantar do galo ou com a aparição do fantasma do pai de Hamlet.)

12 maio

Permitam-me começar com fatos, com simples fatos, verificados em livros e números, e sobre os quais não pode pairar dúvida alguma. Não se trata, portanto, de memória ou observações, pois não quero confundi-los. Ontem à noite, quando o Conde chegou, começou a me fazer perguntas sobre assuntos legais e sobre a maneira como tramitavam certa classe de negócios. Havia passado o dia sobre os livros, e apenas para manter minha mente ocupada, comecei a refletir sobre algumas coisas. Há um certo método no interrogatório que o Conde me fez, e tentarei colocar as perguntas na ordem em que foram feitas. O conhecimento pode me ser útil.

Primeiro me perguntou se um homem na Inglaterra poderia ter dois advogados ou mais. Disse que, se desejasse, poderia ter uma dúzia, mas que não seria interessante ter mais de um trabalhando na mesma transação. Porque só um poderia atuar por vez, e alternar entre eles seria prejudicial para os negócios. Ele pareceu ter compreendido bem o que eu quis dizer e continuou me perguntando se havia alguma dificuldade prática em ter um advogado cuidando das finanças, e outro se ocupando da expedição de mercadorias, no caso de precisar de ajuda em algum lugar distante. Pedi que explicasse melhor para não correr o risco de dar uma informação equivocada. Então disse:

— Vou ilustrar. Nosso amigo, o senhor Peter Hawkins, sob a sombra de sua bela catedral em Exéter, que fica longe de Londres, comprou para mim, por meio de sua boa pessoa, uma casa em Londres. Muito bem! Agora deixe-me dizer francamente, para que o senhor não ache muito estranho eu ter solicitado os serviços de alguém de tão longe de Londres no lugar de um residente; meu único motivo foi que nenhum interesse local se sobrepusesse aos meus próprios desejos. Um londrino poderia, quiçá, ter algum outro propósito para si, amigos ou agentes a servir. Assim, segui em busca de meu próprio agente, cujos trabalhos fossem apenas em prol de meu interesse. Então, vamos supor que eu tenha muitos assuntos pendentes, e deseje embarcar algumas coisas, digamos para Newcastle, Durham, Harwich ou Dover; não seria mais fácil fazer a expedição das mercadorias naqueles portos?

Respondi que com certeza seria mais fácil, mas que nós, os advogados, tínhamos um sistema de escritórios interligados, de forma que o trabalho poderia ser feito localmente sob a instrução de outro profissional. Assim, o cliente, colocando os seus negócios na mão de apenas um homem, poderia conferir se suas solicitações estavam sendo atendidas a bom termo.

— Mas — acrescentou — teria a liberdade de agir por conta própria também, não?

— Com certeza — respondi. — E normalmente é assim que os homens de negócios fazem para evitar que uma única pessoa saiba da totalidade de suas transações.

— Magnífico! — exclamou. Então passou a me perguntar sobre os meios de expedir mercadorias, e todos os trâmites necessários e dificuldades que poderia ter, mas que pudessem ser previstas de antemão. Tirei todas as suas dúvidas, e guardei para mim a impressão que tive de que o Conde seria um advogado brilhante, pois nenhuma hipótese lhe escapava. Para um homem que nunca havia estado na Inglaterra, eram maravilhosos seus conhecimentos e sua perspicácia. Quando ficou satisfeito, se levantou de repente e disse: — O senhor escreveu alguma carta para o senhor Peter Hawkins ou outra pessoa desde que chegou aqui?

Foi com certa angústia no coração que respondi que não, já que não havia visto maneira de enviá-las.

— Então escreva agora, meu jovem amigo — disse enquanto colocava a mão pesada sobre meu ombro. — Escreva ao nosso amigo e a qualquer outro. Diga, se quiser, que o senhor ficará comigo por um mês a contar de hoje.

— O senhor deseja que eu fique por tanto tempo? — perguntei, e meu coração gelou com a ideia.

— Desejo e muito. Não! Melhor! Não aceito uma negativa. Quando seu amo, seu chefe, como o senhor preferir, mandou alguém em seu nome, ficou claro que apenas minhas necessidades contariam. Sem poupar esforços, não é assim?

O que eu poderia ter feito a não ser aceitar? Era do interesse do senhor Hawkins e não do meu. E tinha que pensar nele, não em mim. Além disso, enquanto o Conde Drácula falava, havia em seus olhos e em seus gestos algo que me fazia lembrar de que eu era seu prisioneiro, e que, ainda que desejasse, não tinha escolha. O Conde entendeu que vencera quando fiz uma reverência e viu que me dominara pela angústia estampada no meu rosto, de modo que começou a usar meu temor contra mim de uma forma suave e irresistível.

— Suplico, meu bom jovem amigo, que não fale nas cartas de outra coisa que não seja de nossos negócios. Não tenho dúvida de que seus amigos gostariam de saber que o senhor está bem, e ansioso para retornar para casa, não é assim?

Enquanto falava, me entregou três folhas de papel e três envelopes. Eram finos, destinados à correspondência para o exterior. Ao notar seu sorriso tranquilo com aqueles dentes pontiagudos sobressaindo dos lábios vermelhos, compreendi também que devia ter prudência com o que escreveria, afinal, ele leria tudo.

Decidi que por enquanto daria apenas informações corriqueiras nas cartas. Mas resolvi também que escreveria em segredo para o senhor Hawkins, e para Mina, pois a ela eu poderia escrever em taquigrafia, o que deixaria o Conde perplexo se lesse algo. Ao terminar, sentei-me calmamente, lendo um livro. O Conde escrevia algumas cartas e quando acabou as juntou com as minhas, organizou os objetos sobre a mesa e saiu. No instante em que a porta se fechou atrás dele, me inclinei e olhei os envelopes. Não senti nenhum remorso em fazer isto, pois diante das circunstâncias, deveria me proteger de qualquer forma.

Uma das cartas estava destinada a Samuel F. Billington, 7 Crescente, Whitby; a outra a Herr Leutner, Varna; a terceira era para Coutts & Co., Londres, e a quarta para Herren Klopstock & Billreuth, banqueiros, Budapeste. A segunda e a quarta não haviam sido lacradas e estava a ponto de lê-las quando notei que a porta se movia. Deixei-me cair sobre a cadeira, tendo apenas o tempo necessário para colocar tudo como o Conde deixara. Reiniciei a leitura do livro antes que ele entrasse, com outra carta nas mãos. Selou todas cuidadosamente e disse:

— Tenho certeza de que o senhor me perdoará, mas tenho muito trabalho esta noite. Espero que o senhor encontre tudo o que necessita. — Antes de sair do cômodo, virou-se para mim, fez uma pausa e continuou. — Permita-me que o aconselhe, meu querido jovem amigo. Não, permita-me que lhe faça uma séria advertência: no caso de o senhor deixar estes cômodos, por nenhuma razão caia no sono em qualquer outra parte do castelo. Esse lugar é velho e tem muitas lembranças, e os pesadelos podem tomar conta daqueles que não dormem com sabedoria. Volto a adverti-lo! No caso do sono o dominar agora ou no futuro, ou parecer prestes a fazê-lo, apresse-se ao seu quarto ou permaneça aqui, somente nesses lugares poderá descansar a salvo. Mas se o senhor não for cuidadoso, então... — terminou o discurso de uma maneira horripilante, fazendo um movimento com as mãos como se as estivesse lavando.

Eu o entendi bastante bem. Minha única dúvida era se qualquer sonho poderia ser mais terrível que o cerco sobrenatural, horrível, tenebroso e misterioso que se fechava ao meu redor.

Mais tarde

Subscrevo minhas últimas palavras, mas sem sombra de dúvida desta vez . Não terei medo nenhum de dormir em qualquer lugar onde ele não esteja. Coloquei o crucifixo sobre a cabeceira da minha cama. Assim, acredito, meu descanso estará livre de pesadelos, e ali ele permanecerá.

Quando ele partiu, fui ao meu quarto. Depois de um tempo, ao não escutar barulho algum, saí e subi a escadaria de pedras que dava para o Sul. Havia um traço de liberdade nesta imensidão, ainda que fosse inacessível para mim, comparada com a escuridão do pátio. Ao olhar para fora, senti mais uma vez que não havia dúvidas quanto a ser um prisioneiro, e precisei respirar um ar fresco. Estou começando a sentir que essa vida noturna está me afetando. Está deixando meus nervos em frangalhos. Assusto-me com minha própria sombra e estou cheio das mais terríveis fantasias. Deus sabe muito bem que tenho motivos para o medo que sinto deste lugar! Olhei para a bela paisagem, banhada pela luz tênue da lua. As colinas se derretiam na penumbra suave, e as sombras se perdiam nos vales. A contemplação da beleza me deu uma certa alegria; havia paz e consolo em cada respiração de ar puro. Ao me reclinar sobre a janela, minha visão captou um movimento no andar abaixo, um pouco à minha esquerda, onde imagino, pela ordem dos cômodos, estariam as janelas do quarto do Conde. A janela na qual me encontrava era alta, cavada em pedra, e ainda que o tempo e o clima a tivessem desgastado, estava inteira. Escondi-me por trás da moldura de pedras e olhei atentamente.

Vi a cabeça do Conde saindo pela janela. Não via seu rosto, mas soube que era ele pelo pescoço, e pelo movimento de suas costas e braços. De qualquer modo, não poderia confundir aquelas mãos que pude observar em tantas ocasiões.

No início fiquei interessado e até certo ponto entretido, pois é maravilhoso como uma coisa tão pequena pode prender a atenção de um homem que se encontra prisioneiro.

Mas meus sentimentos se transformaram em repulsa e terror quando vi que o homem emergia lentamente da janela, e começava a se arrastar pela parede do castelo, sobre o abismo, de cabeça para baixo, com seu manto estendido sobre ele, dando a impressão de que o Conde tinha grandes asas. No início não acreditei nos meus olhos. Pensei que se tratasse de uma ilusão produzida pela luz da lua, ou algum efeito malévolo de sombras.

Continuei olhando e não havia nenhum engano. Vi como os dedos das mãos e dos pés se agarravam nas quinas de pedras desgastadas pelo tempo, e assim, usando as reentrâncias, se moviam para baixo a uma velocidade considerável, da mesma maneira que uma lagartixa caminha pelas paredes.

Que tipo de homem é esse, ou que tipo de ser com aparência humana é este? Sinto que o terror deste lugar horrível está me dominando. Tenho medo, um medo tenebroso, de que não haja escapatória daqui. Estou envolto em terrores nos quais nem ouso pensar.

15 maio

Vi o Conde deslizar como uma lagartixa uma vez mais. Caminhou até embaixo, um pouco de lado, por uns trinta metros, pendendo para a esquerda. Ali desapareceu por um buraco ou janela. Inclinei-me para conseguir ver mais, sem resultado, já que a distância era muito grande para ter um ângulo de visão favorável. Como o Conde havia saído do castelo, pensei que esta era a oportunidade para explorar mais o lugar. Voltei ao quarto e, pegando uma lamparina, tentei abrir as portas. Todas estavam trancadas, o que já era esperado, e as fechaduras eram recentes. Então desci ao corredor por onde chegara ao castelo.

Constatei que podia abrir facilmente os ferrolhos e remover as correntes; mas a porta estava bem fechada e não havia nenhuma chave; deveria estar no quarto do Conde! Continuei com o minucioso exame das escadas e dos vários corredores, girando a maçaneta de todas as portas que encontrava. Entrei em um ou dois cômodos, mas não havia nada ali além de móveis velhos empoeirados e carunchados. Até que me deparei com uma porta no fim da escada, que, apesar de parecer trancada, cedeu um pouco à pressão. Empurrei-a mais forte e descobri que sua resistência provinha do fato de que as dobradiças haviam cedido, e a pesada porta estava apoiada no chão. Havia ali uma oportunidade que poderia ser única, então fiz um esforço enorme e depois de muitas tentativas consegui entrar. Estava em uma ala situada abaixo e à direita dos quartos que já conhecia. Das janelas pude ver que os quartos ficavam ao sul do castelo. Também era possível ter uma noção que as janelas do meu quarto ficavam na extremidade, portanto estavam voltadas tanto para o Leste quanto para o Sul. As duas direções, eram circundadas por um grande precipício. O castelo estava construído na beira de uma grande rocha, de tal forma que era quase inexpugnável; as janelas estavam dispostas de modo que nada nem ninguém as alcançassem, garantindo apenas luz e conforto a um recanto que tinha que ser protegido. Ao Oeste havia um grande vale, e, além dele, bem distante, levantava-se uma cadeia montanhosa. Era evidente que esta parte do castelo foi ocupada no passado por damas, pois os móveis pareciam ser mais confortáveis do que aqueles que havia visto até agora. As janelas não tinham cortinas, e a luz amarelada que vinha do luar me permitia distinguir as cores do mobiliário, enquanto suavizava os efeitos do pó que jazia sobre tudo, e de alguma forma disfarçava os efeitos do tempo.

Minha lamparina tinha pouca utilidade perante a luz da lua, mas estava feliz em tê-la comigo, pois havia no lugar uma solidão tenebrosa que fazia com que meu coração e meus nervos tremessem e gelassem. Mesmo assim, era melhor do que permanecer sozinho nos quartos que passei a odiar pela presença do Conde. Todavia, com o passar do tempo, consegui dominar os nervos e me senti envolvido por uma suave tranquilidade.

E aqui estou, sentado a uma pequena mesa de carvalho; na qual em tempos passados, uma bela dama sentava-se, com a pena na mão, em companhia de seus pensamentos e segredos, para redigir cartas de amor; estou escrevendo em taquigrafia tudo o que me aconteceu desde que fechara meu diário pela última vez. O século XIX é, sem dúvida, extremamente moderno. Contudo, a menos que meus sentidos me enganem, os séculos passados tiveram e têm poderes peculiares que a modernidade não pode matar.

16 maio

mais tarde, na manhã

Deus me preserve são, é tudo o que me resta. Segurança e confiança são coisas do passado. Enquanto eu estiver aqui só posso desejar que eu não fique louco, se de fato já não estou. Se minha sensatez está preservada, então é de fato enlouquecedor pensar que de todas as coisas podres que se arrastam neste lugar odioso, o Conde é a menos tenebrosa para mim. Que só nele posso buscar segurança, ainda que essa sirva apenas aos seus propósitos. Grande Deus, Deus piedoso! Dê-me tranquilidade, pois se eu continuar assim, a loucura certamente é meu destino. Começo a entender coisas que antes me deixavam perplexo. Até agora não sabia o que Shakespeare queria expressar com a seguinte fala de Hamlet:

"Meus blocos, pronto, meus blocos! É imprescindível que escreva!"

Pois agora, sentindo que estava a ponto de perder o juízo, procuro descanso em meu diário. O hábito de fazer anotações bem detalhadas deve me ajudar a manter a calma.

A misteriosa advertência do Conde me assustou; mas fico mais assustado agora quando penso nela, posto que, futuramente, ele terá um controle assustador sobre mim. Eu deveria ter medo de duvidar de qualquer coisa que ele me diga.

No momento em que terminei de escrever em meu diário e finalmente havia colocado a pena e o caderno no meu bolso, senti-me sonolento. Lembrei-me mais uma vez do aviso, mas senti um grande prazer com a perspectiva de desobedecê-lo. Fui dominado pela sonolência, que me deixara letárgico. A luz suave da lua me acalmava, e a vasta imensidão lá de fora me dava uma sensação de liberdade que me refrescou. Decidi não voltar, naquela noite, para o meu quarto cheio de fantasmas; mas dormir aqui, onde, antigamente, damas se sentaram, cantaram e viveram uma vida doce, enquanto seu terno coração se entristecia por seus amores, levados pelas guerras cruéis. Mudei a cama de lugar para, ao me deitar, apreciar a bela paisagem, e sem pensar e nem me importar com a poeira, decidi dormir. Suponho que tenha dormido, ou assim espero, mas tenho medo, muito medo... porque tudo que aconteceu a seguir foi tão extraordinariamente real, tão real, que agora sentado aqui à plena luz do sol da manhã, temo não ter sido um pesadelo.

Não estava só. O quarto estava igual, sem nenhuma mudança desde que entrei nele; pude ver ao longo do chão, sob o luar brilhante, meus próprios passos marcados nos locais onde havia espalhado a poeira. Todavia, sob a luz da lua no lado oposto ao qual eu me encontrava, estavam três jovens mulheres, quer dizer, três damas, a julgar por seus trajes. No momento em que as vi, pensei que estava sonhando, pois apesar da luz da lua estar por trás delas, não projetavam sombra alguma. Aproximaram-se, me olharam por um tempo e, então, começaram a murmurar entre si. Duas tinham os cabelos escuros, nariz grande e aquilino, como o do Conde, e olhos negros penetrantes, que pareciam quase vermelhos contrastados com a pálida lua amarela. A outra era loura; incrivelmente loura, com grandes cachos dourados no cabelo e olhos iguais a pálidas zafiras. Pareceu-me que de alguma forma já vira seu rosto, e a conhecia de algum sonho tenebroso. Mas naquele momento não pude lembrar-me de onde, ou como.

As três tinham dentes brancos que brilhavam como pérolas contra o rubi de seus voluptuosos lábios. Havia algo nelas que me inquietou, um medo ao mesmo tempo nostálgico e mortal. Senti um desejo malévolo, chamejante, de que me beijassem com aqueles lábios vermelhos. Não é decente que anote isso, já que se um dia Mina encontrar este escrito, poderá sofrer; mas é a verdade. Cochicharam entre elas, e então as três riram. Suas risadas eram musicais, mas ao mesmo tempo tão cruéis como se jamais pudessem ser proferidas pela suavidade de tais lábios humanos. Era como o zumbido intolerável que ecoa ao esfregarmos o dedo na borda de uma taça de cristal. A mulher loura negava com a cabeça, de modo sedutor, e as outras duas insistiam com ela.

Uma disse:

— Vamos! Você primeiro, e nós lhe seguimos, é seu o direito de começar.

A outra completou:

— Ele é jovem e forte. Há beijos para todas.

Permaneci quieto, vislumbrando por entre os cílios, a agonia de uma deliciosa expectativa. A moça loura avançou e se inclinou sobre mim até que pude sentir seu hálito sobre meu rosto. Em certa medida, era doce como o mel, mas, como sua voz, fazia os nervos tremerem, e tinha uma nota amarga, ofensiva, como o amargo do sangue.

Tive medo de levantar minhas pálpebras, no entanto, vi perfeitamente de soslaio a moça ajoelhada e inclinada sobre mim, sentindo um enorme prazer. Havia uma voluptuosidade deliberada que era ao mesmo tempo maravilhosa e repulsiva. No momento em que se curvou sobre mim, lambeu a boca como um animal. Pude ver a umidade brilhando em seus lábios escarlates e a língua vermelha roçando seus dentes. Sua cabeça foi descendo, descendo até que seus lábios passaram ao largo da minha boca e de meu queixo; e pareceram pousar sobre meu pescoço. Então fez uma pausa e pude ouvir o ruído que sua língua fazia ao deslizar sobre os dentes e lábios, enquanto sentia seu hálito quente sobre meu pescoço e a pele começando a formigar, como quando alguém se aproxima para fazer cócegas. Senti o toque suave, vacilante, de sua boca em minha pele sensível, e a forte pressão dos dentes, simplesmente me roçando, e parando ali. Fechei os olhos em um lânguido êxtase e esperei, esperei com o coração batendo forte e acelerado. Nesse momento, outra sensação me percorreu como um relâmpago.

Senti a presença do Conde, como se estivesse envolto em uma tempestade de fúria. Ao abrir involuntariamente meus olhos, vi sua mão forte segurando o delicado pescoço da mulher loura, e com o poder de um gigante, arrastando-a. Estava com os olhos enfurecidos, os dentes apertados contra os lábios e suas pálidas bochechas estavam rubras pela exaltação. O Conde!

Jamais imaginei tal arrebatamento e fúria, nem nos demônios do inferno. A luz vermelha que chispava em seus olhos era aterrorizante, como se por trás deles se encontrassem as chamas do próprio inferno. Seu rosto estava mortalmente pálido e seu semblante endurecido como arame retorcido. As sobrancelhas, tão espessas que quase se uniam sobre o nariz, pareciam agora de um metal incandescente. Com um movimento feroz de sua mão, lançou a mulher para longe, e então gesticulou para as outras como se as estivesse repelindo. Era o mesmo gesto imperioso que havia visto o cocheiro usar com os lobos. Em uma voz baixa, quase como um sussurro, que ainda assim pareceu cortar o ar e ressoar por todo o quarto, disse às mulheres:

— Como qualquer uma de vocês se atreve a tocá-lo? Como se atrevem a pôr os olhos sobre ele depois de eu lhes ter proibido? Para trás, todas vocês! Este homem me pertence! Cuidado, e não se metam com ele, ou terão que se ver comigo.

A mulher loura, com uma risada de deboche se voltou para responder ao Conde:

— Você jamais amou! Não consegue amar!

Ao ouvir isso, as outras mulheres lhe fizeram eco, e pelo quarto todo ecoou uma risada tão nefasta, cruel e impiedosa que quase desmaiei ao ouvi-la. Parecia o prazer dos inimigos. Então o Conde me olhou e disse em um suave sussurro:

— Sim, eu também posso amar, vocês podem confirmar o meu passado. Não é assim? Bem, prometo que quando terminar com ele, deixarei que o beijem tanto quanto queiram. Agora vão, vão! Devo despertá-lo porque temos muito trabalho a fazer.

— Não vamos ganhar nada essa noite? — perguntou uma delas com uma risada contida, enquanto apontava para uma bolsa que ele jogara no chão ao entrar no aposento, e que se mexia como se tivesse algo vivo dentro.

Em resposta, ele fez um movimento com a cabeça e uma das mulheres saltou para abrir a bolsa. Se meus ouvidos não me enganaram, escutei um suspiro e um choro, como se fosse de um bebê. As mulheres rodearam a bolsa, enquanto eu permanecia petrificado de medo.

Mas, ao olhar novamente, haviam desaparecido. Não havia nenhuma porta perto delas e não é possível que tenham passado por mim sem que eu as percebesse. Pareceu que simplesmente se desvaneceram nos raios de luz da lua e voaram pela janela, pois pude ver lá fora, as formas tênues de suas sombras, um instante antes de desaparecerem por completo.

Então o horror se entranhou em mim, e me afundei na inconsciência.

4

CAPÍTULO 4

Do diário de Jonathan Harker (continuação)

Despertei em minha cama. Se tudo não passou de um sonho, o Conde deve ter me carregado até meu quarto. Tentei achar uma explicação para o ocorrido, mas não consegui chegar a nenhuma conclusão. Havia algumas evidências no quarto, como: minha roupa dobrada e arrumada de maneira esquisita, meu relógio parado, e sempre lhe dou corda antes de me deitar, entre outros detalhes. Mas nada disso pode ser considerado como uma prova definitiva. Podem ser evidências de que minha mente não estava em seu estado normal, uma vez que, por tantos motivos, eu estava bem agitado. Tenho que ficar atento para comprovar minhas teorias! Mas uma coisa me alegra: se foi o Conde que me trouxe até aqui e me despiu, deve tê-lo feito correndo, já que meus bolsos estavam intactos.

Estou certo de que este diário teria sido um mistério insuportável para ele, de modo que teria se apossado dele ou o destruído, mas não o deixaria comigo. Ao dar uma boa olhada no quarto, ainda que fosse tão intimidante para mim, me dou conta, só agora, que este aposento é uma espécie de santuário, pois nada pode ser mais terrível do que aquelas mulheres monstruosas… à espreita para chupar meu sangue.

18 maio Aproveitei a luz do dia para vistoriar novamente aquele quarto, em busca de provas para saber a verdade, mas a porta estava trancada. Havia sido empurrada com tanta força contra o batente que boa parte da madeira se lascou. Observando mais de perto, pude ver que o ferrolho não fora puxado, então a porta deveria estar trancada por dentro. Temo que não tenha sido um sonho e decidi agir de acordo com essa suposição.

19 maio Com certeza estou em uma armadilha. O Conde me pediu, na noite passada, com a voz mais suave, que escrevesse três cartas: uma dizendo que meu trabalho já estava quase no fim e que regressaria para casa dentro de poucos dias; outra falando que sairia na manhã seguinte do dia que escrevia a carta, e a terceira afirmando que havia deixado o castelo e já estava em Bistritz. Meu desejo era protestar, mas senti que diante dos acontecimentos recentes seria uma loucura ter problemas com o Conde. Estou completamente sob seu poder e contrariá-lo só despertaria suas suspeitas e incitaria sua cólera.

Ele está ciente que sei mais do que deveria e, portanto, não devo continuar vivendo, pois represento uma ameaça. Minha única possibilidade, então, é prolongar todas as minhas oportunidades.

Pode acontecer alguma coisa que me dê uma chance de fugir daqui. Vi em seus olhos algo daquela ira que se manifestou quando lançou a mulher loura para longe. Disse-me que ao escrever agora, com certeza, tranquilizaria meus amigos, e me assegurou insistentemente que enviaria essas cartas (que seriam detidas em Bistritz até o dia oportuno, no caso de que o azar permitisse que eu prolongasse minha estadia). Desta forma, opor-me a ele levantaria muitas suspeitas.

Fingi estar de acordo e perguntei qual data deveria pôr nas cartas. Ele fez alguns cálculos e disse:

— A primeira para o dia 12, a segunda para 19, e a terceira para 29 de junho.

Bom, agora já sei até quando viverei. Deus me ajude!

28 maio

Finalmente apareceu uma oportunidade para fugir, ou ao menos enviar algumas poucas palavras para casa. Um grupo de ciganos acampou no pátio do castelo. Tenho anotações a respeito deles em meus livros. Estes são bem peculiares nesta parte do mundo, ainda que sejam aliados aos ciganos em todos os outros países. Existem milhares deles na Hungria e na Transilvânia, vivendo quase à margem da lei. Atribuem-se nomes de nobres, são indomáveis e não professam nenhuma religião, salvo as superstições, e só falam seus próprios dialetos do idioma romani.

Escreverei algumas cartas para casa e os convencerei a postá-las. Já falei com eles através da janela. Foi um contato inicial para que nos conhecêssemos. Na ocasião, tiraram os chapéus, fizeram muitas reverências e gesticulavam. Não consegui entender muito mais do que já compreendo do idioma deles...

Escrevi as cartas. Ao senhor Hawkins pedi que se comunicasse com Mina. Já para ela expliquei, em taquigrafia, minha situação, mas sem os detalhes de terror para não a assustar mais do que deveria. Caso as cartas não sejam despachadas, o Conde não poderá conhecer meu segredo, tampouco o alcance de meus conhecimentos acerca dele e daquele lugar. Apesar de que, intuo que ele já sabe o suficiente sobre mim...

Arremessei as cartas através das grades de minha janela, junto a uma moeda de ouro. Fiz todos os sinais que pude para fazê-los entender que as deveriam pôr no correio. Um homem se aproximou, recolheu-as, apertou-as contra o peito e se inclinou. Em seguida, guardou-as sob o gorro que usava. Não podia fazer mais do que isso. Regressei em silêncio à biblioteca, e comecei a ler, enquanto esperava pelo Conde. Mas como ele não apareceu, comecei a escrever aqui...

O Conde chegou. Sentou-se ao meu lado e disse-me com a mais suave das vozes enquanto abria duas cartas:

— Os ciganos me entregaram estas missivas, das quais, ainda que não saiba a procedência, me ocuparei, certamente. Veja! — Claro que deve tê-la olhado antes. — Uma é do senhor, dirigida a meu amigo Peter Hawkins. A outra — ele viu pela primeira vez aqueles estranhos símbolos ao abrir o envelope, seu semblante se anuviou e seus olhos brilharam de forma maligna —, a outra é algo vil, um insulto à hospitalidade e à amizade! Não está assinada, então não nos deve importar.

E então, com muita calma, segurou a carta sobre a chama da lamparina até que se consumisse. Depois disso, continuou:

— A carta para Hawkins, já que é sua, enviarei. Suas cartas são sagradas para mim. Perdoe-me, meu amigo, que sem querer, tenha rasgado o selo. Não quer colocá-la em outro envelope? — Estendeu-me a carta, e com uma reverência cortês me deu um envelope novo.

Escrevi novamente o endereço e o devolvi em silêncio. Quando saiu do quarto, escutei o barulho da chave girando. Esperei um minuto e tentei abri-la. A porta estava trancada.

Uma ou duas horas depois, o Conde entrou silenciosamente em meu quarto. Sua chegada me acordou, pois havia dormido no sofá. Estava bastante gentil e alegre à sua maneira. Vendo que eu caíra no sono, disse:

— Então, meu amigo, está cansado? Vá para cama. Ali é onde poderá descansar em segurança. Não terei o prazer de conversar com o senhor esta noite, já que preciso resolver muitas questões pendentes, mas faço votos de que durma com tranquilidade.

Fui para a cama e, estranhamente, dormi sem sonhar. O desespero tem sua própria calmaria.

31 maio

Quando despertei esta manhã, pensei em tirar alguns envelopes e papéis de carta de minha pasta, para guardá-los em meus bolsos. Assim poderia escrever caso surgisse outra oportunidade, mas uma surpresa me esperava. Uma das grandes!

Não encontrei nem um pedaço de papel. Tudo havia desaparecido, junto com minhas anotações sobre os horários do trem e meus documentos. De fato, tudo o que poderia ser-me útil caso conseguisse sair do castelo. Sentei-me e refleti por alguns instantes. Tive uma ideia e corri até o guarda-roupa, buscando minha maleta. As roupas com as quais cheguei de viagem não estavam lá, nem meu sobretudo... não encontrei vestígio deles em lugar nenhum. Isso me pareceu mais um ato de vilania...

17 junho

Esta manhã, enquanto pensava nos últimos acontecimentos sentado na beira da cama, escutei lá fora o estalido de chicotes e o ruído dos cascos de cavalos sobre o cascalho. Fui, com alegria, até a janela e vi entrar duas grandes diligências puxadas por oito lindos corcéis cada uma. Corri até a porta na tentativa de descer e alcançá-los no corredor principal, mas constatei que estava trancada por fora. Então voltei para a janela e chamei os condutores, que de longe, me pareceram ser eslovacos, vestidos como estavam, chapéu, cintos largos, incrustado de tachinhas, suas peles de carneiro encardidas, botas longas e aquela lança, com a ponta com gume de machado, na mão. Neste momento, o chefe dos ciganos saiu, disse algo, e todos começaram a rir. Depois disso, nenhum esforço meu, nenhum grito, fez com que me dessem atenção. Simplesmente, viraram-me as costas e se afastaram. As diligências estavam carregadas com grandes caixas quadradas amarradas com uma corda grossa, e pareciam estar vazias pela forma com que eram descarregadas sem esforço. Quando todas foram empilhadas no chão, o cigano pagou uma quantia em moedas de ouro para os eslovacos, e depois de cuspir nelas para dar sorte, cada um foi para sua carruagem, andando lentamente. Pouco tempo depois, ouvi a batida de seus chicotes desaparecendo à medida que se distanciavam.

24 junho

antes do amanhecer

Esta noite o Conde me deixou bem cedo e se fechou em seu aposento. Assim que tomei coragem, subi pela escada em caracol e olhei pela janela que dava para o Sul. Pensei que deveria vigiar Drácula, pois tinha certeza de que algo estranho estava acontecendo. Os ciganos estavam acampados em algum lugar do castelo e trabalhavam em algo. Sei disso porque de vez em quando escuto, lá longe, um ruído abafado de pás e picaretas. Seja como for, não duvido que se trata de algo muito maléfico.

Estava olhando a paisagem por quase meia hora quando vi algo saindo da janela do Conde. Retrocedi e observei cuidadosamente. Era um homem, e tive a enorme surpresa de descobrir que estava usando minhas roupas desaparecidas. Levava pendurada no ombro a terrível bolsa que eu havia visto as mulheres carregarem naquela noite horrenda. Não restava dúvida sobre seus objetivos, ainda mais vestido com meus trajes! Este é, então, seu plano diabólico: permitir que outros pensem ter me visto andando pelo povoado, postando minhas próprias cartas, de forma que seja atribuída a mim qualquer maldade que ele possa cometer.

Enfurece-me pensar que o plano seguirá seu curso, enquanto permaneço aqui, aprisionado, sem a proteção que a lei confere até mesmo a um prisioneiro de verdade.

Imaginei que poderia observar o regresso do Conde, e por muito tempo fiquei sentado ao lado da janela. Foi então que comecei a notar nuances encantadoras flutuando nos raios luminosos da lua. Pareciam diminutas partículas de pó, girando em redemoinho, e se agrupando semelhantes à… poeira estelar. Neste momento a calma invadiu meu ser, e me reclinei, buscando uma posição mais confortável, para gozar plenamente deste espetáculo etéreo.

Um leve uivo melancólico de cães, vindo de algum lugar longe no vale, me assustou. O ruído soava cada vez mais forte e as partículas flutuantes tomaram novas formas, como se bailassem ao compasso de uma dança ao luar.

Senti-me fazendo um esforço desesperado para manter-me lúcido. Era minha alma que lutava, e minha sensibilidade adormecida tentava responder àquele chamado. Eu estava sendo hipnotizado! As partículas, bailando freneticamente, começaram a formar figuras fantasmagóricas. Nesse ponto, saí do transe e corri, gritando, tentando me afastar dali. Os fantasmas estavam se materializando de modo gradual através dos raios da Lua. Eram as três mulheres que queriam meu sangue! Fugi e só me senti mais seguro quando entrei em meu quarto, protegido da luz da lua, iluminado apenas pelo brilho da lamparina.

Depois de poucas horas escutei algo se mexendo no aposento do Conde, como se fosse um gemido rapidamente suprimido. E logo tudo ficou em silêncio, em um profundo e terrível silêncio que me fez estremecer. Com o coração batendo acelerado, fui novamente até a porta, que, mais uma vez, estava trancada por fora. Senti-me o último dos prisioneiros a caminho da morte. Não havia nada a fazer, então, sentei-me e apenas chorei.

Enquanto me lamentava, ouvi outro ruído. Dessa vez lá fora, no pátio. Um aterrorizante grito de mulher. Corri até a janela e olhei pelas grades. De fato, havia ali fora uma mulher com cabelo desgrenhado e as mãos postas sobre o peito, como se fosse vítima de um grande infortúnio. Estava encostada a um canto, mas quando me viu na janela, avançou e gritou com uma voz ameaçadora:

— Monstro! Devolva meu filho!

Caiu de joelhos e, levantando os braços, gritou mais algumas palavras em um tom que atormentava meu coração. Começou a arrancar os cabelos e a bater no peito, entregando-se à violenta descarga de emoção causada pelo desespero. Finalmente correu, e, ainda que não pudesse vê-la, podia escutar como batia com suas mãos nuas na porta.

Em algum lugar muito acima de mim, provavelmente da torre, ouvi a voz do Conde em um sussurro metálico. Seu chamado parece ter sido respondido desde muito longe e de todos os lados pelos uivos dos lobos. E logo, com uma pressa desvairada, uma alcateia entrou no pátio. Não se ouviram mais os gritos da mulher, e os uivos dos animais não duraram muito. Em pouco tempo se retiraram de um em um, lambendo os focinhos.

Não senti pena da mulher, pois sabia o que acontecera com seu filho. Era melhor então, que estivesse morta. Mas o que farei? Como poderei escapar desta horripilante noite de terror e medo?

25 junho

pela manhã

Ninguém sabe como é doce e agradável para o coração e os olhos a chegada do amanhecer, até sofrer os horrores da noite em sua escuridão. Quando o sol se levantou esta manhã e irradiou pelo meu quarto, meu temor se evaporou tal qual uma indumentária etérea se dissolvendo com o calor. Devo agir enquanto a coragem, que o dia traz, permanece. Na noite passada, a primeira carta da série fatal que apagará qualquer traço de minha existência sobre a Terra, foi enviada.

Não, não devo pensar nisso! Devo agir!

À noite é sempre o momento que as ameaças se aproximam e é quando me encontro de alguma forma em perigo ou com medo. Ainda não vi o Conde à luz do dia. Será que dorme enquanto todos estão acordados, e permanece acordado quando todos dormem? Se pelo menos pudesse chegar ao seu quarto! Mas não há maneira possível. A porta está sempre trancada, não há nenhum modo de chegar até ele.

Minto. Há sim um caminho, se ousar percorrê-lo. Se ele consegue sair pelas paredes, por que outra pessoa não poderia? Eu mesmo o vi se arrastar para fora de sua janela. Por que não posso fazer como ele e me arrastar para dentro? As probabilidades são pequenas, mas a necessidade me obriga a correr todo e qualquer risco. Enfrentarei o perigo. O pior que poderá me acontecer é a morte, mas a morte de um homem não é a morte de um bezerro, e o tenebroso "além da vida" ainda pode me oferecer oportunidades. Que Deus me ajude em minha investida! Adeus, Mina, se fracasso, adeus meu amigo e segundo pai. Adeus a todos, e mais uma vez e por último, adeus, Mina!

No mesmo dia, mais tarde

Fiz o esforço, e com a ajuda de Deus consegui voltar para este quarto. Vou escrever em ordem cada detalhe. Fui, enquanto ainda tinha coragem, até a janela do lado sul, e saí por ela. As pedras são grandes e lapidadas de maneira tosca e o concreto está desgastado. Tirei as botas e me aventurei como um louco. Olhei mais uma vez para baixo, para ter certeza de que uma olhada repentina para aquele terrível abismo não me assustaria durante o percurso. De qualquer forma, resolvi manter o olhar fixo para o alto. Conheço bem a janela do Conde, e me dirigi até lá da melhor maneira que pude. Não fiquei enjoado, suponho que estava nervoso demais, e o tempo que levei para chegar a meu destino me pareceu ridiculamente curto. Em um piscar de olhos, estava abrindo a janela. Fiquei muito apreensivo ao passar pela abertura, com medo de ter alguém no quarto, mas para minha sorte o aposento estava vazio!

Era mobiliado com coisas esquisitas, que pareciam nunca terem sido usadas. Os móveis eram do mesmo estilo dos outros cômodos, e estavam cobertos de poeira. Procurei a chave da porta, que não estava na fechadura, mas não a encontrei em lugar algum. O que encontrei, para minha surpresa, foi um monte de ouro, de todo tipo, em moedas romanas e britânicas, austríacas e húngaras, gregas e turcas. As moedas estavam cobertas com uma película de pó, como se tivessem estado ali por muito tempo. Nenhuma tinha menos de 300 anos. Também havia algumas joias, mas todas velhas e desbotadas.

Em um canto do aposento havia uma pesada porta que me levou até uma escada em caracol muito íngreme. Desci tomando muito cuidado onde pisava, já que estava bastante escuro. Ao fundo havia um corredor, parecido com um túnel, através do qual percebi um cheiro mortal: o cheiro da terra recém-mexida. Conforme avançava no corredor, o cheiro se tornava mais intenso e mais próximo.

Abri outra porta e me deparei com uma antiga e velha capela, que havia sido usada como cemitério. Havia uma escada que conduzia a uma espécie de câmara subterrânea. O teto tinha muitas rachaduras, o solo parecia ter sido escavado recentemente e a terra fora colocada em grandes caixas de madeira, com certeza aquelas trazidas pelos eslovacos.

Não havia ninguém por perto. Consegui então, fazer uma minuciosa investigação do terreno. Desci até as catacumbas, com a alma tomada de horror, e em duas delas não vi nada além de velhos caixões e uma grande quantidade de poeira. Mas na terceira, o que descobri, me congelou de pavor!

Ali, em um dos caixões maiores — havia mais de cinquenta deles — sobre um monte de terra recém-escavada, jazia o Conde! Estava morto ou adormecido, não podia distinguir àquela distância. Os olhos dele estavam abertos, vidrados como na morte, mas as bochechas tinham o calor da vida, apesar de sua palidez. E os lábios estavam mais vermelhos que de costume. Isso me confundiu. Não havia nenhum sinal de movimento, pulso, respiração, nem a batida do coração.

Inclinei-me sobre ele e tentei encontrar algum sinal de vida, em vão. Não podia estar ali há muito tempo, pois o cheiro de terra teria se dissipado em poucas horas. Ao lado do caixão estava a tampa, atravessada por grandes furos aqui e ali.

Pensei que as chaves poderiam estar com ele, mas quando ia revistá-lo vi seus olhos mortos; e neles, apesar de moribundos, um olhar carregado de muito ódio. Ainda que não me notasse ou a minha presença, fugi; abandonei o aposento do Conde e me esgueirei pela parede do castelo. Ao chegar ao meu quarto me atirei na cama e comecei a pensar sobre tudo aquilo...

29 junho

Hoje é a data de minha última carta, e o Conde deu sinais de que realmente a postou; pois outra vez, o vi saindo do castelo pela mesma janela, vestido com minhas roupas. Ao vê-lo deslizar pela parede, igual a uma lagartixa, senti o desejo de ter à mão um fuzil ou qualquer outra arma letal para poder destruí-lo. Mas temo que nenhuma arma manejada pela mão do homem possa ter algum efeito sobre ele. Não me atrevi a esperar por seu regresso ali, pois temia voltar a ver suas malvadas irmãs. Voltei para a biblioteca e li até adormecer.

Foi o próprio Conde que me acordou, e me olhou de forma obscura ao dizer:

— Amanhã meu amigo, devemos partir. O senhor regressará para sua bela Inglaterra, e eu farei um trabalho, após o qual, dependendo de seu resultado, talvez nunca mais nos vejamos. Sua carta foi despachada para casa. Amanhã não estarei aqui, mas tudo estará pronto para sua viagem. Pela manhã, virão ao castelo os ciganos, que precisam terminar algumas coisas, e os eslovacos. Quando partirem, minha carruagem virá buscá-lo e o levará até o desfiladeiro de Borgo. Ali se encontrará com a diligência que vai de Bucovina a Bistritz. Mas devo admitir que alimento a esperança de voltar a vê-lo no castelo do Drácula.

Suspeitei de suas palavras e resolvi testar sua sinceridade. Sinceridade? Parece uma profanação da palavra se conectada a um monstro como este, de forma que falei sem rodeios:

— E por que não posso partir hoje à noite?

— Porque, querido amigo, meu cocheiro e os cavalos saíram em uma missão.

— Mas teria muito prazer em caminhar. O meu desejo é sair daqui o quanto antes.

O Conde sorriu, com aquele sorriso sutil, delicado e diabólico. Imediatamente soube que havia alguma armadilha por trás de toda aquela amabilidade. Ele perguntou:

— E sua bagagem?

— Não me importa. Posso mandar buscar depois.

Ele se levantou e disse, de maneira tão doce, que me fez esfregar os olhos para ver se era real:

— Os senhores ingleses têm um ditado que me é muito caro, pois seu espírito é o mesmo que rege os *boyars*: "Dê as boas-vindas àquele que chega, apresse o hóspede que parte." Venha comigo, querido e jovem amigo. Nenhuma hora a mais ficará em minha casa contra sua vontade, ainda que me entristeça sua partida, e que assim o deseje tão repentinamente. Venha.

Com uma seriedade majestosa, ele, com a lamparina, desceu à minha frente pelas escadas. De repente se deteve.

— Ouça!

O uivo dos lobos nos chegou aos ouvidos e pareciam muito próximos a nós; quase como se os uivos tivessem brotado a um gesto de sua mão, assim como surge a música de uma grande orquestra, com o levantar da batuta de um maestro. Depois de uma breve pausa, continuou, de maneira majestosa até a porta. Correu os ferrolhos, removeu as pesadas correntes e começou a abri-la.

Assombrado, vi que estava sem chave. Olhei por todas as partes ao meu redor, mas não pude ver chave de nenhuma espécie.

À medida que abria a porta, os uivos dos lobos iam aumentando de intensidade e fúria: pude ver seus focinhos vermelhos, os dentes pontiagudos e as garras das patas pesadas, enquanto saltavam. Dei-me conta de que seria inútil lutar contra as vontades do Conde naquele momento. A porta continuava se abrindo lentamente e agora só o corpo do Conde bloqueava a entrada.

Diante daquele cenário, me veio a ideia de que esse era o objetivo por trás de tudo aquilo. Talvez aquele fosse o momento em que eu seria para sempre condenado; seria entregue aos lobos, por minha própria vontade. Havia uma maldade diabólica nesta ideia, e, me agarrando em um último fio de esperança, gritei:

— Feche a porta! Aguardarei até amanhã!

Cobri o rosto com as mãos para ocultar as lágrimas de minha amarga decepção.

Com um movimento de seu braço potente, o Conde fechou a porta em um golpe só, e os grandes ferrolhos, ao voltarem para seus lugares, fizeram um barulho que ecoou por todo o corredor.

Voltamos para a biblioteca em silêncio. Depois de um ou dois minutos fui para o meu quarto. A última coisa que vi do Conde Drácula foi seu terrível olhar, com um brilho vermelho de triunfo e um sorriso do qual Judas, no inferno, poderia sentir orgulho.

Já no meu quarto, estava a ponto de me deitar quando escutei uns murmúrios atrás da porta. Aproximei-me em silêncio. A menos que meus ouvidos tenham me enganado, ouvi a voz do Conde:

— Para trás! Para trás! Voltem para seus lugares! Ainda não chegou a hora de vocês! Esperem! Tenham paciência! Esta noite é minha. Amanhã, a noite será de vocês.

Houve um ligeiro e doce murmúrio de risadas, e, em um acesso de fúria, abri a porta em um golpe. Vi lá fora aquelas três terríveis criaturas lambendo os lábios. No momento em que apareci, todas se uniram em uma horrível gargalhada e saíram correndo. Voltei para o quarto e caí de joelhos. Então, o fim está assim tão próximo? Amanhã!?

Amanhã! Senhor, ajude a mim e àqueles que me amam!

30 junho
pela manhã

Estas podem ser as últimas palavras que escreverei neste diário. Dormi até pouco antes do amanhecer, e ao despertar caí de joelhos novamente, pois, se a morte é certa, quero estar preparado.

Finalmente senti aquela mudança sutil da atmosfera e soube que o amanhecer havia chegado.

Logo ouvi o tão aguardado canto do galo e senti que estava a salvo. Com um coração alegre, saí do quarto e corri escada abaixo. Como vira ontem que a porta estava destrancada, talvez fosse a hora de conseguir minha liberdade. Com as mãos tremendo de ansiedade, destravei as correntes e abri os pesados ferrolhos, mas a porta não se moveu. O desespero tomou conta de mim. Empurrei a porta. Nada. Parece que a trancaram depois que subira ao meu quarto na noite passada.

Um desejo de conseguir essa maldita chave a qualquer preço se apoderou de mim. Decidi, então, escalar a parede mais uma vez para chegar ao quarto do Conde.

Eu poderia morrer, mas a morte agora me parecia o menor dos males. Sem perder tempo, deslizei até a janela do aposento daquele ser. Estava vazio, mas isso eu já esperava. Não encontrei a chave em lugar nenhum, mas o monte de ouro permanecia lá. Fiz o mesmo caminho e desci até a capela. Sabia bem onde encontrar o monstro que procurava.

O grande caixão estava no mesmo lugar, mas desta vez, tampado, com os pregos prontos para serem colocados. Eu sabia que tinha que chegar até o corpo para encontrar a chave, então levantei a tampa e a encostei na parede. Foi quando vi algo que encheu minha alma de puro terror. Ali estava o Conde, mas parecia muito mais jovem, como se tivesse rejuvenescido, seu cabelo branco e seus bigodes agora eram de um cinza escuro; as bochechas estavam mais rechonchudas, e sob elas a pele antes branca, parecia agora, avermelhada. Sobre os lábios havia gotas de sangue fresco que caíam em fios de um canto de sua boca e corriam por sua barba e seu pescoço.

Até seus olhos, profundos e brilhantes, pareciam estar afundados no meio da carne, pois as bolsas debaixo das pálpebras estavam inchadas. Parecia como se aquela horrorosa criatura simplesmente estivesse saciada com sangue.

Jazia como uma sanguessuga horripilante, exausta de tão farta. Tremi quando me inclinei para tocá-lo, e todos os meus sentidos se rebelaram a este contato. Mas precisava remexer em seus bolsos, ou estaria perdido.

Podia ver meu próprio corpo servir de banquete para aquelas três mulheres na noite a seguir. Debrucei-me sobre o corpo, mas não pude encontrar nem sinal da chave. Parei e olhei para o Conde.

Havia em seu rosto um sorriso sarcástico, que me deixava louco. Aquele era o ser que eu estava ajudando a mudar para Londres, onde, talvez, nos séculos vindouros poderia saciar sua sede de sangue e criar um círculo mais amplo de semidemônios para atormentar os indefesos. O mero fato de pensar naquilo me fazia estremecer. Senti um terrível desejo de salvar o mundo daquele monstro. Não tinha à mão nenhuma arma letal, mas peguei a pá, que os homens usaram para encher as caixas, levantei-a e golpeei aquele rosto odioso. Ao fazê-lo, a cabeça virou e os olhos recaíram sobre mim com todo seu brilho, como um basilisco.

O olhar do Conde me paralisou e a pá acabou por não pegar em todo o rosto, fazendo apenas um pequeno corte em sua testa. A ferramenta caiu das minhas mãos, e ao puxá-la, ficou presa na tampa encostada na parede, que caiu novamente sobre o caixão, escondendo aquela terrível imagem. A última visão que tive foi a do rosto manchado de sangue, com uma careta maliciosa, que seria digna do mais profundo dos infernos.

Refleti muito sobre qual seria meu próximo movimento, mas parecia que meu cérebro estava em chamas, então, esperei; sentindo que meu desespero só aumentava.

Enquanto esperava, escutei bem ao longe um canto cigano entoado por vozes alegres que se aproximavam. Em meio ao canto, pude ouvir o som das rodas pesadas e dos chicotes; eram os ciganos e os eslovacos que chegavam, como o Conde dissera.

Olhando uma última vez para o caixão contendo o corpo maligno, saí correndo e cheguei ao quarto do Conde, decidido a sair daquele lugar. Atento, pude ouvir um barulho de chave e uma pesada porta se abrindo. Deve haver outros meios de entrar naquele lugar, ou alguém tem a chave para uma das portas que vivem trancadas. Então ouvi o som de passadas, que cessavam em alguma passagem, enviando um eco retumbante.

Quis voltar para a catacumba onde talvez pudesse encontrar essa nova entrada, mas neste momento uma rajada de vento forte pareceu invadir o quarto, batendo a porta que dava para a escada em caracol, a qual levava à capela.

Tentei abrir a porta, mas estava hermeticamente fechada. Eu era prisioneiro novamente, e o círculo de meu destino parecia estar se fechando cada vez mais.

Enquanto escrevo isso, no corredor abaixo de mim pode-se ouvir o som de muitos pés, e de coisas muito pesadas sendo transportadas. Com certeza eram as caixas com seu carregamento de terra. Também se pode ouvir o som de um martelo; é o caixão do Conde que está sendo fechado. Agora posso ouvir de novo os pesados pés avançando pelo corredor.

A porta se fecha, as correntes se chocam ao serem recolocadas; se ouve o som da chave na fechadura; posso até ouvir quando ela é retirada. Outra porta se abre e se fecha.

As rodas pesadas partem, cruzando o pátio e o terreno rochoso. O fustigar dos chicotes e o coro dos ciganos desaparecem na distância. Estou sozinho no castelo com essas mulheres horríveis.

Mina é uma mulher e não tem nada em comum com elas. Essas são criaturas endiabradas, vindas do mais profundo dos infernos.

Não ficarei sozinho aqui com elas, tenho que fazer algo, escalarei a mais distante parede do castelo. Levarei algum ouro comigo, talvez necessite dele mais tarde. Quem sabe encontro alguma maneira de escapar deste lugar horrível.

E então, rápido, para casa! Pegarei o próximo e o mais veloz dos trens! Vou para longe deste maldito lugar, desta maldita terra onde o demônio e seus filhos ainda caminham.

Pelo menos a bondade de Deus é melhor que a companhia destes monstros, e o precipício é íngreme e alto. A seus pés, um homem pode dormir como um homem. Adeus, tudo! Adeus, Mina!

5

CAPÍTULO 5

Carta da senhorita Mina Murray para a senhorita Lucy Westenra

9 maio

Minha querida Lucy,

Perdoe-me por minha demora em escrever, mas tenho estado sobrecarregada de trabalho. A vida de uma assistente de diretoria de escola é angustiante. Tenho muita vontade de estar em sua companhia de novo, à beira do mar, onde poderíamos conversar com liberdade e construir castelos de areia. Ultimamente tenho estudado demais, porque quero me equiparar ao nível de Jonathan. Estou, neste momento, praticando a taquigrafia. Quando me casar com ele, poderei ser útil escrevendo tudo o que ele disser para, posteriormente, passá-lo à máquina. Escrevemo-nos por taquigrafia às vezes. Ele leva um diário para suas viagens e quando eu for com ele, farei o mesmo.

Não me refiro a um desses diários que se escrevem rapidamente, quando se tem tempo no fim de um domingo qualquer. Mas um diário no qual possa escrever sempre que me sinta inclinada a fazê-lo. Suponho que não interessaria a outras pessoas, e não será destinado a elas. Talvez um dia, eu o mostre a Jonathan, no caso de haver algo que mereça ser compartilhado, mas na verdade será mais como um livro de exercícios.

Vou tentar fazer o que vi as mulheres jornalistas fazerem: entrevistas, descrições, tentando lembrar o máximo possível de todas as conversas. Disseram-me que com um pouco de prática, posso lembrar tudo o que aconteceu, ou o que ouvi durante o dia. Vamos ver. Vou lhe contar sobre meus planos humildes, assim que nos encontrarmos. Acabo de receber umas poucas linhas apressadas de Jonathan, da Transilvânia. Está bem e deve regressar em uma semana.

Estou muito ansiosa para escutar todas as histórias dele. Deve ser tão bonito visitar países estrangeiros! Às vezes me pergunto se nós, quero dizer, eu e Jonathan, alguma vez os visitaremos juntos. O relógio acabou de soar dez horas.

Adeus, querida!
Mina.

P.s. Conte-me todas as novidades quando escrever. Faz tempo que não me fala nada. Tenho ouvido rumores, especialmente sobre um homem alto, bonito, de cabelos cacheados…

Carta de Lucy Westenra para Mina Murray

Rua Chatham, 17
Quarta-feira

Querida Mina,

Devo dizer que me julga mal ao falar que sou ruim para a troca de correspondências. Escrevi duas vezes desde que nos vimos pela última vez e sua derradeira carta foi também a sua segunda. E depois, não tive novidades. De verdade, não há nada que lhe possa interessar. A cidade está muito bonita nestes dias, e vamos frequentemente às galerias, ou saímos para caminhar ou andar a cavalo no parque.

Quanto ao homem alto, bonito e de cabelos cacheados, suponho que se trata do rapaz que estava comigo no último concerto. Evidentemente alguém andou espalhando fofocas.

Era o senhor Holmwood, que vem sempre nos visitar, e se dá muito bem com minha mãe. Eles têm negócios em comum.

Há algum tempo encontramos um homem que seria perfeito para você se já não estivesse comprometida com Jonathan. É um excelente partido, bonito, rico e de boa família. É médico e muito inteligente. Imagine! Tem 29 anos e é proprietário de um grande asilo para lunáticos. O senhor Holmwood nos apresentou, e agora vem nos visitar com frequência. Creio que é um dos homens mais bem resolvidos que já vi na vida, e, no entanto, o mais tranquilo. Parece ser absolutamente imperturbável. Posso imaginar o magnífico poder que deve exercer sobre os pacientes. Tem o curioso hábito de olhar bem nos olhos, como se tentasse ler nossos pensamentos. Ele o fez muitas vezes comigo, mas me orgulho de que agora tenha encontrado uma mulher difícil de decifrar. Isso eu aprendi pelo espelho.

Nunca tentou ler seu próprio rosto? Eu sim, e posso afirmar que não é uma perda de tempo. Também preciso dizer que dá mais trabalho do que podemos imaginar, se nunca tentou antes.

Ele me disse que sou uma espécie de "caso psicológico curioso", e humildemente acredito que isso seja verdade. Como sabe, não tenho interesse suficiente em roupas para lhe descrever as últimas modas. O assunto roupas é muito chato. Desculpe-me o palavreado, mas Arthur também fala assim o tempo todo.

Bom, isso é tudo. Mina, temos compartilhado todos os nossos segredos desde que éramos crianças; sempre dormimos juntas e sempre fizemos nossas refeições juntas. Sorrimos e choramos juntas. E apesar de ter escrito bastante agora, adoraria conversar mais com você. Ah, Mina! Não conseguiu adivinhar? Eu o amo. Eu o amo! E bom, isso me faz bem.

Gostaria de estar ao seu lado, querida, sentada junto ao fogo, assim como fazíamos em nossos tempos de juventude, para poder lhe contar tudo o que sinto. Para falar a verdade, nem sei como estou escrevendo tanto. Tenho medo de interromper, tenho medo de que a carta se rasgue, e não quero parar, porque desejo lhe contar tudo. Mande-me notícias suas imediatamente, e me diga o que pensa sobre isso. Mina, tenho que ir. Boa noite.

Coloque-me em suas orações, e, Mina, reze por minha felicidade.

Lucy.

P.s. Não preciso lhe dizer que isso é um segredo. Outra vez, boa noite.

Carta de Lucy Westenra a Mina Murray

24 maio

Minha muito amada Mina,

Obrigada, obrigada e obrigada outra vez por sua carta tão doce. Foi tão agradável sentir seu carinho.

Minha querida, nunca chove, mas quando acontece, chove muito. Como são verdadeiros os antigos provérbios! Aqui estou eu, que completarei vinte anos em setembro; e que nunca tinha sido pedida, até o dia de hoje, quando recebi não uma, mas três propostas. Imagine! TRÊS propostas em um dia. Não é incrível?

Estou triste, verdadeira e profundamente triste, por dois dos três sujeitos. Ah, Mina, estou tão feliz que não sei o que fazer! Três propostas de casamento!

Mas, pelo amor de Deus, não conte isso a nenhuma das meninas. Elas podem se sentir ofendidas, se em seu primeiro dia em casa não receberem ao menos seis propostas. Algumas garotas podem ser tão fúteis! Você e eu, querida Mina, que estamos comprometidas e logo vamos ser mulheres casadas, podemos deixar de lado a vaidade e a futilidade.

Bom, devo lhe falar sobre os três, mas lembre-se de manter tudo em segredo, não pode dizer a ninguém, a não ser, é claro, a Jonathan. Uma mulher deve contar tudo ao seu marido, não é assim, querida? E eu devo ser justa. Os homens gostam que suas mulheres, digo, suas esposas, sejam tão justas como eles, e as mulheres, temo, não são sempre tão justas assim.

Bom, querida, o número um chegou justamente antes do café da manhã. Já o havia mencionado: o doutor John Seward, o homem do asilo para lunáticos. Mostrou-se bastante frio, mas percebia-se que, na verdade, estava bem nervoso. Parecia ter decorado algumas coisas das quais tentava se lembrar e quase sentou sobre o chapéu, além disso, estava o tempo todo brincando com um canivete. Falou-me, Mina, de forma bem direta, apesar de me conhecer há tão pouco tempo, de como seria vida se eu estivesse ao lado dele para alegrá-la. Estava a ponto de me dizer o quanto ficaria infeliz se eu não o quisesse, quando me viu chorando. Parou de se declarar e me disse que era um bruto, que não queria me fazer infeliz e me perguntou se um dia eu poderia amá-lo. Eu movi lentamente a cabeça, indicando que não. Suas mãos tremeram e ele me perguntou se eu estava envolvida com outra pessoa. Disse-me tudo de uma forma muito gentil, afirmando que não queria me obrigar a confessar, mas que gostaria de saber para deixar de ter esperanças.

Então, Mina, senti que era meu dever dizer a ele que já tinha alguém. Assim que disse isso, se levantou muito sério, tomou minhas mãos e falou que desejava minha felicidade, que, se algum dia eu precisasse de um amigo, ele seria um dos melhores que eu poderia ter.

Ah, minha querida amiga, não posso evitar as lágrimas: deve perdoar que esta carta esteja manchada por elas. A proposta é uma coisa muito bonita, com tudo o que lhe dizem, mas não é nada fácil ver alguém que ama você com o coração partido, se afastando de sua vida. Minha querida, devo parar por aqui, me sinto mal, apesar de estar muito feliz.

É noite e Arthur acaba de sair. Sinto-me muito mais animada para continuar minha descrição de como foi o dia. Bom, querida, o proponente número dois chegou depois do café da manhã. É um bom rapaz, um americano do Texas; e é tão jovem, que parece ser impossível que já tenha estado em tantos lugares e tenha vivido tantas aventuras.

Eu simpatizo com a pobre Desdemona, que foi acorrentada de uma forma tão perigosa por um homem. Suponho que nós mulheres somos tão covardes que pensamos que um homem nos salvará de nossos medos, por isso nos casamos. Sei o que faria se eu fosse homem e quisesse que uma garota me amasse. Não, não sei, pois o sr. Morris sempre nos contou de suas aventuras, já Arthur nunca as mencionou, e ainda assim, minha querida, não sei porque estou me precipitando.

O senhor Quincey P. Morris me encontrou sozinha. Devo dizer antes de qualquer coisa que o senhor Quincey não fala gírias na frente de estranhos, pois é realmente bem-educado, mas se deu conta de que eu achava suas gírias americanas engraçadas, então sempre que estava sozinho comigo, me dizia coisas divertidas. Temo, minha querida amiga, que ele invente tudo isso, pois se encaixa perfeitamente em qualquer conversa. Não sei se eu mesma alguma vez falarei gírias, também não sei se Arthur as aprecia, uma vez que nunca o vi utilizá-las. Bem, o senhor Morris se sentou ao meu lado, percebi que estava muito alegre e satisfeito, mas pude ver também que estava muito nervoso. Tomou, quase com veneração, uma de minhas mãos entre as dele, e disse, da maneira mais carinhosa:

— Senhorita Lucy, sei que não sou suficientemente bom para amarrar os cadarços de seus delicados sapatos, e creio que, se a senhorita espera por um homem que o seja, acabará esperando indefinidamente até que fique entediada. Por que não me acompanha por esse mundo?

Bem, ele estava tão bem-humorado e tão feliz que não me pareceu ser tão difícil negar sua proposta como foi com o primeiro. Tanto que disse o mais rápido que pude que não estava suficientemente madura para um enlace. Então ele declarou que não havia sido tão solene quanto a ocasião pedia, e me pediu perdão por não parecer sério. Neste momento ele pareceu bem sério, e não pude evitar ficar um tanto séria também (eu sei Mina, que poderá pensar que sou uma tremenda espevitada), confesso que não pude evitar certo prazer triunfante por já ser o segundo a me pedir em casamento em um único dia. E então, querida, antes que eu pudesse dizer algo, começou a expressar uma torrente de palavras amorosas, pondo o coração e alma a meus pés. Parecia tão sincero sobre tudo o que proferia que nunca mais vou pensar que um homem está sempre de brincadeira, e nunca fala sério, só porque se comporta alegremente algumas vezes.

Suponho que viu algo em meu rosto que o colocou em alerta, pois se interrompeu abruptamente, e disse, com uma espécie de fervor másculo que, se eu estivesse livre, poderia fazer com que o amasse:

— Lucy, a senhorita é uma moça de coração sincero, eu o sei bem. Não estaria aqui se não a considerasse uma pessoa com a alma pura. Diga-me, existe outro homem que tenha interesse? Se existe alguém, jamais tocarei de novo neste assunto. Mas serei, se a senhorita o permitir, seu fiel amigo.

Minha querida Mina, por que os homens são tão nobres, quando nós mulheres não somos merecedoras deles? Olhe eu aqui, quase me divertindo à custa deste verdadeiro cavalheiro. Comecei a chorar (temo, querida, que pense que esta é uma carta muito bagunçada, em vários sentidos) e realmente me senti muito mal. Por que não permitem que uma mulher se case com três homens? Ou com quantos ela desejar, para evitar assim estas situações? Bom, isso é uma heresia e não devo dizê-la. Alegra-me, no entanto, dizer que, apesar de chorar, consegui olhar nos olhos do corajoso senhor Morris, e lhe falar sem rodeios:

— Sim, existe alguém a quem eu amo muito, ainda que ele não me tenha dito se me ama também.

Foi bom eu ter falado tão francamente, pois uma luz pareceu iluminar seu rosto, e, tomando uma de minhas mãos, me disse muito emocionado:

— É assim, minha corajosa menina. Mais vale a pena me declarar tardiamente e correr o risco de perdê-la do que correr atrás de qualquer outra moça no mundo. Não chore, querida. Se é por mim, sou uma noz muito dura de quebrar, aguentarei de pé. Se esse outro sujeito não conhece sua bem-aventurança, bom, o melhor é que tome logo conhecimento, ou terá que se ver comigo. Pequena, sua sinceridade e ânimo fizeram de mim um amigo, e isso é ainda mais especial do que ser um amante; de todas as maneiras, é menos egoísta. Querida, farei em solidão esta caminhada até o Reino dos Céus. A senhorita não me daria um beijo? Assim poderei levá-la comigo durante o percurso, agora e para sempre. Pode fazê-lo sem culpa, pois este outro sujeito (deve ser um bom homem, caso contrário não iria amá-lo) ainda não falou com a senhorita.

Tenho de dizer, minha querida, que esse quase me ganhou, pois foi valente, doce e nobre. E ele estava ali, de repente, tão triste... que me inclinei e o beijei com ternura.

Levantou-se com minhas mãos nas suas, e enquanto olhava para mim (temo que estava muito corada), disse:

— Menina, seguro suas mãos e a senhorita me dá um beijo, e se isso não nos faz bons amigos, nada o fará. Obrigado por sua doce sinceridade comigo e adeus.

Soltou minha mão e, pegando o chapéu, saiu do quarto sem olhar para trás, sem derramar uma lágrima, sem tremer e sem fazer uma pausa. E eu chorando como uma garotinha. Ah, mas por que seria um homem como este infeliz, se deve ter muitas moças adorando até o chão que ele pisa? Estou certa de que o adoraria caso estivesse livre, mas o fato é que não quero estar livre. Querida, isso me perturbou, e sinto que não posso escrever sobre a felicidade agora, depois de tudo que já disse. Não quero dizer nada sobre o número três, até que tudo possa ser tão somente felicidade.

Te adoro,
Lucy.

P.s. Ah! Sobre o número três, não preciso lhe dizer nada, não é? E depois, foi tão confuso! Pareceu ter transcorrido apenas um segundo desde que ele entrou em meu quarto, me rodeou com seus braços e me beijou. Estou muito, mas muito feliz, e não sei o que fiz para merecer tanta alegria. Apenas devo agradecer a Deus por toda bondade, ao me enviar um amor assim, um marido e um amigo. Adeus.

Do diário do doutor Seward (gravado)

25 maio

Maré baixa no apetite hoje. Não posso comer, não posso descansar, então vamos ao diário. Desde o meu fracasso de ontem sinto uma espécie de vazio; nada no mundo parece ser importante o suficiente para que eu tenha interesse em me dedicar. Como sei que a única cura para este tipo de coisa é o trabalho, me dediquei a meus pacientes. Escolhi um que me proporcionou um estudo muito interessante. É tão estranho que estou determinado a entendê-lo do jeito que for possível. Parece que hoje me aproximei mais do que nunca da alma de seu mistério.

Eu o interroguei mais detalhadamente do que em outras vezes, com o objetivo de me apossar da essência de suas alucinações. Pensando bem agora, acho que em minha forma de atuar havia um tanto de crueldade.

Desejava mantê-lo no pico de sua loucura, algo que evito fazer com os pacientes, como evito a entrada do inferno (lembrar: em que circunstâncias eu evitaria o abismo do inferno?) *Omnia Romae venalia sunt*. O inferno tem seu preço! Se existe algo por trás deste instinto, seria muito bom rastreá-lo com precisão, de tal forma que começo a fazê-lo, e, portanto...

R. M. Renfield, 59 anos. Temperamento sanguinário, porte físico vigoroso; morbidamente excitável, períodos de depressão que terminam em alguma ideia fixa, que não pude ainda decifrar. Suponho que esse tipo de temperamento, e uma influência perturbadora, podem transformar um homem. Provavelmente será um homem perigoso, se for egoísta. Para os homens egoístas, a cautela é uma arma tão segura para seus inimigos como para eles mesmos. O que penso é que quando o Eu é a ideia fixa, a força centrípeta é equilibrada com a centrífuga. Quando a ideia fixa é o dever, uma causa etc. a centrífuga é predominante, e elas só podem ser equilibradas por um acontecimento ou uma série de acontecimentos.

Carta de Quincey P. Morris para o honorável Arthur Holmwood

25 maio

Meu Caro Arthur,

Temos contado piadas ao lado de uma fogueira nos campos, e temos curado as feridas um do outro depois de desembarcar nas Marquesas; e temos brindado à beira do lago Titicaca. Há mais piadas para contar, e mais feridas para curar, e outros brindes a fazer. Não será assim amanhã à noite, ao redor da fogueira de meu acampamento? Não duvido ao lhe perguntar, pois sei bem que certa dama foi convidada para uma ceia, e você está livre. Haverá apenas mais um convidado: nosso velho cúmplice na Coreia, John Seward. Ele também virá, e nós dois desejamos misturar nossas lágrimas ao redor de uma taça de vinho, para logo brindar com toda alma pelo homem mais feliz deste mundo, que ganhou o coração mais nobre feito por Deus, e ninguém o mereceria mais. Prometemos uma calorosa recepção e um brinde tão sincero como sua própria mão direita. Ambos juramos lhe deixar em casa se por ventura beber em demasia, em honra de certo par de olhos. Espero por você!

Seu amigo sincero de sempre,
Quincey P. Morris.

Telegrama de Arthur Holmwood a Quincey P. Morris

26 maio

Pode contar comigo em todos os momentos. Levarei algumas notícias que os deixarão boquiabertos!

6

Art

CAPÍTULO 6

DO DIÁRIO DE MINA MURRAY

24 julho

Whitby

Encontrei com Lucy na estação. Estava ainda mais doce e bonita do que nunca, e dali nos dirigimos para a casa que fica em Crescente, onde há quartos vagos.

É um lugar muito bonito. O pequeno rio, o Esk, corre através de um profundo vale, e se alarga à medida que se aproxima do porto. É atravessado por um grande viaduto, com altos pilares, através dos quais a paisagem parece estar um pouco mais distante do que realmente está. O vale é de um verde belíssimo e bastante íngreme, tanto que quando se está no alto, de qualquer lado, é possível enxergar além dele, mas quando olhamos de baixo não é possível ver onde termina.

Todas as casas do antigo povoado (o mais distante de nós) têm telhados vermelhos, e parecem estar amontoadas umas sobre as outras de qualquer maneira, como nas fotos que vemos da cidade de Nurembergue.

Exatamente acima do povoado estão as ruínas da abadia de Whitby, que foi saqueada pelos dinamarqueses. O lugar é cenário do poema *Marmion* [escrito por Sir Walter Scott] local em que a moça é empurrada contra o muro. É uma ruína enorme e cheia de belas e românticas fendas. Segundo a lenda, uma dama de branco assombrava uma das janelas. Entre a abadia e o povoado há outra igreja, a paroquial, ao redor da qual existe um grande cemitério, cheio de tumbas de pedra.

Para mim este é o lugar mais bonito de Whitby, de onde temos uma vista completa do porto e de toda a baía até onde o promontório chamado Kettleness se expande para o mar. Ele desce de forma tão acentuada sobre o porto que parte da construção despencou, causando a destruição de algumas das sepulturas. Em um lugar, parte da pedra das sepulturas se estende sobre o caminho arenoso muito abaixo. Há bancos entre o cemitério e a igreja. As pessoas se sentam ali para apreciar a magnífica paisagem, enquanto sentem a suavidade da brisa. Ainda virei muito a este lugar, e frequentemente me sentarei aqui para trabalhar. De fato, estou nesse momento escrevendo apoiando o diário em meus joelhos, ouvindo a conversa de três senhores sentados ao meu lado. Parece-me que não fazem outra coisa o dia inteiro, a não ser sentarem-se aqui e falar.

O porto está logo abaixo de onde estou, e posso ver ao longe um longo muro de granito que termina no mar e em cuja extremidade há uma curva sobre a qual se localiza um farol. Um grande quebra-mar protege o lado exterior do farol. Do outro lado, ele assume uma forma côncava, em cuja extremidade há outro farol. Entre o muro e o quebra-mar, há uma abertura estreita para o porto, mas que se alarga mais adiante.

Quando a maré está alta, é muito bonito; mas quando baixa, diminui a profundidade, até ficar quase tudo seco. E então só se vê a corrente do Esk deslizando entre os bancos de areia, com algumas rochas aqui e ali. Fora do porto, deste lado, a menos de um quilômetro, um grande recife se eleva; e, ao final dele, há uma boia com um sino, que soa quando o mar está agitado, lançando suas lúgubres notas ao vento. Aqui, costumam contar uma lenda:

quando um barco está perdido, ouvem-se sinos que tocam no mar aberto. Devo perguntar ao senhor que vem vindo sobre isto.

É um senhor muito divertido. Deve ser terrivelmente velho, pois seu rosto é muito enrugado. Diz que tem quase cem anos e que era marinheiro da frota pesqueira da Groelândia na época da batalha de Waterloo. Creio que é uma pessoa bastante cética, porque quando lhe perguntei sobre os sinos no mar, e sobre a Dama de Branco na abadia, me respondeu bruscamente:

— Se eu fosse a senhorita, não me preocuparia com isso. Essas histórias já estão desgastadas. Quero dizer, não posso afirmar que nunca tenham acontecido, mas sim que não aconteceram no meu tempo. Tudo isso é muito bom para forasteiros e viajantes, mas não para uma moça tão bonita quanto a senhorita. Esses peregrinos de York e Leeds, que sempre estão comendo arenques, tomando chá e tentando comprar todo tipo de bugigangas, acreditam nessas lendas. Eu me pergunto quem é que se ocupa de contar todas essas mentiras. Até os jornais estão cheios de fofocas estúpidas.

Achei que ele era uma boa pessoa, com quem eu poderia aprender coisas interessantes. Então lhe perguntei se não se importava em me falar algo sobre a pesca de baleias no passado. Estava quase se sentando para começar, quando deram seis horas no relógio; e então o senhor se levantou com dificuldade e disse:

— Senhorita, devo voltar para casa. Minha neta não gosta de esperar depois que o chá está servido, pois logo esfria.

Se afastou mancando, e pude ver que se apressava, tanto quanto podia, escada abaixo. As escadarias são um traço típico deste lugar. Vale mencionar que elas conduzem do povoado até a igreja. Há centenas delas — não sei precisar quantas — e chegam a dar voltas em curvas delicadas; a inclinação é tão suave que um cavalo poderia facilmente subi-las ou descê-las. Acho que originalmente devem ter tido alguma ligação com a abadia. Enfim, também irei para casa.

Lucy saiu com a mãe para fazer algumas visitas, e como eram apenas de cortesia, não as acompanhei. Mas já devem estar regressando.

1 agosto

Faz uma hora que cheguei aqui em cima com Lucy, e tivemos uma interessante conversa com meu velho amigo e os outros senhores, que sempre lhe fazem companhia. Ele é, evidentemente, o líder do grupo, e me atrevo a pensar que quando jovem, deve ter sido um tanto ditatorial. Nunca admite estar equivocado, e sempre contradiz todo mundo. Se não pode ganhar uma discussão, ele os amedronta, e logo toma o silêncio dos demais como aceitação de seus próprios pontos de vista.

Lucy estava bela e ao mesmo tempo doce em seu vestido de linho branco; desde que chegamos, ela está bem corada. Notei que o ancião não perdeu tempo em se aproximar e se sentar ao lado dela. Lucy é tão doce com os velhinhos que acredito que todos se apaixonam no mesmo instante em que a conhecem. Até que meu velhinho sucumbiu e não a contradisse em momento algum, pelo contrário, apoiava tudo que ela dizia. Consegui tocar no assunto das lendas, e de imediato ele começou a me dar um tipo de sermão. Tentei recordá-lo o melhor possível e o transcrevo:

— Tudo isso são bobagens e nada mais. Esses ditados, sinais e fantasmas, esses convidados de pedra, e toda essa baboseira, só serve para assustar as crianças e as mulheres. Não passam de palavras, isso e todos os conjuros e advertências que foram inventados por padres e pessoas mal-intencionadas para assustar, e para fazer com que as pessoas façam algo que de outra maneira não fariam. Fico enfurecido em pensar nisso. Porque são eles que, não contentes em imprimir mentiras sobre o papel e lançá-las dos púlpitos, querem gravá-las até mesmo nas tumbas?! Olhem ao seu redor e verão que todas essas lápides estão inclinadas… simplesmente ruindo sob o peso das mentiras escritas nelas. Os "Aqui descansam os restos" ou "À memória sagrada" estão escritos sobre elas e, não obstante, em metade delas nem sequer há algum corpo; ninguém se importa com suas memórias e muito menos as santifica. Tudo é mentira! Apenas mentiras de um tipo ou de outro! Mas o grande repúdio virá no dia do Juízo Final, quando todos saírem com suas mortalhas, todos unidos arrastando suas lápides para provar o quanto foram bons; alguns deles tremendo e caindo, com as mãos dormentes e escorregadias por conta do tempo passado no mar, de modo que nem sequer conseguiriam manter o grupo reunido.

Pelo ar satisfeito do velho, e pela forma com que olhava ao redor em busca de apoio a suas palavras, percebi que estava tentando aparecer, então disse algo que o fez continuar:

— Ah, o senhor não está falando sério! Aposto que nem todas as lápides estão equivocadas, certo?

— Tolice! Pode haver umas poucas cujos dizeres não estão mal, exceto quando a pessoa é muito elogiada; pois há indivíduos que pensam que um balde seja como o mar, se ao menos fosse apenas seu. Tudo isso é apenas mentira. Escute, a senhorita veio até aqui com sua amiga e se deparou com este átrio — assenti, pois achei melhor concordar, sabia que tinha algo a ver com a igreja. Ele continuou: — E você afirma que todos esses túmulos são de gente daqui? — concordei novamente. — É justamente aqui que se engana. Escute, moça, há umas dezenas de lugares de repouso que guardam tumbas muito antigas — cutucou um de seus companheiros e todos riram. — E continuou: — Olhe aquela, que está no último corredor do cemitério. Leia!

Fui até ela e li:

> *"Edward Spencelagh, contramestre, assassinado por piratas nos arredores da costa de Andrés, em abril de 1845, aos trinta anos de idade."*

Quando regressei, o senhor continuou:

— Me pergunto: quem o trouxe para ser sepultado aqui? Assassinado nos arredores da costa de Andrés, e ainda acreditam que o corpo repousa aí! Eu poderia enumerar uma dúzia cujos ossos jazem nos mares da Groelândia, ao norte — e apontou uma direção — ou onde as correntes os tenham arrastado. As lápides estão aqui, ao nosso redor, com seus olhos jovens, vocês mesmas podem ler as mentiras que estão escritas nelas. Há um tal de Braithwaite Lowrey... se perdeu no naufrágio do *Lively*, nas redondezas da Groenlândia em 1820, eu até conhecia seu pai; e Andrew Woodhouse, afogado na mesma região em 1777; também teve o John Paxton, se afogou no Cabo Farvel um ano depois; e o velho John Rawlings, cujo avô navegou comigo, que se afogou no Golfo da Finlândia em 1850. Você acha que todos esses homens correrão apressados para Whitby quando a trombeta tocar? Duvido muito! Eu lhes digo que quando chegarem aqui, empurrarão uns aos outros como naquelas lutas no gelo de outrora, quando brigávamos do amanhecer até o escurecer, e tratávamos de curar nossas feridas à luz da aurora boreal.

Esta era certamente uma piada local, pois o senhor e seus companheiros riram e se deram tapinhas.

— Mas — disse — seguramente nem tudo está correto, porque o senhor parte do pressuposto de que todas as pessoas, ou seus espíritos, terão que levar consigo suas lápides no Dia do Juízo. O senhor acredita que isso será mesmo necessário?

— Bom, para que outra coisa seriam essas lápides? Responda-me querida!

— Suponho que para agradar aos familiares.

— Supõe que para agradar aos familiares! — Suas palavras estavam impregnadas de sarcasmo. — Como agradaria aos familiares, sabendo que tudo o que está escrito ali é uma mentira, e que todo mundo deste lugar sabe disso? — apontou para uma pedra que estava aos nossos pés, e que fora colocada ali para servir de lápide. Sobre ela havia uma cadeira, da qual se podia ver toda a paisagem.

— Leiam as mentiras que estão escritas nesta — disse o velho.

De onde eu estava não dava para ler, então Lucy se inclinou:

> *"Em memória de George Canon, que morreu na esperança de uma gloriosa ressurreição, no dia 29 de julho de 1873, ao cair das rochas de Kettleness. Esta lápide foi erguida por sua mãe para seu muito amado filho. Filho único de mãe viúva."*

— Para dizer a verdade, senhor Swales, não vejo nada de engraçado nisso — suas palavras foram pronunciadas com suma gravidade e com certa rispidez.

— Não acha engraçado?! Rá, rá, rá! Mas isso é porque não sabe que a pobre mãe era uma bruxa que o odiava porque era um ladrão, um verdadeiro sacana, era sim! E ele a odiava de tal forma que se suicidou para que ela não recebesse o seguro de vida! Estourou os miolos com um velho mosquete que usavam para assustar os corvos. Todavia, não o apontou para os corvos dessa vez. Foi assim que ele caiu das rochas. E, quanto às esperanças de uma gloriosa ressurreição, já o ouvira dizer muitas vezes, senhorita, que esperava ir para o inferno, pois sua mãe era tão piedosa que com certeza iria para o céu, e ele não queria permanecer eternamente em sua companhia. Sendo assim, essa pedra — disse, batendo sobre ela com sua bengala — não exibe um bando de mentiras? Isso vai ser uma espécie de piada para Gabriel, quando Geordie, ofegante, finalmente conseguir subir os degraus com a lápide equilibrada em suas costas, pedindo que seja considerada como prova!

Não soube o que dizer; mas Lucy falou, enquanto se levantava:

— Por que nos contou isso? É meu lugar favorito, e agora descubro que me sento sobre a tumba de um suicida!

— Isso não lhe fará nenhum mal, querida. E talvez Geordie se alegre em ter uma moça tão bonita sobre seu colo. Não lhe fará mal algum, eu mesmo já me sentei em diversas ocasiões aqui nos últimos vinte anos e nunca aconteceu nada. Não se preocupem com esses tipos que jazem aqui, ou com seus supostos túmulos! O momento de temer será quando perceberem que todos carregaram suas lápides e esse lugar estiver vazio como um campo devastado. Já está tarde, seu humilde servo precisa se retirar, senhoritas.

E se afastou mancando.

Lucy e eu permanecemos sentadas por um tempo. Tudo o que tínhamos em nossa frente era tão bonito. Ela voltou a me falar de Arthur e seu casamento que estava próximo, isso me deixou um pouco triste, porque não tive notícias de Jonathan no último mês.

No mesmo dia

Vim aqui sozinha porque me sentia muito triste. Novamente não havia chegado nenhuma carta, espero que nada de mal tenha acontecido a Jonathan. O relógio acaba de bater nove horas. Consigo enxergar as luzes se acendendo em todo o povoado. Pergunto-me onde está meu amor e se está pensando em mim! Como gostaria que estivesse aqui comigo!

Do diário do doutor Seward

5 junho

O caso de Renfield fica cada vez mais interessante conforme consigo entender o homem. Tem certamente algumas características bem fortes: egoísmo, discrição e conspiração.

Eu gostaria muito de averiguar qual é o objeto desta última. Parece ter se estabelecido em um sistema próprio, mas como ele funciona não sei. Sua virtude redentora é o amor pelos animais, ainda que, de fato, tenha tão curiosas mudanças de humor, que algumas vezes penso que ele é simplesmente cruel. Brinca com toda espécie de bicho.

Seu passatempo favorito é caçar moscas. No momento, tem tantas capturadas que chegamos a discutir por causa disso. Para meu assombro, ele não teve nem um episódio de fúria como eu esperava, ao contrário; tratou do assunto com muita seriedade, ponderou um instante, e logo disse:

— Pode me dar três dias? No fim deste prazo, as deixarei livres.

Concordei em dar o prazo, mas devo vigiá-lo.

18 junho

Agora sua atenção se voltou para as aranhas, e já tem alguns espécimes guardados em uma caixa. Passa o dia todo as alimentando com as moscas, por essa razão, a quantidade destas diminuiu bastante. Por outro lado, passou a usar parte de suas refeições para atrair mais moscas.

1 julho

Suas aranhas agora são um problema tão grande quanto as moscas, e hoje lhe disse que tem que se desfazer delas. Ele ficou extremamente triste, então concordei que ficasse com algumas. Isso o deixou bastante feliz, contudo, lhe dei o mesmo prazo de antes para que se desfizesse de algumas.

Enquanto esteve comigo, deu-me muitos desgostos. Um dia, uma de suas moscas, gordas de tanta comida, voou para dentro do quarto. Ele a capturou e antes que eu pudesse dizer qualquer coisa, colocou-a na boca e a comeu. Chamei sua atenção, mas se explicou, dizendo que era muito saborosa, e que comê-la lhe dava mais vida. Isso me deu uma ideia ou o fragmento de uma: devo observar como se livra das aranhas, pois é evidente que tem um problema mental; leva sempre consigo um caderno, no qual anota algo a todo o momento. Várias páginas estão cheias de números, geralmente números somados em séries e os resultados são somados em séries novamente, como se estivesse concentrado em uma conta específica.

8 julho

Há um método em sua loucura, e o fiapo de luz que surgiu em minha cabeça começa a se tornar uma lamparina. Logo essas estupendas manifestações inconscientes darão lugar à sua irmã, a consciência. Mantive-me afastado de meu amigo por alguns dias, de forma que pudesse acompanhar se haveria mudanças em seu comportamento. As coisas seguiam na mesma, a não ser pelo fato de ter deixado de lado seus animaizinhos e adotado um novo. Um pardal que já começou a domesticar. Sua forma de domesticação é bem simples: nota-se pela diminuição das aranhas, e, todavia, as que restaram são bem alimentadas com as moscas atraídas pelos restos de suas refeições.

19 julho

Estamos progredindo. Meu amigo tem agora uma colônia quase completa de pardais, e suas moscas e aranhas já desapareceram quase totalmente. Quando entrei, correu até mim e disse que queria me pedir um grande favor, um favor enorme. Perguntei o que queria, e me disse, com uma voz emocionada que quase sumia em soluços:

— Um gatinho brincalhão e bonito, para que eu possa brincar com ele, possa domesticá-lo, e possa alimentar, alimentar e alimentar!

Eu não estava desprevenido para tal pedido, pois já havia notado como seus animaizinhos haviam crescido em tamanho e vivacidade. Mas não me pareceu agradável que sua bonita família de pardais fosse dizimada da mesma maneira que as moscas e aranhas, então lhe disse que pensaria no assunto e lhe perguntei se não seria melhor um gato adulto que um filhote. A ansiedade o traiu ao responder:

— Ah! Sim! Claro que gostaria de um gato adulto. Só pedi um filhote com medo de não querer me dar um maior. Ninguém pode me negar um gatinho, não é verdade?

Respondi que no momento acreditava não ser possível atender ao seu pedido, mas que veria o que poderia ser feito. O semblante dele se fechou, e pude ver uma advertência de perigo; pois me lançou um olhar turvo, que transparecia sua vontade de matar. O homem é um homicida maníaco em potencial. Testarei seus desejos atuais e verei o que sai de tudo isso: assim saberei mais sobre o que lhe acontece.

10 da noite

Visitei-o outra vez e o encontrei sentado em um canto, cabisbaixo.

Quando entrei, caiu de joelhos e me implorou que o deixasse ter um gato, que sua salvação dependia disso. Mas fui firme e disse que ainda não poderia fazer nada; então ele se levantou sem dizer uma palavra e sentou-se outra vez no mesmo canto onde o havia encontrado. Começou a morder os dedos. Virei amanhã cedo para vê-lo.

20 julho

Visitei Renfield bem cedo, antes que meu ajudante fizesse a ronda. Eu o encontrei de pé, cantarolando. Estava espalhando o açúcar que guardara para caçar moscas, novamente, com alegria. Olhei ao redor e como não vi os pássaros, perguntei por eles. Renfield respondeu, sem olhar para mim, que todos escaparam. Havia algumas penas no quarto e gotas de sangue em seu travesseiro. Não disse nada, mas ordenei ao vigia que me contasse tudo o que acontecesse com Renfield durante o dia.

11 da manhã

Meu assistente veio me ver para dizer que Renfield estava muito doente e que havia vomitado muitas penas. "Acho doutor, que ele comeu todos os pássaros, crus."

11 da noite

Esta noite dei a Renfield um sedativo, forte o suficiente para fazer com que dormisse. Aproveitei para dar uma olhada em seu caderno. O pensamento que está rondando meu cérebro enfim se completou e a teoria está provada. Terei que inventar uma nova classificação para encaixá-lo. Meu maníaco homicida é de uma classe peculiar, o chamarei de maníaco zoófago (que se alimenta de seres vivos). O que ele deseja é absorver tantas vidas quanto possa, e se impôs uma missão para conseguir essa façanha de maneira acumulativa. Por isso, deu muitas moscas a cada aranha, e muitas aranhas a cada pardal, portanto queria o gato para que comesse muitos pássaros. Qual seria seu próximo passo? Talvez fosse interessante completar o experimento. Poderia ser feito se houvesse uma causa provável. Os homens se escandalizam com a dissecação e, no entanto, olhem para os resultados atuais! Por que não impulsionar a ciência em seu aspecto mais difícil e vital, como o conhecimento do cérebro humano? Se pelo menos conhecesse o segredo de uma mente assim, se tivesse a chave para a fantasia de um lunático, poderia impulsionar minha própria vertente científica, a um lugar tal que, em comparação, a fisiologia de Burdon Sanderson ou o conhecimento de Ferrier seriam pouco menos que nada. Se houvesse uma causa provável! Não devo pensar muito nisso para não cair em tentação; no fim das contas, também serviria para mim, pois não é certo que também tenho um cérebro naturalmente excepcional?

O raciocínio de um homem funciona muito bem! Já o dos lunáticos tem um mecanismo peculiar de acordo com sua própria realidade. Eu me pergunto que valor ele atribui à vida. Será que atribui algum? Ele concluiu sua conta com toda precisão e hoje começará um novo cálculo. Quantos de nós iniciamos um novo cálculo de nossas vidas todos os dias?

No meu caso, parece-me que só fiz isso ontem, quando a vida matou minha nova esperança e que verdadeiramente tomou um novo rumo, ou melhor, fez um novo cálculo. Assim será até que o Grande Contador me coloque em suas contas e encerre meu livro-caixa com um saldo positivo ou negativo.

Penso em Lucy. Ah, Lucy! Não posso ficar bravo com você, assim como não quero ficar com raiva de meu amigo, que está lhe fazendo feliz. Devo contar com a sorte e com o trabalho. Trabalho! Trabalho! Trabalho!

Se eu tivesse uma causa tão forte quanto a que tem meu amigo louco, uma boa causa, desinteressada, que me fizesse trabalhar, isso me traria a plena felicidade, sem dúvida.

Do diário de Mina Murray

26 julho

Estou ansiosa, e escrever me acalma. É como falar em sussurros comigo e ao mesmo tempo me escutar. E há algo também sobre os símbolos taquigráficos que os faz diferentes da escrita convencional. Estou triste por Lucy e Jonathan. Não recebia notícias dele há algum tempo e estava preocupada, mas nosso querido senhor Hawkins, sempre tão amável, enviou-me uma carta do meu amor. Eu lhe escrevera perguntando se ele tinha notícias de Jonathan, e me respondeu que me enviaria a carta que recebera nos últimos dias. Apenas uma linha dizendo que estava prestes a iniciar sua viagem de volta para casa. Não é do feitio de Jonathan, não consigo compreender, e estou inquieta. Quanto a Lucy, apesar de bem, voltou a ter ataques de sonambulismo. Sua mãe me falou sobre isso e decidimos trancar a porta de nosso quarto, todas as noites.

A senhora Westenra acredita que os sonâmbulos sempre saem para caminhar sobre o teto das casas e à beira dos precipícios, e quando subitamente acordam, caem, gritando de forma pavorosa. Pobrezinha, claro que está preocupada com Lucy. Ela me disse que o pai de minha amiga sofria do mesmo problema, levantava à noite, se vestia e saía para caminhar se ninguém o detivesse. Lucy vai se casar no outono. Já está escolhendo o vestido e a decoração de sua nova casa. Eu a entendo perfeitamente. Também faria o mesmo, com a diferença de que eu e Jonathan começaremos a vida de uma maneira mais simples. O senhor Holmwood — o honorável Arthur Holmwood, único filho do Lorde Godalming — virá para uma breve visita, tão logo possa deixar sua cidade, pois seu pai não está bem de saúde. Creio que Lucy está contando os minutos até a chegada dele. Ela quer levá-lo até o cemitério da igreja e mostrar a beleza de Whitby. Atrevo-me a dizer que a espera é o que a deixa ansiosa e creio que se sentirá melhor com a chegada dele.

27 julho

Nenhuma notícia de Jonathan. Estou ficando apreensiva, mesmo sem saber exatamente por quê. Gostaria muito que me escrevesse, ainda que fosse apenas uma linha. Lucy anda mais sonâmbula do que nunca; e toda noite acordo com seus passos, de um lado para o outro, no quarto. Felizmente, o tempo está tão quente que não ficou resfriada. Por outro lado, a ansiedade e o fato de passar boa parte das noites em claro começa a me afetar, estou ficando nervosa e sofrendo um pouco com a insônia.

Mas, graças a Deus, Lucy está saudável. O sr. Holmwood foi chamado de forma repentina à Ring para ver seu pai, que ficou gravemente doente. A impaciência da espera pelo senhor Holmwood não afetou seu semblante; ganhou mais peso e suas bochechas estão rosadas de uma forma encantadora. Perdeu o aspecto anêmico e rezo para que tudo siga bem.

3 agosto

Outra semana se passou sem notícias de Jonathan. O senhor Hawkins tampouco as recebeu. Desejo, do fundo do coração, que não esteja doente. Se estivesse, teria avisado... Li sua última carta e há algo nela que não me agrada. Não parece ser dele e, no entanto, está escrita com sua caligrafia, sem dúvida. Na última semana, Lucy não teve tantos ataques de sonambulismo, mas há nela uma concentração esquisita, pois até dormindo, parece que está nos observando. Ela tenta abrir a porta e ao encontrá-la trancada, percorre o quarto inteiro à procura da chave.

6 agosto

Mais três dias e nenhuma notícia. A espera está se tornando um martírio. Se ao menos soubesse para onde escrever ou para onde ir, me sentiria mais aliviada. Contudo, ninguém recebeu uma palavra de Jonathan desde aquela última carta. Só devo rogar a Deus por paciência.

Lucy está mais exaltada que nunca, mas está bem. Noite passada o tempo ficou ruim e os pescadores disseram que logo, logo haverá uma grande tempestade. Preciso começar a observar e aprender mais sobre os sinais meteorológicos. Hoje está um dia cinza, e, enquanto escrevo, o sol se esconde atrás das enormes nuvens que pairam sobre Kettleness. Tudo ao redor está cinza — exceto a grama que, de tão verde, parece uma esmeralda — as rochas sobre o solo, as nuvens, tingidas pelo sol em suas extremidades, suspensas sobre o mar também cinza, ao longo do qual os bancos de areia se estendem como figuras cinzentas.

O mar está batendo com um rugido sobre as rasas e arenosas enseadas, se fundindo à neblina marinha que chega até a terra. O horizonte se perdeu em uma névoa cinza. Dá para ver uma imensidão de nuvens se formando, amontoadas como pedras gigantes, e sobre o mar passam lufadas de vento que soam como o presságio de um destino cruel. Em alguns pontos da praia há algumas figuras, por vezes envoltas pela bruma, homens que se assemelhavam a árvores caminhando.

Todos os barcos de pesca se dirigem rapidamente ao porto. Elevam-se e submergem nas grandes ondas ao navegar até lá. Daqui consigo enxergar o senhor Swales, que caminha diretamente até mim, e posso ver, pela maneira como levanta seu chapéu, que deseja falar comigo.

Fiquei bastante comovida pela mudança do pobre velho. Quando se sentou ao meu lado, disse de maneira muito tímida:

— Quero lhe dizer algo, senhorita.

Pude perceber que não estava tranquilo. Por isso, peguei sua mão velha e enrugada, e pedi que falasse com calma. Então, deixando sua mão entre as minhas, disse:

— Temo, minha querida, que devo tê-la impressionado demais com todas as coisas malévolas que venho dizendo sobre os mortos nas últimas semanas. Mas não as disse seriamente, e quero que se lembre disso depois que eu partir. Nós, os velhos, já com um pé na maldita cova e meio pirados, não gostamos de pensar nisso. E não queremos nos assustar. É esse o motivo pelo qual trato essas coisas de modo tão leviano, para poder alegrar um pouco meu próprio coração. Mas, Deus a proteja, senhorita, não tenho medo da morte, não tenho o menor medo, só que se eu pudesse ser imortal seria melhor. Meu tempo está acabando, pois já estou velho, e cem anos é muito para qualquer homem; estou tão próximo da morte que o ceifador está afiando sua foice. Como pode perceber, não consigo abandonar o hábito de fazer graça com essas coisas, as piadas são meu tema favorito. Algum dia o anjo da morte tocará sua trombeta para mim. Mas não se aflija por isso e não lastime minha morte — disse, vendo que eu estava chorando —, pois se ela chegar esta noite mesmo, não me negarei a responder ao seu chamado. Afinal de contas, a vida é apenas uma longa espera por algo a mais, algo além do que vivemos. A morte é, na verdade, nossa única certeza. De toda forma, estou contente, pois ela se aproxima, minha querida, e muito rápido. Pode chegar a qualquer momento, enquanto estivermos aqui conversando. Talvez esteja vindo naquele vento sobre o mar, que provoca perdas, naufrágios, angústias e corações partidos. Olhe, olhe! — gritou de repente. — Há algo neste vento que parece ter o sabor e o odor da morte. Está no ar, sinto que chegará logo. Senhor, fazei-me responder alegremente quando minha hora chegar! — Levantou os braços de forma devota e ergueu o chapéu. Sua boca se movia como se estivesse rezando. Após alguns minutos de silêncio, se levantou, apertou minhas mãos, me benzeu, se despediu e foi embora mancando. Tudo isso me tocou muito e me deixou bastante atordoada.

Fiquei feliz quando um guarda costeiro se aproximou, trazia um binóculo sob o braço, e começou a falar comigo, como sempre fazia, mas todo o tempo se manteve olhando para um barco estranho.

— Não consigo imaginar o que é — disse. — Pelo que se vê, é russo. Mas está balançando de uma forma muito esquisita. Francamente, não sabe o que fazer, parece se dar conta de que vem por aí uma tempestade. Mas não consegue decidir se parte para o Norte, para o mar aberto, ou se vem refugiar-se aqui. Olhe outra vez! Está manobrando de uma forma muito peculiar. Parece que não obedece ao comando das mãos sobre o timão. Muda com qualquer rajada de vento. Saberemos mais sobre ele nas próximas 24 horas.

7

CAPÍTULO 7

Trecho do Dailygraph de 8 de agosto (colado no diário de Mina Murray)

De um correspondente.

Whitby. Foi uma das tempestades mais fortes e repentinas que já passou por aqui, com consequências estranhas. O tempo estava um pouco abafado, mas nada de excepcional para o mês de agosto. A noite de sábado foi tão boa quanto qualquer outra, e a grande quantidade de visitantes foi ontem aos bosques de Mulgrave, à baía de Robin Hood e a outros lugares nos arredores de Whitby. Os trens *Emma* e *Scarborough* fizeram inúmeras viagens ao largo da costa, para atender ao fluxo extraordinário de pessoas que chegavam à cidade. Era um dia bonito. Mas, pela tarde, viu-se no céu nuvens com formas parecidas a rabos de cavalo. O vento soprava do sudeste de maneira suave, que em linguagem climatológica está qualificado como segundo grau: brisa leve.

O guarda costeiro que cumpria seu turno deu o alerta, e um pescador das antigas, que há mais de meio século vigia os sinais meteorológicos da região, previu de maneira enfática a chegada de uma tempestade. O pôr do sol foi tão belo e tão grandioso com uma vastidão de nuvens esplendidamente coloridas, que uma pequena aglomeração de gente se formou ao longo do penhasco, no antigo cemitério da igreja, a fim de apreciar a bela paisagem. Antes que o astro sumisse no horizonte, uma massa de nuvens vermelhas, rosas, verdes, violetas e todos os matizes de dourado apareceu; esparramadas pelo céu, havia algumas massas menores, mas muito escuras, dos formatos mais variados, tão bem delineadas que se assemelhavam a silhuetas colossais.

Os pintores não desperdiçaram a oportunidade e sem dúvida alguns dos esboços do "Prelúdio da grande tempestade" farão parte da próxima exposição artística local. Mais de um capitão decidiu então que suas "mulas", como eles chamam as diferentes classes de barcos, permaneceriam no porto até que a tempestade passasse.

O vento deu uma trégua durante a noite. À meia-noite estava uma calmaria mórbida, um calor escaldante, e aquela força característica que, com a aproximação de trovões, afeta pessoas de natureza sensível. Havia poucas luzes à vista no mar, pois até mesmo os vapores costeiros, que normalmente "abraçam" a costa navegando tão perto, se mantinham bem ao largo, e poucos barcos de pesca podiam ser vistos. A única vela perceptível era a de um barco estrangeiro, com todas as velas postas, que aparentemente ia para o Oeste.

A teimosia ou a ignorância de sua tripulação foi um assunto exaustivamente comentado enquanto o barco podia ser avistado da costa. Foram feitas algumas tentativas de enviar sinais ao barco para que arriassem as velas, em vão. Antes do fim da noite, foi visto com suas velas balançando de modo ocioso enquanto flutuava suavemente sobre as ondas.

Pouco antes das dez da noite a calmaria do vento se fez bastante opressiva, e o silêncio era tão forte que o balido de uma ovelha ou o latido de um cão no povoado podia ser ouvido com perfeição. A banda que tocava no cais era uma dissonância que compunha a grande harmonia entre o silêncio e a natureza.

Um pouco depois da meia-noite ouviu-se um som estranho vindo do mar; um ribombar estranho, oco. E então, sem aviso prévio, irrompeu a tempestade. Com uma rapidez que, naquele momento, parecia incrível. E que, ainda agora, parece inconcebível. Todo o aspecto da natureza se tornou imediatamente selvagem. As ondas se ergueram, crescendo com fúria, cada uma sobrepondo-se à anterior, até que em poucos minutos o mar estava rugindo e devorando tudo como um monstro. As ondas invadiram de forma abrupta as areias e inundaram os penhascos; outras se chocaram sobre o quebra-mar, e a espuma invadiu as lanternas dos faróis que se erguiam na extremidade e ao final do píer do porto de Whitby. O vento rugiu como um trovão e soprou com tal força que foi com dificuldade que alguns homens fortes se mantiveram em pé ou se agarraram às escoras e aos suportes de ferro. Foi necessário fazer com que a massa de curiosos desalojasse por completo o cais, caso contrário, as desgraças da noite teriam aumentado consideravelmente.

Como se não bastassem as dificuldades e os perigos que rondavam o povoado, uma neblina começou a invadir a terra, nuvens brancas e úmidas avançaram de maneira fantasmagórica. Eram tão frias e densas que não era necessário imaginar muito para pensar que os espíritos perdidos naquele mar estavam tocando os vivos com suas viscosas e mórbidas mãos. Mais de uma pessoa sentiu tremores e arrepios quando a bruma invadia a terra. Em alguns momentos, a névoa rareava, e era possível ver o mar à distância, com os clarões dos relâmpagos seguidos de estrondosos trovões, tão aterradores que todo o céu parecia tremer.

Algumas cenas foram de uma grandeza imensurável e muito interessantes. O mar ficou tão alto quanto as montanhas, e, assim, lançava ao céu grandes massas de espuma, as quais a tempestade parecia recolher e espalhar por todos os lados; de vez em quando via-se um barco de pesca, com seu pano de vela rasgado, navegando freneticamente para se abrigar antes que a tempestade o varresse; outras vezes enxergava-se as asas brancas de algum pássaro marinho atirado pela tempestade.

No pico de East Cliff, o novo farol estava preparado para entrar em ação, mas ainda não havia sido testado; os trabalhadores encarregados o colocaram em posição, e quando a neblina dava uma trégua, varreram com ele a superfície do mar para tentar ajudar os barcos presos na tempestade. Cada vez que um bote conseguia chegar a salvo ao porto, havia gritos de júbilo da multidão que ainda estava abrigada na costa, gritos estes que pareciam abrir caminho sobre o vendaval, para, logo em seguida, serem varridos de volta para ele.

O farol descobriu, a alguma distância, um barco com todas as suas velas içadas. Aparentemente, era o mesmo que havia sido avistado mais cedo naquela noite. A essa altura, o vento ia até o Leste, e um tremor percorreu todos os espectadores quando presenciaram o terrível perigo em que o barco se encontrava. Entre a embarcação e o porto, havia um grande recife sobre o qual vários barcos se chocavam de tempos em tempos, e, considerando a direção em que o vento soprava, seria totalmente impossível se dirigir até a entrada do porto.

Estava quase na hora da maré subir. As ondas se agitavam, tão impetuosas, e o barco se precipitava com tanta rapidez, que nas palavras de um velho lobo do mar "deveria chegar a algum lugar, ainda que fosse ao inferno". Em seguida, outra lufada de névoa surgiu, mais intensa que qualquer outra até então — uma massa de neblina úmida, que parecia fechar-se sobre tudo ao seu redor, como um manto cinzento; deixando disponível aos homens somente um sentido, o da audição, a qual distinguia apenas o rugido da tempestade, o estrondo do trovão e o som da explosão das poderosas ondas que perpassaram o local fazendo mais barulho do que antes.

A luz do farol se manteve fixa na entrada do porto onde se esperava o choque, e os homens prendiam a respiração. De repente, o vento mudou de direção, e o resto da bruma se dissolveu. Então, *mirabile dictu* (coisa admirável de se dizer), ultrapassando onda por onda, o barco alcançou o porto em segurança. O farol o seguiu e um calafrio percorreu a todos que o viram, pois, amarrado ao timão, havia um corpo, com a cabeça caída, que balançava horrivelmente de um lado para o outro, conforme o movimento do barco. Não havia nenhum outro tripulante no convés.

Uma mistura de reverência e temor envolveu a todos quando viram que o barco, como por milagre, encontrara o porto guiado apenas pelas mãos de um homem morto! No entanto, tudo terminou mais rápido do que tardo em escrever estas palavras. O barco não se deteve no banco de areia, mas atravessou o porto à toda velocidade, chocou-se em um acúmulo de areia e cascalho levado por muitas marés e tempestades, o qual ficava na extremidade sudeste do píer que se projetava sob o East Cliff, conhecido localmente como píer Tate Hill.

Evidentemente houve um abalo considerável com o choque. Todos os vergalhões, cordas e ancoradouros ficaram frouxos, e alguns dos mastros superiores caíram. Todavia, o mais estranho foi que, no mesmo instante em que a embarcação tocou a costa, um enorme cachorro saltou do convés e, como se tivesse sido empurrado pelo golpe, correu em direção ao cemitério.

Por acaso não havia ninguém no píer Tate Hill, pois todos aqueles cujas casas ficavam nas proximidades estavam na cama ou tinham subido para um local alto a fim de enxergar melhor. Os homens que manejavam o farol, depois de esquadrinhar o porto, direcionaram a luz sobre o barco e a mantiveram ali. O capitão da guarda costeira subiu na embarcação e quando chegou perto do timão retrocedeu com o aspecto de quem estava sob forte emoção. Esse gesto atiçou a curiosidade geral de modo que muitas pessoas correram até lá; eu também fui, mas, quando cheguei perto da escuna, vi que uma multidão já estava tentando subir, sendo impedida pelo capitão. Por gentileza do chefe dos marinheiros, me foi permitida a entrada, como correspondente. Subi a bordo. Faço parte, portanto, do pequeno grupo que viu o marinheiro morto.

Não era de se estranhar que o capitão tivesse se surpreendido, ou sentido medo, pois não é muito comum ver coisas assim. O homem estava simplesmente amarrado com as mãos, uma sobre a outra, na roda do timão e entre elas tinha um crucifixo.

O pobre sujeito poderia até estar sentado a princípio; mas, com a tormenta, foi arrastado de um lado para o outro, de tal forma que as cordas laceraram sua carne até o osso. Uma detalhada descrição foi feita pelo médico J. M. Caffyn, de East Elliot Place, número 33. Foi ele quem subiu no barco logo depois de mim para examinar o corpo. Segundo o doutor, o homem devia estar morto há dois dias. No bolso dele havia uma garrafa tampada por uma rolha, que tinha dentro um pequeno pedaço de papel. Era um adendo ao diário de bordo.

O capitão da guarda costeira disse que o próprio homem deve ter se atado, apertando os nós com os dentes. O fato de o capitão ter sido o primeiro a embarcar, evitou algumas complicações mais tarde perante o Tribunal Marítimo. Vale dizer que a guarda costeira não reivindicou o direito de propriedade garantido a todos os civis que porventura possam ser os primeiros a adentrarem um navio abandonado.

No entanto, as autoridades legais já estão em movimento, e um jovem estudante de direito garantiu em alto e bom tom que os direitos do proprietário seriam totalmente nulos, pois o leme foi manobrado por um morto, constituindo um símbolo ou uma prova de posse delegada. O morto foi retirado dali e levado para um depósito de cadáveres para aguardar uma investigação mais profunda.

Já está passando a tempestade e sua ferocidade está diminuindo. As pessoas estão indo para casa, e o céu, que paira sobre a campina de Yorkshire, está começando a ficar vermelho. Enviarei, a tempo para sua próxima edição, mais detalhes do barco abandonado que encontrou tão milagrosamente a rota até o porto, mesmo em meio à tormenta.

9 agosto A continuação do episódio do barco misterioso é ainda mais assombrosa do que o fato em si. A embarcação é russa, de Varna, e se chama *Demétrio*. Está quase que totalmente carregada com lastro e tinha apenas uma pequena carga: muitas caixas grandes de madeira cheias de terra, cujo destino era um advogado de Whitby, o senhor S. F. Billington, de Crescente, número 7; que esta manhã subiu a bordo e tomou posse dos bens a ele consignados. O cônsul russo, atuando também em nome do remetente, tomou posse do barco e pagou todos os impostos alfandegários.

Não se fala de outra coisa por aqui. Os funcionários do Ministério do Comércio têm sido exageradamente escrupulosos em relação aos trâmites legais para que todos se cumpram de acordo com as disposições vigentes.

Como o assunto parece que vai se estender por mais de uma semana, estão evidentemente determinados a que não exista motivos para maiores complicações. Há muito interesse no cachorro que saltou do barco; e membros da Proteção Animal, que é muito forte aqui em Whitby, já declararam que se responsabilizarão pelo animal. Mas para desgosto de todos, ele não foi localizado. Pode ter fugido do povoado ou talvez esteja escondido, muito amedrontado, e alguns moradores têm receio dessa possibilidade, já que ele pode se tornar uma ameaça, pois deve ser um animal selvagem. Logo de manhã cedo, um grande cão, pertencente a um comerciante de carvão nas cercanias do píer Tate Hill, apareceu morto. Estava com marcas de briga e era óbvio que enfrentara um adversário selvagem, pois tinha o pescoço cortado e seu ventre estava aberto.

Mais tarde Por gentileza do inspetor do Ministério do Comércio, me permitiram dar uma olhada no diário de bordo do *Demétrio*, que estava em ordem até três dias atrás. Mas não tinha nada de especial, exceto o que se relacionava aos homens desaparecidos. O mais interessante, no entanto, estava no pedaço de papel encontrado na garrafa. Posso afirmar que nunca me deparei com um relato tão estranho como esse.

Como não há motivos para guardar segredo, eu o transcreverei aqui, ocultando apenas detalhes técnicos de navegação. Parece-me que o capitão do barco foi tomado por uma mania antes de chegar a alto mar, que se desenvolveu persistentemente durante a viagem. Claro que minha observação não deve ser tomada tão a sério, porque estou escrevendo baseado no que ouvi de um funcionário do consulado russo, que gentilmente traduziu para mim.

Diário de bordo do Demétrio

De Varna a Whitby.

Escrito em 18 de julho

Estão acontecendo coisas muito estranhas, por essa razão, manterei, daqui em diante, uma detalhada descrição de tudo até nossa chegada em terra firme.

6 julho

Terminamos de carregar a embarcação com o lastro e com as caixas que continham terra. Zarpamos pela tarde. Vento do Leste, fresco. Tripulação: cinco chapas, dois oficiais, o cozinheiro e eu (capitão).

11 julho

Ao amanhecer entramos no Bósforo. Subiram a bordo funcionários da alfândega turca. Propinas. Tudo certo. Partimos novamente às quatro da tarde.

12 julho

Atravessamos os Dardanelos. Mais funcionários da alfândega e alguns do Esquadrão da Guarda. Outra vez propinas. O trabalho dos oficiais foi rápido. Queriam se livrar de nós o quanto antes. Ao anoitecer, passamos pelo arquipélago.

13 julho

Passamos pelo cabo Matapão. A tripulação está insatisfeita com algo. Parece assustada, mas não diz por quê.

14 julho

Estive um tanto ansioso pela tripulação. Todos os homens são de confiança e já navegaram comigo outras vezes. O piloto também não conseguiu averiguar nada, a tripulação apenas disse que havia algo estranho e todos se benzeram. O piloto perdeu a paciência com um deles neste dia e lhe deu um soco. Esperava uma briga feroz, mas felizmente tudo está tranquilo.

16 julho

O piloto informou pela manhã que um membro da tripulação havia desaparecido, Petrovsky. Não soube dar mais informações. Ficou de prontidão pela noite, sendo substituído por Abramov, mas não foi se deitar. Os homens, muito deprimidos, disseram que já esperavam por algo assim, mas não acrescentaram mais nada, além de que havia algo a bordo. O piloto mais uma vez perdeu a paciência. Temo por mais incidentes hoje à tarde.

17 julho

Ontem, um dos homens, Olgaren, foi até a minha cabine e, de maneira confidencial, me disse que achava que havia um estranho a bordo. Contou-me que, em sua ronda, se escondeu atrás do deque, pois estava chovendo; quando viu um homem alto, magro, que não se parecia com nenhum membro da tripulação, mas que logo desapareceu.

Ele o seguiu com cautela, mas, quando chegou à proa, não encontrou ninguém e todas as escotilhas estavam fechadas. Ficou em pânico, e temo que este pânico possa contagiar os outros. Mas de qualquer forma hoje farei com que verifiquem todo o barco, da proa à popa.

Mais tarde, neste mesmo dia, reuni toda a tripulação e lhes disse para verificar o barco. Contudo, o primeiro oficial ficou contrariado, disse que era uma bobagem, que ceder a essas ideias estúpidas deprimiria ainda mais os homens e se comprometeu em controlar a tripulação. Não lhe dei ouvidos. Eu o deixei encarregado do timão, enquanto o resto começava a busca. Não deixamos nenhum canto sem averiguação. A única carga eram as caixas de madeira e não havia como alguém se esconder ali. Ao terminar, os homens estavam muito mais alegres, já que não encontraram nada, e começaram a fazer suas tarefas sem medo. O primeiro oficial resmungou, mas não disse mais nada.

22 julho

Nos últimos três dias, tempo ruim, e todas as mãos ocupadas com as velas: não havia tempo para ficarmos assustados. Os homens parecem ter esquecido seus medos. O piloto está feliz novamente, e tudo está indo muito bem. Elogiei os homens por seu magnífico desempenho durante o tempo ruim. Passamos por Gibraltar e saímos dos estreitos.

Tudo indo bem.

24 julho

Parece que pesa uma maldição sobre esta embarcação. Tínhamos um homem a menos, e ao entrar na baía da Biscaia, com um mal tempo horroroso, outro homem desapareceu pela noite, sem deixar rastro. Como o primeiro, deixou seu turno e nunca mais foi visto. Todos os homens estão em pânico e autorizei turnos com duas pessoas, pois estão com medo de ficar sozinhos. O piloto está furioso. Temo que tenhamos problemas, pois ele ou os homens podem ficar violentos.

28 julho

Quatro dias de inferno, com ventos tempestuosos. Ninguém dormiu. Estamos todos muito cansados. O segundo oficial se ofereceu voluntariamente para o timão e para ficar de guarda, permitindo que os outros dormissem por algumas horas. O vento está diminuindo, o mar continua terrível, mas o barco parece ter ganhado estabilidade.

29 julho

Outra tragédia. Esta noite tivemos guarda reduzida, já que a tripulação está muito cansada. Quando o do turno da manhã subiu, não encontrou ninguém a não ser o piloto. Começou a gritar e todos foram até o mastro. Fizeram uma busca minuciosa, mas não encontraram ninguém. Agora estamos sem o segundo oficial e a tripulação completamente apavorada. O piloto e eu decidimos andar sempre armados de agora em diante.

30 julho, noite

Todos estão regozijados, pois estamos nos aproximando da Inglaterra. O tempo segue muito bom, e todas as velas estão içadas. Esgotado, retirei-me para descansar e dormi profundamente. Fui despertado pelo primeiro oficial me dizendo que os homens, o de guarda e o piloto, haviam desaparecido. Só restam dois tripulantes para governar a embarcação: eu e o primeiro oficial.

1 agosto

Dois dias de muita neblina e sem avistar nenhuma vela. Esperava que no Canal da Mancha pudéssemos enviar sinais pedindo ajuda ou chegar a algum lugar. Por não termos força suficiente para manejar as velas, temos que navegar com o vento. Não nos atrevemos a arriá-las, porque não poderíamos içá-las novamente. Parece que nos arrastamos para um terrível desenlace.

2 agosto, meia-noite

Logo depois de ter adormecido, acordei com um grito, que parecia ter sido dado ao lado da minha porta. Não podia ver nada por causa da neblina. Corri para o convés e esbarrei no primeiro oficial. Disse-me que também escutou o grito. Não havia sinais do homem que estava de guarda. Outro a menos. Senhor nos ajude! O primeiro oficial disse que já deveríamos ter passado pelo estreito de Dover, pois em um momento de trégua na neblina viu North Foreland. Se isso for verdade, estamos agora no mar do Norte, e apenas Deus poderá nos guiar nesta neblina que parece mover-se conosco, mas Ele deve ter nos abandonado.

3 agosto

À meia-noite, fui render o homem que estava no timão e não encontrei ninguém. Ventava muito. Não me atrevi a deixar o timão solto, então chamei o primeiro oficial. Depois de uns segundos, ele veio correndo. Estava com os olhos esbugalhados e seu rosto tinha um aspecto doentio. Tenho medo de que tenha perdido a razão. Aproximou-se de mim, colocou a boca perto de meu ouvido e sussurrou com uma voz rouca, como se tivesse medo de que o próprio vento o escutasse: "Está aqui, agora sei. Ao ficar de guarda ontem à noite, o vi. Um homem alto, magro e de palidez sepulcral. Estava perto da proa olhando para o horizonte. Aproximei-me dele com cautela e meti minha faca nele. Mas ela o atravessou, como se fosse vazio como ar."

Enquanto falava, sacou a faca e começou a movê-la de modo selvagem no ar. Logo, continuou: "Mas, como está aqui, eu o encontrarei. Está no porão, talvez em uma dessas caixas. Eu as abrirei uma a uma, até encontrá-lo. O senhor deve assumir o controle da embarcação." E com um olhar de advertência, colocou um dedo sobre os lábios e se dirigiu até o porão. Um vento perigoso estava se levantando e não podia deixar o timão. Eu o vi sair de novo com uma caixa de ferramentas e descer pela escotilha dianteira. Está louco, completamente delirante, e não tem sentido detê-lo. Não pode danificar aquelas enormes caixas, elas contêm barro. Caso ele as arraste de um lado a outro não tem importância nenhuma. Então fico aqui, cuido do timão e escrevo essas notas. Só posso confiar em Deus e esperar que a neblina passe. Então, poderei pilotar o barco para qualquer porto...

Quando pensei que o primeiro oficial subiria mais calmo, ouço um grito que me gelou o sangue. Ele apareceu como um louco, com os olhos girando e o rosto convulsionado pelo medo: "Me ajude! Me ajude!", gritou, e então olhou ao seu redor, para o manto de neblina. Seu horror se transformou em desespero, e com uma voz tranquila disse: "Seria melhor que o senhor também viesse, capitão, antes que seja tarde. Está aqui. Agora conheço o segredo. O mar é a única salvação possível!" Antes que eu pudesse dizer uma única palavra, ou pudesse detê-lo, se lançou ao mar. Suponho que agora também conheço o segredo. Foi este louco que despachou os homens um a um e agora ele mesmo se matou. Deus me ajude! Como poderei explicar tudo isso quando chegar ao porto? Quando chegar ao porto! E quando será isso?

4 agosto

Ainda tem muita neblina impedindo a passagem do sol. Não me atrevo a descer, não me atrevo a abandonar o timão, então passo a noite toda aqui; e na velada escuridão noturna, eu o vi! Eu o vi! Deus me perdoe, mas o oficial teve razão ao se lançar ao mar. Era melhor morrer como um homem. A morte de um marinheiro nas profundezas do mar não pode ser questionada por ninguém, mas sou o capitão e não posso abandonar minha embarcação.

Frustrarei este inimigo ou monstro; pois quando minhas forças me faltarem amarrarei minhas mãos ao timão; e junto com elas amarrarei isso, que ele não se atreverá a tocar. Então faça vento bom ou ruim, salvarei minha alma e minha honra de capitão. Estou muito debilitado e a noite se aproxima. Se naufragarmos talvez essa garrafa seja encontrada e os que a encontrem me compreendam; caso contrário... Bem, então todos os homens saberão que fui fiel a meu juramento. "Deus, Virgem Santíssima e todos os santos, ajudem uma pobre alma que tenta cumprir com seu dever."

Claro que o veredito foi a absolvição. Não há evidência a acrescentar, e se foi ou não o homem que cometeu os assassinatos, é algo que ninguém pode confirmar. O povo daqui sustenta quase que unanimemente que o capitão é um herói, e será enterrado com todas as honras no cemitério da igreja. Os proprietários de mais de cem barcos já deram seus nomes, demonstrando que desejavam seguir o cortejo fúnebre do capitão.

Não se encontrou nenhum rastro do enorme cão; por isso há uma tristeza enorme pairando no ar. Creio que o povoado em comoção adotaria o animal. Amanhã será o funeral, e assim terminará esse mistério vindo do mar.

Do diário de Mina Murray

8 agosto

Lucy passou a noite muito inquieta e eu tampouco consegui dormir. A tempestade foi terrível e me encheu de medo. Mas algo raro aconteceu, Lucy não despertou, no entanto se levantou duas vezes e se vestiu. Por sorte, nas duas vezes acordei a tempo e consegui despi-la sem despertá-la, e a levei novamente para cama. Esse sonambulismo de Lucy é muito estranho...

Nesta manhã nos levantamos cedo e fomos até ao porto para ver se algo acontecera durante a noite. Ainda que o sol brilhasse e o tempo estivesse claro e fresco, havia pouca gente no entorno;

as ondas grandes e ameaçadoras pareciam mais escuras do que o normal. Devido à espuma, elas abriam caminho através da estreita fenda que se localizava no porto, como um homem que distribuía cotoveladas na multidão para poder passar. Sem razão aparente senti-me feliz por Jonathan não estar no mar, mas em terra. Mas será mesmo que está em terra? Onde estará e como estará? Estou ficando ansiosa de verdade para saber seu paradeiro. Se eu apenas soubesse o que devo fazer, e se pudesse fazer algo!

10 agosto O funeral do pobre capitão, hoje, foi comovente. Todos os barcos do porto pareciam estar ali, e o caixão foi carregado por todo o caminho sobre os ombros dos capitães, desde o píer Tate Hill até o cemitério da igreja. Lucy veio comigo, e fomos mais cedo para o nosso lugar de costume, enquanto o cortejo de embarcações passava. Tivemos uma vista magnífica, e assistimos quase toda a procissão. Colocaram o pobre homem descansando perto de onde nos sentamos, de tal forma que conseguimos assistir a tudo. A pobre Lucy parecia estar bastante nervosa. Esteve todo o tempo inquieta e apreensiva. Não consigo pensar em outra coisa a não ser que seus sonhos a estejam afetando. Há algo muito estranho acontecendo: ela não quer admitir para mim a causa para seu nervosismo, ou se houver alguma, de fato, ela mesma não a compreende.

O pobre velho senhor Swales foi encontrado morto esta manhã, onde usualmente nos sentávamos, com o pescoço quebrado, e penso que deve existir alguma explicação para esse acontecimento. Evidentemente, como disse o médico, ele deve ter caído de costas sobre o assento, aterrorizado, pois em seu rosto havia um olhar de horror, que chegava a dar calafrios. Pobre querido velho! Talvez tenha visto a morte com seus olhos moribundos! Lucy é tão doce. E sente as influências externas de modo mais intenso do que as outras pessoas.

Agora mesmo está muito exaltada por um pequeno detalhe no qual não prestei muita atenção, ainda que eu mesma ame muito os animais. Um dos homens que sempre subia aqui para olhar os barcos era seguido sempre por seu cão. Os dois são muito tranquilos, e nunca vi o homem bravo, tampouco ouvi o cachorro latir. Durante o funeral, o cão não quis se aproximar de seu tutor, que estava no mesmo lugar que nós, e se manteve a alguns metros de distância, latindo e uivando. Seu tutor lhe falou primeiro suavemente, mas logo em seguida usou um tom mais áspero. Por fim, já aborrecido, gritou, mas o animal não quis se aproximar e nem parou de latir. Estava possuído por uma espécie de raiva e seus olhos brilhavam, selvagens. Seu pelo estava todo eriçado, como o rabo de um gato quando se prepara para uma briga. Finalmente o homem saltou do assento e deu alguns pontapés no cachorro, pegou-o pelo pescoço, arrastou-o e jogou-o sobre a lápide na qual está erguido esse banco. No momento em que tocou a lápide, a pobre criatura recuperou sua atitude pacífica, mas começou a tremer freneticamente. Não foi embora, ao contrário, tratou de se enroscar, tremendo. Encontrava-se tão aterrorizado que tentei acalmá-lo, sem sucesso. Lucy também sentiu compaixão, mas não tentou tocar o cão, apenas o olhou com pena. Tenho muito medo de que sua natureza seja por demais sensível para andar pelo mundo sem sofrer. Tenho certeza de que hoje mesmo sonhará com o que aconteceu. Todo o acúmulo de fatos esquisitos (o barco pilotado por um homem morto; o modo como foi encontrado, amarrado ao timão com um crucifixo; o funeral emotivo; o cachorro, umas vezes furioso, e outras, aterrorizado) lhe fornecerá um material abundante para seus sonhos.

Creio que para ela, o melhor seria ir para cama quando estivesse fisicamente cansada. Por isso a levei para dar uma caminhada até as falésias da baía de Robin Hood e logo regressarei com ela a casa. Não creio que depois disso ainda tenha forças para andar enquanto dorme.

8

CAPÍTULO 8

Do diário de Mina Murray

Mesmo dia

11 da noite

Como estou cansada! Se não tivesse tomado a escrita em meu diário como uma obrigação, hoje não o faria! Fizemos um passeio encantador! Depois de um tempo, Lucy já estava de bom humor, devido, creio eu, a algumas vaquinhas mansas que vieram nos farejar e nos distraíram completamente. Isso pareceu apagar todo o resto, e nos demos a oportunidade de começar de novo.

Tomamos um magnífico chá inglês em uma pequena e simpática pousada, de estilo antigo, na baía de Robin Hood. Através da janela arqueada podíamos ver as rochas cobertas por algas marinhas na praia. Creio que poderíamos assustar as mulheres convencionais com o nosso apetite. Por outro lado, os homens são mais tolerantes. Benditos sejam! Ao terminar, voltamos para casa fazendo algumas paradas pelo caminho, receosas por causa dos touros selvagens que vagueavam pelo lugar. Lucy estava cansada de verdade, e tínhamos a intenção de nos deitarmos tão logo chegássemos. No entanto, o jovem padre veio nos visitar, e a senhora Westenra lhe pediu que ficasse para jantar conosco.

Creio que algum dia os bispos devem se reunir e decidir como criar uma outra classe de padres: os que não aceitem ficar para jantar, sem se importarem com o quanto seus anfitriões insistam, e que saibam quando as moças estiverem demasiado cansadas. Lucy dormiu e respira suavemente. Suas bochechas estão mais coradas, e seu aspecto é tão doce! Sim, o senhor Holmwood se apaixonou por ela só de vê-la na sala, imagine se a visse agora?

Estou feliz, porque Lucy parece estar mesmo bem melhor. Creio que os problemas com o sonambulismo foram superados. Ficaria ainda mais feliz se recebesse notícias de Jonathan... Deus o abençoe e o proteja.

11 agosto, três da manhã

Estou sem sono, então será melhor que aproveite para escrever. Estou muito agitada para conseguir dormir. Tivemos uma aventura extraordinária e muito dolorosa. Caí no sono assim que fechei meu diário... De repente despertei e me sentei com uma terrível sensação de medo por todo o corpo e com um sentimento de vazio dentro de mim. O quarto estava às escuras, por isso não conseguia ver a cama de Lucy; aproximei-me dela e a apalpei. A cama estava vazia. Acendi um fósforo e descobri que ela não estava no quarto. A porta estava fechada. Fiquei com medo de acordar sua mãe, que anda um tanto doente ultimamente, então coloquei uma roupa e fui procurá-la. No instante em que saía do quarto me ocorreu que as roupas que ela estava usando poderiam me dar alguma pista de suas intenções de sonâmbula. A bata significaria casa; um vestido, rua. Mas tanto a bata quanto os vestidos estavam em seus lugares. "Meu Deus" pensei, "não pode estar longe, já que só está usando sua camisola de dormir". Desci correndo as escadas e olhei para a sala. Não estava. Então procurei em todos os outros cômodos abertos da casa, com um temor maléfico crescendo em meu coração. Fui até a porta do corredor. Estava aberta. Não de todo, mas o trinco da fechadura estava puxado. As pessoas desta casa são muito cuidadosas ao fechar todas as portas. Temi, então, que Lucy tivesse saído de camisola. Não havia tempo para pensar no que poderia ter acontecido; um vago temor, invencível, obscureceu todos os detalhes. Peguei um grande e pesado xale e corri para fora. O relógio soava uma hora, e não havia uma alma à vista. Procurei em todos os lugares que costumávamos ir, mas nada de Lucy. A lua estava cheia e brilhante, no céu era possível enxergar algumas nuvens negras e pesadas, que davam à cena uma variação de luz e sombra à medida que encobriam a lua. Por um momento não pude ver nada, pois a sombra de uma nuvem obscureceu a igreja de Santa Maria e todo o seu entorno. Quando a nuvem se afastou, pude ver as ruínas da abadia que eram visíveis dali; e através de um feixe de luz vi também a igreja e o cemitério. Qualquer que fosse minha expectativa, ela não foi frustrada, pois lá estava, em nosso banco favorito, sob a luz prateada da lua, uma figura reclinada, branca como a neve. Mas outra nuvem chegou rápido e não vi muito mais. Todavia, pareceu-me que algo escuro estivesse atrás do assento, se reclinando sobre ela. Se era um homem ou uma besta, é algo que não posso dizer. Não esperei para olhar outra vez, corri até o cais e me apressei, correndo do mercado de peixe até a ponte, que era o único caminho pelo qual se podia chegar a East Cliff. O povoado parecia abandonado, pois não havia uma alma no lugar. Fiquei feliz por isso, já que não queria que alguém visse minha amiga daquela maneira. O tempo e a distância pareciam não ter fim. Meus joelhos tremeram e minha respiração ficou mais ofegante enquanto me dirigia à abadia.

Quando me aproximei de onde Lucy estava, vi a cena com mais nitidez. Lá estava ela, com algo grande e escuro se inclinando sobre sua pele alva. Cheia de medo gritei: "Lucy! Lucy!" Essa figura estranha levantou a cabeça e, de onde estava, tive a impressão que tinha um rosto branco e os olhos vermelhos reluzentes. Lucy não me respondeu, e corri até a entrada do cemitério. Quando entrei, a igreja ficou entre o assento e mim, e por um minuto a perdi de vista. Ao conseguir vê-la de novo, a nuvem já havia passado e a luz da lua iluminava o lugar. Vi Lucy meio reclinada com sua cabeça descansando sobre o respaldo do assento. Estava completamente sozinha, e não se via em lugar nenhum, qualquer sinal de um ser vivo.

Quando me inclinei sobre ela, vi que ainda dormia. Seus lábios estavam abertos e ela respirava. Não com a suavidade costumeira, mas em grandes e pesados suspiros, como se tentasse encher plenamente seus pulmões a cada inspiração.

Ao me aproximar, ajeitou a gola da camisola como se estivesse com frio no pescoço, porém continuou dormindo. Coloquei o xale quente sobre ela, pois temia que pegasse um resfriado letal pelo ar da noite, por estar assim, quase nua.

Fiquei com medo de acordá-la com um susto. Para que isso não acontecesse e tivesse as mãos livres para ajudá-la, prendi o xale ao redor de seu pescoço com um alfinete, mas estava tão ansiosa que a espetei. Logo sua respiração se normalizou, levou a mão ao pescoço, e deu um gemido. Calcei-a com meus sapatos e tentei despertá-la com muita suavidade. No começo não respondia. Foi ficando mais e mais inquieta, gemendo e suspirando ocasionalmente. Como via que o tempo passava rápido, e precisava levá-la para casa, a sacudi com um pouco mais de força e finalmente ela abriu os olhos. Não pareceu surpresa ao me ver. Com certeza não se deu conta de que estávamos no cemitério e não em nosso quarto. Ao perceber onde estava, tremeu um pouco e me abraçou bem forte. Quando eu lhe disse para vir comigo para casa, se levantou de imediato, me obedecendo como se ainda fosse criança. Ao começar a caminhar, uma pedra machucou meu pé, e Lucy notou que eu estava descalça. Insistiu para que eu calçasse novamente meus sapatos, mas disse que não.

A sorte estava do nosso lado e chegamos à casa sem encontrar uma viva alma. Em um dado momento, encontramos um homem, que não parecia exatamente sóbrio, passando pela rua à nossa frente. Mas nos escondemos no vão de uma porta até que desaparecesse por um espaço aberto, que existem aos montes por aqui, pequenos pátios íngremes, ou "winds" como são chamados na Escócia. Meu coração batia tão alto que, em alguns momentos, achei que fosse desmaiar. Estava tão ansiosa por Lucy, não só por sua saúde, apesar de a exposição ao vento frio poder lhe afetar, mas sim por sua reputação, no caso de alguém ouvir falar disso. Quando entramos, depois de lavar nossos pés e fazer uma oração de agradecimento, eu a ajeitei na cama. Antes de adormecer, me pediu, chegou a implorar, que não desse uma palavra a ninguém, muito menos à sua mãe, sobre sua aventura sonâmbula.

De início, hesitei se deveria fazer ou não a promessa, mas, então, pensei na saúde de sua mãe, e no fato de que saber de uma coisa dessas a deixaria agitada. Além do mais, pensei em como essa história poderia ser distorcida, aliás, inevitavelmente seria distorcida, caso vazasse para o mundo. Pensei que era mais prudente prometer o que me pedia. Espero que tenha tomado a decisão mais acertada. Tranquei a porta e amarrei a chave no meu pulso, na esperança de talvez não ser perturbada outra vez. Lucy dorme com tranquilidade. O reflexo da aurora já avança sobre o mar...

Mesmo dia, pela tarde

Tudo vai bem. Lucy dormiu tranquilamente e quando a despertei, não parecia ter nem sequer se mexido. A aventura daquela noite não parece ter lhe causado nenhum mal, ao contrário, lhe beneficiou, pois está muito melhor esta manhã do que esteve durante toda a semana. Entristeci-me ao notar que, por ser tão desajeitada, a feri com o alfinete. De fato, pode ter sido algo sério, pois a pele de seu pescoço está furada. Devo ter atravessado um pedaço de pele com o instrumento, já que há dois pequenos pontos vermelhos como buraquinhos de alfinetes, e sobre a gola da camisola havia uma gota de sangue. Quando me desculpei e mostrei minha preocupação, Lucy riu e me consolou, dizendo que não sentira nada. Por sorte, não ficará cicatriz, já que os orifícios são minúsculos.

Mesmo dia, pela noite Passamos o dia alegres. O tempo estava bom, o sol brilhava e havia uma brisa fresca. Levamos nosso almoço para comer nos bosques de Mulgrave; a senhora Westenra nos guiando pelo desfiladeiro. Eu estava um pouco deprimida porque gostaria que Jonathan estivesse conosco. Mas, vamos! Sejamos pacientes! Lucy parece estar mais tranquila do que nos últimos tempos. Fomos cedo para casa e dormi quase que de imediato. Fechei a porta e guardei a chave da mesma maneira que na noite anterior. De qualquer forma, acredito que esta noite será mais tranquila.

12 agosto Minhas previsões estavam equivocadas. Por duas vezes fui acordada por Lucy tentando abrir a porta. Despertei ao amanhecer com os pássaros cantando lá fora. Lucy também acordou, e me alegrei de ver que estava melhor do que ontem de manhã. Toda sua alegria parece estar de volta. Ela passou para minha cama se espremendo ao meu lado para me falar sobre Arthur. Eu lhe contei como estava ansiosa por Jonathan, e ela, então, tentou me consolar.

13 agosto Outro dia tranquilo, e de novo fui para a cama com a chave amarrada em meu pulso. Mais uma vez fui acordada de madrugada. Encontrei Lucy sentada na cama, ainda dormindo, apontando para a janela. Levantei-me silenciosamente, e, afastando a persiana, olhei para fora. A lua brilhava de maneira esplendorosa, e o suave efeito da luz sobre o mar e o céu, misturados em um único mistério grande e silencioso, era de uma beleza indescritível. Vi um morcego, que ia e vinha traçando grandes círculos. Algumas vezes se aproximou bastante, mas suponho que se assustou ao me ver, pois se afastou de novo, em direção ao porto e à abadia. Quando voltei da janela, Lucy já estava deitada e dormia tranquilamente. Não voltou a se mexer por toda a noite.

14 agosto

Estive em East Cliff. Passei todo o dia lendo e escrevendo. Lucy parece ter se apaixonado por este lugar tanto quanto eu. É muito difícil arrancá-la daqui quando chega a hora de partir. Esta tarde fez um comentário muito estranho. Estávamos a caminho de casa para o jantar, quando paramos um momento para apreciar a paisagem como fazíamos. O sol poente quase tocando o horizonte, a luz vermelha caindo sobre East Cliff e a velha abadia. Tudo parecia banhado com um belo resplendor rosado. Estivemos alguns minutos em silêncio. Então Lucy murmurou, quase que para si mesma:

— Outra vez seus olhos vermelhos! São exatamente os mesmos!

Aquela foi uma frase tão esquisita, tão fora de contexto, que me deixou perplexa.

Afastei-me um pouco, o suficiente para ver Lucy sem parecer que a observava, e vi que estava semiconsciente, com uma expressão esquisita no rosto. Seus olhos encaravam nosso assento, onde parecia ter se sentado uma figura sombria e solitária.

Eu mesma me senti inquieta; pois, por um momento, pareceu que aquele desconhecido tinha grandes olhos como chamas ardentes; mas uma segunda olhada dissipou a ilusão. A luz vermelha do sol estava brilhando sobre as janelas da igreja de Santa Maria, situada atrás de nosso assento; e, quando o sol se pôs, houve uma mudança na refração e reflexão da luz, dando a impressão de que a claridade se movia. Chamei a atenção de Lucy para este efeito peculiar, e ela voltou a si com um sobressalto, ao mesmo tempo em que parecia ter ficado triste de novo. É possível que estivesse pensando na terrível noite que havia passado. Nunca falamos dela; por isso não disse nada, e fomos para casa. Lucy estava com dor de cabeça e resolveu se deitar ainda mais cedo. Quando vi que já tinha adormecido, saí para dar uma volta sozinha. A falta de Jonathan me angustiava e oprimia meu coração. Ao voltar para casa (a lua brilhava de forma tão intensa que mesmo nas partes escuras, era possível enxergar nitidamente) vi que Lucy se reclinava sobre a janela. Acenei com meu lenço, pensando que estava me esperando, mas nem me notou, tampouco fez qualquer movimento. Neste momento a luz da lua banhou o edifício, e seus raios caíram sobre a janela. Ali estava Lucy, com a cabeça inclinada contra o lado do parapeito, com os olhos fechados. Estava em sono profundo, e a seu lado, pousado no parapeito, havia algo como um pássaro. Tive medo dela se resfriar, então corri pelas escadas acima. Mas, quando cheguei ao quarto, ela estava de volta à cama, com a respiração pesada, a mão ao pescoço, como se o protegesse do frio.

Não a acordei. Agasalhei-a o máximo que pude, verifiquei se a porta estava bem fechada, e a janela também. É tão doce enquanto dorme! Mas está mais pálida que de costume, e seus olhos estão ainda mais cansados, com um aspecto doentio, o que não me agradou. Acho que está ansiosa por algo. Gostaria de averiguar o que é.

15 agosto

Levantei-me mais tarde que de costume. Lucy estava cansada e dormiu bastante. No café da manhã, tivemos uma grata surpresa. O pai de Arthur está melhor e quer que o casamento aconteça o mais rápido possível. Lucy ficou extremamente feliz, já sua mãe ficou triste e alegre ao mesmo tempo. Mais tarde, me confessou a causa de sua tristeza: perder Lucy, mas se alegra que logo ela terá alguém para protegê-la. Confidenciou-me que logo morreria. Não disse nada a Lucy. Pobre e querida senhora! Fez-me prometer que guardaria segredo; seu médico lhe disse que morrerá dentro de poucos meses, pois seu coração está enfraquecendo. A qualquer momento, inclusive agora, uma emoção mais forte poderia levá-la certamente à morte. Ah! Fizemos bem em não lhe contar nada sobre a terrível noite de sonambulismo de Lucy.

17 agosto

Não escrevo faz dois dias. Não tive vontade. Uma espécie de destino sombrio parece nos rondar. Nenhuma notícia de Jonathan, e Lucy parece estar cada dia mais frágil, enquanto os dias de sua mãe estão terminando.

Não compreendo como Lucy está se apagando assim. Come e dorme bem, respira ar fresco; mas o rosado de suas bochechas parece murchar cada vez mais, e dia após dia, fica mais fraca; pelas noites a ouço suspirar como se lhe faltasse o ar. Sempre tenho a chave da porta amarrada no meu punho durante a noite, mas ela se levanta, anda de um lado para outro, e se senta diante da janela aberta. Ontem à noite, encontrei-a reclinando-se para fora, e quando tentei acordá-la, não consegui: estava desmaiada. Quando voltou a si, estava muito cansada e chorava copiosamente enquanto respirava com dificuldade.

Espero que sua doença não esteja relacionada àquele maldito machucado com o alfinete. Observei mais uma vez seu pescoço, depois de ter adormecido, e os furos não pareciam cicatrizar. Ao contrário, os ferimentos parecem maiores e suas bordas estão esbranquiçadas. Se não curarem em dois dias, vou insistir para que veja um médico.

Carta de Samuel F. Billington e filho, advogados em Whitby, aos senhores Carter, Paterson e cia., em Londres

17 agosto

Caros senhores:

Anexas à presente, enviamos-lhes as mercadorias pelo trem do Norte, que devem ser entregues em Carfax, próximo de Purfleet, assim que chegarem à estação de King's Cross. Atualmente a casa está vazia, por isso também enviamos as chaves, todas rotuladas.

Por favor, depositem as caixas, cinquenta no total, na construção em ruínas que faz parte da casa, e está marcada com um "A" no mapa que lhes mandamos. Seu agente reconhecerá facilmente o lugar, já que é a antiga capela da mansão. As mercadorias serão enviadas por trem às 21h30 e devem chegar a King's Cross amanhã pela tarde, por volta das 16h30. Como nosso cliente deseja que a entrega seja feita o mais rápido possível, gostaríamos que estivessem de prontidão para efetuar o translado o quanto antes.

Para evitar qualquer possibilidade de demora em trâmites rotineiros, como pagamentos em seus departamentos, enviamos-lhes em anexo um cheque de dez libras, cujo recibo, agradeceríamos se nos enviasse.

Caso os gastos sejam inferiores a esta quantia, podem devolver o saldo; se forem maiores, lhes enviaremos de imediato mais um cheque com a diferença. Ao terminar a entrega, deixem as chaves no corredor principal da casa, onde o proprietário as possa pegar ao entrar no imóvel.

Por favor, não pensem que nos excedemos nos limites da cortesia comercial, ao insistir por todos os meios que façam este trabalho com a maior rapidez possível.

Ficamos no seu aguardo, caros senhores,

Samuel F. Billington e Filho.

Carta dos senhores Carter, Paterson e Cia., em Londres, aos senhores Billington e Filho, em Whitby

21 agosto

Prezados:

Enviamos o recibo das dez libras e os do excedente na operação. A mercadoria foi entregue conforme suas instruções, e as chaves foram deixadas em um pacote no corredor principal, tal como nos foi solicitado.

Atenciosamente,
Carter, Paterson e Cia.

Do diário de Mina Murray

18 agosto

Hoje estou bastante alegre, e escrevo sentada no banco do cemitério. Lucy está muito melhor, dormiu a noite toda e não me acordou nenhuma vez. Parece que a cor retorna às suas bochechas, ainda que esteja um pouco lânguida. Está de ótimo humor e cheia de vida. Toda aquela mórbida reticência parece tê-la abandonado. Agora há pouco me lembrou, como se eu precisasse disso, da noite em que a busquei aqui. Ao mesmo tempo em que falava, batia com o salto de sua bota na lápide:

— Meus pobres pés não faziam tanto ruído naquela noite! Atrevo-me a dizer que o pobre senhor Swales me diria que era porque eu não queria acordar Geordie.

Como estava tão comunicativa, lhe perguntei se tivera algum sonho naquela noite. Antes de responder, um olhar doce e travesso surgiu em seu rosto. Então, continuou de uma maneira sonhadora, como se estivesse tentando relembrar algo.

— Não foi propriamente um sonho, tudo foi tão real. Só queria estar nesse lugar, sem saber o porquê, pois tinha medo de algo, não sei do quê. Lembro-me de ter caminhado pelas ruas e pela ponte. Quando estava passando, um peixe saltou para fora da água e escutei muitos cachorros uivando, tantos, que todo o povoado parecia estar cheio deles. Tive uma vaga sensação de que alguma coisa grande, escura e com olhos vermelhos, semelhante ao que vimos naquele pôr do sol me rondava; então, ao mesmo tempo algo muito doce e amargo me rodeou. Pareceu-me que estava afundando em uma água verde e profunda e escutei um zumbido esquisito. De repente, tudo evaporou e se afastou de mim, minha alma parecia ter saído do corpo para flutuar no ar (acho que o farol, em determinado momento, estava abaixo de mim). Logo depois senti uma espécie de dor, como se estivesse em um terremoto. Quando voltei a mim, estava me debatendo.

Então começou a rir. Aquilo tudo me pareceu muito pavoroso; era bastante suspeito. Seria melhor que sua mente não se detivesse mais no assunto, e por isso passamos a falar de outras coisas. Quando voltamos para casa, a brisa fresca a havia revigorado, e suas bochechas pálidas estavam mais coradas. Sua mãe ficou feliz em vê-la assim, e todas nós tivemos uma noite muito agradável.

19 agosto

Alegria, alegria, alegria! Ainda que nem tudo seja tão alegre. Finalmente notícias de Jonathan! O pobrezinho tem estado enfermo, e por isso não escreveu. O senhor Hawkins me entregou a carta que uma freira escreveu em seu nome. Ah! Que amável! Vou partir amanhã cedo e me juntarei a ele a fim de assumir seus cuidados se for necessário. Vou trazê-lo para casa. O senhor Hawkins disse que não seria uma má ideia se nos casássemos lá. Chorei sobre a carta da boa freira, tanto que posso senti-la molhada contra o peito, onde a guardo. É sobre Jonathan, por isso deve estar perto do meu coração, que é onde ele se encontra. Já planejei minha viagem, e minha bagagem está arrumada. Só levarei uma muda de roupa. Lucy levará meu baú a Londres e o guardará até que eu o mande buscar, pois pode ser que... Já não posso escrever. Devo guardar tudo para dizer a Jonathan, meu marido. A carta que ele viu e tocou deve confortar minha alma até que nos encontremos.

Carta da freira Agatha, Hospital de São José e Santa Maria, em Budapeste, para a senhorita Willhelmina Murray

12 agosto

Cara senhorita:

Escrevo para atender aos desejos do senhor Jonathan Harker, já que ele mesmo não está em condições de fazê-lo, ainda que esteja melhorando, graças a Deus, a São José e à Virgem Maria. Está sob os nossos cuidados há seis semanas, pois sofre de uma violenta febre. Ele lhe envia seu amor, e me implora para que diga que também escreva ao senhor Hawkins, em Exéter, para dizer, com o mais profundo respeito, que está muito aflito por seu atraso, mas o trabalho foi executado. O senhor Harker terá que permanecer ainda algumas semanas descansando em nosso hospital nas montanhas, mas logo estará de volta à casa. Deseja que eu lhe diga que tem dinheiro suficiente consigo, e que gostaria de pagar sua estadia aqui, para que outros que necessitem não fiquem sem receber ajuda.

Estou sempre às suas ordens, com meu afeto e benção,

Irmã Agatha.

P.s. Como meu paciente dormiu, abro esta carta para deixá-la a par dos acontecimentos. O senhor Harker me contou tudo a seu respeito, e que logo será sua esposa. Todas as bênçãos para os dois! Ele sofreu uma grande emoção, de acordo com nosso médico. Em seus delírios, seus desvarios são terríveis; grita por lobos, veneno e sangue, fantasmas e demônios, e temo dizer pelo que mais. Tenha sempre muito cuidado com ele para que, no futuro, nada parecido com isso possa perturbá-lo de novo. As pegadas de uma doença como a que teve não se apagam tão facilmente. Teríamos escrito antes, mas não sabíamos nada de seus amigos e ele não dizia coisa com coisa. Chegou pelo trem de Klausenburg e o guarda foi avisado pelo chefe da estação que ele entrou aos berros pedindo uma passagem para voltar para casa. Viram por seu gestual que se tratava de um inglês e deram-lhe uma passagem para a estação mais próxima de seu destino.

Esteja a senhorita certa de que cuidamos bem dele. Conquistou todos os corações deste hospital com sua doçura e suavidade. Está realmente melhorando, e não tenho nenhuma dúvida de que dentro de poucas semanas estará recuperado por completo. Mas por amor à sua segurança, cuide bem dele. Certamente virão por aí, assim peço a Deus, a São José e à Virgem Maria, muitos, muitos, anos felizes para os dois.

Do diário do doutor Seward

19 agosto Estranhas e repentinas mudanças foram observadas em Renfield esta noite. Por volta das oito horas começou a ficar inquieto e a farejar por todos os lados, como um cachorro caçando. Meu ajudante ficou assombrado com seu comportamento e, sabendo de meu interesse nele, o encorajou a falar. Geralmente Renfield respeita muito meu ajudante, e às vezes é até servil, mas, na noite passada, me disse, se comportou de maneira bastante arrogante. Por nada no mundo quis falar com ele. Tudo o que disse foi:

— Não quero falar com o senhor: já não me serve para nada agora, o patrão está próximo.

Meu ajudante acredita que é alguma forma de mania religiosa que se apoderou dele. Se for assim, devemos estar atentos, pois um homem com tendências homicidas e religiosas ao mesmo tempo pode ser perigoso. Às nove da noite, eu mesmo fui visitá-lo. Sua atitude comigo foi a mesma da com meu ajudante; para ele, neste momento, não há diferença entre nós dois. Sim, me parece um fanatismo religioso, logo pensará que é o próprio Deus.

Por meia hora ou mais, Renfield esteve bastante exaltado. Fingi que não o observava, mas mantive uma estrita vigilância sobre tudo o que fazia. De repente apareceu em seus olhos esse olhar que sempre notamos quando um louco tem uma ideia, e, com ele, um movimento de cabeça que nós médicos conhecemos tão bem.

Ele se acalmou e foi se sentar na beira da cama com certa resignação, olhando para o vazio com os olhos opacos.

Pensei em averiguar se sua apatia era real ou apenas fingida, e tentei conversar sobre seus animais, assunto que nunca deixara de chamar sua atenção. No começo não me respondeu, mas depois disse, com um visível mau humor:

— Quem se preocupa com eles? Estou me lixando para eles!

— Como? — indaguei. — Por acaso já não lhe interessam as aranhas?

(As aranhas são, no momento, seu maior entretenimento, e seu diário está se enchendo de colunas com pequenos números.)

A isto, me respondeu enigmaticamente:

— As madrinhas de casamento regozijam seus olhos com a chegada da noiva; mas, quando a noiva se deita, as madrinhas não reluzem aos olhos que estão cheios.

Não quis me dar nenhuma explicação sobre este ditado. Permaneceu obstinadamente sentado na cama todo o tempo em que estive com ele.

Esta noite, estou bastante cansado e desanimado. Não posso deixar de pensar em Lucy, e em como as coisas poderiam ter sido diferentes. Se não durmo rápido, tomo logo um moderno Morfeu: $Chcl_3Cho$. Devo ter cuidado para não me viciar. Não! Não o tomarei esta noite! Penso em Lucy e não a desonrarei misturando-a com um calmante. Se é assim que tem que ser, passarei a noite acordado...

Mais tarde

Estou feliz de ter tomado esta decisão, mais feliz ainda de ter conseguido. Fiquei rolando na cama por um tempo, e ouvi o relógio dar duas badaladas, quando o guarda de turno veio até mim, enviado por meu assistente, para dizer que Renfield fugira. Vesti-me e desci correndo; meu paciente é uma pessoa muito perigosa para andar à solta. Essas ideias que tem podem virar grandes tragédias. Meu assistente estava me esperando. Disse que o havia visto fazia menos de dez minutos, e estava aparentemente dormindo em sua cama. Mas logo sua atenção foi atraída pelo ruído de uma janela sendo destrancada. Regressou correndo e viu que seus pés desapareciam através dela. Renfield estava apenas com a roupa de dormir, então imaginamos que não iria muito longe. Achamos melhor fazer o mesmo caminho, já que ele poderia sumir até darmos a volta pela porta da frente do edifício. Meu assistente é um homem corpulento, não poderia sair pela janela. Eu sou magro, assim, com sua ajuda, saí; mas com os pés primeiro, de modo a cair sem me machucar. O assistente me disse que o paciente virara à esquerda e depois desaparecera. Então segui pela mesma direção na maior velocidade possível. Quando atravessei uma faixa de árvores vi uma figura branca escalando o muro que separa nossos terrenos dos de uma casa deserta.

Voltei e disse ao guarda que trouxesse três ou quatro homens, para que fossem junto comigo a Carfax, em caso de nosso amigo se comportar de forma perigosa. Eu mesmo consegui uma escada, e, saltando o muro, passei para o outro lado.

Pude ver Renfield desaparecendo atrás da casa. Corri atrás dele. No outro extremo do imóvel, eu o encontrei reclinado contra a velha porta de carvalho da capela. Estava falando, aparentemente, com alguém, mas tive medo de me aproximar muito para escutar o que dizia e assustá-lo. Correr atrás de um enxame de abelhas não é nada comparado a seguir um lunático quando mete na cabeça que deve fugir. No entanto, depois de uns minutos vi que ele não se dava conta de nada do que acontecia ao seu redor. Resolvi me aproximar mais, enquanto meus homens saltavam do muro. Eu o ouvi dizer:

— Estou aqui para cumprir suas ordens, amo. Sou seu escravo e o senhor me recompensará, pois lhe serei fiel. Tenho lhe adorado desde muito tempo e à distância. Agora que está por perto, espero suas ordens; e não me esquecerá, não é, meu querido amo? Na sua distribuição das dádivas.

De toda forma, é um mendigo velho e egoísta. Pensa no pão e nos peixes mesmo quando acredita que está diante de uma presença real. Quando caímos em cima dele, lutou como um tigre; é muito forte, e se comportou mais como uma besta selvagem do que como um homem. Nunca havia visto um maluco em tal fúria; e espero não voltar a ver. Ainda bem que averiguamos suas intenções e sua força a tempo. Poderia ter cometido muitas barbaridades antes de ser capturado. Em todo caso, já está contido. Nem mesmo Jack Sheppard teria se libertado da camisa de força que o prende agora. Além disso, está acorrentado à parede na cela de segurança. Seus gritos às vezes são horríveis, mas o silêncio que os segue é ainda mais mortal, pois em cada movimento há uma manifestação de seus desejos assassinos.

Ainda há pouco, disse as primeiras palavras coerentes:

— Terei paciência, amo. Está chegando, chegando, chegando!

Então resolvi ouvir sua insinuação, e também cheguei ao meu quarto. Estava demasiadamente exaltado para dormir, mas este diário me tranquiliza e sinto que poderei ter algumas horas de sono.

9

CAPÍTULO 9

Carta de Mina Harker a Lucy Westenra

Budapeste
24 agosto

Minha querida Lucy:

Sei que deve estar muito ansiosa para saber o que aconteceu depois que nos separamos na estação em Whitby. Bem, querida, cheguei sem contratempos a Hull e peguei um navio para Hamburgo e ali, outro trem. Estava ansiosa para ver Jonathan. Encontrei meu amado muito magro, pálido e frágil. Toda a vitalidade de seus lindos olhos se foi, e aquela tranquila dignidade em seu rosto, da qual sempre lhe falei, desapareceu. Restou agora apenas uma sombra do que era. Não se lembra de nada do que lhe aconteceu nos últimos tempos; ou é nisso que ele quer que eu acredite. Portanto, nunca lhe perguntarei nada a respeito. É certo que teve uma experiência terrível, e temo que sua mente pague um preço muito alto se tentar se lembrar. A irmã Agatha, que é uma freira maravilhosa e uma enfermeira nata, me disse que ele delirava sobre coisas horríveis enquanto estava transtornado. Pedi que me contasse sobre tais coisas, mas sempre se negou com um sinal da cruz, dizendo somente: "Só posso lhe dizer isto querida; ele não delirava com nada de ruim que tenha feito, e a senhorita, que será sua esposa, não tem motivo para se preocupar. Não a esqueceu nem por um momento. Seus medos são por algo maior e terrível, sobre coisas das quais nenhum mortal deve falar."

Creio que a doce freira pensou que estava com ciúme, e com medo de meu amor ter se apaixonado por outra mulher. Eu? Com ciúme de Jonathan?! Contudo, querida, devo confessar que quando soube que não era outra mulher a causa de tantos males, senti uma corrente de alegria por todo o corpo. Estou, agora, sentada ao lado da cama dele enquanto dorme. Está acordando!

Ao despertar, pediu-me seu casaco, pois queria pegar algo em seu bolso. Perguntei à irmã Agatha se podia fazer isso, e ela trouxe todas as coisas de Jonathan. Vi que entre elas estava seu diário. Ia lhe pedir que me deixasse lê-lo (assim poderia encontrar alguma pista de seu sofrimento), mas suponho que viu este desejo em meus olhos porque me pediu que fosse até a janela por um momento. Ele queria ficar só.

Pouco tempo depois me chamou e disse, muito solene:

— Willhelmina (soube que desejava falar com toda a seriedade do mundo, pois nunca me chamava pelo nome inteiro), você conhece, querida, minhas ideias sobre a confiança que deve haver entre marido e esposa: não deve existir entre eles nenhum segredo, nada deve ser ocultado. Sofri um grande trauma, e quando penso nisso minha cabeça começa a girar. Não sei se foi real ou se foram delírios de uma mente louca. Sabe que tive um colapso nervoso. O segredo está aqui, e não desejo sabê-lo. Quero começar minha vida de novo neste momento, com nosso casamento (minha querida Lucy, decidimos nos casar assim que toda a burocracia for cumprida). Deseja, Willhelmina compartilhar de minha ignorância? Aqui está o diário. Guarde-o. Pode ler, se é sua vontade, mas nunca comente comigo seu conteúdo; a menos, claro, que algo me obrigue a regressar àquelas amargas horas aqui registradas.

Ao dizer isso se reclinou esgotado. Coloquei o diário debaixo de seu travesseiro e o beijei. Pedi a irmã Agatha que suplicasse à superiora para que nossa boda fosse realizada nesta mesma tarde, e estou esperando a resposta…

A irmã voltou e me disse que já foram buscar o capelão da igreja da Missão Inglesa. Nós nos casaremos em uma hora, ou assim que Jonathan acordar.

Lucy, a hora chegou e já passou. Estou me sentindo solene e muito, muito, muito alegre. Jonathan acordou quando tudo estava preparado. Ele se sentou na cama, rodeado de travesseiros. Respondeu "sim, eu a aceito" com firmeza e força. Eu mal podia falar… meu coração não cabia no peito, tanto que parecia que as palavras me afogariam.

As irmãs foram todas muito gentis. Por favor, Deus, eu nunca, nunca as esquecerei. Nem as graves e doces responsabilidades que recaíram sobre mim. Devo lhe falar sobre meu presente de casamento. Quando o capelão e as freiras me deixaram a sós com meu marido, ah, Lucy, é a primeira vez que escrevo as palavras "meu marido"! Tirei o diário debaixo do travesseiro, o envolvi em um papel branco, o amarrei com uma fita azul e o selei, usando para isto o meu próprio anel de casamento.

Então o beijei e o mostrei ao meu marido. Disse-lhe que assim o guardaria, e que seria um sinal externo e visível para nós, durante toda a nossa vida, de que confiávamos um no outro; que nunca o abriria, a não ser que fosse para seu próprio bem. Ele pegou minha mão entre as suas, e, ah, Lucy, foi a primeira vez que pegou a mão de sua esposa! E disse que eram as palavras mais bonitas de todo esse mundo. E que se fosse necessário, passaria por tudo outra vez, apenas para merecê-las. O pobrezinho provavelmente se referia somente a uma parte do passado, no entanto ele não tem condições de pensar com clareza, por isso não ficaria surpresa se ele confundisse não só seu passado, como também o passar dos anos.

Bem, querida, o que mais posso dizer? Apenas que sou a mulher mais feliz do mundo. Quando me beijou, me puxou para junto dele com suas mãos frágeis, foi como uma sinfonia solene…

Lucy, lhe conto tudo isto não apenas porque me é agradável, mas também porque é minha mais querida amiga. Quero vê-la agora, com os olhos de uma esposa feliz, para que em sua própria vida matrimonial também possa ser tão feliz como eu. Minha querida, que Deus Todo-poderoso faça da sua vida o que promete ser: um longo dia de sol brilhante, sem ventos nem tempestades. Adeus, querida.

Aquela que muito a adora,
Mina Harker.

Carta de Lucy Westenra a Mina Harker

Whitby,
30 agosto

Minha querida Mina:

Envio-lhe oceanos de amor e milhões de beijos, e que logo esteja em sua própria casa com seu marido. Gostaria que voltassem o quanto antes para que possam passar um tempo, ainda que pouco, conosco. O ar daqui faria com que Jonathan se reestabelecesse, foi o que aconteceu comigo.

Tenho um apetite voraz, estou cheia de vida e durmo bem. Ficará feliz em saber que já não ando enquanto durmo. Arthur diz que estou engordando. Ah, esqueci-me de dizer que ele está aqui. Damos belos passeios, cavalgamos, remamos, jogamos tênis e pescamos juntos. Eu o amo mais que nunca.

Ele me diz que me ama mais: mas duvido, porque no começo me disse que não poderia me amar mais do que já amava. Essas coisas são bobagens. Bom, ele já está me chamando. Por hoje é só, querida.

Lucy

P.s. Mamãe lhe manda lembranças. Parece estar bem melhor a pobrezinha.

P.s. Outra vez: nos casaremos no dia 28 de setembro.

Do diário do doutor Seward

20 agosto O caso de Renfield fica cada dia mais interessante. Estabelecemos que existem períodos de queda em seu furor. Durante uma semana, após seu primeiro ataque, se manteve violento. De repente, uma noite, logo depois da aparição da lua, se tranquilizou e murmurou para si mesmo: "Agora posso esperar, agora posso esperar!" O assistente veio me chamar e fui dar uma olhada nele. Ainda estava na camisa de força e dentro da cela de segurança; mas sua expressão tinha mudado, e seus olhos tinham algo de súplica. Quase posso afirmar que tinha uma leve suavidade no olhar. Fiquei bastante satisfeito e ordenei que o soltasse. Meus ajudantes vacilaram, mas finalmente cumpriram minhas ordens sem protestar. Um fato estranho foi que Renfield percebeu a desconfiança deles, pois se aproximou e me disse em um sussurro, enquanto os olhava furtivamente:

— Eles acreditam que posso machucá-lo! Imagine, eu machucar o senhor! Imbecis!

Essa declaração foi um tanto consoladora, mas de toda forma não consigo compreender sua maneira de pensar. Devo aceitar que temos algo em comum, como se pelo que somos devêssemos nos unir? Ou será que ele almeja obter algo tão precioso de mim que minha saúde lhe é necessária? Terei que averiguar isso mais tarde. Essa noite não falará nada; nem o oferecimento do gatinho, ou de um gato adulto, consegue tentá-lo. Diz somente: "Não me importo com os gatos. Tenho mais em que pensar, e posso esperar; posso esperar."

Depois de um tempo, eu o deixei. Meu ajudante disse que esteve tranquilo até pouco antes do amanhecer, quando deu sinais de nervosismo.

Finalmente voltou a ficar violento, e caiu em uma espécie de esgotamento provocado pelo ataque de nervos que o levou a desfalecer.

Isso aconteceu por três noites seguidas: violento durante o dia e tranquilo depois do aparecimento da lua, até o nascer do sol. Realmente desejo descobrir o que causa tudo isso. Parece que há alguma influência externa. Grande ideia! Esta noite faremos um jogo: a mente sã contra o cérebro de um louco. Uma vez fugiu sem nossa ajuda; mas agora lhe ajudaremos, lhe daremos a oportunidade, e os homens estarão preparados para segui-lo caso seja necessário.

23 agosto

"Sempre acontece o inesperado." Como sabia das coisas Disraeli. Quando nosso pássaro encontrou a jaula aberta não quis voar, de tal forma que todos os nossos preparativos não serviram para nada. Em todo caso, provamos algo: que os períodos de tranquilidade duram um tempo razoável. No futuro estaremos em condições de afrouxar um pouco as restrições algumas horas do dia. Dei instruções ao meu assistente noturno para que só o tranque se estiver calmo, uma hora antes de sair o sol. O pobre corpo do doente vai gozar deste benefício, ainda que sua mente não possa apreciá-lo. Espere! O inesperado! Chamam-me: o paciente fugiu.

Mais tarde

Outra noite de aventuras. Renfield esperou astutamente até que o assistente entrasse no quarto para a inspeção. Então saiu correndo e voou pelo corredor. Dei ordens para que o seguissem. Outra vez, foi direto para a casa deserta, e o encontramos no mesmo lugar, reclinado contra a porta da capela. Quando me viu, ficou furioso, e, se não o tivessem segurado, poderia ter me matado. Enquanto tentávamos detê-lo, aconteceu algo estranho. De modo muito repentino ficou calmo. Olhei instintivamente ao meu redor, mas não consegui ver nada. Captei o olhar do paciente e o segui, mas não descobri coisa alguma, porque ele estava olhando para o céu iluminado pela lua e não havia nada de diferente, a não ser um morcego que voava em sua silenciosa e fantasmagórica travessia para o Oeste. Os morcegos, no geral, giram em círculos indecisos, mas este parecia seguir em linha reta, como se tivesse suas próprias intenções. O paciente se tranquilizou ainda mais e ao cabo de alguns minutos, disse:

— Não é necessário que me amarrem, eu os seguirei calmamente.

Sem nenhum outro contratempo, voltamos. Sinto que há algo ameaçador em sua repentina tranquilidade e não esquecerei desta noite.

Do diário de Lucy Westenra

Hillingham, 24 agosto

Devo fazer como Mina e escrever as coisas em um diário. Assim, quando nos encontrarmos poderemos ter longas conversas. Pergunto-me quando será. Gostaria que estivesse aqui comigo outra vez, pois me sinto muito infeliz. À noite passada parece que sonhei com Whitby. Talvez seja a mudança de clima, ou o fato de estar de novo em casa. Tudo é escuro e horroroso para mim, não consigo lembrar de nada. Tenho certo temor e me sinto fraca e exausta. Quando Arthur veio almoçar conosco pareceu bastante preocupado comigo e não tive ânimo de fingir estar feliz. Pergunto-me se talvez possa dormir esta noite no quarto de mamãe. Inventarei uma desculpa e tentarei.

25 agosto

Outra noite ruim. Minha mãe não caiu em minha conversa. Ela mesma parece não estar bem, e não há dúvidas de que se preocupa muito comigo. Tentei me manter acordada, e consegui por um tempo; mas quando o relógio deu meia-noite, acordei em um golpe. Havia uma espécie de arranhado na janela, mas não lhe dei importância, e como não lembro o que aconteceu depois, suponho que tenha adormecido novamente. Mais pesadelos. Como desejaria me lembrar deles! Esta manhã me sinto terrivelmente doente.

Meu rosto está demasiado pálido, e me dói a garganta. Algo em meus pulmões não deve estar bem, porque parece que nunca aspiro ar suficiente. Tentarei parecer feliz quando Arthur chegar. De outra maneira, sei que sofreria muito.

Carta de Arthur Holmwood ao doutor Seward

Hotel Albermarle,

31 agosto

Meu querido John:

Quero que me faças um favor. Lucy está doente, isto é, não tem nenhuma moléstia especial, mas seu aspecto é doentio e está piorando a cada dia. Perguntei-lhe se há alguma causa; não me atrevo a perguntar à sua mãe sobre o assunto, pois pode perturbar a mente da pobre senhora, e isso seria fatal, já que a saúde dela também não vai nada bem. A senhora Westenra me confidenciou que seu destino já está selado (doença do coração). Lucy ainda não sabe. Estou certo de que algo está influenciando a mente de minha amada noiva. Quando penso nela, quase me distraio; olhá-la sempre me produz um sobressalto. Disse-lhe que pediria a você que a examinasse, e, ainda que a princípio tenha feito algumas objeções, finalmente consentiu. Será uma tarefa dolorosa para você, eu sei, amigo, mas é para o bem dela, e não posso hesitar em lhe pedir, e nem você, em consentir. Pode vir almoçar em Hillingham amanhã por volta das duas, para que a senhora Westenra não suspeite de nada, e depois disso Lucy criará uma oportunidade para ficarem a sós. Virei na hora do chá, e poderemos ir embora juntos. Estou muito ansioso e gostaria de falar com você assim que a vir. Não falte!

Arthur.

Telegrama de Arthur Holmwood a Seward

1 setembro Chamaram-me para ver meu pai que piorou muito. Escreverei. Escreva-me detalhadamente pelo correio noturno. Telefone se necessário.

Carta do doutor Seward a Arthur Holmwood

2 setembro Meu querido e velho amigo:

A respeito da saúde da senhorita Westenra, apresso-me a dizer que em minha opinião não há nenhum distúrbio funcional, nem doença que eu conheça. Ao mesmo tempo, de maneira nenhuma posso considerar-me satisfeito com o semblante dela; está totalmente diferente do que era da última vez em que a vi. Deve saber que não tive a oportunidade de fazer um exame minucioso como eu gostaria; nossa amizade impõe aqui uma pequena dificuldade que nem sequer a ciência médica pode superar. O melhor será que lhe diga exatamente o que aconteceu, dando-lhe liberdade para que tire suas próprias conclusões. E então lhe direi o que fiz, e o que me proponho a fazer.

Encontrei a senhorita Westenra de bom humor. Sua mãe estava presente, e em poucos segundos percebi que tentava, por todos os meios, enganá-la para evitar seu sofrimento. Não tenho nenhuma dúvida de que suspeita, no caso de ainda não o saber, que há a necessidade de ter certa cautela. Depois do almoço a senhora Westenra se retirou para descansar. Fomos para seu quarto. Tão logo a porta foi fechada a máscara caiu e se afundou em uma poltrona dando um grande suspiro, escondendo seus olhos com as mãos.

Disse-me docemente:

— Não posso dizer o quanto detesto ter que falar sobre minha pessoa com o senhor.

Eu a lembrei do sigilo profissional, e de sua preocupação. Ela captou de imediato o significado de minhas palavras e resumiu tudo em um par de frases.

— Diga a Arthur qualquer coisa que ache conveniente. Não me preocupo por mim, mas sim por ele!

Portanto, tenho liberdade para falar.

Dei-me conta, facilmente, de que lhe falta um pouco de sangue, mas não detectei os sintomas típicos de anemia. Tive a oportunidade de examinar a qualidade de seu sangue, pois se cortou levemente ao abrir uma janela. Peguei algumas gotas para poder examiná-lo com calma. A análise qualitativa mostra que está normal. E, além disso, posso afirmar que apresenta um quadro de boa saúde. Mas como deve haver algo que a está deixando assim, cheguei à conclusão de que deve ser algo mental. Ela se queixa por vezes de não conseguir respirar, de ter sonhos agitados, com pesadelos que a assustam, mas dos quais não consegue se lembrar. Disse que quando criança andava enquanto dormia e que em Whitby isso voltou a acontecer. Contou de um episódio quando estava lá. Uma noite, saiu a caminhar até East Cliff e foi encontrada pela senhorita Murray, mas me garantiu que isto nunca mais aconteceu. Fiquei com algumas dúvidas, por isso fiz o melhor que podia: escrevi ao meu velho amigo e mestre, o professor Van Helsing, de Amsterdam, uma das pessoas com mais conhecimentos sobre doenças raras no mundo. Pedi que viesse, e como você me disse que todas essas coisas estariam sob a sua responsabilidade, contei-lhe sobre sua relação com a senhorita Westenra. Isto, meu velho amigo, é um favor a seus desejos, pois me sinto muito orgulhoso e feliz de poder fazer algo por ela. Sei que Van Helsing fará qualquer coisa por mim haja vista motivos pessoais que agora não vêm ao caso. O que importa é que devemos aceitar o que ele disser. É um homem aparentemente arrogante, mas isso é porque sabe do que está falando, mais que qualquer outra pessoa. É um filósofo e metafísico, além de ser um dos cientistas mais famosos de nossa época; e tem, suponho, a mente bem aberta. Além de nervos de aço, temperamento frio, autocontrole e tolerância. Ele é o mais amável dos homens e tem um coração dentre os mais sinceros que batem neste mundo. Conto-lhe isto para que possa entender por que tenho tanta confiança nele. Pedi que viesse imediatamente.

Amanhã verei, outra vez, a senhorita Westenra. Nós nos encontraremos na cidade, para não alarmar a mãe dela com uma nova visita minha.

Seu amigo,
John Seward.

Carta de Abraham Helsing, Doutor em Medicina, Filosofia e Letras etc. ao doutor Seward

3 setembro

Meu bom amigo:

Ao receber sua carta, me coloquei, imediatamente, a caminho. Diga a seu amigo que o senhor faz mais por ele, quando ele quer minha ajuda e o senhor a solicita, que toda a sua grande fortuna. É um prazer poder ajudá-lo, e irei até o senhor. Por favor, deixe combinado um encontro com a jovem dama, o mais cedo possível, pois é provável que eu tenha que regressar esta mesma noite. Se houver necessidade poderei voltar a vê-la três dias depois, e ficarei por mais tempo se preciso for. Até logo, meu bom amigo John.

Adeus.
Van Helsing.

Carta do doutor Seward ao honorável Arthur Holmwood

3 setembro

Querido Art:

Van Helsing veio, e já foi. Esteve comigo em Hillingham. A mãe de Lucy havia sido convidada para ir à casa de amigos, portanto ficamos a sós com nossa jovem. Van Helsing fez um exame minucioso nela.

Ficou de me informar os resultados, que lhe enviarei assim que ficarem prontos. Parece-me que está bastante preocupado, mas disse que precisava pensar a respeito do caso. Quando falei de nossa amizade e como havia me confiado o assunto, me disse: "Deve dizer tudo o que pensa. Diga também o que pensei, se o senhor puder adivinhar, e sei que o fará. Não, não é uma brincadeira, é caso de vida ou morte, talvez mais que isto." Perguntei o que queria dizer com aquilo, já que estava muito sério. Não me deu nenhuma outra pista. Isto aconteceu quando estávamos de volta à cidade tomando uma xícara de chá, antes de ele regressar a Amsterdam. Não fique aborrecido comigo, Art, porque reticência de Van Helsing significa que todo seu cérebro está trabalhando pelo bem dela. Pode ter certeza de que, a seu devido tempo, falará com toda clareza. Receberei seu informe amanhã se tiver tempo para fazê-lo. Em todo caso, devo receber uma carta.

Bem, agora, vamos à visita. Lucy estava mais alegre que no dia que a vi pela primeira vez, e parecia muito melhor. Havia perdido um pouco daquele olhar fantasmagórico que tanto lhe inquieta, e sua respiração estava normal. Foi muito doce com o professor (sempre é), e tentou tranquilizar-nos, mas percebi que a pobrezinha fazia um grande esforço para isso. Creio que Van Helsing também notou, pois, por baixo das suas espessas sobrancelhas, vi aquele breve olhar que conheço tão bem.

Então ele começou a falar sobre todas as coisas possíveis, exceto de nós e de doenças. E o fez com tanta astúcia que percebi como a fingida admiração de Lucy se convertia em um sentimento real. Sem que se notasse a mudança, meu mestre levou a conversa suavemente ao motivo de sua visita, e disse:

— Minha querida jovem, tenho este enorme prazer porque a senhora é encantadora. Disseram-me que a senhorita estava um tanto desanimada, e que tinha uma palidez fantasmagórica. A eles digo: Ah! — e estalou os dedos. — Mas a senhorita e eu vamos mostrar a eles o quanto estão equivocados. Como ele pode — disse, apontando para mim com aquele olhar que havia me tirado de sua classe certa ocasião —, como ele pode saber algo sobre jovens? Ele tem seus loucos com quem gosta de brincar, e a quem devolve a felicidade. É muito o que ele faz. Mas de lindas jovenzinhas? Não tem mulher, nem filha, e os jovens não confiam nos jovens, mas nos velhos como eu, que conheceram tantas dores e suas causas. Assim é, querido, que o enviaremos para que fume um cigarro no jardim, enquanto a senhorita e eu teremos uma pequena conversa confidencial.

Aceitei a sugestão e saí do quarto, até que o professor apareceu na janela e me pediu para entrar. Parecia preocupado, mas disse:

— Fiz um minucioso exame, mas não há causa funcional. Estou de acordo com o senhor de que houve uma grande perda de sangue, mas não há nada mais. Além disso, o estado geral da jovem não mostra nenhum sinal de anemia. Pedi-lhe que chamasse a criada para que eu lhe fizesse algumas perguntas. Sei muito bem o que irá dizer. No entanto, há sim uma causa, sempre há uma para tudo. Devo voltar para casa e pensar. O senhor deve me enviar um telegrama todos os dias, e, se houver motivo, virei outra vez. A doença, pois o fato dela não estar bem deve ser considerado uma enfermidade, me interessa e também me importo com ela, a doce jovenzinha. Encanta-me e por ela, assim como pelo senhor ou pela doença, retornarei.

Como lhe informei, não quis dizer mais nada, nem quando estávamos a sós. Assim é, Art, que já sabe tudo o que sei. Manterei uma estreita vigilância. Espero que seu pai esteja melhor. Deve ser algo terrível para você, meu querido amigo, estar nesta posição entre duas pessoas que ama. Sei de sua fidelidade a seu pai, mas, se houver necessidade, lhe enviarei uma mensagem para que venha. Portanto, não se preocupe mais, a menos que receba notícias minhas.

Do diário do doutor Seward

4 setembro

Meu paciente zoófago sempre me mantém ocupado. Nos últimos dias só teve um ataque, e isso foi ontem em uma hora inusitada. Pouco antes do meio-dia, começou a ficar inquieto. O assistente reconheceu os sintomas e pediu ajuda de imediato.

Por sorte, os funcionários chegaram correndo, apenas a tempo de segurá-lo, pois ao dar meio-dia ficou tão furioso que tiveram que usar toda a força para imobilizá-lo. Todavia, em cinco minutos, se tranquilizou outra vez, caindo em uma espécie de melancolia, estado em que permanece até agora.

Meu assistente disse que seus gritos durante o ataque foram realmente pavorosos. Quando entrei, tive que atender a alguns dos outros pacientes que estavam desesperados por seu comportamento. De fato, compreendi muito bem o efeito, porque seus gritos me perturbaram também, mesmo eu estando a certa distância.

Acabamos de jantar no hospício, no entanto, meu paciente continua sentado em um canto murmurando, com um olhar sombrio, ameaçador e angustiado. Não consigo compreendê-lo.

Mais tarde

Outra mudança em meu paciente. Às cinco da tarde fui vê-lo e o encontrei quase tão alegre como era antes. Estava capturando moscas e as comendo. Mantinha um registro de suas capturas fazendo linhas na porta com as unhas. Quando me viu, pediu desculpa por seu mau comportamento, e me implorou de maneira humilde que lhe permitisse voltar a seu quarto e que lhe devolvesse seu caderno. Pensei que seria bom satisfazê-lo. Ele está de volta ao quarto com a janela aberta. Regou o parapeito da janela com açúcar e está novamente às voltas com as moscas. No momento, não as está comendo; as coloca em uma caixa e examina todos os lugares do quarto atrás de aranhas. Tentei falar do que aconteceu nos últimos dias, mas ele não quis. Por um momento ficou com uma expressão bastante triste, e disse com uma voz apagada:

— Tudo terminou! Tudo terminou! Abandonou-me. Não tenho mais esperança, a menos que eu mesmo o faça!

E então, de repente, se virou para mim de maneira decidida e disse:

— Doutor, o senhor teria a bondade de me dar um pouquinho mais de açúcar? Creio que me faria bem.

— E as moscas? — perguntei.

— Sim! As moscas gostam também, e gosto de moscas, portanto gosto de açúcar.

E pensar que há gente tão ignorante que pensa que um louco não pode ter argumentos! Dei-lhe uma porção dupla de açúcar e ele ficou feliz, como imagino que possa ficar feliz em sua condição. Queria muito penetrar em sua mente.

Meia-noite — Outra mudança. Havia ido visitar a senhorita Westenra, que encontrei muito melhor, e acabara de voltar. Estava parado em frente ao portão, olhando o pôr do sol, quando ouvi um louco gritando. Como o quarto dele fica deste lado da instituição, pude ouvi-lo melhor do que de manhã. Foi uma surpresa desagradável para mim. Com pesar, afastei meu olhar de toda aquela beleza. A luminosidade majestosa contrastava com a triste frieza desse edifício de pedra, com sua vastidão de miseráveis e com o meu próprio coração desolado que a suporta.

Cheguei junto ao paciente quando o sol estava se pondo em Londres, e, de sua janela, vi o astro desaparecer lentamente em um círculo vermelho. Quando o sol se pôs, o paciente se acalmou. Com o desaparecimento completo do astro, ele sucumbiu sob as mãos que o continham. E como uma massa inerte, caiu no chão.

Contudo, é maravilhoso o poder de recuperação que têm os loucos, pois em poucos minutos, se levantou já calmo e olhou ao redor. Fiz um sinal para que os assistentes não voltassem a segurá-lo. Estava ansioso para ver qual seria seu próximo passo. Foi direto para a janela e limpou o resto de açúcar, depois pegou sua caixa de moscas e a esvaziou, libertando todas, em seguida, jogou a caixa fora. Fechou a janela, e, atravessando o quarto, se sentou na cama. Tudo isso me surpreendeu. Perguntei:

— Não vai mais caçar moscas?

— Não! Estou cansado de tanto lixo!

Com certeza é um formidável e interessante caso de estudo. Desejaria ter uma ligeira visão de sua mente, ou das causas de suas repentinas mudanças.

Telegrama de Seward, em Londres, a Van Helsing, em Amsterdam

4 setembro

Paciente melhor hoje.

Telegrama de Seward, em Londres, a Van Helsing, em Amsterdam

5 setembro

Paciente muito melhor. Bom apetite, dorme bem, bom humor e corada.

Telegrama de Seward, em Londres, a Van Helsing, em Amsterdam

6 setembro

Terrível mudança para pior. Venha logo, não perca nem um minuto. Não enviarei telegrama a Holmwood até o senhor vê-la.

10

CAPÍTULO 10

Carta do doutor Seward ao honorável Arthur Holmwood

6 setembro

Meu querido Art:

Não tenho boas notícias. Esta manhã Lucy retrocedeu um pouquinho. Porém, uma coisa boa veio disso: a senhora Westenra estava naturalmente ansiosa pela filha, e me consultou de modo profissional sobre ela. Aproveitei a oportunidade e lhe disse que meu antigo mestre, Van Helsing, o grande especialista, passaria alguns dias comigo, e que eu a deixaria sob seus cuidados. Agora, então, podemos entrar e sair sem alarme, pois uma forte comoção causaria sua morte, e nesse momento, para Lucy isso seria desastroso. As atribulações se apresentam, mas vamos conseguir vencê-las. Se houver necessidade, escreverei. Se não tiver notícias minhas, é porque aguardarei respostas de Van Helsing. Tenho pressa. Adeus.

Seu amigo de sempre,
John Seward.

Do diário do doutor Seward

7 setembro A primeira coisa que Van Helsing disse quando nos encontramos em Liverpool foi:

— O senhor disse algo ao noivo da moça?

— Não. Queria esperar nosso encontro, como lhe disse em meu telegrama. Escrevi a Arthur contando que o senhor estava vindo, já que Lucy não estava muito bem de saúde, e que lhe enviaria mais notícias depois.

— Certo, meu amigo — disse. — Bastante certo! Melhor será que não o saiba ainda. Talvez nunca chegue a saber. Isso espero, mas, se for necessário, então lhe contaremos tudo. E, meu velho amigo John, me deixe adverti-lo. O senhor trata os loucos. Todos os homens já são meio insanos, e, assim como trata discretamente seus loucos, eu trato discretamente os loucos crentes em Deus: o resto do mundo. O senhor não explica a seus lunáticos o que faz nem por que faz; não diz a eles o que pensa. Tanto é que deve manter a razão em seu lugar, onde possa descansar, onde possa se reunir com aqueles de sua classe, e proliferar. Eu e você devemos manter, por enquanto, o que sabemos aqui e aqui — ao dizer isso, me tocou no coração e na testa, e então ele mesmo se tocou de maneira similar. — Tenho algumas ideias no momento. Mais tarde, as apresentarei para o senhor.

— Por que não agora? — perguntei. — Pode fazer algum bem, e nos levar a alguma conclusão.

— Meu amigo John — respondeu Van Helsing —, quando o milho já cresceu, mesmo antes de amadurecer, enquanto a seiva da mãe-terra ainda está nele, e o sol ainda não começou a pintá-lo com seus raios dourados, o lavrador arranca a espiga, a esfrega entre as mãos ásperas, se livra da parte verde, e diz: "Veja, é bom milho; quando chegar a hora, será um bom grão"!

Eu não entendi como isso se aplicava a situação e comuniquei-lhe. Em resposta, ele estendeu seu braço e tocou minha orelha, puxando-a de maneira zombeteira, como fazia antigamente durante suas aulas, e disse:

— O bom lavrador diz isso porque tem certeza naquele momento, porém não antes. Por essa razão não verifica o trigo com antecedência a fim de atestar se vai germinar, pois essa seria uma atitude infantil de alguém que brinca de plantio, não daqueles que têm esse ofício como meio de subsistência. Você entende agora, amigo John? Semeei meu milho, e a natureza tem agora o trabalho de fazê-lo crescer; se crescer, então há alguma esperança e eu esperarei até que o grão comece a aparecer.

Ao dizer isto, ele mesmo se interrompeu, pois evidentemente viu que eu o compreendia.

Depois ele prosseguiu com toda a seriedade:

— O senhor sempre foi um estudante cuidadoso e espero que tenha mantido seus bons hábitos agora que é mestre. Lembre-se meu amigo, o conhecimento é mais forte que a memória. Permita-me dizer que o caso da senhorita Lucy pode, preste atenção, digo pode ser de interesse para nós e para outras pessoas. Nada se compara a ele. Dou-lhe um conselho: escreva um registro de suas dúvidas e conjecturas. Todo detalhe faz diferença. Depois, seria interessante para o senhor ver quanta verdade adivinhou. Aprendemos pelos fracassos, não pelos êxitos.

Quando descrevi os sintomas de Lucy (os mesmos que antes, porém mais potencializados) ficou bem sério, mas não disse nada. Pegou uma maleta na qual havia muitos instrumentos e medicamentos. Quando entramos na casa, a senhora Westenra veio ao nosso encontro. Estava preocupada, mas não tanto quanto esperava.

A natureza, em um de seus momentos de boa disposição, ordenou que inclusive a morte tenha algum antídoto para seus próprios erros. Aqui, em um caso no qual qualquer emoção poderia ser fatal, os acontecimentos passam de tal forma que, por um motivo ou outro, as coisas externas à senhora (nem sequer a terrível mudança de sua filha, a quem ama tanto) não parecem alcançá-la. É como se a mãe natureza envolvesse o corpo com algum tecido insensível, que pode protegê-lo do mal externo. Se isto é uma espécie de egoísmo, então deveríamos nos abster um momento antes de condenar alguém por esse defeito, pois suas causas podem ter raízes mais profundas do que as que até agora conhecemos.

Disse a ela que não deveria acompanhar os exames de Lucy, e que não pensasse mais no assunto até ser absolutamente necessário. Ela concordou de bom grado. Van Helsing e eu fomos conduzidos ao quarto da moça. Se ontem fiquei impressionado ao vê-la, hoje fiquei horrorizado. A cor desaparecera de seus lábios e gengivas, e os ossos de seu rosto saltavam, muito proeminentes, dava pena vê-la ou escutar sua pesada respiração.

O rosto de Van Helsing ficou duro como o mármore e suas sobrancelhas convergiram, quase se encontrando por cima do nariz. Lucy jazia imóvel e não parecia ter força suficiente para falar. Van Helsing me fez um sinal e saímos do quarto. Empurrou-me para dentro de outro cômodo e disse:

— Meu Deus! Isto é terrível! Não há tempo a perder. Ela morrerá por falta de sangue, não há fluxo suficiente para manter seu coração funcionando. Devemos fazer imediatamente uma transfusão. O senhor ou eu?

— Mestre, sou mais jovem e mais forte; deve ser eu.

— Então se prepare. Pegarei minha maleta. Vim preparado.

Eu o acompanhei pelas escadas abaixo. Enquanto descíamos, alguém batia à porta. Era Arthur que entrava correndo. Falou em um sussurro angustiado:

— John, estou muito aflito. Li as entrelinhas de sua carta e desde então não tenho sossego. Meu pai está melhor, por isso corri até aqui para ver por mim mesmo como as coisas estão. Este cavalheiro é o doutor Van Helsing? Doutor, estou muito agradecido por ter vindo.

Quando os olhos do professor pousaram sobre ele, havia neles um brilho de cólera pela interrupção do que estávamos prestes a fazer. Mas quando o olhou bem e reconheceu sua forte compleição física, seus olhos se alegraram. E sem demora disse:

— Jovem, o senhor chegou a tempo. É o noivo de nossa paciente, não é verdade? Ela está muito mal, muito mal. Não, filho, não fique assim — disse ao ver que Arthur, de repente, empalidecera e se sentava quase desmaiando. — O senhor irá ajudá-la. Pode fazer mais por ela do que qualquer um.

— O que posso fazer? — perguntou Arthur, com voz rouca. — Me diga e o farei. Minha vida é dela, e daria até a última gota de meu sangue para ajudá-la.

O professor tinha um forte senso de humor, e por conhecê-lo tão bem, detectei um traço dele em sua resposta:

— Meu jovem amigo, não lhe peço tanto; pelo menos não a última.

— Que devo fazer?

Havia fogo em seus olhos e suas narinas tremiam de emoção. Van Helsing deu batidas no ombro dele.

— Venha — disse. — O senhor é um homem, e um homem é o que necessitamos. O senhor será melhor do que eu ou do que meu amigo John.

Arthur olhou perplexo e então o mestre começou a lhe explicar de forma bondosa:

— A jovem senhorita está muito mal. Precisa de sangue ou morrerá. Meu amigo John e eu decidimos, e vamos realizar uma transfusão. John doaria seu sangue, já que é mais forte e jovem do que eu (e aqui Arthur segurou e apertou forte minha mão em silêncio), mas agora o senhor está aqui; é mais forte que qualquer um de nós; nos desgastamos muito na parte intelectual, nossos nervos não estão tão tranquilos, e nosso sangue não é tão bom quanto o seu.

Então Arthur disse ao médico:

— Se o senhor soubesse que morreria feliz se fosse por ela, então entenderia…

Deteve-se, com a voz embargada.

— Muito bem, garoto! — disse Van Helsing. — Em um futuro não muito distante, estará feliz por ter feito todo o possível para ajudar a quem ama. Antes que o façamos vá beijá-la mais uma vez, mas assim que lhe fizer um sinal saia. E já sabe, não diga nada a mãe da moça, pois a saúde dela é instável. Venha!

Entramos no quarto de Lucy e, por indicação de Van Helsing, Arthur permaneceu do lado de fora. Lucy virou a cabeça na nossa direção, mas não disse nada.

Não estava dormindo, mas de tão fraca não podia fazer esforço algum. Ela falou com os olhos, e isso foi tudo. Van Helsing tirou algumas coisas da maleta e as colocou sobre uma pequena mesa fora do alcance da vista da moça. Então, preparou um sedativo e, se aproximando da cama, lhe disse alegremente:

— Bem, senhorita, aqui está seu remédio. Tome tudo como uma boa menina. Venha, eu a ajudarei a sentar-se para que o possa tomar com facilidade. Assim, isso.

Fez o esforço e surpreendeu-me o longo tempo que levou para a droga fazer efeito. Isto de fato foi um claro sintoma de sua doença. O tempo pareceu interminável até que o sono começou a vir. Logo quando Lucy adormeceu, o professor chamou Arthur ao quarto e lhe pediu que tirasse o casaco. Disse:

— O senhor pode dar um beijo nela enquanto trago a mesa. Amigo John, ajude-me!

Fomos buscar a mesa e nenhum de nós o viu se inclinar sobre ela.

Logo depois, bem depressa, mas metodicamente, Van Helsing iniciou a transfusão.

À medida que o sangue de Arthur entrava no corpo de Lucy, ela ia recuperando a cor. Mas, depois de certo tempo, comecei a ficar angustiado, pois apesar de Arthur ser um homem saudável e forte, a perda de sangue já o estava afetando.

Meu mestre estava concentrado. Com o relógio na mão, seu olhar se fixava, ora na paciente, ora em Arthur. Era possível escutar as batidas do meu coração. Finalmente ele disse em voz baixa:

— Não se mova, um instante. Já é suficiente. O senhor cuide dele, e eu, da senhorita.

Quando tudo terminou, vi como Arthur estava debilitado. Coloquei um curativo em sua ferida e o ajudei a se levantar, quando Van Helsing falou sem se virar:

— O noivo valente, penso, merece outro beijo, o qual terá de imediato.

Ajeitou o travesseiro e ao fazer isso, o fino colar de veludo que ela sempre usava ao redor de seu pescoço, preso com um antigo broche de diamante que Arthur lhe dera, saiu um pouco do lugar mostrando uma mancha vermelha em sua pele. Arthur não a notou, mas escutei um profundo suspiro, uma das maneiras pelas quais Van Helsing deixa transparecer suas emoções. Não disse nada no momento, mas logo depois se virou para mim e ordenou:

— Agora desça com nosso noivo corajoso, dê a ele um pouco de vinho e faça com que descanse um pouco. Depois, deve ir para casa comer e dormir para restabelecer as forças. Não deve ficar aqui. Espere! Acredito que o senhor quer saber do resultado dos nossos esforços. O senhor salvou a vida de sua amada. Direi a ela o que aconteceu assim que estiver melhor. Adeus.

Quando Arthur se foi, voltei para o quarto. Lucy estava dormindo, tranquila, mas sua respiração estava mais pesada. Van Helsing estava ao lado da cama olhando-a cuidadosamente. A gargantilha de veludo cobriu, outra vez, a marca vermelha. Perguntei ao professor sobre o assunto:

— O que o senhor pensa deste sinal no pescoço dela?

— E o senhor? O que pensa?

— Ainda não o examinei — respondi enquanto fui ver o ferimento.

Justo sobre a jugular havia duas perfurações, não muito grandes, mas, sem dúvida, um mau sinal. Não havia nenhum indício de infecção, mas as bordas eram brancas e pareciam machucadas. No momento, passou-me pela cabeça que aquela ferida, fosse o que fosse, poderia ser o meio pelo qual ela perdera tanto sangue, mas abandonei a ideia porque isso seria impossível. Se assim fosse, a cama deveria estar encharcada de sangue.

— Bem? — perguntou de novo o mestre.

— Bem — disse —, não tenho explicação.

Meu mestre se levantou, dizendo:

— Devo regressar a Amsterdam hoje pela noite — informou. — Vou consultar alguns livros e documentos. O senhor deve ficar aqui a noite toda e não retire os olhos dela nem um minuto.

— Devo contratar uma enfermeira? — perguntei.

— Nós somos os melhores enfermeiros, o senhor e eu. Vigie-a por toda a noite, assegure-se de que coma bem e que nada a perturbe. Não deve dormir. Mais tarde poderemos descansar. Voltarei o mais rápido possível e então poderemos começar.

— Poderemos começar? — indaguei. — O que o senhor quer dizer com isso?

— Já saberemos! — respondeu meu mestre enquanto saía apressado.

Voltou em um segundo para dizer, com o dedo em riste, em sinal de advertência:

— Lembre-se: está sob sua responsabilidade. Se o senhor a deixar, e algo acontecer, não poderá dormir tranquilamente no futuro!

Do diário do doutor Seward (continuação)

8 setembro

Passei a noite inteira sentado ao lado de Lucy. O sonífero perdeu o efeito ao anoitecer, e ela despertou. Parecia um ser diferente do que era antes da transfusão. Seu ânimo era excelente, e estava cheia de uma alegre vivacidade, mas ainda era possível ver as marcas da doença. Estava muito cansada, mas fazia um esforço enorme para se manter acordada. Lutava contra o sono, então abordei o assunto diretamente:

— A senhorita não quer dormir?

— Não. Tenho medo.

— Medo de dormir! Por quê? É uma bênção!

— Não se o sono fosse para o senhor um presságio de horror...!

— Um presságio de horror! O que quer dizer com isso?

— Não sei. Ah, eu não sei. E isso é que o faz tão terrível. Toda essa fraqueza me acomete quando adormeço; de tal forma que agora tenho medo até da ideia de dormir.

— Minha querida menina, a senhorita pode dormir hoje. Estarei aqui velando seu sono e posso lhe prometer que nada acontecerá.

— Posso confiar no senhor?

Aproveitei a oportunidade e disse:

— Eu lhe prometo que, se perceber qualquer evidência de pesadelo, a despertarei de imediato.

— Promete que o fará? De verdade? Como o senhor é bom para mim. Então dormirei.

De forma instantânea, soltou um suspiro profundo de alívio, afundou de novo em seu travesseiro e dormiu.

Não se moveu nem uma vez sequer, teve um sono tranquilo, reparador. Seus lábios estavam ligeiramente abertos, e seu peito se elevava e baixava com a regularidade de um pêndulo. Em seu rosto se desenhava um sorriso, e era evidente que os pesadelos não a atacaram desta vez.

Assim que a criada chegou pela manhã, fui para casa arrumar algumas coisas. Meu trabalho me manteve ocupado durante todo o dia e, ao cair da noite, me foi informado que meu paciente zoófago tinha estado tranquilo desde ontem. Durante o jantar, recebi um telegrama de Van Helsing me convidando para ir a Hillingham pela noite. Era conveniente que eu permanecesse por perto. Também informou que estava de saída e me encontraria lá pela manhã.

9 setembro Estava bastante cansado quando cheguei a Hillingham. Durante duas noites quase não dormi, e meu cérebro estava começando a sentir um esgotamento. Lucy estava de pé e animada.

Ao apertar minha mão, me olhou fixamente e disse:

— O senhor não ficará aqui por toda noite hoje, vejo que está terrivelmente cansado. Estou bem melhor. Na verdade, estou muito bem e, se alguém vai cuidar de alguém, sou eu do senhor.

Não estava para discussões, então fomos jantar.

Lucy subiu comigo, e, avivado por sua encantadora presença, comi com bastante apetite e tomei um par de taças do mais excelente vinho do porto. Depois do jantar, Lucy me levou até o andar de cima e me mostrou um quarto contíguo ao dela, onde um fogareiro estava aceso.

— Agora — disse —, é aqui que o senhor deve ficar. Deixarei esta porta aberta, e a minha também. Pode se deitar no sofá, pois sei que um médico nunca descansaria na cama com uma paciente no quarto ao lado. Assim, se for necessário, pode estar em meus aposentos em segundos.

Não fiz nada além de concordar, estava morto de cansaço, e não conseguia me manter sentado, ainda que o tivesse tentado. Então fiz com que renovasse sua promessa de me chamar caso necessário, me deitei no sofá e esqueci completamente de tudo.

Do diário de Lucy Westenra

9 setembro Estou muito feliz esta noite. Tenho estado tão enfraquecida, que conseguir pensar e me mover é como sentir os raios de sol depois de um longo período de ventanias e de céu nublado e cinza.

Arthur se sente muito próximo a mim. Sinto sua presença quente. Suponho que seja porque a doença nos torna egoístas e faz com que nossa empatia se volte apenas para nós mesmos, enquanto a saúde solta as rédeas do amor. Sei onde estão meus pensamentos agora. Se Arthur soubesse! Meu querido, seus ouvidos devem zunir enquanto dorme, assim como os meus, enquanto caminho. Ah, o maravilhoso descanso de ontem à noite. Hoje não terei medo. Obrigada a todos por serem tão bons comigo. Graças a Deus! Boa noite, Arthur!

Do diário do doutor Seward

10 setembro

Tive consciência da mão do professor sobre minha cabeça, e acordei em um golpe só. Essa é uma das coisas que aprendemos no hospício.

— Como está nossa paciente?

— Bem, quando a deixei, ou melhor dizendo, quando ela me deixou aqui — respondi.

— Venha, vejamos — disse, e juntos entramos no aposento de Lucy.

A persiana estava fechada e a abri com muito cuidado, enquanto Van Helsing avançou com sua pisada leve, felina, até a cama.

Quando abri a persiana, a luz da manhã inundou o quarto. Ouvi um leve suspiro vindo do professor, e conhecendo-o como o conheço, um medo mortal me gelou o sangue. Ao me aproximar, ele retrocedeu, e sua exclamação de horror "Deus do céu!", não precisava ser reforçada por sua expressão de agonia. Levantou a mão e apontou na direção da cama. Senti que meus joelhos começavam a tremer.

Ali, em um aparente desmaio, estava a pobre Lucy, mais terrivelmente pálida do que nunca. Seus lábios estavam brancos e suas gengivas pareciam encolhidas atrás dos dentes, como algumas vezes vemos em um corpo depois de uma prolongada doença. Van Helsing levantou o pé para batê-lo com força, de tanta raiva, mas os anos de experiência o contiveram, e baixou-o suavemente.

— Traga o conhaque — disse.

Voei até a sala de jantar para pegar a garrafa. Ele umedeceu os pobres lábios de Lucy e, juntos, esfregamos seus pulsos. Ele escutou o coração dela, e depois de uma angustiante espera, disse:

— Não é demasiado tarde. Ainda bate, fraco, mas bate. Todo o nosso trabalho se perdeu. Não há nenhum jovem Arthur agora. Desta vez terei que pedir ao senhor mesmo para doar seu sangue, amigo John.

Pegou os instrumentos em sua maleta, enquanto eu subia as mangas de minha camisa. Começamos a transfusão. Depois de certo tempo (não me pareceu pouco, pois ver seu próprio sangue se esvair, por mais que seja por uma boa causa, é uma sensação terrível) Van Helsing levantou um dedo em advertência:

— Não se mexa — disse. — Temo que ao recobrar as forças, ela desperte; e isso seria muito perigoso. Vou lhe aplicar uma injeção de morfina como precaução.

E assim o fez. Foi com um sentimento de orgulho pessoal que vi a cor voltar lentamente às bochechas e aos lábios de Lucy. Nenhum homem sabe, até que aconteça, o que é sentir seu próprio sangue sendo transferido para as veias da mulher que ama.

— Isso é suficiente — disse o professor.

— Já? — protestei. — O senhor retirou muito mais de Arthur.

Ele sorriu de modo triste e disse:

— Ele é o noivo da moça. O senhor tem muito trabalho pela frente, e com esta quantidade já é suficiente. E lembre-se: nunca comente o que acabamos de fazer. Ele poderia ficar com ciúme, e não é isso que queremos, não é? Agora vá descansar.

Lucy dormiu até bem tarde e quando acordou estava bem mais forte, ainda que não tanto quanto no dia anterior. Van Helsing mandou que eu cuidasse dela com instruções de não sair do seu lado. Ouvi sua voz no corredor, perguntando qual era o caminho para a oficina de telégrafo mais próxima.

Eu e Lucy conversamos alegremente. Ela parecia não se lembrar nada do que acontecera. Quando sua mãe subiu para vê-la, não pareceu notar nenhuma mudança nela e me disse agradecida:

— Devemos tanto ao senhor, doutor Seward, por tudo que tem feito por nós! Mas agora o senhor deve se cuidar também. Está um pouco pálido. Sem dúvida precisa de uma mulher que cuide do senhor!

À medida que falava, Lucy ia ficando corada. Sorri e movi a cabeça, suspirei e a jovem se afundou de novo em seus travesseiros.

Van Helsing regressou após algumas horas e disse:

— Agora o senhor, volte para sua casa. Coma e beba bastante para se recompor. Ficarei aqui esta noite. Nós dois acompanharemos o caso e não devemos permitir que mais ninguém saiba. Tenho razões para isso. Não, não me pergunte quais, pense o senhor o que quiser, inclusive, não se preocupe em pensar o mais improvável. Boa noite.

Ao sair, duas das criadas me imploraram que as deixasse passar a noite com Lucy. Respondi que as ordens do doutor Van Helsing eram outras, mas me senti comovido com a dedicação delas. Deve ser porque estou fraco no momento, ou talvez por se tratar de Lucy, pois já presenciei manifestações similares da bondade feminina. Retornei ao asilo, comi e visitei todos os meus pacientes. Depois me deitei e esperei o sono chegar.

11 setembro

Esta tarde, fui a Hillingham. Encontrei Van Helsing de excelente humor e Lucy muito melhor. Pouco depois de minha chegada, o correio trouxe um grande pacote para o professor. Ele o abriu com muita pressa, e me mostrou um grande ramo de flores brancas.

— Estas são para a senhorita — disse.

— Para mim? Ah, doutor Van Helsing!

— Sim, querida, mas não para que brinque com elas. Estas são medicinais. — Lucy fez um bico encantador.

— Não, mas não é para que as coma cozidas nem de outra forma desagradável; não precisa franzir seu narizinho encantador, ou terei que dizer a meu amigo Arthur os perigos que terá que encarar ao ver tanta beleza, a qual ele ama tanto, se distorcer desta forma. Assim, minha bela senhorita, isso, está melhor. Colocarei um pouco delas em sua janela, farei uma bonita guirlanda e a colocarei em seu pescoço, para que durma bem.

Enquanto o professor falava, Lucy examinava e cheirava as flores. De repente as deixou de lado, dizendo, meio sorrindo, meio séria:

— Professor, acho que o senhor está de brincadeira comigo. Essas flores não passam de uma réstia de alho.

Para minha surpresa, Van Helsing se levantou e disse com toda a seriedade:

— Não é nenhuma brincadeira, senhorita. Nunca brinco com algo tão sério. Há um propósito em minhas ações e lhe previno que não me contrarie. Se cuide pelo amor de seus entes queridos, se não for por si mesma. — Mas, vendo que a pobre Lucy se assustara, continuou em um tom mais suave. — Ah, senhorita, não tenha medo de mim! Só o faço para seu próprio bem. Há muito benefício no uso delas. Veja, eu mesmo as colocarei em seu quarto. Eu mesmo farei a guirlanda para que a use. Mas, cuidado, não deve falar nada disso com ninguém. O silêncio faz parte da obediência, que a conduzirá aos braços de quem a ama. Fique tranquila. E você, John, me ajude a dispô-las pelo quarto.

Espalhamos as flores. As ações do professor eram de fato muito estranhas, e nunca ouvi falar a respeito deste uso medicinal. Ele fechou a janela e esfregou as flores sobre ela e pelo trinco. Fez o mesmo sobre o batente da porta, de cima a baixo, e também ao redor da lareira. Tudo me pareceu um tanto grotesco, e lhe disse:

— Bem, mestre, sei que o senhor sempre tem uma razão para fazer o que faz, mas isto está me deixando perplexo. Se houvesse algum cético nos arredores, diria que está fazendo um conjuro para manter afastado um espírito maligno.

— Talvez seja isso que eu esteja fazendo — respondeu rapidamente enquanto fazia a guirlanda para Lucy.

Lucy se aprontava para dormir e, quando já estava na cama, ele a colocou ao redor do pescoço da jovem e disse:

— Tenha cuidado, e ainda que o quarto tenha um odor ruim, não abra a janela nem a porta hoje pela noite.

— Prometo — disse Lucy. — Obrigada por serem tão bondosos comigo. O que fiz para ser abençoada com amigos tão bons?

Quando deixamos a casa em uma carruagem que me aguardava, Van Helsing me disse:

— Hoje poderei dormir em paz. E dormir é o que quero, depois de duas noites de viagem, muita leitura durante um dia, muita ansiedade no outro e uma noite em claro, sem pregar os olhos. Amanhã cedo, venha me buscar e viremos juntos para ver nossa linda senhorita, muito mais forte graças ao conjuro que fiz. Rá, rá!

Estava tão confiante que, lembrando de minha própria confiança duas noites antes e dos resultados funestos, senti um profundo e vago temor. Deve ter sido minha fraqueza o que me fez vacilar em dizer isso a meu amigo, mas, de toda forma, foi o que senti, quase contendo as lágrimas.

11

CAPÍTULO 11

Do diário de Lucy Westenra

12 setembro Como todos são bons comigo! Sinto que até por esse doutor Van Helsing já tenho carinho. Pergunto-me por que estaria tão ansioso com essas flores. Realmente me assustou, mas deve ter razão já que estou bem melhor. Por algum motivo já não temo estar sozinha durante a noite, e posso agora me deitar e dormir sem medo da dor da insônia, da agonia que o pavor de adormecer me causava. Nunca gostei de alho, mas há uma grande paz em seu perfume, sinto que o sono já vem. Boa noite para todo mundo.

Do diário do doutor Seward

13 setembro Fui buscar o doutor Van Helsing e chegamos a Hillingham às oito em ponto. Era uma manhã muito agradável de sol. O outono se aproximava e as folhas já começavam a mudar de cor, mas ainda não caíam das árvores. Ao chegarmos, à senhora Westenra veio nos receber, nos saudou e disse:

— Os senhores ficarão alegres ao saber que Lucy está melhor. A pequena ainda dorme.

O professor sorriu e seu olhar era feliz. Esfregou as mãos e disse:

— Imaginei que havia acertado o diagnóstico. Meu tratamento está dando bons resultados.

Ela respondeu:

— Os créditos não são todos seus, doutor. O bom estado de Lucy também se deve em parte a mim.

— O que quer dizer com isso, senhora? — perguntou o professor.

— Bem, estava muito ansiosa com o estado de minha menina, tanto que fui até seu quarto pela noite. Dormia um sono tão profundo que nem minha chegada a despertou. Mas o ar do quarto estava terrivelmente viciado. Por todos os lados havia montes dessas horríveis flores, malcheirosas, inclusive em seu pescoço. Temi que o forte cheiro fosse prejudicial para minha pequena, então tirei tudo de lá e abri um pouquinho a janela para que entrasse ar fresco. Tenho certeza de que a encontrarão bem melhor.

Despediu-se de nós e se recolheu a seu quarto, onde geralmente tomava café da manhã cedo. Enquanto falava, percebi que o rosto do doutor foi se acinzentando. Ele conseguiu manter o autocontrole enquanto a pobre dama estava presente, pois sabia de sua saúde. Mas no instante em que ela desapareceu, me puxou e me empurrou até a sala de jantar, fechando a porta.

Foi a primeira vez na vida que vi Van Helsing abatido de verdade. Levou as mãos à cabeça em uma espécie de mudo desespero. Sentou-se, cobriu o rosto com as mãos e começou a soluçar. Eram soluços ruidosos, secos, que pareciam sair de dentro de seu coração machucado. Ergueu as mãos ao céu, como se implorasse a todo o universo.

— Deus! Deus! Deus! — exclamou. — O que fizemos, o que fez esta pobre criatura, para nos dar tantos desgostos? Esta pobre mãe, ignorante, tentando fazer o melhor por sua filha, fez algo que pode ter posto a perder a vida de sua menina. Estamos acuados! Todos os malditos demônios estão contra nós! — De repente, saltou e disse: — Venha, venha! Vamos ver como está Lucy. Não há tempo a perder! Demônios ou não, assim como todos eles de uma só vez, não importa. Lutaremos contra ele, ou eles, por todos.

Fomos ao quarto de Lucy. Desta vez, o doutor não retrocedeu espantado, ao olhar o pobre rosto com aquela palidez de cera, terrível, como antes. Apenas a olhou com tristeza e uma infinita piedade.

— Assim como esperava — murmurou.

Sem dizer uma palavra fechou a porta com chave e começou a pôr os instrumentos para a transfusão em cima da mesa. Comecei a tirar o casaco, mas me parou com um gesto:

— Não — disse. — Hoje serei o doador. O senhor ainda está muito fraco.

Fizemos a transfusão, e desta vez eu a vigiei e ele descansou.

Pouco tempo depois, aproveitou uma oportunidade para dizer a senhora Westenra que não deveria tirar nada do quarto de Lucy sem o consultar. Afirmou que as flores tinham um valor medicinal e que respirar seu odor fazia parte do tratamento. Então decidiu que ele ficaria com ela pelas próximas duas noites. E voltei para casa.

Lucy acordou de seus sonhos fresca e brilhante, parecendo muito melhor do que se poderia esperar depois de tudo.

O que significa isso? Estou começando a me perguntar se viver entre os loucos não está exercendo certa influência sobre meu próprio cérebro.

Do diário de Lucy Westenra

17 setembro Quatro dias e noites de paz. Estou ficando mais forte. É como se tivesse atravessado um longo pesadelo e acabara de despertar com os lindos raios de sol, e o ar fresco da manhã. Tenho uma vaga lembrança de tempos ansiosos e cheios de medo, de uma escuridão na qual não era possível enxergar nem uma ponta de esperança. Depois dos longos períodos de esquecimento, e logo, o retorno à vida. Entretanto, o doutor Van Helsing esteve comigo todo o tempo, e estes pesadelos parecem ter desaparecido por completo; os ruídos que me assustavam e me tiravam do sério, os arranhões na janela, as vozes distantes que me ordenam a fazer não sei o quê. Agora me deito sem medo. Não luto mais contra o sono. Já me acostumei ao alho. Todos os dias chega de Haarlem uma caixa cheia. Hoje o doutor Van Helsing partirá pela noite, pois deve estar amanhã cedo em Amsterdam.

Não preciso mais que cuidem de mim. Estou bem o suficiente para ficar sozinha. Graças a Deus em nome de minha mãe, do meu querido Arthur e de todos os meus amigos que têm sido tão amáveis. Ficarei bastante tranquila com o afastamento do doutor Van Helsing. Na verdade, esta noite, inclusive, o encontrei dormindo duas vezes, mas não tive medo de voltar a dormir, ainda que os galhos das árvores ou os morcegos, ou o que fosse, se chocassem furiosamente contra a janela.

Trecho do Jornal A Gazeta de Pall Mall, 18 de setembro.

O LOBO QUE ESCAPOU: UMA PERIGOSA AVENTURA DE NOSSO REPÓRTER

Entrevista com o guardião do Jardim Zoológico.

Depois de muitas pesquisas e outras tantas negativas, e usando repetidamente as palavras *Gazeta de Pall Mall* como uma espécie de talismã, consegui encontrar o responsável pela seção do Jardim Zoológico, na qual se encontra o departamento de lobos. Thomas Bilder mora em uma das cabanas atrás do recinto dos elefantes, e estava a ponto de se sentar para tomar o chá quando cheguei.

Thomas e sua esposa são pessoas muito acolhedoras, sem crianças, e se a mostra de hospitalidade que me deram é um padrão de seu comportamento, suas vidas devem ser muito agradáveis. Ele não quis falar sobre o que chamou de negócios até que terminássemos o jantar. Então, quando a mesa já estava limpa, e havia acendido o cachimbo, disse:

— Agora, senhor, pode me perguntar o que quiser. Perdoe-me por não querer falar de assuntos profissionais antes de comer. Dou aos lobos, aos chacais e às hienas, em todas as nossas sessões, seu chá antes de começar a lhes fazer perguntas.

— O que o senhor quer dizer com antes de começar a lhes fazer perguntas? — perguntei desejando que começasse a falar.

— Batendo em suas cabeças com um pedaço de pau é uma maneira e coçar suas orelhas é outra. O senhor quer saber? — acrescentou filosoficamente. — Temos muito da mesma natureza desses animais. O senhor veio aqui para me perguntar sobre meu trabalho, quando eu estava faminto. Meu primeiro impulso foi o de expulsá-lo daqui sem lhe dizer nada. Mas não o fiz nem quando me disse de forma sarcástica que perguntaria ao superintendente se poderia me interrogar. Sem ofendê-lo, creio que o mandei para o inferno, não foi assim?

— Sim, assim foi.

— Quando o senhor me disse que faria um relatório sobre mim por eu ter usado um linguajar obsceno, foi como se me golpeasse com um pau na cabeça, mas me contive. Eu não brigaria, assim resolvi esperar pelo jantar. Mas agora de barriga cheia e com meu cachimbo em mãos, pode me coçar as orelhas o quanto queira e não soltarei nenhum grunhido. Pode me perguntar o que quiser. Sei que está aqui por causa desse lobo que fugiu.

— Exatamente. Quero que o senhor me dê seu ponto de vista. Apenas me diga como aconteceu.

— Muito bem! O lobo que chamávamos de Bersicker era um dos três, de pelo cinza, que vieram da Noruega. Era um bom animal, tranquilo, que nunca causou nenhum problema. Estou realmente surpreso de que, entre todos os animais, tenha sido ele que desejou sair daqui. Não se pode confiar nos lobos, assim como não se pode confiar nas mulheres.

— Não lhe dê ouvidos, senhor! — interrompeu a senhora Bilder, rindo alegremente. — Este velho vem cuidando desses animais há anos. Claro que quase se transformou em um! Mas não fala nada com má intenção.

— Bem, senhor, umas duas horas depois do jantar, ontem, foi quando ouvi o escândalo pela primeira vez. Estava fazendo a cama para um jovem puma doente quando escutei os grunhidos e uivos. Vim ver o que estava acontecendo, e ali estava Bersicker arranhando como um louco as grades, como se quisesse sair. Não havia muita gente neste dia e perto dele só estava um homem alto, magro, com nariz aquilino e barba comprida. Tinha um olhar duro e frio, e os olhos vermelhos. Causou-me má impressão desde o início, pois me pareceu que era com ele que os animais estavam irritados. Usava luvas brancas e indicando os animais, disse:

— Tratador, estes lobos parecem estar irritados por algo.

— Talvez seja com o senhor — respondi.

Não se ofendeu como estava esperando, ao contrário, sorriu de maneira insolente, com a boca cheia de dentes brancos afiados.

— Ah, não, eles não gostariam de mim, tenho certeza de que não lhes apeteceria — disse.

— Ah, sim! Creio que gostariam sim — respondi, imitando-o. — Eles gostam de um ou dois ossos para limparem os dentes depois da hora do chá. E o senhor está cheio deles.

Bem, foi algo esquisito, pois quando os animais nos viram conversando, se afastaram. Fui até Bersicker e ele me permitiu acariciar suas orelhas como sempre o fazia. Então se aproximou do homem, e bendito seja se ele não estendeu a mão e acariciou as orelhas do velho lobo.

— Tenha cuidado — falei. — Bersicker é rápido.

— Não se preocupe — respondeu. — Estou acostumado a eles!

— O senhor também é tratador? — perguntei, tirando o chapéu.

— Não — respondeu. — Não precisamente da área, mas já amansei alguns.

Ao dizer isso levantou seu chapéu como um Lorde e foi embora. O velho Bersicker o seguiu com o olhar até que desaparecesse. Depois foi se deitar em um canto, de onde não quis sair durante toda a noite. Bem, assim que a lua surgiu, todos os lobos começaram a uivar. Não havia nada que os parasse. Perto deles, não havia ninguém a não ser alguém chamando um cachorro em algum lugar atrás dos jardins. Saí uma ou duas vezes para ver se tudo estava em ordem, e estava. De repente os uivos pararam. Um pouco antes da meia-noite, saí para uma última ronda antes de me deitar. E que um raio caia sobre minha cabeça, mas quando cheguei à jaula de Bersicker, vi as grades quebradas e retorcidas e a jaula vazia. Isso é tudo que sei.

— Ninguém mais viu nada?

— Um de nossos jardineiros voltava para casa de uma festa, quando viu um grande cachorro cinza saindo pelas grades do jardim. Pelo menos foi isso que contou, mas não lhe dou muito crédito, porque não disse nada sobre o assunto para sua mulher quando chegou em casa. E só depois de termos procurado por todos os lugares, ele se lembrou de nos contar. Acredito mais que o vinho tenha subido a cabeça do pobre homem.

— Bem, senhor Bilder, pode explicar a fuga do lobo?

— Bem — disse, com uma modéstia um tanto suspeita —, creio que posso, mas não sei se o senhor ficará completamente satisfeito com minha teoria.

— Claro que ficarei. Se um homem como o senhor, que conhece os animais, não pode se aventurar com uma boa hipótese, quem poderia fazê-lo?

— Bom, então lhe direi. Parece-me que este lobo fugiu, simplesmente porque… porque queria ir embora.

Pela maneira calorosa ele e sua mulher riram da piada, me dei conta de que contaram isso outras vezes, e que a explicação nada mais era que uma armadilha preparada. Eu não podia competir com o humor deles, mas achei que conhecia um caminho muito mais seguro até seu coração, então disse:

— Agora, senhor Bilder, consideraremos que este dinheiro já esteja sob seu poder e este outro esteja esperando para ir para sua mão, assim que me disser o que pensa que vai acontecer.

— O senhor tem razão — disse, apressado. — Terá que me desculpar por ter brincado com o senhor. Acredito que o lobo está escondido em alguma parte, o jardineiro disse que o viu correndo mais rápido que um cavalo em disparada para o norte, mas não acredito nisso. Os lobos não correm como fazem os cachorros, pois sua estrutura física não permite. Os lobos são muito bonitos e fortes nos livros de contos. Mas na realidade, um lobo é só uma criatura inferior, não tem a metade da inteligência de um cachorro, e nem a quarta parte de sua capacidade de luta. Este que fugiu não está acostumado a brigar, nem a procurar seu próprio alimento e o mais provável é que esteja escondido, assustado, em algum lugar no parque, se perguntando onde está seu café da manhã; ou talvez tenha se enfiado em algum porão perto de uma cozinha..

"A cozinheira vai se assustar quando descer e se deparar com os olhos verdes, do bicho, brilhando no escuro. Caso não consiga comida, é provável que saia para procurá-la, e, por acaso chegar a um açougue. Mas se isso não acontecer e alguma babá sair para um passeio com uma criança deixando-a cochilando no carrinho, bem, eu não ficaria surpreso se o censo constatasse a falta de uma criança... E Isso é tudo o que tenho a dizer."

Estava entregando a ele o dinheiro quando alguma coisa apareceu na janela, e o rosto do senhor Bilder foi tomado pela surpresa.

— Meu Deus! Ali está o velho Bersicker de volta, sem que ninguém o fosse buscar.

Levantou-se e foi abrir a porta, um procedimento que me pareceu desnecessário. Sempre pensei que um animal selvagem nunca é tão atrativo como quando algum obstáculo está entre ele e mim. Depois de tudo, no entanto, não há nada como o costume, pois o medo que Bilder e sua mulher tinham do lobo era mil vezes menor que o que eu tinha de um cachorro manso. Toda a cena foi uma complicada mistura de comédia e tragédia. O maligno lobo que durante um dia e meio havia paralisado Londres, estava ali com um olhar de penitência, sendo recebido e acariciado como uma espécie de filho pródigo. O velho Bilder o examinou por completo com a mais terna atenção, e quando terminou disse:

— Sabia que o pobre acabaria se metendo em alguma confusão. Olhe aqui, sua cabeça toda cortada e cheia de cacos de vidro. Com certeza quis saltar sobre algum muro ou coisa parecida. Venha, Bersicker.

Levou o lobo e o fechou em uma jaula junto com um pedaço de carne.

Do diário do doutor Seward

17 setembro

Estava ocupado, depois de jantar, em meu escritório. De repente a porta foi aberta em um só golpe e meu paciente entrou como um furacão, com o rosto deformado pela ansiedade. Eu me assustei. Sem fazer nenhuma pausa, se dirigiu a mim. Em sua mão havia uma faca de cozinha e como vi que era perigoso, tentei manter a mesa entre nós dois. Todavia, ele foi muito rápido e era muito mais forte que eu. Antes que eu recuperasse meu equilíbrio, ele havia me dado o primeiro golpe. Conseguiu cortar-me o pulso esquerdo. Mas antes que me atingisse outra vez, dei um gancho de direita nele que o fez cair no chão. O sangue que saía de meu pulso formou uma pequena poça sobre o tapete. Vi que meu amigo não parecia querer continuar com aquilo, então me preocupei em enfaixar meu pulso. Quando meus assistentes entraram, olhamos com muita atenção para ele. Estava com um aspecto que, sinceramente, não dá para descrever. Deitado de bruços no chão, lambendo o sangue como um cachorro selvagem. Nós o seguramos com facilidade e, para minha surpresa, se deixou levar com bastante docilidade, repetindo uma e outra vez:

— Sangue é vida! Sangue é vida!

Pode ser perigoso perder sangue agora, devido à transfusão. Além disso, a prolongada tensão e a enfermidade de Lucy estão minando minha vitalidade. Estou muito cansado e irritado. Não poderia abrir mão do meu sono esta noite. Sorte minha que Van Helsing não me chamou. Necessito descansar, dormir, dormir, dormir.

Telegrama de Van Helsing a Seward, em Carfax

(Enviado a Carfax, Sussex, já que não mencionava nenhum condado, entregue com vinte e duas horas de atraso).

17 setembro

Não deixe de comparecer hoje à noite em Hillingham. Caso não esteja em observação o tempo todo, visite com frequência e se certifique de que as flores estão sendo colocadas. Muito importante. Não fracasse. Estarei com o senhor tão logo seja possível depois da chegada.

Do diário do doutor Seward

18 setembro

Acabo de pegar o trem para Londres. O telegrama de Van Helsing me deixou ansioso. Uma noite inteira perdida, e sei bem o que pode acontecer em uma noite. Claro que tudo deve estar bem, mas o que poderia ter acontecido? Certamente há um destino terrível pairando sobre nós que faz com que todos os acidentes possíveis se coloquem em nosso caminho.

Memorando deixado por Lucy Westenra

17 setembro, à noite Escrevo isto e deixo para que o vejam, de forma que ninguém possa se meter em problemas por minha causa. Este é um registro exato do que aconteceu hoje à noite. Sinto que estou morrendo e quase não tenho força para escrever, mas devo fazê-lo.

Fui para cama, como sempre, tendo o cuidado para que as flores estivessem colocadas da maneira como foi ordenado pelo doutor Van Helsing, e logo adormeci.

Fui acordada por um barulho na janela. Um barulho que conhecia bem desde o dia em que fui salva por Mina no desfiladeiro de Whitby. Não estava com medo, mas gostaria que o senhor Seward estivesse comigo. Tentei dormir de novo, mas não pude. Então voltou aquela angústia e decidi ficar acordada. Mas perversamente o sono fez questão de voltar. Como estava com medo de ficar sozinha fui até a porta e gritei: tem alguém aí? Não obtive resposta. Tive medo de acordar mamãe, então fechei a porta. Foi quando ouvi, lá fora, uma espécie de uivo de cachorro, mas mais feroz e mais profundo. Cheguei à janela e olhei para fora, mas não consegui ver nada, a não ser um grande morcego, que evidentemente estava batendo suas asas contra o vidro. Voltei para cama com a firme determinação de não dormir. Neste mesmo momento entrou minha mãe e me disse com a voz mais suave do que de costume:

— Estava preocupada com você, minha querida. Vim ver se estava bem.

Pedi que ela dormisse comigo. Ela se deitou ao meu lado, mas disse que ficaria apenas um instante. O morcego continuou batendo com suas asas na janela assustando minha mãe, que disse:

— O que é isso?

Tentei acalmá-la, mas conseguia ouvir seu coração acelerado. Depois de um tempo, escutamos um ruído vindo da janela, e vimos a seguir como ela se estilhaçou em um monte de pedaços de vidro. Pela janela quebrada, apareceu a cabeça de um enorme lobo. Minha mãe deu um grito de medo e se sentou rapidamente na cama, se segurando em qualquer coisa que pudesse ajudar. Uma dessas coisas era a guirlanda de flores que o doutor Van Helsing insistiu para que eu usasse, e a arrancou de mim. Durante um minuto ou dois, se manteve sentada apontando para o lobo, mas logo ouvi um horrível gorgolejo em sua garganta, e desfaleceu como se tivesse sido atingida por um raio. Sua cabeça bateu em meu rosto, me deixando tonta por um tempo. Tudo parecia girar. Mantive meus olhos fixos na janela, mas o lobo se retirou e uma miríade de pequenas manchas pareceram entrar voando através da janela quebrada, delineando espirais e círculos como uma coluna de pó que os viajantes descrevem quando há um vento quente no deserto.

Tentei me mover, mas parecia estar enfeitiçada. O pobre corpo de minha mãe, que parecia estar esfriando, pois seu querido coração tinha parado de bater, pesava sobre mim. Depois disso, desmaiei.

Não parecia ter passado muito tempo até que eu recobrasse a consciência. Em algum lugar perto daqui um sino tocava, todos os cachorros da vizinhança ladravam e em nossos arbustos, aparentemente mais próximos, cantava um rouxinol. Estava aturdida e cheia de dor, mas o som do rouxinol pareceu a voz de minha mãe morta que regressava para consolar-me. Os ruídos pareciam ter acordado as criadas. Pude ouvi-las correndo descalças. Eu as chamei, e quando viram minha mãe ali sobre minha cama, gritaram. O vento entrou com força através da janela, fechando a porta em um golpe. Levantaram o corpo de minha mãe e a deitaram direito.

Cobriram-na com um lençol. Estavam tão ansiosas e nervosas que mandei que fossem à sala de jantar tomar uma taça de vinho. A porta se escancarou por alguns instantes e se fechou outra vez. As criadas gritaram horrorizadas e logo correram para a sala de jantar. Coloquei as flores de minha guirlanda sobre o peito de minha mãe. Nesse momento, lembrei-me do que me disse o doutor Van Helsing, mas não quis tirá-las de minha querida mãe. Depois disso, uma das criadas poderia ficar comigo. Surpreendeu-me que as criadas não tenham voltado, então fui buscá-las.

Meu coração encolheu quando vi o que acontecera. As quatro jaziam indefesas no chão, respirando pesadamente. A garrafa de Jerez estava pela metade sobre a mesa, mas ao redor havia um esquisito cheiro azedo. Peguei a garrafa, cheirava a láudano. Olhando para a mesinha vi que a garrafa que continha o calmante de minha mãe estava vazia. O que devo fazer? O que devo fazer? Voltei para o quarto, junto de minha mãe. Não posso abandoná-la e estou sozinha, a não ser pelas quatro criadas adormecidas. Alguém as dopou. Sozinha com os mortos! Não me atrevo a sair, pois escutei um leve uivo de lobo através da janela quebrada.

O ar parece cheio de manchas, flutuando e girando suspensas, e as luzes tremulam azuladas e turvas. Que devo fazer? Deus me proteja de qualquer mal esta noite! Esconderei este papel em meu decote para que o encontrem quando venham me buscar para meu sepultamento. Minha querida mãe se foi! Meu tempo também já chegou! Adeus, querido Arthur, caso não consiga sobreviver a esta noite. Que Deus lhe proteja, querido, e que Deus me ajude!

12

CAPÍTULO 12

DO DIÁRIO DO DOUTOR SEWARD

18 setembro Cheguei a Hillingham bem cedo. Toquei a campainha suavemente, do modo mais delicado possível para não perturbar a senhora Westenra ou Lucy. Achei que uma das criadas abriria a porta, mas nada. Toquei outra vez e comecei a ficar preocupado com a demora. Até então, achei que era apenas a preguiça das criadas, mas um medo súbito me invadiu. Seria mais um infortúnio desses que nos rondavam? Sei que minutos ou mesmo segundos podem ser terrivelmente perigosos se Lucy tiver sofrido uma recaída. Logo ouvi o passo de cavalos e avistei o doutor Van Helsing correndo. Quando me viu, perguntou:

— Como ela está? Chegamos tarde? O senhor não recebeu meu telegrama?

Respondi que vim assim que pude, já que recebi o telegrama com 24 horas de atraso.

— Temo que chegamos tarde. Venha — disse Van Helsing. — Não temos tempo a perder. Vamos achar uma maneira de entrar neste lugar.

Demos a volta na casa e encontramos uma janela aberta na cozinha. Foi por lá que entramos. Não havia ninguém ali, nem nos cômodos próximos. Ao passarmos pela sala de jantar, parcamente iluminada, encontramos as quatro criadas desfalecidas no chão, e isso nos assustou ainda mais. Um temor por Lucy tomou conta de mim. Van Helsing me empurrou:

— Vamos, podemos atendê-las mais tarde, estão apenas desmaiadas. Vamos correndo ver nossa jovem.

Ao chegar ao quarto de Lucy, pusemo-nos a ouvir atrás da porta antes de entrar, mas nenhum som saía daquele sepulcro. Com o rosto pálido e as mãos tremendo, abrimos suavemente a porta, e entramos. Como posso descrever o que vimos? Sobre a cama jaziam as duas mulheres, Lucy e sua mãe. A guirlanda de flores de alho que deveria estar ao redor do pescoço da jovem, estava sobre o peito da senhora, que tinha uma expressão de horror no rosto. A pele de Lucy era de uma palidez tenebrosa. Em seu pescoço, os dois pequenos furinhos agora eram duas feridas brancas e mais machucadas. Sem dizer uma palavra, o professor se inclinou sobre o peito de Lucy e gritou:

— Ainda não é tarde demais! Rápido, rápido! Vá por um pouco de conhaque.

Corri o mais que pude escada abaixo, entreguei a bebida, não sem antes verificar se havia sido envenenada de alguma forma, como o Jerez que encontrei na sala de jantar.

Van Helsing esfregou com o conhaque os pulsos e os lábios de Lucy e disse:

— Isso é tudo que podemos fazer neste momento. Vá e acorde as criadas. Precisamos esquentar a água do banho, ela está muito fria, necessita se aquecer.

Fiz o que ordenou. Não foi difícil acordá-las, exceto uma que levei para um dos quartos para que descansasse. As outras estavam muito aturdidas e, ao se lembrarem do ocorrido, soluçaram de forma histérica. Fui rigoroso com elas, lhes disse que perder uma vida era doloroso o suficiente e, se demorassem mais, sacrificariam a senhorita Lucy. Desse modo, soluçando, colocaram mãos à obra.

Assim que trouxeram a água, levamos Lucy para a banheira. Enquanto a mantínhamos aquecida, a campainha tocou. Uma das criadas disse que era um cavalheiro trazendo uma mensagem do senhor Holmwood. Eu simplesmente implorei para que ela lhe dissesse para esperar, pois não podíamos ver ninguém no momento. Ela saiu para fazer dar o recado, e, enquanto fazíamos nosso trabalho, acabei esquecendo da presença do homem.

Em toda minha experiência com Van Helsing, nunca o vi trabalhar com tanta seriedade. Sabíamos que era uma luta desesperada contra a morte e quando lhe disse isso, respondeu algo que não compreendi:

— Se fosse apenas isso, poderia parar agora mesmo e deixá-la desvanecer em paz, pois não vejo nenhuma luz no horizonte de sua vida.

Depois de um tempo, constatamos que o calor estava começando a surtir efeito. O coração de Lucy batia um pouco mais forte e sua respiração melhorou. O rosto de Van Helsing irradiou quando a tiramos da banheira e a envolvemos em um lençol quente. Ele disse:

— A primeira vitória é nossa! — exclamou.

Nós a levamos então para outro quarto. Deitamo-la na cama, e a cobrimos bem, para que permanecesse aquecida. Demos-lhe um pouco do conhaque e notei que Van Helsing amarrou suavemente um lenço ao redor de seu pescoço. Ela ainda estava inconsciente, e tão mal que não me lembrava de tê-la visto desta maneira em seus piores dias.

Van Helsing chamou uma das criadas para tomar conta de Lucy e lhe ordenou que não tirasse os olhos dela enquanto não retornássemos; e fez um gesto me chamando para fora do quarto.

— Devemos decidir o que fazer — disse, ao descermos as escadas. — Estamos fracos demais, e é necessário que outra transfusão seja feita depressa, ou a pobrezinha não aguentará. A quem podemos recorrer? Quem poderia doar suas veias para essa jovem?

— Ora, mas por que não sou uma opção?

A voz veio do sofá, no outro lado do cômodo, trazendo alento e alegria a meu coração, pois reconheci Quincey Morris.

Van Helsing o encarou com raiva no primeiro momento, mas depois seu rosto se suavizou e um raio de felicidade transpassou seus olhos quando gritei:

— Quincey Morris! — Corri para ele com os braços abertos. — O que lhe traz aqui? — perguntei, abraçando-o.

— Acho que Art me traz aqui. — Entregou-me um telegrama que dizia:

> *"Não tenho notícias de Seward há três dias. Estou terrivelmente ansioso. Não posso ir. Meu pai está na mesma situação. Dê-me notícias de Lucy. Não demore. Holmwood."*

— Creio que cheguei a tempo de ajudar. Digam-me o que devo fazer e o farei.

Van Helsing deu alguns passos à frente, pegou sua mão e olhando-o fixamente nos olhos, disse:

— A melhor coisa que há no mundo quando uma mulher está em perigo é o sangue de um homem valente. O senhor é um homem, não resta a menor dúvida. Bom, o diabo pode trabalhar contra nós utilizando todas as suas artimanhas, mas quando precisamos, Deus nos envia seus homens.

Mais uma vez tivemos que fazer aquele horrível procedimento. Não tenho coragem para descrevê-lo de novo em detalhes. Lucy está terrivelmente fraca, mais que das outras vezes, pois ainda que tenha recebido uma quantidade maior de sangue, seu corpo não responde ao tratamento tão rápido quanto antes. Sua luta para manter-se viva era angustiante de se ver e de se ouvir. Pouco a pouco seu coração e seus pulmões começaram a melhorar, e Van Helsing lhe deu uma injeção de morfina para que ela conseguisse descansar sem dores. Seu desmaio se converteu em um sono profundo.

Servi uma taça de vinho a Quincey e o fiz deitar no quarto ao lado. Pedi à cozinheira que preparasse um bom café da manhã e voltei para perto de Lucy. Queria compartilhar com o professor uma ideia que tive. Quando entrei, encontrei Van Helsing com uma ou duas folhas de papel nas mãos. Era evidente que as havia lido e agora estava refletindo sobre seu conteúdo. Tinha um olhar de satisfação sombria em seu rosto, como se tivesse resolvido alguma charada. Entregou-me os papéis dizendo:

— Caíram do colo de Lucy quando a levamos para o banho.

Li aqueles papéis e fiquei atônito. Então perguntei ao professor:

— Em nome de Deus, o que significa tudo isso? Estava ou está louca? Que tipo de perigo é esse?

Estava tão perplexo que não conseguia encontrar palavras coerentes. O mestre tirou os papéis de mim e disse:

— Não se preocupe com isto agora. Esqueça-os por enquanto. Você saberá e entenderá tudo no seu tempo, mas depois. Quando veio correndo até mim, agora há pouco, com certeza queria dizer algo. O que era?

Voltei a mim e disse:

— Lembrei-me que deveria falar sobre o certificado de óbito da senhora Westenra. Se não agíssemos de modo cuidadoso, poderia haver uma investigação, o que seria arriscado. Como todos sabíamos de sua doença terminal, pensava ser mais prudente, para não causar mais transtornos à pobre Lucy, se nós mesmos assinássemos o atestado e agilizássemos o funeral.

— Muito bem, John! Se a senhorita Lucy deve ficar triste pelos inimigos que a atacam, ao menos pode ficar feliz pelos amigos que a amam. Um, dois, três, já doaram sangue para ela, e até um velho como eu. Agora vá!

Quando estava saindo, encontrei Quincey no corredor, ele estava escrevendo um telegrama para Arthur no qual contava da morte da senhora Westenra e da doença de Lucy, afirmando que já melhorara. Disse-lhe aonde ia, e ele me apressou, dizendo que queria falar comigo a sós quando regressasse.

Fiz o que deveria ser feito. Não encontrei dificuldades para registrar o certificado. Ao voltar para a casa das Westenra, encontrei Quincey à minha espera. Mas primeiro fiz questão de ver como Lucy estava. Tudo parecia tranquilo, e Van Helsing continuava a seu lado.

Fui falar com Quincey, que estava inquieto.

— John, não quero intrometer-me onde não devo, mas isto não é nada normal. Você sabe o quanto amo esta jovem e não posso evitar a preocupação. O que está acontecendo? Do que ela padece? Percebi que não é a primeira vez que fazem uma transfusão de sangue nela. Parece-me que os dois já ofereceram suas veias para nossa pequena, não é assim?

— Sim — respondi.

— E imagino que Arthur também, já que o encontrei bastante fraco e esquisito. Nunca havia visto alguém se enfraquecer assim, tão rapidamente desde que tive uma égua que gostava de passear pelas noites. Um desses morcegos vampiros a agarrou e a deixou com o pescoço e as veias abertas, retirando da pobre, todo o sangue do corpo. John, se puder falar sem trair a confiança que um paciente deposita em seu médico, diga-me o que está acontecendo.

À medida que falava, meu pobre amigo dava sinais de estar por demais ansioso. Sentia que se torturava por não poder ajudar mais a mulher que amava. O terrível mistério que rodeava a situação intensificava sua dor, seu coração sangrava, e reuniu toda sua hombridade para não se deixar abater.

— Pelo amor de Deus, John, desde quando está acontecendo este calvário?

— Dez dias.

— Dez dias! Então, durante esses dez dias, o sangue de quatro homens foi transferido para suas veias. Um homem, ainda que forte, não poderia suportar isso por muito tempo. Diga-me, o que ela tem? Como perdeu tanto sangue?

Movi a cabeça negativamente.

— Aí está o problema. Van Helsing está frenético com o assunto e estou a ponto de perder o juízo. Não consigo nem mais tentar adivinhar. Mas ficaremos aqui até que tudo se resolva, para o bem ou para o mal.

Quincey, deixou-se cair desanimado no sofá:

— Digam o que tenho que fazer, e o farei. Contem comigo.

Quando Lucy acordou, sua primeira reação foi levar a mão ao colo procurando os papéis que Van Helsing me dera para ler. O cuidadoso professor os recolocara em seu lugar para evitar que sofresse algum dissabor ao despertar. Ao encontrá-los, sorriu e seus olhos se alegraram.

Olhou ao seu redor. Ao ver onde estava, deu um grito agudo e colocou suas pálidas mãos sobre o rosto. Ambos entendemos o que significava, a pobre havia se dado conta da morte da mãe. Tentamos consolá-la, sem muito êxito. Dissemos que permaneceríamos com ela o tempo todo. Ao entardecer, caiu em uma espécie de catatonia. E algo muito estranho aconteceu. Ainda enquanto dormia, tirou os papéis de seu decote e os rasgou. Van Helsing se adiantou e os tirou de suas mãos. Mas ela continuou a ação de rasgá-los em pedaços cada vez menores, como se ainda os segurasse. O professor pareceu surpreso, suas sobrancelhas se uniram como se pensasse em algo, mas não disse nada.

19 setembro

Lucy ficou com medo de dormir na noite passada. Sempre que cochilava, ao acordar, parecia ainda mais debilitada. Eu e o professor nos revezamos na vigilância, não a deixando sozinha por nem um minuto sequer. Quincey Morris ficou andando ao redor da casa durante toda a noite. Quando o dia amanheceu, a luz matinal nos mostrou o verdadeiro estado de Lucy. Ela quase não conseguia mover a cabeça, e os poucos alimentos que conseguiu ingerir parecem não ter surtido efeito algum. Dormia e acordava. Van Helsing e eu anotávamos as mudanças que se produziam nela ao dormir e ao despertar. Dormindo parecia mais forte, mas sua fisionomia era como a de outra pessoa. Sua respiração era mais suave; a boca aberta deixava à mostra as gengivas retraídas e os dentes, que estavam maiores e mais pontiagudos que o normal. Acordada parecia ela mesma, mas muito mais fraca e quase agonizante.

À tarde perguntou por Arthur, e nós lhe telegrafamos. Ele veio imediatamente. Chegou por volta das seis da tarde. O sol estava se pondo com todo seu esplendor colorido, e seu reflexo avermelhado fluía pela janela e dava uma aparência mais rosada às bochechas de Lucy. Ao vê-la, nosso amigo simplesmente se afogou de tanta emoção e nenhum de nós conseguiu falar. Nas horas seguintes, os períodos de sono ficaram mais frequentes, dificultando longas conversas. Mas a presença de Arthur parece ter atuado como estimulante — ela se reanimou um pouco e falou com ele com mais lucidez. Ele também se controlou e conversou alegremente com ela, de forma que confortou a alma de nossa amada.

Vai dar uma hora da manhã. Arthur e Van Helsing estão sentados com ela. Eu os renderei dentro de 15 minutos. Temo que nossa vigília termine amanhã, pois Lucy parece não melhorar. Que Deus nos ajude.

Carta de Mina Harker a Lucy Westenra (sem abrir)

17 setembro

Minha querida Lucy,

Parece que séculos se passaram desde a última vez que lhe escrevi. Sei que me perdoará todas as faltas quando ler as notícias que vou lhe dar. Trouxe meu marido em boas condições. Quando chegamos a Exéter, uma carruagem nos esperava. Apesar de estar sofrendo de um ataque de gota, o senhor Hawkins nos ofereceu sua casa para que Jonathan se restabeleça. Instalamo-nos e jantamos. Nosso anfitrião pediu a palavra e fez um brinde a nós. Ele disse:

— Meus queridos, quero brindar por sua saúde e prosperidade. Desejo que todas as bênçãos recaiam sobre o casal. Eu os conheço desde que eram crianças. Agora desejo que façam do meu lar, o seu lar. Não tenho filhos, nem descendentes, todos já se foram, e em meu testamento eu os constituo meus herdeiros universais.

Eu, minha querida Lucy, chorei, enquanto Jonathan e o senhor Hawkins se abraçavam. Tivemos uma noite muito, muito agradável. E é assim que estamos aqui, nesta bela e antiga casa. Tanto deste dormitório, quanto da sala, posso ver a beleza da catedral.

Nem preciso dizer que ando muito ocupada, arrumando coisas e fazendo os trabalhos do lar. Jonathan e o senhor Hawkins passam o dia com seus clientes; agora que Jonathan é seu sócio, quer que ele fique por dentro de tudo. Como está sua mãe? Queria muito ir à cidade uns dias, para poder estar contigo, mas não me atrevo. Jonathan ainda precisa de cuidados. Começa a ganhar peso, mas ainda está debilitado pela doença que o acometeu. Por vezes acorda sobressaltado. Mas, graças a Deus, isso não é tão frequente, e confio que com o tempo esses ataques passarão por completo. Agora que dei notícias minhas, pergunto pelas suas. Quando será o casamento? Conte-me tudo a respeito.

Jonathan está me pedindo que lhe envie suas respeitosas saudações, mas não creio que isso esteja à altura do mais novo sócio da importante firma Hawkins & Harker. Simplesmente, querida, lhe envio seu carinho. Adeus minha amada Lucy. Que Deus lhe cubra com todas as bênçãos.

Sua amiga,
Mina.

Relatório de Patrick Hennessey, M. D. etc. para John Seward

Estimado senhor,

Mando anexo o relatório sobre o que aconteceu no hospício, nos últimos dias. Em relação ao paciente, há mais o que falar. Houve outra tentativa de fuga, que poderia ter tido um final horrível, mas que, por sorte, não terminou de forma trágica como esperávamos.

Esta tarde, uma carruagem com dois homens chegou à casa vazia cujos terrenos são vizinhos dos nossos. Casa esta para a qual, o senhor se lembrará, nosso paciente já tentou escapar por duas vezes. Os homens se detiveram para perguntar ao porteiro o caminho. Dava para perceber que eram forasteiros. Eu via pela janela, enquanto fumava um cigarro após o jantar. Renfield começou a encará-los de sua janela e a chamá-los de todos os nomes pervertidos que pode haver no mundo. Um dos homens, que parecia ser um tipo decente, limitou-se a dizer que fechasse sua boca podre de mendigo. Mas nosso paciente, não satisfeito, acusou o homem de roubá-lo e de tentar matá-lo.

Abri outra janela e fiz sinal para que o homem não levasse a sério todas as provocações. Então, ele olhou em volta e disse:

— Deus o abençoe senhor, não me altero pelo que possam me dizer em uma casa de loucos como esta. O senhor e o diretor me dão pena, por terem que viver com essa besta selvagem.

Perguntou-me o caminho para a casa vazia. Eu o indiquei e ele se afastou sob ameaças e insultos de nosso paciente. Fui até Renfield, para tentar descobrir a causa daquilo, mas o encontrei bastante tranquilo e se comportando de forma cordial. Tentei fazer com que falasse sobre o incidente, mas me perguntou suavemente do que eu estava falando. Fez-me acreditar que havia esquecido por completo o ocorrido. No entanto, era mais uma demonstração de sua astúcia, pois, meia hora depois, tive notícias dele de novo. Fugira pela janela e corria pela rua. Fomos atrás dele. Temi que cometesse um crime; e meu temor parecia se justificar. Pelo caminho, vinha a mesma carruagem de mais cedo, e estava carregada com algumas caixas de madeira. Os homens estavam suando e tinham as faces ruborizadas, como se tivessem acabado de fazer um enorme esforço.

Antes que pudesse alcançá-lo, o paciente correu na direção da carruagem e puxou um deles. Começou a bater com a cabeça do homem no chão. Se não conseguisse segurá-lo naquele exato momento creio que teria matado o rapaz. O outro homem saltou, e o golpeou com seu chicote, foi um golpe violento, mas Renfield pareceu não ter sentido nada. Puxou o homem para o chão e começou a lutar com ele. Como estava tentando segurá-lo, me vi envolvido na confusão, indo de um lado a outro, rolando no chão.

No começo, lutou em silêncio. Mas quando conseguimos dominá-lo e os assistentes colocaram a camisa de força, gritou:

— Eu o impedirei. Não poderão me roubar! Não me matarão! Lutarei por meu amo e senhor! — E toda classe de incoerências.

Nós o levamos de volta ao hospício com bastante dificuldade e o trancamos. Os homens tentaram nos ameaçar, mas sem muito efeito. Pareciam humilhados por terem perdido a luta para um lunático qualquer. Anotei seus nomes e seus endereços, caso precisemos. Jack Smollet e Thomas Snelling. Ambos são funcionários de Harris & Filhos, companhia de mudanças e embarques do Soho.

Continuarei lhe informando sobre tudo referente ao hospício e telefonarei imediatamente caso algo grave, de fato, ocorra.

Abraços.
Seu atento servidor,
Patrick Hennessey.

Carta de Mina Harker a Lucy Westenra (sem abrir)

18 setembro

Minha querida Lucy,

Sofremos um terrível golpe. O senhor Hawkins morreu repentinamente. Alguns poderão pensar que isto não nos entristece, mas nós dois já o tínhamos como se fosse nosso verdadeiro pai. Nunca conheci meus pais, de tal forma que a morte deste querido senhor foi um terrível golpe para mim. Jonathan também está muito abalado. Não só se sente triste, muito triste, pelo querido ancião que o ajudou tanto na vida e tem sido um verdadeiro pai para ele, mas também se sente sobrecarregado pela responsabilidade que agora lhe recai. Começa a duvidar de si. Trato de animá-lo e minha fé nele o ajuda a acreditar em si mesmo. Ah, querida, é muito duro que uma natureza tão doce, simples, nobre e forte como a dele se encontre tão machucada a ponto de perder a essência de sua força.

Perdoe-me, querida, se a incomodo com meus problemas em meio à sua felicidade, mas preciso falar com alguém. O esforço que faço para parecer feliz perto de Jonathan me cansa, e aqui não tenho ninguém em quem confiar. Vamos a Londres para o funeral, pois o senhor Hawkins queria ser enterrado junto a seu pai. Como não há parente vivo, Jonathan terá que ajustar tudo. Tentarei passar aí para fazer uma visita, ainda que seja curta.

Amo você,
Mina Harker.

Do diário do doutor Seward

20 setembro Apenas o hábito me faz escrever neste diário hoje. Sinto-me muito abatido, cansado do mundo e tudo que há nele, inclusive, da própria vida. De tal maneira que não ficaria triste se escutasse o bater das asas do anjo da morte vindo me buscar. Ele já passou por aqui, veio pela mãe de Lucy, pelo pai de Arthur e agora... Bom, deixe-me voltar ao trabalho.

Substituí Van Helsing pontualmente. Queríamos que Arthur também descansasse, mas se negou. Só concordou depois que eu disse que apenas necessitaríamos dele durante o dia, e que não deveríamos nos cansar todos ao mesmo tempo pelo bem de Lucy. Van Helsing foi muito amável com ele:

— Venha, filho — disse. — Está fraco e passou por muita tristeza e muita dor. Não o deixarei sozinho, vamos para a sala; você se deita em um sofá e eu, no outro.

Eles foram descansar, e fiquei com nossa amada jovem. Lucy estava deitada, quase tão branca quanto o lençol. Usava novamente a guirlanda de flores de alho em volta do pescoço, a respiração estava pesada e seu rosto, desfigurado, com a boca aberta mostrando as pálidas gengivas. Iluminados pela tênue luz, seus dentes pareciam mais longos e pontiagudos que de costume. Especialmente os caninos. Eu me sentei ao seu lado, e neste momento ouvi um barulho de asas lá fora. A lua estava cheia. Olhei por uma fresta e vi que havia um enorme morcego, provavelmente atraído pela luz, que se debatia contra a janela. Quando voltei ao meu lugar, vi que Lucy se movera ligeiramente, e as flores de alho caíram do seu pescoço. Eu as coloquei no lugar da melhor maneira possível. Logo acordou e tentei alimentá-la, conforme instrução do professor. Só tomou uns goles, de má vontade; parecia que tinha desistido de lutar pela vida.

De repente, percebi que tentava arrancar as flores de alho enquanto dormia, mas, ao acordar, as segurava com força. Isso me surpreendeu. Às seis horas da manhã, Van Helsing veio me substituir. Arthur caíra em um sono profundo e o professor não quis acordá-lo.

Quando viu o rosto de Lucy e escutou sua sibilante respiração, me disse, em um sussurro agitado:

— Suba a persiana, preciso de luz!

O professor inclinou-se, e, com seu rosto quase tocando o de Lucy, a examinou cuidadosamente. Tirou as flores e o lenço de seu pescoço. Ao fazê-lo retrocedeu e gritou:

— Meu Deus!

Inclinei-me para olhar também, e um calafrio percorreu meu corpo. As feridas em seu pescoço desapareceram por completo. Durante cinco minutos, Van Helsing a fitou com o rosto sério e tenso, como nunca vi.

Voltou-se para mim e disse calmamente:

— Está morrendo. Já não lhe resta muito tempo. Fará muita diferença, acredite, se morrer consciente, ou se morrer dormindo. Acorde o pobre rapaz para que se despeça de sua amada.

Acordei Arthur e o chamei para vir ao quarto de Lucy. Contei-lhe, tão suavemente quanto poderia, que ela estava em seus últimos momentos. Nosso amigo cobriu o rosto com as mãos e fez uma prece, por cerca de um minuto.

— Venha, meu querido amigo — disse. — Reúna todas as suas forças para ajudá-la a partir.

Quando chegamos ao quarto, vi que Van Helsing com seu habitual cuidado colocara tudo em seu lugar para criar um ambiente o mais agradável possível. Penteou o cabelo de Lucy, que caía em cachos pelo travesseiro, a ajeitou na cama e a cobriu. Quando entramos, ela abriu os olhos e disse:

— Arthur! Ah, meu amor, estou tão feliz que esteja aqui.

Ele tentou beijá-la, mas Van Helsing o impediu.

— Não — sussurrou. — Ainda não. Pegue sua mão, isso lhe dará mais conforto.

Arthur ajoelhou-se ao seu lado e segurou suas mãos. Ela, gradualmente, foi fechando os olhos e se afundou no mais profundo dos sonhos. Por um tempo curto, seu peito se elevou de modo suave. Baixou, subiu, e baixou, como se fosse uma criança cansada.

Logo, chegou a estranha mudança que eu notara durante a noite. Sua respiração ficou pesada, abriu a boca e as pálidas gengivas mostravam dentes mais longos e pontiagudos. Abriu os olhos, e de uma maneira quase sonâmbula, inconsciente, disse em uma voz suave e melodiosa, de um jeito que nunca a escutara:

— Arthur! Ah, meu amor, estou tão feliz que esteja aqui. Me beije!

Arthur novamente tentou beijá-la, mas neste momento Van Helsing se precipitou sobre o noivo; e segurando seu pescoço com ambas as mãos, o puxou para trás com uma força que nunca imaginaria que ele tivesse.

— Nunca em sua vida! — exclamou. — Nunca o faça por amor à sua alma, e à dela!

E se colocou entre os dois como um leão feroz. Arthur ficou surpreso e não soube o que dizer.

Mantive os olhos em Lucy, assim como Van Helsing; e vimos um espasmo de ira passar rapidamente como uma sombra por seu rosto. Voltou a fechar os olhos, sua respiração ficou pesada de novo, mas logo depois despertou com suavidade, pegou a mão de Van Helsing e a beijou:

— Meu verdadeiro amigo — disse, em uma voz fraca com um tom doloroso. — Por favor, proteja-o.

— Sim, lhe prometo! — disse de forma solene, ajoelhando-se ao lado dela, como quem presta um juramento. Logo se voltou para Arthur e falou: — Venha, filho, pegue a mão dela e a beije na testa, somente uma vez.

Os olhos deles se uniram no lugar de seus lábios e assim se despediram.

Van Helsing pegou o braço de Arthur e o afastou do leito. Logo a respiração da pobre Lucy voltou a ficar pesada e cessou de vez.

— Tudo terminou — declarou Van Helsing. — Está morta.

Levei Arthur para a sala e o deixei chorando desconsolado. Ao voltar ao quarto encontrei o professor ainda mais sério. O corpo dela sofrera uma mudança. A morte lhe devolvera parte da beleza, pois suas bochechas recobraram um pouco das suas suaves linhas. Até os lábios pareciam ter perdido a palidez mortal. Era como se o sangue, já desnecessário para o funcionamento do coração, quisesse suavizar o máximo possível a rigidez e a desolação da morte.

Retornei e me situei ao lado de Van Helsing, ao mesmo tempo em que a contemplava, exclamei:

— Pobre menina. Finalmente em paz.

Ele se virou para mim e disse de modo solene:

— Não, rapaz, nada disso. É apenas o começo.

Quando lhe perguntei o que queria dizer com aquilo, balançou a cabeça e respondeu:

— Não podemos fazer nada por ela. Espere. O senhor verá.

13

CAPÍTULO 13

Do diário do doutor Seward (continuação)

Marcamos o funeral para o dia seguinte, para que Lucy e sua mãe fossem enterradas juntas. Notei que Van Helsing nunca se afastava muito de Lucy. Não havia parentes e, como Arthur teve de ir ao enterro de seu pai, eu e o professor ficamos a cargo de todas as providências. Meu mestre insistiu em cuidar de todos os papéis das Westenra pessoalmente. Perguntei-lhe o motivo, já que como estrangeiro poderia não estar a par de todos os trâmites legais ingleses, e por ignorância acabar causando algum aborrecimento.

— O senhor se esquece de que sou advogado além de médico. Tenho que cuidar para que algumas coisas sejam evitadas — e enquanto falava, tirou de dentro de seu caderno de anotações os papéis que Lucy rasgara. — Quando o senhor descobrir algo sobre o advogado da senhora Westenra, escreva para ele. Ficarei vigiando aqui neste quarto e no antigo cômodo da senhorita Lucy; e procurarei o que deve ser procurado. Não é bom que seus pensamentos mais íntimos caiam em mãos estranhas.

Em meia hora, descobri o nome e o endereço do advogado da família e lhe escrevi. Todos os documentos da pobre dama estavam em ordem. Não havia terminado de selar a carta, quando, para minha surpresa, Van Helsing entrou dizendo:

— Posso ajudar, amigo John?

— Encontrou o que buscava?

— Não procurei por nada específico. Apenas esperava encontrar algumas cartas e umas tantas anotações, e obtive sucesso. Também um diário recém-começado. Mas no momento não diremos nada sobre isso. Verei o pobre Arthur amanhã à noite; e com sua autorização, usarei estes documentos. Agora, amigo, creio que podemos dormir. Precisamos descansar. Amanhã teremos muito que fazer.

Antes de me recolher fui ao quarto onde estava Lucy. O funcionário da funerária fizera um magnífico trabalho. Transformou o cômodo em uma bela capela. Havia uma enorme quantidade de lindas flores brancas, e a morte ficou menos repulsiva. O sudário estava sobre o rosto da jovem. Quando o professor o retirou, nos assombramos. Toda a beleza de Lucy retornara. O tempo não parecia lhe deixar marcas da morte, ao contrário. Conforme o tempo passava, a beleza da vida voltava à sua face. Era difícil imaginar que estávamos olhando para um cadáver.

O professor olhou-a com gravidade.

— Permaneça aqui até eu voltar — disse, e saiu do quarto.

Voltou com um punhado de alho silvestre da caixa que estava na sala de jantar, ainda sem abrir; e colocou as flores entre as outras, em cima e ao redor da cama. Tirou um pequeno crucifixo de ouro que levava por baixo da camisa, e o colocou sobre a boca da morta. Pôs o sudário em seu lugar e saímos.

— Amanhã quero que o senhor traga, antes do anoitecer, um par de bisturis de dissecação — disse o mestre.

— Devemos fazer uma autópsia? — perguntei.

— Sim e não. Quero operá-la, mas não como imagina. Vou lhe contar, mas isto não pode sair daqui. Quero cortar sua cabeça e tirar seu coração. Ah! O senhor é um cirurgião e fica espantado.

Claro, meu querido amigo, o senhor a amava! Não, não esqueci. Eu a operarei e o senhor não me ajudará. Gostaria de fazer isto ainda esta noite, mas por Arthur não o farei. Estará livre depois do enterro do pai e vai querer vê-la... ver *isso*.

— Mas, por que fazer isso? A moça está morta. Por que mutilar sem necessidade seu corpo? Não haveria benefício algum, para nós, nem para Lucy, nem para a ciência, nem para o conhecimento humano! Por quê? Tal coisa é monstruosa!

O professor colocou a mão sobre meu ombro e disse com infinita ternura:

— Amigo John, estou compadecido de seu coração machucado. Se pudesse, arrancaria essa dor que sente agora. Mas há coisas que o senhor ignora, e que, no entanto, terá que conhecer. O senhor me agradecerá, ainda que não sejam coisas agradáveis. John, filho, o senhor tem sido meu amigo fiel. Já me viu fazer algo sem motivo alguma vez? Posso errar, sou humano, mas acredito em tudo que faço. Não foi por isto que recorreu a mim quando se deparou com esse grande problema? Confie em mim um pouco mais, John. Meu amigo, diante de nós surgem dias estranhos e terríveis. Sejamos não dois, mas um, para poder enfrentá-los com êxito. O senhor poderia ter fé em mim?

Prometi a ele que confiaria. Enquanto Van Helsing saía do quarto, vi uma das criadas passar silenciosamente pelo corredor e entrar no quarto onde estava Lucy. Isso me impressionou. A devoção é tão rara, e nos sentimos tão agradecidos quando vemos que pessoas devotam afeto a nossos entes queridos...

Ali estava uma pobre moça superando o medo da morte para velar, sozinha, o corpo da patroa que tanto amava. Devo ter dormido profundamente, pois era dia quando o professor entrou e disse:

— Não precisamos mais dos bisturis. Não farei a operação.

— Por que não? — perguntei. A sua solenidade na noite anterior me impressionara muito.

— Porque — disse com severidade — é muito tarde, ou muito cedo. Veja! — E me mostrou o pequeno crucifixo de ouro na mão. — Isto foi roubado durante a noite.

— Como roubado? — perguntei em dúvida. — Se está aí com o senhor?

— Eu o recuperei da pobre criatura que o roubou. Não sabia o que estava fazendo, mas seu castigo chegará, não por mim. Agora vamos esperar.

Afastou-se dizendo essas coisas e me deixou mergulhado em um novo mistério para desvendar. A manhã transcorreu sem incidentes. Ao meio-dia, chegou o advogado: o senhor Marquand. Mostrou-se muito cordial e agradecido por tudo que fizemos, e assumiu os trâmites a partir dali. Durante o almoço, comentou que a senhora Westenra já esperava por uma morte repentina devido à doença de seu coração; por isso deixara todos os assuntos na mais absoluta ordem. Informou-nos, que, à exceção de uma propriedade que estava no nome de seu falecido marido, e agora ia para parentes longínquos por não ter um descendente direto, todo seu patrimônio iria para o senhor Holmwood.

— Fizemos o que podíamos para impedir isso. Alertamos sobre o erro que cometia ao deixar sua filha sem um centavo, ou não tão livre quanto deveria ser, dentro de seu casamento. Mas não tivemos alternativa a não ser fazer o que nos pedia. E agora pensando friamente, depois de todo o acontecido, devo admitir que, neste caso, qualquer outra forma de disposição sobre seus bens teria resultado na impossibilidade de cumprir seus desejos. Se Lucy tivesse tomado posse de suas propriedades, ainda que vivesse tão somente cinco minutos a mais que sua mãe, na ausência de testamento, e poderia não haver, Lorde Godalming não receberia nada. E os herdeiros, sendo parentes distantes, não abandonariam facilmente seus direitos em benefício de uma pessoa estranha. Estou feliz em cumprir o último desejo desta senhora.

Não permaneceu muito tempo. Disse que voltaria mais tarde para falar com Arthur, que deveria chegar às cinco da tarde. Eu e o mestre fomos novamente à câmara mortuária de nossa querida jovem. Haviam transferido a senhora Westenra para lá também. O agente funerário mudou a ordem das coisas e o quarto ficou com uma atmosfera lúgubre. Van Helsing imediatamente o chamou, e ordenou que dispusesse tudo como antes e que levasse a mãe de Lucy dali. Disse-lhe que o senhor Arthur logo chegaria e que seria menos devastador para ele estar com sua noiva a sós.

Arthur chegou, e era notório o quanto estava devastado. Perder o pai e a noiva ao mesmo tempo foi um duro golpe para ele. Tratou-me com mais afeto do que de costume e foi extremamente cortês com o professor, mas não pude deixar de notar que havia uma certa reticência nele. Van Helsing também notou e fez sinais para que o levasse para ver Lucy. Eu ia ficar do lado de fora para deixá-lo a sós com sua amada, mas ele pegou meu braço e me guiou para dentro do cômodo. Disse secamente:

— Também a amava, velho amigo. Ela me contou tudo sobre isso e não havia amigo mais próximo de seu coração que o senhor. Não sei como posso lhe agradecer tudo o que fez por ela. Ainda não consigo pensar...

Aqui, demonstrou todo seu abatimento e afundou a cabeça em meu peito.

— Ah, John, John, o que farei sem ela? Não tenho mais forças para viver!

Eu o consolei da melhor maneira que pude. Permaneci quieto, em silêncio até que deixasse de soluçar. Então lhe disse suavemente:

— Venha.

Juntos, caminhamos até a cama. Retirei o sudário do rosto da jovem. Deus! Como estava bonita! Aquilo me assombrou e me assustou. Arthur caiu tremendo e finalmente, movido pela dúvida, foi transpassado por um calafrio. Depois de uma longa pausa, me perguntou em um sussurro:

— John, está realmente morta?

Assenti com tristeza. Expliquei-lhe que era comum, principalmente em caso de sofrimento prolongado, que a morte suavizasse o rosto e lhe devolvesse sua beleza juvenil. Minhas palavras pareceram desvanecer suas dúvidas e, depois de se ajoelhar e ficar olhando por um longo tempo para Lucy, se afastou.

Disse-lhe que este deveria ser o adeus, já que o funeral precisava ser preparado. Então ele voltou, envolveu as pequenas mãos dela nas dele, se inclinou e beijou sua testa. Logo se retirou, olhando-a amorosamente sobre o ombro. Eu o deixei na sala e contei a Van Helsing que Arthur já se despedira de sua amada.

Comentei sobre a dúvida do pobre homem ao que o professor respondeu:

— Não me surpreende. Por um momento também duvidei.

Durante o jantar, o professor ficou em silêncio, mas quando acendemos nossos cigarros, disse:

— Lorde...

Mas Art o interrompeu:

— Não, não, pelo amor de Deus, não! Meu senhor, me perdoe, minha perda é muito recente, não quis ofendê-lo.

— Não ofendeu, meu amigo. Só usei esse título por não saber como chamá-lo agora. Tenho muito carinho pelo senhor, o chamarei simplesmente de Arthur.

— O senhor pode me chamar da maneira que quiser — disse Art. — Mas espero que sempre me considere como amigo. Deixe-me dizer que não tenho palavras para agradecer o que fez por minha amada. — Fez uma pausa e continuou. — Sei que ela compreendeu sua bondade até melhor do que eu, e, se fui rude, ou lhe aborreci de alguma forma, me perdoe.

— Sei que foi terrível para o senhor confiar em mim — disse Van Helsing com bondade. — Para confiar é necessário compreender. Creio que nem agora o senhor confia em mim, pois ainda não compreende. E pode ser que em alguns dias eu queira sua confiança, mesmo que essa compreensão ainda esteja distante. Mas haverá o tempo em que sua confiança em mim será irrestrita e o senhor entenderá, como se a luz do sol penetrasse em sua mente. Então me agradecerá pelo seu bem e pelo bem de todos.

— De fato — respondeu Arthur, com afeto. — Confiarei no senhor de todas as maneiras. Sei que tem um coração nobre e, além de tudo, é amigo de John e foi amigo dela. Faça o que for necessário.

O professor limpou a garganta antes de falar:

— Posso lhe perguntar algo? O senhor sabe que a senhora Westenra lhe deixou todas as suas propriedades?

— Por Deus, não! Pobre senhora!

— Bom, meu querido amigo, o senhor pode fazer o que quiser com tudo. Mas desejo que me dê sua autorização para ler todos os documentos e cartas da senhorita Lucy. Acredite, não é mera curiosidade. Tenho motivos que ela teria aprovado. Tenho esses papéis comigo, os guardei antes de sabermos que tudo lhe pertencia, para evitar que caíssem em mãos estranhas, para evitar que olhos estranhos vissem as palavras de sua alma. E se o senhor me permitir, continuarei guardando-os. Nenhuma palavra se perderá, e no tempo oportuno, os devolverei. Sei que peço algo muito duro, mas o senhor o fará, por amor a Lucy…

— O senhor pode fazer o que quiser. Sinto que esse seria o desejo de Lucy. Não lhe perguntarei nada até que chegue a hora.

O professor ficou de pé enquanto lhe respondia:

— Você tem razão. Precisamos atravessar a tempestade antes de encontrar a bonança. E devemos ser valentes e altruístas para cumprir nosso dever. Tudo ficará bem.

Esta noite Van Helsing não dormiu. Andou de um lado para o outro, como se estivesse patrulhando a casa sem se afastar muito do quarto onde estava Lucy, salpicada com as flores de alho silvestre, que desprendiam, misturando-se ao aroma das rosas, um pesado e atemorizante cheio que preenchia o ar da noite.

Do diário de Mina Harker

22 setembro No trem rumo a Exéter, Jonathan dorme. Como o tempo passou, e como as coisas mudaram. Jonathan viajara e fiquei sem notícias dele, agora estamos casados; é advogado, sócio de uma empresa, tem boa condição financeira e o senhor Hawkins está morto. Se Jonathan tiver outro ataque pode atrapalhá-lo muito.

Escrevo em taquigrafia para me exercitar. O funeral foi simples e solene. Só estávamos nós e os criados, um ou dois velhos amigos, seu agente em Londres e um cavalheiro representando Sir John Paxton, o presidente da Sociedade Jurídica.

Depois do enterro fomos dar uma volta para pensar um pouco e distrair o coração. Andamos de mãos dadas pelas ruas e avenidas sem nos importar com os olhares de reprovação dos mais velhos. Estava olhando para uma moça bonita, com um chapéu espalhafatoso, quando Jonathan apertou tão forte minha mão que quase a esmagou e disse em um sussurro:

— Meu Deus!

Perguntei o que havia acontecido, mas não respondeu. Fico muito apreensiva por ele, pois temo que sofra outro ataque dos nervos. Estava pálido, com os olhos saltando das órbitas. Com uma mistura de terror e assombro, olhava fixamente para um homem alto, magro, e de nariz aquilino, que também observava a bela moça. O tipo fitava-a tão absorto que não percebeu nossa presença e por isso pude vê-lo bem. Tinha um rosto cruel, porém sensual. Tinha grandes dentes brancos e lábios muito vermelhos. Jonathan o encarava com tanta determinação que temi que o homem o notasse e o levasse a mal, pois parecia um sujeito detestável. Perguntei-lhe novamente por que estava tão perturbado e ele disse:

— Não vê quem está ali?

— Não, querido, não o conheço. Quem é?

Sua resposta me impressionou:

— É o homem em pessoa.

Meu pobre amado estava evidentemente aterrorizado por algo. Acredito que se não tivesse se segurando em mim, teria desfalecido. O homem misterioso manteve o olhar na bela dama, e quando sua carruagem se afastou pela viela, a seguiu em um cabriolé.

Jonathan o acompanhou com os olhos e disse como que para si mesmo:

— Creio que é o Conde, mas rejuvenesceu muito. Meu Deus, meu Deus, meu Deus! Se eu soubesse, se eu soubesse! — Estava tão nervoso que achei melhor guardar silêncio!

Com muita suavidade, eu o afastei daquele lugar. Caminhamos um pouco mais e nos sentamos em um parque. Fazia muito calor para um dia de outono. Depois de olhar para o vazio durante um longo período, Jonathan fechou os olhos e caiu em um sono profundo, com a cabeça apoiada em meu ombro.

Pensei que seria bom deixá-lo descansar. Depois de vinte minutos, acordou alegre, e aparentemente não lembrava do que acontecera.

— Mina! Eu dormi? Ah, meu bem, perdoe-me por ser tão desatento. Vamos, vamos tomar uma xícara de chá em algum lugar.

Não gosto desses ataques de amnésia, podem causar algum dano cerebral. Mas não quero perturbá-lo com isso. No entanto, devo tentar descobrir tudo o que tenha relação com sua viagem ao estrangeiro. Temo que tenha chegado a hora de ler seu diário. Ah, Jonathan, me perdoe, mas é para o seu próprio bem!

Mais tarde

Foi uma volta triste, em todos os aspectos. A casa, sem a presença do senhor Hawkins, Jonathan, pálido e atônito, parece ter tido uma recaída, e agora um telegrama deste senhor Van Helsing, seja lá quem for:

"Tenho o infortúnio de lhe informar sobre a morte da senhora Westenra e de sua filha, Lucy. Ambas foram enterradas hoje."

Meu Deus! Quanta dor em tão poucas palavras. Pobre senhora Westenra! Pobre Lucy! Se foram para sempre! E pobre Arthur, que perdeu a doçura de sua vida. Deus nos ajude a suportar!

Do diário do doutor Seward

22 setembro Tudo terminou. Arthur voltou a Ring na companhia de Quincey Morris. Que pessoa maravilhosa Quincey é. Creio, no mais profundo de meu coração, que sofreu tanto quanto todos nós a morte de nossa amada, mas soube se sobrepor a dor para não piorar o ambiente. Se a América continuar produzindo homens como este, não resta dúvida de que se transformará em uma grande potência mundial. Van Helsing está deitado, descansando para sua viagem de volta a Amsterdam. Mas me disse que voltará amanhã, só precisa resolver algumas questões. Perguntou-me se na volta poderia ficar em minha casa, já que tem um trabalho para fazer em Londres, que demandará certo tempo.

Pobre velho amigo! Temo que a luta das últimas semanas rompeu até mesmo sua fortaleza de ferro. Durante todo o tempo do funeral, vi que fazia um esforço extraordinário para se controlar. Quando tudo terminara, Arthur começou a falar de seu relacionamento com Lucy e disse que depois da transfusão, se sentiu de fato, ainda que não de direito, marido da pobre moça aos olhos de Deus. Van Helsing, ao ouvir isto, ia alternando entre pálido a corado.

Nenhum de nós disse uma palavra das outras transfusões e jamais diremos. Quando o professor e eu ficamos a sós na carruagem de volta para casa, teve um ataque de histeria, mas insistia que foi apenas seu senso de humor se manifestando em terríveis circunstâncias.

Riu até começar a chorar, e tive que fechar as persianas para que não fôssemos mal interpretados. Chorou até rir outra vez e se alternava nisso. Até que chorou e riu ao mesmo tempo. Tentei ser duro com ele, mas não surtiu efeito. Quando voltou a si, perguntei o motivo daquilo. Sua resposta foi, de certa maneira, própria dele, pois foi extremamente lógica:

— Ah, o senhor não compreende, meu amigo. Não pense que não estou triste. Veja, chorei quando me afogava no riso. Mas também não pense que estou absolutamente triste quando choro, pois o riso chegou da mesma forma. Lembre-se sempre que o riso bate à sua porta e pergunta: "Posso entrar?", não é o verdadeiro riso. Não! O riso é um rei e chega quando e como quer. Não pergunta a ninguém, não escolhe tempo. Diz somente: "Estou aqui."

"Lembre-se — continuou —, por exemplo, que me doeu o coração por essa pequena jovem tão doce, e dei meu sangue por ela, ainda que esteja velho e esgotado. Dei meu tempo, minha habilidade e meu sono. Entretanto, posso rir em sua tumba, posso rir quando a pá de terra cobrir seu caixão. Meu coração sangrou por esse pobre rapaz, tão querido, da mesma idade que teria meu filho se estivesse vivo, com seus cabelos e olhos tão parecidos aos dele.

"Bem, agora o senhor sabe por que gosto tanto dele. Quando ele fala, meu coração de pai ainda se comove. Ah, amigo John, este é um mundo estranho, um mundo cheio de misérias, ameaças e problemas; mas, quando o rei riso vem, faz com que todos nós dancemos ao som de sua melodia. Corações que sangram e ossos secos nos cemitérios e as lágrimas que queimam ao cair. Todos dançam juntos a mesma música executada. Então vêm as lágrimas. Mas o rei riso vem com a luz do sol, e alivia momentaneamente a tensão, e podemos suportar e continuar com nosso trabalho, qualquer que seja ele."

Não quis feri-lo, mas, como continuava sem entender o que queria dizer, perguntei-lhe novamente a causa de seu regozijo. Quando me respondeu foi em um tom mais sério:

— Foi a triste ironia de tudo isso. Essa dama toda enfeitada com flores, que se via tão fresca como se estivesse viva, ali junto de sua mãe; e aquele sino tocando, dong, dong, dong! Tão triste e devagar... Aqueles santos homens, vestidos de branco como anjos, fingindo ler livros; e, no entanto, seus olhos nunca estiveram em uma página. Todos nós com as cabeças inclinadas, para que tudo isso? Ela está morta, não?

— Bem, mas, professor, continuo sem entender. Não vejo motivo para uma risada tão descontrolada. Sua explicação torna esse entendimento ainda mais difícil. Ainda que o funeral possa ter sua veia de comicidade, e o pobre Art? Seu coração estava de fato destroçado.

— Justamente. Disse que a transfusão de seu sangue para as veias da bela dama, havia-na feito sua esposa?

— Sim, foi uma ideia romântica, e o consola.

— Sim, amigo John, mas há aí um problema. Se assim fosse, o que aconteceria conosco? Rá, rá, rá! Esta pobre moça seria uma poligâmica? E eu, com minha pobre mulher morta para mim, mas viva para a lei, seria bígamo?

— Continuo não vendo graça nisso. — Fiquei um pouco desgostoso por ouvir tais coisas do professor.

Ele pôs uma mão sobre meu ombro e disse:

— Amigo John, me perdoe se lhe causo algum mal. Não mostrei meus sentimentos quando fui ferido a não ser para o senhor, meu velho amigo, em quem posso confiar. Se o senhor visse dentro do meu coração quando o riso chegou para mim, talvez se compadecesse desse seu amigo.

Comoveu-me a ternura em sua voz, e lhe perguntei o porquê:

— Porque eu sei!

Agora estamos todos enrolados, e longos dias de solidão pousarão sobre nossos tetos com suas asas abertas. Lucy descansa na tumba de sua família, um grande mausoléu em um cemitério solitário, longe de Londres, onde o ar é fresco e as flores selvagens crescem segundo suas próprias regras. Assim, termino esse diário, e só Deus sabe se algum dia começarei outro. Se começar ou tão somente abrir este outra vez, falarei de pessoas e temas diferentes, pois aqui é o final da narrativa do romance de minha vida. A partir daqui, retomo o fio do meu trabalho cotidiano com tristeza e sem esperança.

FIM

Da Gazeta de Westminster

25 setembro

O MISTÉRIO DE HAMPSTEAD

A vizinhança de Hampstead está assustada com uma série de acontecimentos similares aos casos "Horror de Kensington", "A mulher esfaqueadora" ou "A mulher de preto". Durante os últimos três dias, várias crianças desapareceram e voltaram para casa sem saber dar explicações de onde estavam. Elas sempre somem pela noite e só são encontradas no dia seguinte.

Como a primeira criança disse que teria passado a noite com uma Dama Bonita, as outras passaram a repetir isso. Um correspondente nos escreve dizendo que ver os pequenos fingindo ser a Dama Bonita é verdadeiramente divertido. No entanto, há o lado sério da questão, pois alguns, de fato todos que se perderam durante a noite, voltaram com feridas em seu pescoço. Parecem ter sido feitas por ratos ou por um cachorro pequeno, e, ainda que em um primeiro momento não tenham muita importância, mostram que, qualquer que seja o animal, tem um método próprio. A polícia local foi instruída a ficar de olho em todas as crianças de rua, especialmente as que sejam muito jovens. Assim como em qualquer cachorro errante que ande por aqui.

Da Gazeta de Westminster

25 setembro Extra Especial.

O HORROR DE HAMPSTEAD: OUTRA CRIANÇA FERIDA

A Dama Bonita

Acabamos de receber notícias de que outra criança se perdeu ontem à noite e só foi encontrada hoje pela manhã, debaixo de um arbusto na parte mais abandonada de Hampstead. Tinha as mesmas feridas no pescoço, que foram encontradas nos outros casos. O menino estava terrivelmente fraco e esgotado. Ao se recuperar, contou a mesma história dos outros, que havia sido convencido a acompanhar a Dama Bonita.

14

CAPÍTULO 14

Do diário de Mina Harker

23 setembro Jonathan está se sentindo melhor depois de uma noite ruim. Estou feliz por estar cheio de trabalho, assim não tem tempo para pensar em coisas estranhas. Estará fora o dia todo, portanto vou aproveitar e me trancar no quarto com seu diário. Preciso descobrir o que aconteceu para ajudá-lo...

24 setembro Não tive ânimo para escrever ontem à noite. Esse terrível diário de Jonathan me deixou sobressaltada. Pobre querido! Como deve ter sofrido, tenha sido verdade ou apenas sua imaginação. Pergunto-me se há alguma veracidade em tudo isso. Primeiro teve febre e em seguida escreveu todas essas coisas terríveis, ou teria sido o contrário? Suponho que nunca o saberei, pois não me atrevo a falar com ele sobre o assunto. Todavia, esse homem que ele avistou ontem! Parecia bastante seguro em relação a quem seria. Pobre Jonathan! Suponho que o funeral o afetou e enviou sua mente de volta àquela cadeia de pensamentos…

Ele parece achar que tudo é sua culpa. Lembro-me como no dia do nosso casamento disse: "A menos que um dever solene me faça voltar àquelas horas amargas, dormindo ou desperto, louco ou são..." Parece estar aí um fio de continuidade. Esse terrível Conde viria a Londres, com sua fortuna... Se assim for, se tiver vindo a Londres com seus milhões, pode ser que haja um dever solene a cumprir, e se for este o caso, nós não o temeremos. Estarei preparada. Devo pegar minha máquina de escrever e começar a transcrição. Para que, se necessário, outros olhos possam ler o que aqui está escrito.

Se alguém quiser ler, então, talvez se eu estiver preparada, o pobre Jonathan não mais se perturbará; pois poderei falar em seu nome, e nunca mais deixarei que ele se preocupe ou se aborreça com isso. Mesmo se Jonathan se recuperar de todo esse nervosismo e quiser me esclarecer mais sobre o assunto, poderei fazer perguntas e descobrir mais coisas, para confortá-lo melhor.

Carta de Van Helsing a senhora Harker

24 setembro

(Confidencial)

Querida senhora:

Imploro-lhe que me perdoe por escrever, já que sou um amigo tão distante, e que tenha sido eu quem enviou notícia tão triste sobre a senhorita Lucy. Por bondade de Lorde Godalming, tenho podido ler suas cartas e documentos, pois estou muito interessado em alguns assuntos de vital importância. Neles encontrei algumas cartas da senhora, que mostram a grande amiga que era de Lucy. Ah, senhora Mina, por essa amizade e amor que ela lhe devotava, lhe imploro que me ajude. Pelo bem de outras pessoas lhe peço, para evitar tanto mal, e para evitar os mais terríveis transtornos, a senhora poderia me conceder uma entrevista? Pode confiar em mim. Sou amigo do doutor Seward e de Lorde Godalming (Arthur da senhorita Lucy). Nesse momento, preciso manter tudo em sigilo.

Irei até Exéter vê-la imediatamente se me der sinal de que posso assim proceder. Apenas me diga onde. Senhora, peço-lhe perdão, tomei conhecimento por suas cartas sobre o trauma que seu marido enfrentou, por isso, lhe rogo, não diga nada a ele, para não correr o risco de causar-lhe algum dano.

Respeitosamente,
Van Helsing.

Telegrama da senhora Harker ao doutor Van Helsing

25 setembro

Venha hoje no trem das 10h15. Posso recebê-lo assim que chegar.
Willhelmina Harker.

Do diário de Mina Harker

25 setembro

Não posso evitar esse sentimento terrível de ansiedade à medida que se aproxima a hora da visita do doutor Van Helsing. Espero que este encontro possa jogar luz sobre a triste experiência de Jonathan. Como o doutor acompanhou a pobre Lucy em sua doença, poderá me contar muita coisa sobre ela. Essa é a razão pela qual está vindo, por Lucy e seu sonambulismo, e não por Jonathan. Então nunca saberei o que se passou! Que estúpida sou. Esse horroroso diário se apoderou de minha imaginação e tinge tudo com sua própria cor. É claro que veio por causa de Lucy. Aquele terrível fenômeno voltou a acometer a pobrezinha, e aquela noite no penhasco deve tê-la adoecido. Estava tão envolvida com meus próprios problemas para perceber o quão doente ficou depois daquilo. Lucy deve ter contado ao doutor que eu sabia de suas aventuras enquanto dormia, e agora ele quer que eu conte tudo para que possa entendê-la. Espero ter feito o certo em não contar nada daquilo à senhora Westenra. Nunca me perdoaria se qualquer ação minha, mesmo que fosse um deslize, tivesse causado mal a pobre Lucy. Espero também que o doutor Van Helsing não me culpe por nada. Tive muitos problemas e ansiedade ultimamente, não sei se conseguiria aguentar muito mais no momento.

Suponho que chorar faça bem a nós todos às vezes... As lágrimas limpam o ar da mesma maneira que a chuva o faz. Talvez tenha sido a leitura do diário ontem que me deixou inquieta. Jonathan saiu hoje pela manhã, para ficar longe de mim um dia e uma noite, é a primeira vez que nos afastamos desde que nos casamos. Espero muito que meu querido se cuide, e que nada aconteça para chateá-lo. São duas da tarde, e o doutor estará aqui logo. Não direi nada sobre o diário de Jonathan, a não ser que ele pergunte. Estou feliz agora por também ter transcrito meu diário à máquina, pois, se me perguntar algo sobre Lucy, poderei entregar-lhe a página. Vai ajudá-lo com muitas dúvidas.

Mais tarde

Ele já veio e já foi embora. Que encontro mais estranho. Sinto-me como em um sonho. Se não tivesse lido o diário de Jonathan, jamais teria aceitado nem sequer a possibilidade. Pobre, pobre querido Jonathan! Como deve ter sofrido! Queira Deus que tudo isto não volte a perturbá-lo. Tentarei salvá-lo disso. Pode ser um consolo, ou uma ajuda para ele, ainda que seja terrível saber com certeza que seus olhos, seus ouvidos e seu cérebro não o enganaram, e que tudo foi real.

Talvez a dúvida o inquiete, mas quando ela tiver fim, independentemente da verdade, ele conseguirá suportar melhor o passado. O doutor Van Helsing deve ser um bom homem e muito inteligente para que Arthur e o senhor Seward tenham confiado Lucy a ele. Depois de vê-lo tive a impressão de que é realmente um homem bom, amável e nobre. Deus queira que toda essa tristeza e ansiedade tenham um final feliz. Cheguei a pensar que gostaria muito do gênero entrevistas. Certa vez, um amigo jornalista do *Notícias de Exéter* disse que a memória é uma função muito importante nesse tipo de trabalho. É preciso escrever exatamente todas as palavras ditas, ainda que depois se refine o texto. Em todo caso, essa foi uma entrevista bem estranha, mas tentarei registrá-la na íntegra.

Eram 14h30 quando ouvi uma batida na porta. Fiz o melhor que pude e esperei.

Pouco tempo depois, Mary abriu a porta e anunciou, "dr. Van Helsing". É um homem forte, de peito largo, com um olhar perspicaz que denota o quão inteligente é. O rosto barbeado ressalta seu maxilar bem-marcado. Tem uma boca larga, um nariz de tamanho médio, bem delineado, mas com narinas muito sensíveis, que se mexem a qualquer movimento dos lábios. Seu cabelo não cai sobre a testa larga, mas sim para os lados e para trás. Os olhos são azuis-escuros e parecem transparecer claramente sua disposição de ânimo. Perguntou:

— É a senhora Harker?

Assenti com a cabeça.

— A senhora se chamava senhorita Mina Murray?

Novamente assenti.

— Pois é a Mina Murray que vim ver. Aquela que foi amiga da pobre senhorita Lucy Westenra. Senhora Mina, é em nome da falecida que venho.

— Cavalheiro, o senhor não poderia ter melhor carta de apresentação, do que a amizade e os cuidados que teve para com Lucy.

Estendi a mão e ele a pegou carinhosamente.

— Ah, senhora Mina! Sei que a amiga dessa pobre criança deve ter boa alma...

Terminou seu discurso fazendo uma reverência cortês. Perguntei-lhe o motivo da visita, ao que ele respondeu de imediato:

— Li suas cartas para Lucy. Perdoe-me, mas deveria iniciar minha investigação por algo e não havia ninguém a quem pudesse fazer perguntas. Sei que a senhora esteve com ela em Whitby. Ela tinha um diário, mas não precisa me olhar com surpresa. Ela o começou depois que a senhora partiu e era uma imitação do seu. Neste diário, menciona certas coisas relacionadas ao sonambulismo e diz que a senhora a salvou. Com grande perplexidade venho, então, à sua presença, abusando de sua amabilidade, e peço que me conte tudo sobre aquele fato.

— Penso que posso contar, sim, não há problemas.

— Então a senhora tem boa memória para os fatos, para os detalhes! Nem sempre é uma característica comum entre as jovens.

— Não, doutor. Mas escrevo tudo o que me acontece, e naquele dia não foi diferente. Posso mostrar ao senhor.

— Senhora, agradeceria muito. Será de grande ajuda.

Não pude evitar a tentação de lhe pregar uma peça, creio que esse senso de humor é o resquício da mordida na maçã proibida que ainda permanece nas mulheres. Entreguei-lhe o diário taquigrafado. Fez uma reverência agradecendo e perguntou:

— Posso ler?

— Se o senhor quiser — respondi modestamente.

Ele o abriu e durante um instante fixou o olhar no papel. Logo se levantou e fez outra reverência.

— A senhora é uma mulher muito inteligente! Já sabia que o senhor Jonathan era um homem de muitos conhecimentos, mas agora vejo que sua esposa não fica atrás. Não me daria o prazer de ler para mim? É que não sei taquigrafia.

Quase fiquei envergonhada, de forma que peguei a cópia que fizera à máquina e a entreguei-lhe.

— Perdoe-me, não pude evitar, já imaginava que era sobre Lucy que viria falar, por isso bati nossas passagens à máquina para não desperdiçar muito do seu tempo.

Os olhos do doutor brilharam.

— A senhora é muito amável. Posso lê-lo agora? Talvez seja preciso lhe fazer algumas perguntas quando tiver terminado.

— Claro. Leia tudo enquanto preparo algo para comer, depois poderá fazer as perguntas que quiser enquanto almoçamos.

Ele inclinou a cabeça e se ajeitou em uma cadeira com as costas para a luz e ficou absorto com os papéis, enquanto saí para verificar o almoço, mas também para que não fosse perturbado. Quando voltei ao cômodo onde o deixara, o encontrei andando rapidamente de um lado a outro com o rosto vermelho de emoção. Dirigiu-se a mim e pegou minhas mãos dizendo:

— Ah, senhora Mina. Como posso lhe agradecer? Este papel é a luz que me faltava. Abre-me todas as portas. Estou aturdido, deslumbrado com tanta luz e, no entanto, as nuvens andam sempre atrás da claridade. Mas isso a senhora não compreende, não pode compreender. Mas como estou agradecido! Muito agradecido! A senhora é muito inteligente! Senhora... — E deu um ar solene ao discurso. — Se algum dia Abraham Van Helsing puder fazer qualquer coisa pela senhora ou pelos seus, não hesite em me procurar. Será um prazer poder servi-la como amigo. Há muitas trevas nesta vida, mas também há luz; a senhora é uma delas. Estou certo que sua vida será boa e feliz e seu marido será abençoado.

— Mas doutor, o senhor me elogia demais e não me conhece.

— Não a conheço! Eu, um velho, que passou a vida estudando homens e mulheres? Eu, que me especializei no cérebro e tudo que a ele se relaciona, e tudo que acontece em suas profundezas? Eu, que li seu diário tão gentilmente datilografado, que respirei em cada linha a veracidade dos fatos? Eu, que li suas cartas doces à sua amiga tão querida Lucy, sobre seu casamento e sua confiança? Como não a conheço? Ah, senhora Mina, boas mulheres escrevem por toda a sua vida, a cada dia, a cada hora, a cada minuto, coisas dignas da leitura de anjos. E nós, homens, temos sobre nossa vista algo tão angelical. Seu marido é de natureza nobre, e a senhora também, pois confia, e confiança não existe onde há natureza de maldade. E seu marido, conte-me sobre ele. Está bem? Já passou a febre, e está forte e saudável?

Aqui vi uma oportunidade de perguntar sobre Jonathan.

— Já esteve melhor, mas voltou a ficar inquieto com a morte do senhor Hawkins. Depois dos funerais, sofreu uma grande emoção e piorou.

— Um grande susto, e depois da febre, não é algo bom. De que tipo de emoção estamos falando?

— Fomos caminhar depois da triste celebração, e pareceu reconhecer alguém, alguém que o lembrava de coisas terríveis, e, de certo modo, parecia estar ligado à causa de sua febre.

Ao contar-lhe a história, revivi tudo aquilo: o pesar por Jonathan, o horror que ele experimentara, o mistério aterrador de seu diário e o temor que me rondara desde então, tudo isso retornou como em um turbilhão. Suponho que fiquei histérica, pois me ajoelhei, levantei as mãos para ele em súplica, implorando que curasse meu marido.

Ele pegou minhas mãos suavemente, me acomodou no sofá, sentou-se ao meu lado e disse com toda delicadeza do mundo:

— Minha vida é solitária e tão cheia de trabalho que não tive tempo para cultivar muitas amizades. Mas desde que fui chamado para cá por meu amigo doutor Seward, conheci tanta gente boa, e tenho visto tanta nobreza que sinto, mais do que nunca, a solidão de minha vida. Acredite, então, que a senhora me devolveu a esperança. Esperança, não do que estou procurando, mas de que ainda existem mulheres boas que tornam a vida mais feliz. Estou alegre de poder ser útil à senhora de alguma forma. O que seu marido tem está dentro do meu domínio de estudos e experiência. Prometo que farei tudo por ele. Agora a senhora deve comer, está esgotada. Seu esposo não gostaria de vê-la assim tão pálida. Portanto, por amor a ele, a senhora deve se alimentar e sorrir. Já me disse tudo sobre Lucy, então não falaremos mais dela, para não lhe causar mais comoção.

Ficarei esta noite em Exéter, pois quero pensar em tudo que me disse, e então voltar e fazer algumas perguntas se não se importar.

Depois de comermos, voltamos para sala e me disse.

— Conte-me agora sobre ele.

No momento em que ia começar a falar com este grande homem especialista, senti medo de que pensasse que eu era uma tola, ou que Jonathan estava louco (sendo seu diário tão esquisito), por essa razão, hesitei em prosseguir. Mas ele foi tão doce e amável, e prometera que me ajudaria, então confiei nele e disse:

— Doutor Van Helsing, o que tenho para lhe contar é tão bizarro, mas não poderá rir de mim ou de meu marido. Tenho estado desde ontem em uma espécie de febre causada pela dúvida. Deve ser gentil comigo, e não me achar tola por ter acreditado em metade dessas coisas muito esquisitas.

Ele me tranquilizou com seus modos, além de suas palavras, quando disse:

— Ah, minha querida! Se chegasse a sonhar sobre quão estranhas são as questões que me trouxeram aqui, a senhora é quem cairia na gargalhada. Aprendi a não subestimar a crença de ninguém, por mais esquisita que possa parecer. Tentei manter uma mente aberta, e não são as coisas ordinárias da vida que poderiam fechá-la, mas as coisas estranhas, as extraordinárias, as que fazem o sujeito duvidar se está louco ou são.

— Obrigada, mil vezes obrigada! O senhor tirou um peso de minha consciência. Se me permite, lhe darei material para ler. É longo, mas datilografei. Nele está exposto meus problemas e os de Jonathan. É a cópia de seu diário quando esteve no exterior, e de tudo que aconteceu. Não ouso dizer nada a respeito. O senhor pode ler e julgar por si mesmo. E então quando terminar, talvez possa fazer a gentileza de me dizer o que acha.

— Prometo — disse, enquanto pegava. Entreguei a ele a cópia datilografada do diário de Jonathan. — Prometo que, logo pela manhã, eu me encontrarei com a senhora e seu marido, se puder.

— Jonathan estará em casa por volta das 11h30. Venha comer conosco e vê-lo. Você pode pegar o trem rápido das 15h34, que deixaria o senhor em Paddington antes das oito.

Ele ficou surpreso com meu conhecimento sobre horários dos trens de cabeça, mas ele não sabe que eu tenho memorizado todos os trens que vêm e vão de Exéter, para poder ajudar Jonathan quando ele estiver com pressa.

Então ele levou os papéis e saiu, e eu fiquei aqui sentada pensando, pensando não sei bem o quê.

Carta (manuscrita) de Van Helsing à senhora Harker

25 setembro,
seis da tarde

Querida senhora Mina:

Li o maravilhoso diário de seu marido. Não há dúvida, a senhora pode ficar tranquila; é tão estranho e terrível, quanto verdadeiro! Colocaria as mãos no fogo por ele. Pode ser pior para outros, mas, para a senhora e seu marido, não representa ameaça. Seu marido é um homem nobre, e me permita dizer pela experiência que tenho com os homens que alguém que tenha feito a façanha de descer pela parede e entrar nesse quarto (ah, e pela segunda vez!), não é alguém que possa ficar eternamente refém de um problema emocional. Seu cérebro e seu coração estão bem, posso jurar, mesmo não o tendo visto ainda. Farei muitas perguntas sobre outras coisas. De qualquer forma estou deslumbrado com tudo o que já aprendi. Deslumbrado.

Seu servo,
Abraham Van Helsing.

Carta da senhora Harker ao doutor Van Helsing

25 setembro,

18h30

Meu querido doutor Van Helsing,

Muito obrigada por sua carta tão amável. Tirou-me um peso dos ombros. No entanto, não fico tranquila caso seja verdade que este homem, este monstro, está caminhando por Londres. Temo só de pensar. Enquanto lhe escrevia recebi um telegrama de Jonathan me dizendo que sairá de Launceston no trem das 18h25 hoje à noite. E que estará em casa às 22h18, para que eu não tenha medo pela noite. Então, em vez de almoçar conosco, não poderia vir por volta das oito horas para o café da manhã? Seria muito cedo para o senhor? Não responda caso venha. Se não tiver notícias suas, saberei que virá.

De sua fiel e agradecida amiga,
Mina Harker.

Do diário de Jonathan Harker

26 setembro

Pensei que nunca mais fosse escrever neste diário outra vez, mas chegou o momento. Quando cheguei à casa ontem à noite, Mina já havia preparado a ceia. Ao terminarmos, ela mencionou a visita de Van Helsing, e que lhe entregara uma cópia dos dois diários, por estar muito preocupada comigo. Mostrou-me a carta do doutor assegurando que tudo que eu escrevera era verdade. Parece-me que isso fez de mim um novo homem. O que de fato me atormentava era não saber se tudo era real ou apenas criação de minha mente. Me sentia vulnerável na incerteza. Agora que sei, não tenho medo de ninguém, nem sequer do Conde. Então, obteve êxito em sua mudança para Londres, apesar de tudo. Com certeza foi ele quem vi. Rejuvenesceu. Mas como? Van Helsing é o homem que pode desmascará-lo e persegui-lo, se realmente for como Mina o descreveu. Estivemos acordados até tarde falando dessas coisas. Mina está se vestindo e estou de saída para buscar o doutor.

Creio que se assombrou quando me viu. Olhou-me de cima a baixo, me examinando e declarou:

— Mas a senhora Mina me disse que o senhor estava doente, que passara por um choque.

Foi muito divertido ouvir aquele ancião de rosto forte e gentil chamar minha esposa de "senhora Mina". Sorri e disse:

— Estava doente e sofri um grande trauma, mas o senhor já me curou.

— Como?

— Por meio da sua carta de ontem à Mina. Estava em dúvida, e tudo tinha um tom de pouca realidade, não sabia no que confiar, nem mesmo nas evidências de meus próprios sentidos. Sem confiança, não sabia o que fazer, então agarrei-me à rotina para não enlouquecer, mas isso já não era o suficiente. Essa rotina parou de cumprir seu papel, então desconfiei de mim mesmo. Doutor, o senhor não sabe o que é duvidar de tudo, até de si mesmo. Não, o senhor não poderia, não com sobrancelhas como as suas.

Ele pareceu contente, e riu enquanto dizia:

— Então você é um fisionomista! Aprendo mais aqui a cada hora. Vim com tanta alegria tomar café da manhã e, ah, meu senhor, perdoe os elogios de um velho, mas é abençoado com a esposa que tem.

Eu poderia ouvir alguém elogiar Mina por dias a fio, então apenas assenti e fiquei em silêncio.

— Ela é uma das mulheres de Deus, feita por Suas próprias mãos para mostrar a nós homens e a outras mulheres que há um paraíso onde se pode entrar, e que sua luz pode chegar, sim, aqui na Terra. Tão verdadeira, tão doce, tão nobre, tão altruísta, e isso, deixe-me dizer ao senhor, numa época como os dias de hoje, tão céticos e tão egoístas. Li todas as cartas para a pobre senhorita Lucy, algumas delas apenas falam do senhor, então eu o conheço desde os dias que se conheceram. Mas vi seu eu verdadeiro apenas na noite passada. Dê-me sua mão. Seremos amigos por toda a vida.

Trocamos apertos de mãos. E então ele foi tão honesto e gentil, que fiquei com lágrimas nos olhos.

— E agora — disse —, poderia lhe pedir um favor? Tenho uma grande tarefa a executar, e, para começar, preciso descobrir uma coisa. O senhor pode me ajudar nesse quesito. Poderia me contar o que aconteceu antes de ir para a Transilvânia? Mais tarde, lhe pedirei por mais ajuda, e de um tipo diferente, mas por enquanto isso basta.

— Um instante aqui, senhor — pedi. — O que precisa fazer está relacionado ao Conde?

— Sim, está — disse com solenidade.

— Então estou com o senhor de corpo e alma. Como vai partir no trem das 10h30, não terá tempo para ler todos os documentos, mas eu os confiarei ao senhor. Assim poderá examiná-los durante a viagem.

Depois do café da manhã, eu o acompanhei até a estação. Quando estávamos nos despedindo, disse:

— Se eu o convidasse para a cidade, o senhor iria? E levaria consigo a senhora Mina?

— Farei o que pedir, doutor.

Enquanto esperávamos o trem partir, o doutor Van Helsing, já sentado em seu lugar, começou a folhear os jornais de Londres. Seus olhos pareciam, de repente, captar algo na *Gazeta de Westminster*. Ficou bastante pálido. Leu algo murmurando para si mesmo: Meu Deus! Meu Deus! Mas já?! Nem se deu conta de que eu permanecia ao seu lado. Nesse instante, o apito do trem soou, e o trouxe de volta a si. Então se inclinou sobre a janela e, acenando, gritou:

— Mande lembranças à senhora Mina e diga-lhe que escreverei assim que possível.

Do diário do doutor Seward

26 setembro Na verdade, não há nada que seja definitivo. Não passou nem uma semana desde que declarei fim a este diário, e aqui estou novamente, começando outra vez, ou, na verdade, continuando meu antigo registro. Até esta tarde não havia motivo para pensar em escrever. Renfield voltou a ficar pacífico. Sua coleção de moscas estava bem avantajada e retomara também a das aranhas, de forma que assim se mantinha entretido. Recebi uma carta de Arthur e, pelo que parece, está suportando tudo muito bem. Quincey Morris lhe faz companhia e isso o ajuda muito, pois ele é uma grande fonte de bom humor. Quincey também me escreveu umas linhas, e é por ele que sei que Arthur está recobrando algo de seu ânimo. Em relação a eles, estou tranquilo. Retomei minha dedicação ao trabalho, o que me deixa muito entusiasmado. Poderia dizer que a ferida aberta com a morte de Lucy começava a cicatrizar. Mas se abriu novamente, e como as coisas terminarão? Só Deus sabe. Tenho a vaga impressão de que Van Helsing sabe de algo, mas não me deixa enxergar mais do que o suficiente para aguçar minha curiosidade. Ontem foi a Exéter e passou a noite lá. Voltou hoje, e entrou no meu quarto mais ou menos às 17h30, pondo em minhas mãos *A Gazeta de Westminster*.

— O que o senhor pensa disso? — perguntou-me, enquanto cruzava os braços.

Olhei o jornal, não sabia o que queria me dizer. Apontou para alguns parágrafos sobre crianças que foram atraídas por meio de mentiras em Hampstead. Não entendi muito bem a notícia, até que cheguei a uma linha que descrevia pequenas feridas no pescoço dos pequenos.

Uma ideia passou pela minha mente e o encarei.

— Bem? — indagou.

— São como as de Lucy!

— Que conclusão tira disso?

— Há uma causa comum. O que a feriu também feriu estas crianças.

— Isso é verdade de forma indireta, mas não diretamente.

— O que quer dizer com isso, professor? — Estava um pouco inclinado a fazer alguma piada, afinal, quatro dias de descanso me fizeram recobrar meu senso de humor, mas, quando vi o rosto do professor, assustei-me. Nunca, nem durante o desespero para salvar a vida de Lucy, o vi tão sério. — Não sei o que pensar, não tenho dados para criar uma hipótese provável.

— Meu amigo, o senhor quer me dizer que não suspeita do motivo que vitimou a pobre Lucy? Apesar de todas as evidências dadas pelos fatos e por mim?

— De anemia, por consequência de uma grande perda de sangue.

— E como ela perdeu tanto sangue?

Neguei com a cabeça, e o professor se sentou ao meu lado.

— Vamos, o senhor é um homem inteligente, amigo. Mas tem muitos preconceitos. Não vê nada além daquilo que sabe ou lhe interessa. Não acredita que há coisas que não podemos compreender, mas que, ainda assim, existem? Que algumas pessoas possam ver coisas que outras não podem? Ah! É um erro da ciência querer explicar tudo! E, se não puder explicar, dizer que não há nada para explicar. Suponho que o senhor não acredita em transferência corporal. Não?! Nem na materialização. Não?! Nem na leitura do pensamento. Não?! Nem no hipnotismo…

— Sim — disse. — Charcot provou este último muito bem.

Meu mestre sorriu, enquanto continuava:

— Então o senhor está satisfeito em relação a isso. Sim? E, claro, então entende como funciona e pode compreender a mente do grande Charcot. Pena que não esteja mais entre nós. Então, meu amigo John, devo deduzir que simplesmente aceita os fatos e se satisfaz em deixar em branco o que há entre a premissa e a conclusão. Não?! Então me diga, sou um estudioso do cérebro. Como o senhor aceita o hipnotismo e rejeita a leitura do pensamento? Permita-me dizer, meu amigo, que existem coisas na ciência que foram consideradas ímpias pelo mesmo homem que descobriu a eletricidade. Que por sua vez, teria sido queimado por feitiçaria graças a essa descoberta há não muito tempo. Sempre há mistérios na vida. Por que Matusalém viveu por novecentos anos, entretanto, a pobre Lucy, com o sangue de quatro homens correndo em suas veias, não viveu um dia a mais? Se tivesse vivido um dia a mais, poderíamos salvá-la. O senhor conhece todos os mistérios da vida e da morte? O senhor pode me dizer por que em alguns lugares existem morcegos que andam pela noite a chupar o sangue de bois e cavalos? Ou por que, em algumas ilhas, os morcegos se penduram em árvores durante o dia, e quando os marinheiros dormem saem a atacá-los, deixando os portos cheios de cadáveres pálidos como o da senhorita Lucy?

— Santo Deus, professor! — gritei, levantando-me. — O senhor quer dizer que Lucy foi mordida por um desses morcegos, em Londres, em pleno século XIX?

Ele fez um sinal para que me calasse e continuou.

— O senhor pode me dizer por que uma tartaruga vive muito mais do que um homem? Por que um elefante vive por tantos anos, assistindo à ruína de várias dinastias? O senhor pode me dizer por que em todas as épocas e lugares os homens acreditam que existam humanos que não morrem de mortes naturais? Todos nós sabemos e a ciência atestou o fato por meio dos sapinhos que viveram milhares de anos encarcerados em formações rochosas. O senhor pode me dizer como o faquir hindu, que se deixou morrer, enterrar e ter a tumba selada, foi encontrado vivo depois de o milho plantado sobre seu túmulo ter sido colhido por duas vezes?

Estava me descontrolando e o interrompi. Ele listava essas excentricidades e todas as impossibilidades "possíveis", e minha mente parecia pegar fogo a cada fala do doutor. Tive a vaga ideia de que estava me dando uma lição, como fazia em nossos tempos de estudo em Amsterdam. Mas não compreendia em qual lugar ele queria chegar.

— Mestre, permita-me ser mais uma vez seu discípulo preferido. Diga-me a tese para que possa aplicar meu conhecimento à medida que o senhor avança. Neste momento não consigo conectar as ideias. Sinto-me como um bezerro perdido no pântano, no meio da névoa, sem saber meu destino.

— Esta é uma boa imagem — disse. — Bom, direi ao senhor, então. Minha tese é esta: quero que o senhor acredite.

— Acreditar no quê?

— Acreditar em coisas que não são possíveis. Permita-me ilustrar isso. Uma vez escutei um norte-americano que definia a fé desta maneira: "É essa faculdade que nos permite acreditar no que sabemos que não é verdade." Por uma vez, segui esse ensinamento. Ele nos diz para manter a mente aberta e não permitir que um pequeno pedaço de verdade interrompa a sua imensidão. Em primeiro lugar, vamos obter a menor parte da verdade. Bem! A guardaremos e a avaliaremos, mas ao mesmo tempo não devemos permitir que ela pense ser toda a verdade do universo.

— Então, o senhor não quer que nenhuma convicção prévia atrapalhe a receptividade de minha mente em relação a algo muito estranho. É isso?

— Ah! O senhor continua sendo meu aluno favorito! Dá gosto ensiná-lo. Agora que deseja entender, deu o primeiro passo para alcançar o entendimento. O senhor pensa que os buracos no pescoço de Lucy e no das crianças foram feitos pela mesma coisa?

— Sim, acredito que sim.

— Está enganado. Antes fosse assim! Mas não é! É muito pior, muito, mas muito pior.

— Em nome de Deus, professor, o que o senhor quer me dizer?

Deixou-se cair em uma cadeira com um gesto de desespero, e pôs seus cotovelos sobre a mesa, cobrindo o rosto com as mãos ao declarar:

— Foram feitos pela própria senhorita Lucy!

15

CAPÍTULO 15

Do diário do doutor Seward (continuação)

Por um instante, fui dominado por uma forte cólera. Foi como se ele tivesse esbofeteado Lucy em vida. Bati com força na mesa e me levantei ao mesmo tempo em que lhe dizia:

— Doutor Van Helsing, o senhor está louco?

Ele levantou a cabeça e me olhou: a ternura refletida em seu rosto me acalmou de imediato.

— Gostaria de estar, meu amigo — respondeu. — A loucura seria mais fácil de suportar comparada com verdades como essa. Meu amigo! Por que pensa que dei uma volta tão grande? Por que levei tanto tempo para lhe dizer algo tão simples? Por acaso sinto ódio pelo senhor? Acha que gostaria de lhe causar algum mal? Talvez seja para me vingar do senhor por aquela vez que salvou minha vida? Não, ah, não.

— Perdoe-me.

Meu mestre continuou:

— Meu amigo, queria ser o mais cuidadoso ao dar-lhe tal notícia, porque sei de seu amor por aquela doce jovem. Não espero que acredite de imediato. Sei que é difícil, e mais difícil ainda aceitar uma verdade tão triste sobre uma pessoa tão querida como é a senhorita Lucy. Hoje à noite lhe provarei isso, se o senhor se atrever a vir comigo.

Fiquei na dúvida, um homem não quer ver tais verdades. Byron já dizia: "Eles me mostram a verdade sobre o que mais detesto." Percebeu minha indecisão e disse:

— A lógica é simples, nada de lógica de loucos desta vez, pulando de pedra em pedra em um pântano cheio de névoa. Se não for verdade, o teste será um alívio. No pior dos casos, não fará mal. Mas se for verdade...! Ah, aí está a ameaça. Ainda assim, toda ameaça é ajuda para minha causa, pois nela há uma possibilidade de crença. Vamos, devemos sair agora mesmo. Vou dizer qual é o plano. Primeiro, vamos ver este pequeno no hospital. O doutor Vincent, que está com a criança, é amigo meu. Creio que seu também, já que estudou com ele em Amsterdam. Com certeza permitiria que dois cientistas analisassem seu caso, ainda mais dois amigos. Não diremos nada, a não ser que estamos ali para aprender. E então...

— E então?

Tirou uma chave do bolso e a segurou na minha frente.

— Então, passaremos a noite, o senhor e eu, no cemitério onde está Lucy. Esta é a chave do mausoléu. Peguei com o homem da funerária, para entregá-la a Arthur.

Meu coração se encolheu diante da aventura horripilante que se apresentava. Mas, fazendo das tripas coração, disse que era melhor irmos depressa, pois a noite se aproximava.

Encontramos o menino acordado. Havia se alimentado e estava melhorando. O doutor Vincent nos mostrou os orifícios em seu pescoço, sem dúvida se pareciam com os de Lucy. Eram apenas menores e as bordas pareciam mais frescas. Perguntamos a Vincent qual seria a causa daquilo e ele disse que deveriam ser mordidas de algum animal, talvez um rato, mas se inclinava a pensar que era um desses morcegos que viviam ao norte de Londres.

— Entre tantos inofensivos, pode haver alguma espécie selvagem vinda do Sul, um tipo mais maligno — disse. — Algum marinheiro pode ter levado para casa e deve ter escapado, ou fugiu de algum zoológico, ou pode ser ainda um vampiro. Essas coisas acontecem. Os senhores ficaram sabendo? Há apenas dez dias, um lobo fugiu. E durante uma semana as crianças não fizeram mais nada além de brincar de chapeuzinho vermelho; até que veio a história da Dama Bonita. Até esse menino, ao acordar, a primeira coisa que fez foi perguntar à enfermeira se podia ir brincar com a tal mulher.

— Espero — disse Van Helsing — que ao levar este menino para casa, tome precauções para que os pais mantenham uma rígida vigilância sobre ele. Dar rédea a essas fantasias é o mais perigoso, e se o menino fugisse outra noite? Talvez fosse fatal para ele. Mas em todo caso suponho que o senhor não lhe dará alta antes de alguns dias, não é mesmo?

— Com certeza não. Permanecerá aqui por pelo menos mais uma semana, ou mais tempo se a ferida não curar.

Nossa visita ao hospital se prolongou mais tempo do que havíamos previsto, e antes de sairmos, o sol já tinha se posto. Quando Van Helsing viu que estava escuro, disse:

— Não temos pressa. É mais tarde do que pensava. Venha. Vamos comer em algum lugar antes de continuar.

Jantamos no Jack's Castle, junto com um pequeno grupo de ciclistas e outras pessoas alegres e barulhentas. Às dez da noite, saímos da pousada.

Já estava bastante escuro. O professor evidentemente estudara o caminho que deveríamos seguir, pois continuou, decidido. Por outro lado, eu estava bastante confuso em relação ao local. Chegamos ao cemitério. Escalamos o muro. Com alguma, mas não muita dificuldade, encontramos o mausoléu da família Westenra. O professor abriu a porta, que rangeu, observou que não estava trancada e fez sinais para que eu passasse na frente. Que cortesia me ceder lugar em uma situação tão lúgubre! Meu companheiro fechou a porta atrás de nós em seguida. Pegou sua maleta, tirou um fósforo e acendeu uma vela iluminando o local. A tumba durante o dia, com flores frescas, já era suficientemente funesta. Mas agora, algum tempo após o velório, quando as flores já estavam murchas e mortas, com aranhas andando entre elas e os vermes passeando pelas pétalas, uma densa camada de pó se formara e o cheiro de mofo e umidade pesava o ar, o aspecto era muito mais sórdido e tenebroso. Inevitavelmente pensei que a vida não é a única coisa que acaba e se deteriora.

Van Helsing começou a trabalhar de forma sistemática. Segurando a vela de maneira que pudesse ler as inscrições dos túmulos. Encontrou o de Lucy. Pegou uma chave de fenda em sua maleta.

— O que vai fazer?

— Vou abrir o túmulo. E o senhor se convencerá.

Sem perder tempo, começou a tirar os parafusos e finalmente levantou a tampa. Aquilo foi demais para mim. Parecia-me um insulto enorme à falecida, quase como se removesse suas roupas durante seu sono, se ela estivesse viva. Então, segurei sua mão para impedi-lo. Ele apenas disse:

— Você vai ver. — E pegou na maleta mais um instrumento para tentar abrir o caixão. Com um golpe, fez um pequeno orifício na tampa, pelo qual achei que fosse sentir o gás do cadáver putrefato. Nós, médicos, que estudamos tais assuntos, nos anestesiamos para tais coisas, mas me afastei até a porta. Meu mestre não me parou. Serrou um pouco da lateral de um lado do caixão, e então através da tampa até o outro lado. Puxando o canto de um dos rebordos, o envergou para trás, sentido ao pé do caixão, e estendendo a vela para a abertura, gesticulou para que eu viesse olhar dentro do túmulo.

Eu me aproximei e olhei. O caixão estava vazio. Foi uma tremenda surpresa para mim, e me causou um choque e tanto, mas Van Helsing não parecia impressionado. Tinha mais certeza de onde estava pisando, e se sentia mais determinado em proceder com sua tarefa.

— O senhor está satisfeito, amigo John? — perguntou Van Helsing.

Senti toda minha natureza de teimosia acordar dentro de mim ao respondê-lo.

— Estou satisfeito pelo corpo de Lucy não estar no caixão. Mas isso só prova uma coisa.

— O que isso prova, meu amigo?

— Que não está aí!

— Essa é uma boa lógica, até certo ponto. Mas como o senhor pode explicar o fato de não estar aí?

— Talvez um ladrão de cadáveres — sugeri. Senti que dizia uma tolice, mas era, de fato, a única que me ocorria.

O professor suspirou.

— Acho que devemos ter mais provas. Venha, amigo John!

Fechou outra vez o caixão, recolheu todas as suas coisas, guardou-as na maleta, apagou a vela, e saímos. Trancou o mausoléu com a chave e a entregou a mim.

— Quero que a guarde com o senhor.

Eu ri e fiz sinal para que ele a guardasse.

— Uma chave não é nada — eu disse. — Cópias podem estar espalhadas por aí. E de qualquer forma, não é difícil abrir um cadeado desse tipo.

Meu mestre não disse nada, apenas guardou a chave no bolso. Falou-me para vigiar uma entrada do cemitério que ele vigiaria a outra. Fiquei escondido atrás de uma árvore e vi o professor se afastando até desaparecer entre as lápides. Era uma espera muito solitária. Depois de um tempo escutei o relógio soando doze badaladas, depois uma da manhã, e logo duas horas. Estava tremendo de frio, nervoso e aborrecido com o professor por me colocar em tal situação. Mais ainda, aborrecido comigo mesmo por ter cedido. Em suma, foram horas longas e desagradáveis.

Várias vezes pensei ter visto um tecido branco se movendo entre as árvores, no lado oposto do cemitério. Ao mesmo tempo, uma forma escura se moveu ao lado do professor e ele correu atrás daquilo. Fui até lá, mas precisei contornar muitas lápides e tropecei em uma ou outra sepultura. O céu estava nublado, e em algum lugar distante um galo cantou. Então vislumbrei, por trás de uma alameda de árvores que marcavam a divisa com a igreja, uma tênue figura branca caminhando em direção à tumba. Escutei os passos de alguém sobre as folhas caídas sobre o chão, no mesmo lugar onde vira a figura passando antes. E ao chegar ali, encontrei o professor segurando um pequeno menino.

Quando me viu, o colocou diante de mim e disse:

— O senhor está satisfeito agora?

— Não — disse, de uma maneira que percebi ser agressiva.

— O senhor não está vendo o menino?

— Sim, é um menino, mas quem o trouxe aqui? Está ferido?

— Veremos — disse o professor. E movidos pelo mesmo impulso, buscamos a saída do cemitério levando conosco o pequeno adormecido.

Quando nos afastamos, acendemos um fósforo e olhamos o pescoço da criança. Não tinha nenhum arranhão, nenhuma cicatriz.

— Eu tinha razão? — perguntei, triunfante.

— Apenas chegamos a tempo — disse o professor, como se estivesse meditando.

Agora deveríamos decidir o que fazer com a criança. Se procurássemos a polícia, teríamos de explicar o que não poderia ser explicado. E ainda fornecer detalhes de como e onde encontramos o menino. Decidimos levá-lo para a região de Hampstead e assim que víssemos um guarda, deixaríamos o menino deitado na calçada para que ele o encontrasse. Foi o que fizemos, assim que um policial se aproximou, ficamos observando até que chegasse perto do pequeno. Vimos quando ele iluminou o rostinho do menino e ouvimos suas exclamações de assombro quando nos afastávamos.

Não posso dormir, por isso estou escrevendo. Mas preciso dormir, umas horas apenas. Van Helsing virá me buscar ao meio-dia. Insiste para que eu vá a outra expedição como a de ontem.

27 setembro

Apenas às duas da tarde encontramos a oportunidade ideal para fazer o que queríamos. O funeral de meio-dia havia terminado e as últimas pessoas se afastavam morosamente em grupos. Mais uma vez senti essa horrível sensação da realidade das coisas e me dei conta das ameaças legais que pesavam sobre nós devido a essa aventura ilícita. Além do mais, sentia que tudo seria inútil. Já pensava ser criminoso o suficiente abrir o túmulo de uma mulher morta. Abrir pela segunda vez me parece uma loucura ainda maior, já que vimos com nossos próprios olhos que o caixão estava vazio. Dei de ombros e permaneci em silêncio. Sabia muito bem que quando Van Helsing colocava algo na cabeça, não havia ninguém que pudesse afastá-lo da ideia. Novamente entramos no mausoléu da família de Lucy. Não estava tão sombrio quanto ontem à noite, mas uma indescritível tristeza emanava do lugar. Van Helsing caminhou, e o segui. Inclinou-se e iniciou a operação de abrir o túmulo e a tampa do caixão. Empurrou-me para perto para que eu visse. Um calafrio de surpresa e espanto percorreu meu corpo.

Ali jazia Lucy, aparentemente igual a como a havíamos visto na noite anterior ao seu enterro. Estava, se isso era possível, ainda mais bela e radiante. Não dava para acreditar que estivesse morta. Os lábios estavam mais vermelhos que antes, e as bochechas resplandeciam levemente.

— Que espécie de feitiçaria é essa? — perguntei assustado.

— O senhor está convencido agora? — perguntou Van Helsing que, enquanto falava, abriu os lábios mortos de Lucy e me mostrou os dentes brancos. — Veja, estão mais pontiagudos do que antes.

Com este e este — e tocou os caninos e o dente abaixo deles —, os pequenos podem ter sido mordidos. Acredita agora, meu amigo?

Mais uma vez, a hostilidade tomou conta de mim. Não podia aceitar uma ideia tão aterradora como essa. Assim, com a intenção de discutir, que não me orgulhava, disse:

— Podem tê-la recolocado aqui durante a noite.

— É verdade. É possível. Mas quem?

— Não sei. Mas alguém o fez.

— E, no entanto, faz uma semana que está morta. A maioria das pessoas não teria esse aspecto depois de tanto tempo…

Para isso, eu não tinha resposta e fiquei calado. Van Helsing não pareceu notar meu silêncio, pelo menos não demonstrou desgosto, tampouco triunfo. Estava olhando atentamente o rosto da morta. Levantou as pálpebras de Lucy, a olhou nos olhos, uma vez mais separou seus lábios e examinou os dentes. Logo se virou para mim e disse:

— Há algo aqui diferente de tudo o que é conhecido. Foi mordida por um vampiro durante seus ataques de sonambulismo. Ah! O senhor se assombra! E assim ele poderia, nos transes noturnos de nossa jovem, regressar para tomar mais sangue. Ela morreu em transe, por isso permanece assim, mas agora como uma morta transformada. Por isso é diferente de todos os outros. Quando um morto transformado dorme em casa — e ao falar casa, fez um largo gesto com os braços para indicar o que significava para um vampiro —, seu rosto mostra o que é. Mas esta era tão doce que quando se transformou, conservou a paz típica da morte comum. Veja, não há nada aparentemente maligno aqui, o que torna muito mais desagradável que a tenha de matar enquanto dorme.

Isso fez meu sangue gelar e comecei a me dar conta de que estava aceitando as teorias do professor. Mas, se estava de fato morta, o que havia de terrível na ideia de matá-la? Ele levantou seu olhar para mim e evidentemente viu a mudança no meu rosto, pois disse quase alegre:

— Ah, o senhor acredita agora.

— Não me pressione muito. Estou disposto a aceitar. Mas como o senhor fará esse trabalho macabro?

— Cortarei a cabeça dela e encherei a boca com alho. Posteriormente, devo atravessar o coração com uma estaca.

Suas palavras me fizeram tremer. Era horrível pensar que o corpo de minha amada fosse mutilado. Todavia, o sentimento não foi tão forte quanto eu esperava. De fato, começava a sentir repulsa na presença daquele ser, daquela morta transformada, como Van Helsing a havia chamado, e começava a detestá-la. Seria possível que o amor fosse totalmente subjetivo ou objetivo? Esperei um tempo considerável para que Van Helsing começasse, mas ele ficou quieto, como se estivesse absorto em profunda meditação. De repente, fechou em um golpe sua maleta e disse:

— Pensei muito e decidi pelo que considero melhor. Se agisse seguindo minha intuição, faria agora mesmo, neste momento, o que devo fazer. Mas outras coisas acontecerão, coisas que são muito mais difíceis de lidar, coisas que ainda não conhecemos. Isto é simples. Ela ainda não matou ninguém, ainda que isso seja uma questão de tempo. Agir agora seria acabar com o perigo que ela representa para sempre. Mas podemos necessitar de Arthur, e como lhe diremos isso? Se o senhor, que viu as feridas tão similares no menino, no hospital; se o senhor, que viu ontem o caixão vazio e hoje vê a figura de Lucy dentro, sem marcas de decomposição, pelo contrário, mais corada e mais bela que antes; se o senhor, que sabe da figura branca que ontem à noite trouxe outro menino ao cemitério, não acredita em seus próprios sentidos, como podemos esperar que Arthur, que desconhece tudo isso, acredite? Duvidou de mim quando evitei que a beijasse quando estava moribunda. Sei que ele me perdoou, mas acreditando que pelas razões equivocadas meu gesto o impedira de se despedir da mulher amada como devia. Ele pode pensar que devido a outro erro ela pode ter sido enterrada viva e, no maior de todos os enganos, pensar que nós a matamos. Entrará em uma tristeza sem fim. O pior de tudo é que se afundará em dúvidas e incertezas. Algumas vezes pensará que aquela que tanto amou foi enterrada viva, e isso pintará de horror seus sonhos, pensando no quanto ela deve ter sofrido. Outras vezes pensará que estamos com a razão e que depois de tudo sua amada era uma morta transformada. Não! Agora que sei que tudo é verdade, sei cem mil vezes mais, que devemos passar pela tempestade para chegar à bonança. Sei que o jovem enfrentará maus bocados, mas fará as pazes consigo mesmo, tão logo possamos agir para valer. Estou decidido. Vamos. O senhor deve ir embora. Verifique se está tudo bem no asilo. Passarei a noite aqui no cemitério. Amanhã à noite, vá me buscar no hotel Berkeley às dez. Avisarei a Arthur que venha também; e, claro, ao senhor Quincey. Mais tarde, todos nós teremos muito o que fazer. Irei com o senhor até Piccadilly e jantarei lá, pois preciso estar de volta antes do nascer do sol.

Nota deixada por Van Helsing, em seu casaco, no hotel Berkeley, dirigida ao senhor Seward (sem entregar)

27 setembro

Amigo John,

Escrevo-lhe no caso de algo me acontecer. Irei sozinho vigiar aquele cemitério. Ficaria grato se a morta-viva ou morta transformada, senhorita Lucy, não saísse esta noite, para que esteja mais ansiosa amanhã. Para isso, devo preparar algumas coisas que não serão de seu agrado: alhos e um crucifixo, para selar a entrada da tumba. Não faz muito tempo que é uma morta-viva e terá cuidado. Essas coisas têm o objetivo de impedir sua saída, entretanto, podem não ser suficientes para contê-la caso queira entrar, pois os mortos transformados são desesperados, e acabam encontrando os pontos de menor resistência, por menores que sejam. Permanecerei alerta durante toda a noite, desde o pôr do sol até o amanhecer. E se existe algo a observar, eu o farei. Não tenho medo da senhorita Lucy, e nem temo por ela. Quanto à causa de ter se transformado em morta-viva, teremos agora a possibilidade de descobrir. O ser que fez isso é inteligente, como me disse o senhor Jonathan. Percebemos isso também pelo modo como nos enganou durante todo o tempo que lutou conosco, enquanto tentava se apoderar da senhorita Lucy. A melhor prova disso é que perdemos. Em muitos aspectos, os mortos-vivos são mais fortes. Têm a força de vinte homens. Se for ao cemitério esta noite, me encontrará só, mas acredito que este lugar não é muito atraente para ele; já que pode caçar em lugares mais interessantes que o cemitério onde jaz uma morta transformada, vigiada por um velho.

Mas escrevo isto em todo caso... recolha todos os documentos que acompanham esta nota: os diários de Harker e todo o resto. Leia tudo e depois procure por esse morto-vivo. Corte sua cabeça, queime seu coração ou atravesse-o com uma estaca de madeira, para que o mundo possa ficar em paz sem a sua malévola presença.

Se acontecer o que temo,

adeus,
Van Helsing.

Do diário do doutor Seward

28 setembro

É maravilhoso o que uma boa noite de sono pode fazer por uma pessoa. Ontem estava quase disposto a aceitar as loucuras do professor, mas agora, vendo com clareza, acredito que são verdadeiros desafios ao bom senso. Não tenho dúvidas de que Van Helsing acredita em tudo. Penso que talvez ele tenha perdido o juízo. Com certeza deve haver uma explicação lógica para todas essas coisas estranhas e misteriosas. Seria possível que o professor tenha feito tudo ele mesmo? É tão extraordinariamente inteligente que, se perde o juízo, levaria qualquer ideia maluca a cabo. Nego-me a acreditar nisso, pois Van Helsing estar louco seria de fato tão estranho quanto Lucy ser uma morta-viva. De todo modo, tenho que observá-lo com cautela. Talvez assim consiga descobrir o que está acontecendo.

29 setembro, pela manhã — Ontem à noite, pouco antes das dez, Arthur e Quincey entraram comigo no quarto de Van Helsing. Foi ele mesmo que nos chamou e nos disse o que precisávamos fazer, mas especialmente se dirigiu a Arthur. Começou dizendo que gostaria que o acompanhássemos.

— Preciso fazer algo muito grave, o senhor vem? Minha carta o assustou? — As palavras foram dirigidas a Lorde Godalming.

— Sim, um pouco, no começo. Tenho tido tantos problemas ultimamente que não queria mais um. De qualquer forma, fiquei curioso para saber o que o senhor teria para me dizer. Quincey e eu discutimos sobre o assunto, mas quanto mais nos aprofundávamos na questão, mais perdidos ficávamos. No que me diz respeito, perdi toda a capacidade de compreensão.

— Eu também — disse Quincey Morris.

— Bom, neste caso, os senhores se encontram mais perto do início do que nosso amigo John, que terá de caminhar muito para voltar a se aproximar do começo. Havia compreendido tudo e voltou a duvidar novamente, sem que eu pronunciasse uma só palavra. Vamos ao assunto. Desejo que me deem autorização para fazer esta noite o que penso ser necessário fazer. Ainda que seja pedir muito, e tão logo quando saibam o que é, me proponho a fazer com que compreendam sua importância. Portanto, peço que me deem permissão sem saber de nada, ainda que mais tarde se aborreçam comigo e fiquem assim por muito tempo.

— Sua atitude me parece muito leal — interrompeu Quincey. — Respondo pelo professor, não tenho nem ideia de quais são suas intenções, mas os asseguro que é um cavalheiro honrado, e isso basta para mim.

— Muito obrigado, senhor — disse Van Helsing, com orgulho. — Sinto-me honrado, considerando que é um amigo de confiança, e seu apoio me é muito importante.

Estendeu a mão, e Quincey aceitou. Então Arthur tomou a palavra.

— Doutor Van Helsing, não me agrada "comprar um porco sem vê-lo antes", como dizem na Escócia. E se há algo que fere meus princípios como cavalheiro ou como cristão, não poderei fazer essa promessa. Se o senhor me assegurar que meus valores não estão em perigo, darei meu consentimento sem vacilar nem um momento sequer.

— Aceito suas condições — disse Van Helsing. — A única coisa que peço é que, antes de condenar algum de meus atos, reflita cuidadosamente sobre isto, para se assegurar de que seus princípios não serão violados.

— De acordo — disse Arthur. — Parece-me justo. Agora que já terminamos as negociações, posso perguntar o que temos que fazer?

— Gostaria que viessem comigo ao cemitério da igreja.

O rosto de Arthur empalideceu, enquanto perguntava, desconcertado:

— Onde está enterrada a pobre Lucy?

O professor assentiu com a cabeça e Arthur continuou.

— E chegando lá...?

— Entraremos no mausoléu.

Arthur se levantou.

— Professor, o senhor está falando sério, ou se trata de alguma brincadeira monstruosa? Vejo que o diz com seriedade.

Voltou a sentar-se, mas vi que permanecia em uma postura rígida e cheia de altivez, como alguém que deseja mostrar-se digno. Reinou o silêncio, até que voltou a perguntar:

— E uma vez no mausoléu?

— Abriremos o túmulo e o caixão.

— Isso é demais! — gritou Arthur cheio de ira. — Estou disposto a ser paciente com tudo que seja razoável, mas, neste caso, a profanação de um túmulo... da...

Perdeu a voz em meio à indignação. O professor o olhou tristemente.

— Se eu pudesse evitar essa dor ao senhor, meu amigo — disse —, Deus sabe que o faria, mas esta noite nossos pés pisarão os espinhos. Ou, do contrário, mais tarde e para sempre, os pés que o senhor ama pisarão as chamas!

Arthur levantou o olhar com o rosto extremamente pálido e decomposto, e disse:

— Tenha cuidado, senhor, tenha cuidado!

— Não crê que é melhor ouvir o que tenho a dizer? — indagou Van Helsing. — Assim, o senhor saberá, pelo menos, quais são os limites do que me proponho. Querem que eu prossiga?

— Me parece justo — interveio Quincey.

Depois de uma pausa, Van Helsing seguiu falando, fazendo um grande esforço para ser claro:

— A senhorita Lucy está morta, não é mesmo? Sim, portanto não podemos lhe fazer mal, mas, se não está morta...

Arthur se levantou de um salto e gritou:

— Santo Deus! O que o senhor quer dizer com isso? Houve algum erro? Nós a enterramos viva? — grunhiu com uma cólera que nem sequer a esperança poderia suavizar.

— Não disse que está viva, meu amigo. Não acredito nisso. Só digo que é possível que seja uma morta-viva ou morta transformada.

— Morta-viva! Morta transformada! O que quer dizer com isso? Isso tudo é um pesadelo, não é?

— Existem mistérios que o homem apenas pode vislumbrar, mas com o tempo, tudo se explica. Acredite, nos encontramos atualmente diante de um deles. Mas ainda não terminei. Devo cortar a cabeça da falecida senhorita Lucy.

— Por todos os demônios, não! — gritou Arthur, com furor. — Por nada deste mundo consentirei que seu cadáver seja mutilado. Doutor Van Helsing, o senhor está abusando de minha paciência. O que lhe fiz para que deseje me torturar deste modo? Que fez essa pobre e doce senhorita para que deseje causar-lhe uma desonra tão grande em seu túmulo? O senhor está louco para dizer tal coisa? Ou eu perdi o juízo por ficar aqui ouvindo? Não se permita nem sequer voltar a pensar em tal profanação. Não darei meu consentimento. De forma alguma! Tenho o dever de proteger o corpo da minha amada desse ultraje. E prometo que vou fazê-lo.

Van Helsing se levantou do assento, no qual permanecera durante todo aquele tempo, e disse com seriedade e firmeza:

— Lorde Godalming, também tenho um dever, um dever para com os demais. Um dever para com o senhor e para com a morta. E prometo que vou cumprir com ele! A única coisa que lhe peço agora é que me acompanhe, que observe tudo atentamente e ouça. Se quando eu fizer novamente o mesmo pedido mais adiante, o senhor não estiver mais ansioso para que eu leve tudo a cabo, então... cumprirei com o meu dever, aconteça o que acontecer! Depois me porei à sua disposição para que possa se vingar de mim se for este o caso. — A voz dele falhou por um minuto, mas continuou, com um tom cheio de pena. — Mas imploro que não continue aborrecido comigo. No percurso de minha vida, tive que fazer muitas coisas desagradáveis, que me destroçaram o coração. No entanto, nunca tive uma tarefa tão ingrata em minhas mãos. Acredite que, se chegar o momento em que mude sua opinião sobre mim, um só olhar seu apagará toda a tristeza deste momento. Pense, por que viria de tão longe para causar-lhe tanta dor? Não, meu amigo. Vim para fazer o que acho justo, para ajudar meu amigo Seward, e para ajudar uma dama que também cheguei a amar. Para ela, sinto muito ter que dizer, ainda que com a melhor das intenções, dei o mesmo que o senhor: o sangue de minhas veias. Dei meu sangue, apesar de não ser como o senhor, o homem que ela amava, mas sim, seu médico e amigo. Consagrei a ela meus dias e minhas noites… antes de sua morte e depois dela. E se minha morte pudesse lhe fazer algum bem, inclusive agora, quando é uma morta-viva, poria minha vida com prazer à sua disposição.

Disse isso com uma dignidade e firmeza que nos assombrou. Arthur ficou impressionado. Pegou a mão do velho professor e com a voz entrecortada disse:

— Ah! É algo difícil de acreditar e não o compreendo. Mas, pelo menos, devo ir com o senhor e observar os acontecimentos.

16

CAPÍTULO 16

Do diário do doutor Seward (continuação)

Eram 23h45 quando entramos no cemitério. A noite estava muito escura, ainda que de vez em quando a luz da lua se infiltrasse entre as densas nuvens que cobriam o firmamento. Seguíamos próximos uns dos outros, com Van Helsing um pouco mais à frente nos mostrando o caminho. Quando chegamos perto do túmulo, olhei atentamente para Arthur, porque temia que aquele lugar cheio de lembranças tão tristes o afetasse, mas conseguiu se controlar. Acredito que o próprio mistério da situação estava apaziguando sua dor.

Van Helsing abriu a porta, e notando que vacilávamos, o que era natural, entrou primeiro. Seguimos atrás dele. O professor fechou a porta e acendeu uma tocha que iluminou o caixão. Arthur deu um passo vacilante à frente, e Van Helsing disse, se dirigindo a mim:

— O senhor esteve aqui ontem comigo. O corpo da senhorita Lucy estava no caixão?

— Sim, estava — respondi.

O professor se virou para os demais e disse:

— Escutaram o jovem, não? Além do mais, não creio que alguém duvide disso.

Começou a abrir o caixão da nossa amada Lucy, e Arthur observava tudo em silêncio, muito pálido. Quando a tampa foi retirada, ele deu um passo atrás. Van Helsing abriu o caixão e ficamos todos assombrados. Sim, eu também. Apesar de já ter passado pela mesma experiência. Estava vazio! O silêncio foi interrompido por Quincey Morris:

— Professor, confiei no senhor. Tudo o que quero agora é a sua palavra... não quero de jeito algum desonrá-lo, mas... O senhor fez isso?

— Juro por tudo o que há de mais sagrado que nunca toquei nela. Ninguém a retirou. Isto foi o que ocorreu: duas noites atrás, eu e meu amigo Seward viemos aqui e abri o túmulo, que estava lacrado, e o encontramos como agora, vazio. Depois vimos uma figura branca que se dirigia para cá, por entre aquelas árvores. No dia seguinte voltamos aqui, ainda com o sol no céu, e o corpo da senhorita Lucy estava em seu lugar de descanso. Não foi assim amigo John?

— Correto, assim foi.

— Naquela noite, chegamos justo a tempo de salvar um menino que havia desaparecido. Nós o encontramos, graças a Deus. Ontem vim aqui antes do sol se pôr, já que depois disso os mortos-vivos podem andar por aí. Estive esperando aqui por toda a noite, até que o sol voltou a sair, mas não vi nada. Talvez porque coloquei em todos os buracos deste mausoléu flores de alho, coisas que os mortos-vivos não suportam. Esta manhã, tirei o alho e outros objetos que havia espalhado. E agora encontramos o túmulo vazio. Acreditem, muitas coisas parecem estranhas, mas fiquem comigo lá fora, sem fazer barulho, escondidos e verão outras ainda mais esquisitas — disse apagando a tocha. — Vamos sair.

A noite estava fresca, e como era agradável respirar ar puro sem aquele cheiro insuportável de morte. Todos nós permanecemos sérios, de acordo com a gravidade da situação. Arthur permanecia calado, e creio, se esforçando para compreender qual era o propósito de tudo aquilo e o que estava por trás daquele mistério. Eu mesmo estava mais inclinado a rechaçar minhas dúvidas e aceitar as conclusões de Van Helsing.

Quincey Morris permanecia frio, se expondo corajosamente a tudo que pudesse acontecer. Como não tinha o costume de fumar, pegou um punhado generoso de tabaco e se pôs a mascar. Van Helsing estava ocupado procurando algo específico em sua maleta, algo como um biscoito que segurava com um guardanapo. Em seguida, tirou um punhado de uma massa branca, partiu o biscoito e o misturou com aquela pasta. Depois cortou estreitas tiras daquela coisa e começou a passá-la ao redor de todas as frestas e aberturas que ficavam entre a porta e a parede do mausoléu.

Perguntamos o que estava fazendo, e ele respondeu que estava fechando tudo para impedir a entrada da morta-viva.

— Vai impedi-la com essa substância que o senhor colocou aí?

— Sim.

— Mas que substância é essa? — perguntou Arthur.

— A hóstia. Trouxe-a de Amsterdam. Tenho autorização para usá-la aqui — disse Van Helsing com certa reverência.

Essa resposta nos impressionou. Mesmo os que eram mais céticos. Sentimos individualmente que, se o professor estava usando neste trabalho aquilo que lhe era mais caro, então era impossível desconfiar. Em um silêncio respeitoso, cada um de nós ocupou o lugar antes designado ao redor do mausoléu, ocultos para não sermos vistos. Senti pena de Arthur, em contato com todo aquele horror. Eu, que me recusava a acreditar nisso até uma hora antes, sentia meu coração batendo em um ritmo frenético.

As tumbas nunca me pareceram tão fantasmagoricamente brancas. Nunca aquelas árvores me pareceram tão ameaçadoras, até o ladrar dos cães parecia um sinal de mal agouro naquela noite.

O professor fez um gesto para que ficássemos em silêncio. Em seguida, apontou para a direção dos arbustos, vimos uma figura branca que se aproximava... era pequena e segurava algo escuro apertado contra o peito. A figura se deteve, e nesse momento um raio da luz da lua atravessou as nuvens, mostrando que era claramente uma mulher de cabelos escuros, vestida com a mortalha encardida da sepultura. Não conseguimos ver seu rosto, pois ela o tinha inclinado sobre o que vimos depois ser um menino louro. Houve um silêncio aterrorizador e logo um grito agudo, como o de uma criança quando tem pesadelos, ou de um cão dormindo perto do fogo.

Estávamos dispostos a dar um passo à frente, mas o professor nos impediu com um gesto. Enquanto aguardávamos apreensivos, em silêncio, a branca figura se pôs em movimento outra vez. Já estava bem próxima de nós, e a luz da lua incidia diretamente sobre ela, de modo que foi possível vê-la. Senti o coração gelar e ouvi a expressão de surpresa de Arthur quando reconhecemos as feições de Lucy Westenra. Era ela. Mas como mudara tanto? Sua doçura se transformara em uma crueldade terrível e inumana e sua pureza, em uma perversa voluptuosidade. Van Helsing abandonou o esconderijo, e o seguimos. Nós quatro nos postamos lado a lado na entrada do mausoléu. O professor jogou a luz da lamparina no rosto de Lucy, e vimos seus lábios vermelhos, cheios de sangue fresco, que escorria pelo seu queixo e pingava sobre sua mortalha.

Estremecemos horrorizados e me dei conta, pelo tremor convulsivo da luz, que até mesmo os nervos de aço de Van Helsing estavam fraquejando. Arthur estava ao meu lado, e, se eu não tivesse segurado o braço dele, teria caído no chão. Quando Lucy (chamo de Lucy a coisa que tínhamos diante de nós, porque conservava sua forma) nos viu, retrocedeu com um grunhido de raiva. Ela nos encarava, eram os olhos de Lucy na forma e na cor, mas eram olhos perversos e cheios de fogo do inferno, não os doces e amáveis que havíamos conhecido. Neste momento, meu amor por ela se transformou em ódio e repugnância. Se fosse preciso matá-la, eu o faria naquele momento, com um prazer inimaginável. Seus olhos brilhavam com um resplendor demoníaco, e seu rosto se contorceu em um sorriso malévolo e sedutor. Meu Deus! Como estremeci ao ver aquele sorriso.

Com um movimento descuidado, como faria uma criatura perversa das trevas, jogou o menino no chão e continuou grunhindo sobre o pobrezinho como um cachorro faminto ao lado de um osso. O pequeno berrou a plenos pulmões e ficou imóvel, gemendo. Havia tal mostra de sangue frio naquele ato tão monstruoso, que Arthur não conteve um grito. Quando aquela criatura avançou até ele com os braços abertos e um sorriso voluptuoso nos lábios, ele deu um passo atrás e escondeu o rosto com as mãos. Contudo, a figura continuou avançando com movimentos suaves e graciosos.

— Venha, Arthur, venha para mim — disse. — Deixe tudo. Meus braços anseiam por você. Venha e poderemos ficar juntos. Venha, esposo meu, venha!

Havia algo diabolicamente doce em seu tom de voz… Arthur parecia estar sob a influência de um feitiço, pois tirou as mãos do rosto e abriu os braços. Lucy se lançou para eles, mas Van Helsing avançou e se colocou entre os dois, segurando um crucifixo de ouro nas mãos. A figura retrocedeu ao ver o objeto, com o rosto decomposto pela raiva e foi em direção à entrada do mausoléu. Quando estava a trinta ou sessenta centímetros da porta, no entanto, deteve-se como que paralisada por alguma força irresistível. Então se virou, e seu rosto foi revelado sob o resplendor da lua, e da luz da lamparina que já não tremia, pois o doutor recuperara o domínio sobre seus nervos de aço. Nunca havia visto tanta maldade em um rosto e espero nunca mais voltar a ver. A criatura perdeu a cor. Seus olhos pareciam lançar fagulhas vindas do fogo do inferno, a testa ficou enrugada como se sua pele se transformasse nas caudas das serpentes de Medusa. Sua boca adorável, até então manchada pelo sangue, formou um quadrado aberto, como aquelas máscaras do teatro grego. Nesse momento vimos um rosto que refletia a morte como nenhum outro. Se os olhos pudessem matar!

Permaneceu assim por meio minuto apesar de nos parecer uma eternidade, entre o crucifixo levantado e a porta selada com a hóstia. Van Helsing interrompeu o silêncio, perguntando a Arthur:

— Responda, meu amigo, quer que continuemos?

Arthur caiu de joelhos e cobriu novamente o rosto com as mãos, soluçando, enquanto dizia:

— Faça o que for necessário, meu amigo. Não é possível um horror maior do que esse — gemeu.

Quincey e eu o pegamos pelos braços. Van Helsing apagou a lanterna e se aproximou mais da cripta. Começou a retirar a hóstia que havia colocado nas frestas. Observamos horrorizados e confusos, quando o professor retrocedeu. A mulher, neste momento, com um corpo humano tão real quanto o nosso, avançou e penetrou no mausoléu através da fresta onde somente a lâmina de uma faca seria capaz de passar. Sentimos um enorme alívio quando vimos que o professor selava de novo todas as aberturas. Depois de terminar, levantou o menino e disse:

— Vamos, amigos. Não podemos fazer mais nada até amanhã. Há um funeral ao meio-dia, de modo que voltaremos aqui não muito depois desta hora. O menino não está muito ferido, ele ficará bem, devemos deixá-lo onde a polícia o possa encontrar, como da outra vez. Assim poderemos ir para casa.

Aproximou-se de Arthur e disse:

— Meu amigo, o senhor teve de suportar uma dura prova, mas no futuro entenderá que foi necessário. Agora está com o coração cheio de amargura, mas amanhã a esta hora já terá sido consolado, não se desespere. Mas até lá, rogo-lhe que me perdoe.

Arthur, Quincey e eu voltamos para casa, nos consolando uns aos outros pelo caminho. Havíamos deixado o menino em um lugar seguro. Estávamos muito cansados e dormimos um sono profundo.

29 setembro, pela noite

Pouco antes do meio-dia, nós três fomos ver o professor. Era estranho perceber que estávamos todos vestidos de preto, mas sem combinação prévia. Claro que Arthur usava preto por estar de luto, eu e Quincey o fizemos por instinto. Chegamos ao cemitério por volta de 13h30. Van Helsing parecia levar um bastão de críquete na maleta de couro. Depois que todos os parentes e amigos do defunto que havia sido enterrado naquele começo de tarde foram embora, nós nos dirigimos à tumba de Lucy. Lá dentro, o professor acendeu a lamparina e mais umas velas, que colocou sobre os outros túmulos da família de modo a iluminar toda a cripta. Voltou a abrir o túmulo e em seguida o caixão de Lucy. Ali estava o cadáver, com toda a sua beleza póstuma. Mas eu não sentia mais amor, apenas repugnância pela espantosa criatura em que se transformou o corpo sem alma de minha amada. Arthur tremia violentamente. Naquele momento perguntou a Van Helsing:

— É realmente o corpo de Lucy ou algum demônio tomou sua forma?

— É o corpo dela e ao mesmo tempo não o é. Mas espere um pouco que já a verá como era e voltará a ser.

O cadáver de Lucy parecia sair de um pesadelo, com seus caninos afiados, a boca manchada de sangue. Tinha um aspecto sedutor e vulgar, que parecia uma caricatura diabólica da doce pureza de Lucy. Van Helsing, com movimentos metódicos, começou a tirar todos os objetos que havia trazido. Uma solda, uma barra de ferro e uma lamparina de azeite que, ao ser acesa, deixava escapar um gás que ardia os olhos, produzindo um grande calor. Depois, seus bisturis, que colocou ao seu alcance, e uma estaca de madeira com a ponta afiada. Junto da estaca havia um martelinho. Toda aquela preparação consternou Quincey e Arthur. No entanto, conseguiram se controlar e permaneceram imóveis e em silêncio.

— Antes de fazer qualquer coisa — disse o professor —, vou explicar um pouco sobre a sabedoria e a experiência dos antigos e de todos que estudaram os poderes dos mortos-vivos. Quando são convertidos, essas criaturas ganham imortalidade, ou seja, não podem morrer e devem seguir através dos tempos fazendo novas vítimas. Aumentando, assim, a quantidade dessas criaturas andando sobre a terra, pois todos aqueles que morrem pelo seu ataque se transformam em mortos-vivos, esses monstros horríveis. Amigo Arthur, se o senhor tivesse aceitado aquele beijo antes que Lucy morresse, ou a tivesse abraçado ontem à noite, ao morrer também se transformaria em um nosferatu, como são chamados na Europa Oriental, e seguiria produzindo cada vez mais mortos-vivos. A carreira desta pobre dama acaba apenas de começar. Estes meninos de cujo sangue se alimenta ficarão sob seu poder e virão procurá-la. Ela sugará deles todo o sangue até matá-los e transformá-los também. Mas se esta criatura morrer de verdade, então tudo acaba. Os orifícios no pescoço desaparecerão e os meninos poderão continuar com suas brincadeiras, sem nem sequer se lembrar de nada. O melhor de tudo é que quando este cadáver, que agora é um morto-vivo, morrer de fato, a alma da pobre jovem que tanto amamos estará livre novamente. No lugar de levar a cabo seus horríveis crimes durante as noites, ocupará seu lugar junto aos anjos. Por isso, meu amigo, será uma mão bendita aquela que lhe desferir o golpe que a libertará. Sinto-me disposto a fazê-lo, mas não há ninguém entre nós que tenha mais direito a isso que o senhor. Não será uma alegria pensar, no silêncio da noite, quando o sono se negar a envolvê-lo: foi minha mão que a enviou ao céu, foi minha mão que mais a amava, a mão que ela haveria de escolher entre todas do mundo?

Todos olhamos para Arthur; ele compreendeu de imediato que deveria ser a sua mão que nos devolveria Lucy como uma lembrança sagrada. Deu um passo à frente e disse corajosamente, enquanto as suas mãos tremiam e seu rosto ficava branco como a neve:

— Meu querido amigo, agradeço do fundo do meu coração destroçado. Diga o que tenho que fazer e não falharei.

Van Helsing colocou mão sobre o ombro do rapaz e disse:

— Bravo! Um momento de coragem, e tudo estará terminado. Deve transpassar o corpo de Lucy com esta estaca. Será um teste terrível. Não pense em nada, só durará um instante. A alegria que sentirá será muito maior que a dor que esse ato possa produzir. O senhor sairá deste mausoléu como se estivesse flutuando no ar. Mas não deve hesitar uma vez que tenha começado. Pense que todos nós, seus amigos, estaremos aqui ao seu lado. Pegue essa estaca com a mão esquerda, e se prepare para enfiar a ponta afiada no coração. Agora, pegue o martelo com a mão direita. Quando iniciarmos a oração dos mortos... vou lê-la em voz alta e os outros a recitarão comigo. Então golpeie o corpo, em nome de Deus, para o bem da alma que tanto amamos e a morta-viva morrerá.

Arthur fez como o professor disse e suas mãos já não tremiam. Van Helsing começou a recitar a oração, nós o seguimos da melhor maneira possível. Arthur colocou a ponta da estaca sobre o coração do cadáver. Pude vê-la afundando na carne branca. Logo a golpeou com toda a sua força. A criatura se contorceu e deu um grito pavoroso. O corpo se sacudiu, estremeceu e se retorceu, com movimentos selvagens. A boca se abriu e se encheu de uma espuma escarlate. Mas Arthur não vacilou nem por um momento. Parecia uma representação do deus escandinavo Thor, enfiando cada vez mais a piedosa estaca. O sangue do coração destroçado jorrava com força e se espalhava ao redor da ferida. O rosto de Arthur estava endurecido. Ao vê-lo nossas vozes ressonaram claramente no interior do mausoléu. Paulatinamente, a tremedeira e os movimentos bruscos do corpo da criatura foram diminuindo. Por fim, o cadáver ficou imóvel.

O martelo caiu da mão de Arthur; seu corpo girou sobre os calcanhares e teria caído se não o tivéssemos segurado. Grossas gotas de suor brotavam em sua testa, e respirava com dificuldade.

Estávamos tão ocupados com Arthur que não olhamos para o caixão. Quando o fizemos, no entanto, um murmúrio de assombro saiu de nossas bocas. Foi tão estranho que Arthur, naquele momento sentado no chão, se levantou para olhar também. Ele se encheu de alegria e um brilho estranho apareceu em seu rosto, tomando o lugar do horror que lhe contorcia o semblante antes. Ali naquele túmulo, repousava não o demônio que odiávamos tanto, mas sim Lucy tal qual havíamos conhecido em vida. É verdade que seu semblante refletia a dor e a preocupação peculiares de nossa pequena quando andava por este mundo, mas isso não foi desagradável, já que eram partes da verdadeira Lucy. Sentimos que a calma resplandecia como a luz do sol sobre o rosto e o corpo da morta, era apenas um símbolo terreno da tranquilidade que desfrutaria durante toda a eternidade.

Van Helsing se aproximou, pôs a mão sobre o ombro de Arthur e disse:

— E então, meu amigo, o senhor me perdoou?

Ele pegou as mãos do velho mestre entre as suas, as beijou e respondeu:

— Perdoá-lo? Que Deus o abençoe por ter devolvido a alma de minha amada, e por ter me devolvido a paz.

Colocou suas mãos sobre o ombro do professor e, apoiando a cabeça em seu peito, chorou em silêncio, enquanto nós permanecíamos imóveis. Quando levantou a cabeça, Van Helsing disse:

— Agora, meu amigo, o senhor pode beijá-la. Beije seus lábios mortos se desejar, como ela desejaria se pudesse escolher. Já não é uma diabólica morta-viva… uma criatura maldita. É uma morta que pertence a Deus, e sua alma está com Ele.

Arthur se inclinou e a beijou. Logo depois, mandamos que ele e Quincey saíssem do mausoléu. Eu e o professor quebramos a parte superior da estaca, deixando a ponta dentro do corpo. Em seguida, cortamos a cabeça do cadáver e colocamos o alho em sua boca.

Soldamos cuidadosamente a tampa de chumbo que ficava entre a do túmulo e a do caixão. E depois de tudo lacrado, recolhemos nossas coisas, saímos e entregamos a chave a Arthur.

Lá fora, o ar era suave, o sol brilhava, os pássaros cantavam e parecia que toda a natureza mudara completamente. Havia alegria, paz e tranquilidade em todo o lugar. Nós nos sentíamos cheios de alegria, embora não se tratasse de um prazer intenso, mas algo mais suave e agradável. Antes de nos afastarmos dali, Van Helsing disse:

— Agora, meus amigos, concluímos uma etapa do nosso trabalho. Uma muito dolorosa para todos nós. Mas algo mais difícil nos espera. Descobrir o autor de tanto sofrimento e aniquilá-lo. Tenho indícios que podemos seguir, mas se trata de uma aventura cheia de perigos e sofrimentos. Os senhores me ajudarão?

Prometemos ao professor ir até o fim, por mais amargo que fosse.

— Dentro de duas noites — continuou o professor —, os senhores deverão se reunir comigo para jantar na casa de nosso amigo John. Devo falar com outros dois amigos, duas pessoas que os senhores ainda não conhecem. Vou me preparar para lhes apresentar o trabalho que está por vir e todos os meus planos. Amigo John, venha comigo, pois tenho muito o que conversar com o senhor. Esta noite partirei para Amsterdam, mas voltarei amanhã à noite. Então começaremos de verdade este nosso trabalho. Mas, antes disso, terei muito o que lhes dizer, para que os senhores saibam o que vamos fazer, e o que devemos temer. Renovaremos nossa promessa, uns aos outros, já que uma tarefa terrível nos espera. E uma vez que comecemos a andar por este terreno, já não poderemos retroceder.

17

CAPÍTULO 17

DO DIÁRIO DO DOUTOR SEWARD (CONTINUAÇÃO)

Ao chegarmos ao Hotel Berkeley, Van Helsing encontrou um telegrama que chegara durante sua ausência:

> *"Chegarei de trem. Jonathan em Whitby. Notícias importantes. Mina Harker."*

O professor ficou encantado:

— Ah, essa maravilhosa senhora Mina — disse. — Uma pérola entre as mulheres. Não posso esperar sua chegada. Vá encontrá-la na estação, meu amigo. Mande um telegrama avisando para que esteja preparada.

Mais tarde

Tomamos uma xícara de chá, e o professor me entregou as cópias do diário de Jonathan Harker e de Mina. Pediu que eu os examinasse cuidadosamente.

— Quando eu voltar, o senhor conhecerá todos os fatos e assim poderá me ajudar com as investigações. Cuide bem deles, esse conteúdo é um verdadeiro tesouro. Necessitará de toda a sua fé, apesar da experiência pela qual passou nesses últimos dias. O que está escrito aqui — disse, pousando a mão sobre os diários — pode representar o começo do fim para o senhor, para mim e para muitas pessoas, ou pode significar o fim do morto-vivo que mais cometeu atrocidades sobre a terra. Leia tudo com atenção, e se puder acrescentar algo da história, faça-o, pois neste caso tudo é importante.

Fui buscar a senhora Harker. Cheguei com uma antecedência de quinze minutos. Começava a inquietar-me, temendo não encontrar minha convidada, quando uma jovem de rosto doce e aparência delicada se dirigiu a mim:

— É o senhor Seward?

— Senhora Harker? — respondi de imediato.

A jovem me estendeu a mão e disse:

— Eu o reconheci pela descrição que a pobre senhorita Lucy me fizera, mas... — interrompeu a frase de modo brusco, ruborizando.

Peguei sua bagagem, que incluía uma máquina de escrever, e fomos para o hospício. A jovem estava ciente sobre que lugar era aquele, mas vi que não conseguia controlar um tremor ao entrar ali. Perguntou-me se seria possível que me acompanhasse até meu escritório, pois precisava falar comigo. Instalei a senhora Harker em seu aposento, e como ainda não tive a oportunidade de ler seus diários, preciso arrumar algo que lhe interesse para ganhar tempo. Devo ter cuidado para não a assustar.

Ah! Aqui vem ela!

Do diário de Mina Harker

29 setembro

Depois de colocar minhas coisas no quarto onde dormiria, fui ao escritório do doutor Seward. Detive-me na porta por um momento, pois pensei tê-lo ouvido falar com alguém. Mas depois de alguns instantes abri a porta, como ele me orientara a fazer, e entrei. Fiquei surpresa ao ver que não havia ninguém com ele. Estava sozinho e se encontrava diante de um fonógrafo, do qual deve ter saído a voz que ouvi antes. Nunca tinha visto um e fiquei bastante interessada.

— Espero não ter feito o senhor esperar muito — falei. — Mas hesitei um tempo diante da porta, pois pensei ter ouvido alguém com o senhor.

— Ah! — Sorriu. — Só estava registrando em meu diário os últimos acontecimentos.

— Seu diário? — perguntei surpresa.

— Sim — respondeu —, o registro neste aparelho.

Ele colocou a mão sobre o aparelho enquanto falava. Fiquei muito entusiasmada e exclamei:

— Nossa! Isso é ainda mais rápido que a taquigrafia! Posso ouvir um pouco?

— Naturalmente! — replicou com amabilidade e se levantou para preparar o artefato. Então parou, e em seu rosto apareceu uma expressão confusa.

— O caso é... — começou em um tom estranho — bem, se refere unicamente a meus casos e seria muito desagradável... quero dizer...

Ficou em silêncio e tentei ajudá-lo a sair de sua confusão.

— O senhor ajudou a cuidar de minha querida Lucy nos seus últimos momentos. Deixe-me escutar como morreu. Eu o agradecerei muito por tudo que possa saber sobre ela. Eu a amava muito.

Para minha surpresa, respondeu com uma expressão de verdadeiro horror em seu rosto.

— Quer que lhe fale de sua morte? Por nada no mundo!

— Por que não? — perguntei, enquanto experimentava um terrível sentimento se apoderando de mim.

O doutor fez outra pausa, e vi que tentava encontrar uma desculpa. Finalmente balbuciou:

— Entenda, não consigo separar o conteúdo pessoal do profissional neste diário.

Enquanto falava, teve uma ideia, e disse com uma simplicidade cheia de inocência como a de um menino.

— Essa é a verdade, lhe dou minha palavra.

Fez uma careta e não pude fazer outra coisa a não ser sorrir.

— Desta vez, me traí ao misturar sentimentos. Mas a senhora sabe que depois de vários meses mantendo este diário, nunca me preocupei em como encontrar alguma parte que pudesse me interessar mais tarde?

Estava convencida de que o diário do doutor que assistiu Lucy teria algo a acrescentar à nossa soma de conhecimentos sobre aquele terrível ser, que é o pesadelo de Jonathan, então disse abertamente:

— Doutor Seward, seria melhor, portanto, que me deixasse fazer uma cópia em minha máquina de escrever.

O doutor ficou pálido, enquanto dizia:

— Não! Não! Não! Por nada neste mundo deixarei que a senhora conheça essa terrível história!

Minha intuição não me enganara! Olhei ao redor em busca de algo para me ajudar. De repente, meus olhos pousaram sobre um monte de papéis datilografados em cima da mesa. Seu olhar involuntariamente seguiu a direção do meu. Ao ver os papéis, compreendeu o que eu estava pensando.

— O senhor não me conhece — disse. — Quando ler nossos diários, me compreenderá um pouco melhor. Expressei todos os meus pensamentos e os sentimentos mais profundos do meu coração neste diário. Com certeza neste momento não posso esperar que confie em mim para revelar-me algo tão importante.

Ele é realmente um homem nobre, como Lucy o descrevera. Levantou-se e abriu uma caixa na qual estavam guardados os cilindros metálicos que continham seu diário:

— A senhora tem razão — disse. — Não confiava na senhora porque não a conhecia. Mas agora eu a conheço. Devo dizer que já a conheço há muito tempo, porque como Lucy lhe falou de mim, também me falou da senhora. Tome os cilindros. Escute-os. Os seis primeiros são pessoais e não irão causar mal-estar algum, assim poderá me conhecer melhor. Quando terminar, o jantar estará pronto. Enquanto isso, devo ler estes documentos e assim estarei em condições para compreender melhor certas coisas.

Ele mesmo levou o fonógrafo até meus aposentos para que eu pudesse ouvi-lo. Agora vou conhecer algo agradável, estou segura disso, pois me mostrará a outra face de um amor verdadeiro...

Do diário do doutor Seward

29 setembro

Estava tão absorto na leitura dos diários dos Harker que o tempo passou e não percebi. A senhora Harker não havia descido ainda quando a criada avisou que o jantar estava servido.

— É provável que esteja cansada. Será melhor que adiemos o jantar em uma hora — disse e voltei a afundar-me na minha leitura.

Acabara de ler o diário da senhora Harker quando ela entrou no escritório. Estava bonita e doce, mas um pouco triste. Seus olhos estavam inchados, sinal inegável de que estivera chorando. Por algum motivo, isso me emocionou profundamente. Alguns minutos antes, eu também sentira vontade de chorar, Deus é testemunha! Falei com toda amabilidade:

— Temo que tenha ficado desolada com o conteúdo do meu diário.

— Ah, não! Não estou desolada — respondeu —, mas me emocionei mais do que poderia dizer. É uma máquina maravilhosa, mas cruelmente verdadeira. Fez-me escutar no tom exato as angústias de seu coração. Era como uma alma que se dirigia ao Deus Todo-poderoso. Tentei ser útil. Transcrevi tudo à máquina para o papel, e agora ninguém necessitará ouvir as batidas de seu coração, como eu ouvi. Ninguém precisa saber sobre seu verdadeiro sentimento — disse em um tom baixo. Ela colocou as mãos sobre as minhas e falou com seriedade: — Eles devem tomar conhecimento sobre o diário.

— Por quê? — indaguei.

— Porque é parte da terrível história, a parte da morte da pobre e querida Lucy, bem como das causas que a provocaram. Porque na luta que nos espera, para livrar a terra desse terrível monstro, devemos adquirir todos os conhecimentos e toda ajuda possível. Acredito que os cilindros que me confiou contêm mais do que o senhor desejava que eu soubesse. Mas também percebi que aqui há indícios para a solução desse mistério. Deixe-me ajudá-lo. Sei de tudo, até certo ponto. Sei como a pobre Lucy estava sendo perseguida e como se desenrolou seu terrível destino. Jonathan e eu estivemos trabalhando dia e noite desde que o professor Van Helsing esteve conosco. Meu esposo foi a Whitby para conseguir mais informação e chegará aqui amanhã. Não devemos ter segredos uns com os outros. Trabalhando juntos e com confiança teremos mais êxito do que se algum de nós preferir ocultar detalhes importantes.

Ela me olhou de forma tão suplicante e ao mesmo tempo com tanta coragem e determinação, que não resisti e cedi:

— Faça o que a senhora julgue ser o melhor — disse. — Que Deus me perdoe! A senhora tomará conhecimento de tantas coisas terríveis, mas sei que não descansará até saber tudo o que houve com a senhorita Lucy. E quem sabe a verdade lhe dê um pouco de paz. Venha, o jantar está servido. Devemos nos fortalecer para suportar o que nos espera. Depois estarei pronto para responder a todas as suas perguntas.

Do diário de Mina Harker

29 setembro

Depois de jantar, acompanhei o doutor Seward a seu escritório. Ele carregou de volta o fonógrafo e eu levei minha máquina de escrever. Sentei-me confortavelmente, e ele colocou o aparelho de maneira que eu pudesse manuseá-lo sem me levantar. Então, muito preocupado, sentou-se de costas para mim, para que me sentisse com mais liberdade, e começou a ler. Coloquei os fones nos ouvidos e escutei. Quando conheci a terrível história da morte de Lucy, e tudo o que se seguiu, fiquei paralisada, sem forças. Por sorte, não sou dada a desmaios. Quando o doutor Seward me viu, levantou de um salto, com uma expressão de horror. Deu-me uma taça de conhaque, que em poucos minutos, me devolveu a força. Meu cérebro era um verdadeiro caos, e o único fiozinho de luz era saber que Lucy estava finalmente em paz. Era tudo tão selvagem, misterioso e estranho, que, se não conhecesse a experiência de Jonathan na Transilvânia, não poderia acreditar no que ouvia. Precisava me manter ocupada.

— Deixe-me transcrever tudo — pedi ao doutor Seward. — Devemos estar preparados para quando regressar o doutor Van Helsing. Enviei um telegrama a Jonathan para que venha assim que cheguei de Whitby. Neste caso, as datas são importantes. Penso que devemos dispor o material em ordem cronológica.

O doutor assentiu. Usei papel carbono e fiz três cópias do diário. Era tarde quando concluí meu trabalho. O doutor foi fazer sua ronda diária aos pacientes, mas, ao terminar, sentou-se ao meu lado, lendo, enquanto eu trabalhava, para que não me sentisse muito sozinha. Ele é muito gentil! Parece que o mundo está cheio de homens bondosos ainda que existam tantos monstros.

Antes de me despedir dele, lembrei o que Jonathan escrevera em seu diário, sobre a perturbação do professor quando leu algo em um jornal na estação de Exéter. Portanto, ao ver que o doutor Seward guardava seus jornais em ordem cronológica, peguei os exemplares de *A Gazeta de Westminster* e *A Gazeta de Pall Mall*. Com a permissão do doutor, levei-os para meu quarto. Tenho o objetivo de examiná-los para tentar encontrar algum indício. Não tenho sono e o trabalho servirá para me tranquilizar.

Do diário do doutor Seward

30 setembro

O senhor Harker chegou às nove em ponto. Tem uma inteligência fora do comum e está cheio de energia. Se o conteúdo do seu diário é verdadeiro, e assim acredito após tantas experiências extraordinárias, também é um homem enérgico e valente. Sua ida à tumba do Conde pela segunda vez foi algo muito corajoso. Depois de ler seu diário, estava preparado para me encontrar com um belo espécime da raça humana, mas não com um cavalheiro tranquilo e sério que chegou aqui hoje.

Mais tarde, depois do almoço

Harker e sua esposa foram para o quarto. Ouvi o barulho da máquina de escrever. Trabalham muito. A senhora Harker me disse que estavam colocando em ordem cronológica todas as provas que possuíam. Harker estava lendo meu diário que sua esposa datilografou. Pergunto-me a que conclusões chegarão. Aqui está… É estranho que não tivesse me passado pela cabeça que a casa vizinha fosse o esconderijo do Conde. No entanto, Deus sabe que tivemos muitos indícios por meio do comportamento do pobre Renfield. Todos os documentos datilografados agora nos jogavam alguma luz sobre o mistério. Se soubéssemos antes, poderíamos ter salvado a vida da pobre Lucy. Basta! Esse pensamento pode me levar à loucura. Devo ver Renfield, ele tem sido uma espécie de guia sobre as entradas e saídas do Conde. Ainda é difícil, mas quando examinar as datas, suponho que verei claramente a relação existente entre os fatos. Que bom que a senhora Harker datilografou meu diário! Nunca encontraríamos as datas de outro modo…

Renfield estava sentado placidamente em seu quarto, sorrindo como um menino. Neste momento parecia tão pacífico como qualquer outra pessoa que conheço. Sentei-me ao seu lado e lhe falei sobre uma infinidade de assuntos, que ele desenvolveu de uma maneira muito natural. Então, por sua própria vontade, me falou sobre voltar para casa, um assunto que, pelo que sei, nunca tocou durante sua estadia no hospício. De fato, só tocou no assunto porque estava confiante de que lhe daria alta imediatamente.

Acredito que se não tivesse falado com Harker, nem lido os diários e as cartas, teria me sentido inclinado a assinar sua saída. Mas do jeito que as coisas estão, tenho suspeitas sombrias. Todos esses ataques estavam ligados de certo modo à presença do Conde nas proximidades. O que significa, então, aquela satisfação absoluta? Poderia ser que seu instinto estivesse satisfeito com o último triunfo do vampiro? Que fique. Ele mesmo é um zoófago, e em seus surtos selvagens do lado de fora da porta da capela de uma casa deserta sempre falou de um "amo". Tudo parece uma confirmação de nossas suspeitas. De qualquer forma, meu paciente estava muito pacífico para ser posto à prova agora com perguntas. Ele pode começar a pensar, e então... então me afastei. Desconfio destes momentos de calma dele. Por isso, ao sair, dei ordem ao enfermeiro para que o vigie de perto, e que tenha uma camisa de força à mão.

Do diário de Jonathan Harker

29 setembro — No trem para Londres. Quando recebi a amável mensagem do senhor Billington, na qual me dizia estar disposto a me facilitar o acesso a todos os documentos que estavam em seu poder, pensei ser conveniente ir diretamente à Whitby, e levar a cabo todas as investigações. Meu objetivo era o de seguir aquele estranho carregamento enviado pelo Conde até sua casa em Londres. O filho de Billington, um jovem muito agradável, me recebeu na estação e me levou à casa de seu pai, onde eu passaria a noite. Minha estadia seria curta, mas me trataram com muita hospitalidade. O senhor Billington preparara em seu escritório todos os documentos relativos às caixas. Fiquei extremamente emocionado quando vi, em cima da mesa, uma das cartas que vira com o Conde, antes de conhecer seus planos maquiavélicos. Tudo fora pensado e planejado de forma meticulosa. Em seguida, executado sistematicamente e com precisão. Parecia ter se preparado para vencer qualquer obstáculo. Não deixara absolutamente nada ao acaso, e suas instruções foram seguidas à risca.

Vi a fatura e tomei nota do que estava escrito: "cinquenta caixas de terra comum para fins experimentais." Também havia a cópia da carta dirigida a Carter Paterson e sua resposta. Fiz uma cópia das duas. Essa era toda a informação que o senhor Billington poderia me dar. Fui ao porto falar com o guarda costeiro, os oficiais da alfândega e também com o comandante do porto. Todos tinham algo a dizer sobre a chegada daquele estranho barco, que já começava a fazer parte das lendas locais, mas não acrescentaram nada ao conteúdo da nota. Fui ver o chefe da estação, que me colocou em contato com os homens que receberam as caixas. Só acrescentaram que eram muito pesadas e que seu embarque havia sido um trabalho muito árduo.

30 setembro

O chefe da estação teve a amabilidade de me entregar algumas linhas escritas para seu colega de King's Cross. Assim, quando cheguei lá pela manhã, fiz perguntas sobre a chegada das caixas. Todos que entrevistei me disseram a mesma coisa. Caixas de terra comum, extremamente pesadas. Dali, fui para o escritório central de Carter Paterson, onde fui recebido com muita cortesia. Examinaram a transação em seus diários e arquivos de correspondência, bem como telefonaram imediatamente ao escritório de King's Cross para ter mais detalhes. Enviaram-nos todos os documentos relacionados à entrega em Carfax. Os funcionários reclamaram de novo do peso das caixas. Ao oferecer uma gorjeta, um deles me disse:

— Essa casa, senhor, é a mais abandonada que já vi em toda a minha vida. Caramba! Parece que ninguém pisa lá há mais de um século. Havia uma camada grossa de pó. Mas a velha capela foi o ápice. Meus companheiros e eu pensamos que nunca mais sairíamos dali. Santo Deus! Por nada no mundo ficaria naquele lugar um só instante após o anoitecer.

Como eu estivera na casa, não tive dúvidas em acreditar nele. Se ele soubesse o que sei, penso que usaria palavras mais duras. Fiquei satisfeito com uma coisa. Todas as caixas que vieram do *Demétrio* estavam depositadas na velha capela de Carfax. Deveria haver ali cerca de cinquenta, a não ser que alguma tenha sido retirada, conforme o diário do doutor Seward.

Tenho que falar com o carregador atacado por Renfield quando levava as caixas. Pode ter informações importantes.

Mais tarde

Mina e eu trabalhamos duro durante todo o dia e colocamos em ordem todos os papéis.

Do diário de Mina Harker

30 setembro

Estou tão contente que é difícil me conter. Suponho que é a reação natural ao ver que o retorno a essas terríveis lembranças não afetou Jonathan de forma maligna. Eu o vi sair para Whitby com um rosto tão animado quanto possível, mas sentia um mal-estar de preocupação. No entanto, tudo correu bem. Nunca esteve tão decidido, e sua energia parece ter a força de um vulcão. Exatamente como me dissera o professor Van Helsing: ele é verdadeiramente resistente, e melhora quando submetido a uma pressão que poderia matar alguém com um espírito mais fraco. Suponho que deveria ter pena de alguém que é perseguido como o Conde. Mas... essa coisa não é humana. Não é nem sequer uma besta. Ler o relato do doutor Seward sobre a morte da pobre Lucy e tudo o que aconteceu depois, é suficiente para afogar qualquer sentimento de pena.

Mais tarde Lorde Godalming e o senhor Morris chegaram mais cedo do que esperávamos. O doutor Seward havia saído para cuidar de uns assuntos, acompanhado por Jonathan, então tive que recebê-los. Foi para mim algo muito desagradável. Lembrei de todas as esperanças de Lucy de poucos meses atrás. Naturalmente, já ouviram Lucy falar de mim, e me parece que o doutor Van Helsing fizera muita propaganda de minha pessoa, como disse o senhor Morris. Pobres amigos! Não passa pela cabeça de nenhum deles que sei sobre as propostas que fizeram a Lucy. Eles não estavam muito à vontade e começaram a falar de trivialidades, por isso pensei que seria melhor dizer que estava a par de tudo. Então lhes disse da melhor maneira possível, que havia lido todos os documentos e diários, e que com a ajuda do meu esposo, passamos tudo à máquina para deixá-los em ordem. Entreguei uma cópia para cada. Quando Lorde Godalming recebeu a sua e a leu cuidadosamente, disse:

— A senhora escreveu isso tudo?

Assenti.

— Não compreendo muito bem o objetivo disso, mas todos são tão amáveis e bondosos, e têm trabalhado tão duro, que a única coisa que posso fazer é aceitar as suas ideias às cegas e tentar ajudar. Fui obrigado a aceitar fatos que seriam suficientes para deprimir um homem pelo resto de seus dias. Além do mais, se a senhora amava minha querida Lucy…

Neste momento, escondeu o rosto com as mãos e chorou. O senhor Morris com delicadeza colocou uma mão em seu ombro por um momento, e logo saiu do cômodo. Suponho que há algo na natureza de uma mulher que faz com que o homem se sinta livre para se emocionar diante dela, assim como expressar seus sentimentos de ternura, sem que pense ser humilhante para sua virilidade. Afinal, quando Lorde Godalming se viu a sós comigo, e só comigo, se sentou no divã e se rendeu ao seu pranto, de maneira sincera e aberta. Sentei-me ao seu lado e segurei suas mãos. Espero que não tenha sido um atrevimento meu, mas sei que nunca pensaria desse modo. É demasiado cavalheiro para isso. Compreendi que seu coração estava destroçado e disse:

— Amava a Lucy e agora sei o que ela representava para o senhor, e o senhor, para ela. Éramos como irmãs e, agora que se foi, por que não permitiria que eu fosse como uma irmã para o senhor? Sei de sua tristeza, ainda que não possa mensurá-la com profundidade. Se um ombro amigo pode ajudar o senhor neste momento de aflição, não permitirá que o ofereça? Pelo amor de Lucy?

Em um instante, o pobre homem entrou em desespero. Pareceu-me que tudo que sofrera em silêncio até então brotara de um só golpe. Ficou fora de si, e levantando as mãos abertas, bateu palmas, expressando a magnitude de sua dor. Levantou-se e, um instante depois, voltou a se sentar. As lágrimas não paravam de correr por suas bochechas.

Senti uma enorme lástima por ele e, sem pensar, abri os braços. Com um soluço, apoiou sua cabeça em meu ombro e chorou como uma criança, tremendo sem parar. Nós, as mulheres, temos algo de mães. Eu o senti como se fosse um bebê que algum dia poderia ter em meu colo, e acariciei seu cabelo como se fosse meu filho. Naquele momento não pensei no quanto tudo aquilo era estranho. Depois de um tempo os soluços pararam, e ele se ergueu, pedindo desculpas. Confessou-me que durante muitos dias e noites, não conseguiu se abrir com ninguém e desabafar, como seria necessário em um momento de grande angústia como aquele. Não conhecia nenhuma mulher que o consolasse ou com quem pudesse falar de forma aberta.

— Agora sei como sofria — disse enquanto enxugava as lágrimas. — Mas não posso expressar ainda, e nenhuma outra pessoa jamais compreenderá, o que significou para mim seu doce consolo. Minha gratidão aumentará junto com minha compreensão. A senhora permite que sejamos como irmãos durante toda nossa vida? Por amor a Lucy…

— Por amor a nossa Lucy — disse, pegando sua mão.

— E pela senhora — acrescentou —, considerando que a gratidão possua algum valor, a senhora a conquistou hoje. Se alguma vez no futuro precisar da ajuda de um homem, conte comigo. Desejo que nunca a necessite, mas, se acontecer, prometa que pedirá minha ajuda.

Era tão sincero e a dor que sentira fora tão profunda que respondi para confortá-lo:

— Prometo.

Quando saí para o corredor, vi o senhor Morris, que estava olhando para fora através de uma das janelas. Virou-se ao ouvir meus passos.

— Como está Art? — perguntou.

Vendo meus olhos vermelhos continuou dizendo:

— Ah, vejo que o estava consolando. Pobre amigo! É disso que necessita. Ninguém, a não ser uma mulher, pode consolar um homem quando está com o coração destroçado, e ele não tem nenhuma…

Enterrou sua própria dor com tanta força, que meu coração sangrou por ele. Vi que tinha o manuscrito em mãos e soube que em breve ele tomaria conhecimento de que eu sabia de tudo, por isso disse:

— Desejaria poder consolar a todos os que sofrem profundamente. O senhor quer ser meu amigo e contar comigo caso necessite de consolo? Mais tarde saberá do que estou falando.

Viu que eu falava com sinceridade. E, fazendo uma reverência, pegou minha mão e a beijou. Parecia ser um consolo demasiado pobre para uma alma tão valorosa e desinteressada. Então, impulsivamente, me inclinei e o beijei. Seus olhos se encheram de lágrimas. Logo disse em tom tranquilo:

— Pequena, nunca se esquecerá dessa bondade sincera, em toda sua vida.

Em seguida, se dirigiu ao escritório, onde se encontrava seu amigo.

— Pequena! — Era a mesma palavra com a qual se referia a Lucy. Mas demonstrou ser um amigo!

18

CAPÍTULO 18

Do diário do doutor Seward

30 setembro

Cheguei em casa às cinco, e descobri que Godalming e Morris não apenas haviam chegado, como também haviam estudado as transcrições dos diversos diários e cartas que Harker e sua maravilhosa esposa haviam preparado. Harker não voltara ainda de seu encontro com os carregadores. A senhora Harker nos serviu uma xícara de chá e posso dizer com toda a sinceridade que, pela primeira vez desde que chegara ali, aquele velho casarão me pareceu um lar.

— Doutor Seward, posso lhe pedir um favor? — perguntou a senhora Harker. — Desejo ver seu paciente, o senhor Renfield. Fiquei muito interessada nele pelo que li em seu diário.

Estava suplicando de uma maneira tão doce que não pude negar. Quando entrei no quarto de Renfield, disse a ele que havia uma dama que gostaria de vê-lo.

— Por quê?

— Está visitando a instituição e deseja conhecer as pessoas que vivem aqui — respondi.

— Muito bem! Tanto faz, deixe-a entrar. Mas espere um minuto até que eu ponha o lugar em ordem.

Seu método de arrumar o quarto era muito peculiar. Simplesmente comeu todas as moscas e aranhas que estavam nas caixas, antes que eu pudesse impedi-lo. Era óbvio que temia qualquer interferência externa. Quando acabou a tão desagradável tarefa, disse de forma amável:

— Pode trazer a dama.

Sentou-se na beira da cama com a cabeça inclinada para baixo, mas com as pálpebras levantadas para ver a jovem entrar no quarto. Por um instante, pensei que estava tendo ideias homicidas. Lembrei-me de como estivera tranquilo minutos antes de atacar-me. Mantive-me em um lugar que a pudesse proteger caso tentasse algo.

A senhora Harker entrou no quarto com uma graça natural que podia fazer qualquer maluco a respeitar imediatamente, considerando que a desenvoltura e a graça são as qualidades mais respeitadas pelos lunáticos. Dirigiu-se a ele, sorrindo agradavelmente, e lhe estendeu uma mão.

— Boa tarde, senhor Renfield. Como pode ver, eu o conheço. O doutor me falou do senhor.

O paciente não falou logo. Primeiro, examinou-a com a sobrancelha franzida. Sua expressão mudou, seu rosto refletiu assombro, depois, dúvida; e por fim, com uma enorme surpresa para mim, o ouvi dizer:

— A senhora não é a mulher com quem o doutor desejava se casar, é? Não pode ser, já que está morta.

A senhora Harker sorriu docemente enquanto respondia.

— Ah, não! Já tenho um marido, com quem estou casada mesmo antes de conhecer o doutor Seward.

— Então o que está fazendo aqui?

— Meu esposo e eu viemos visitar o doutor.

— Então, não fique.

— Mas por que não?

Pensei que aquela conversa era tão desagradável para a senhora Harker, quanto o era para mim, então interrompi:

— Como o senhor sabe que eu desejava me casar?

Respondeu com desdém, enquanto olhava calmamente da senhora Harker para mim e de novo para ela.

— Que pergunta mais estúpida!

— Penso que não seja tão estúpida, senhor Renfield — disse a senhora Harker me defendendo.

Renfield então se dirigiu a ela com muita cortesia e respeito, contrastando com a mesma medida de desdém, que demonstrara comigo alguns instantes antes.

— Tenho certeza de que compreenderá, senhora Harker, que quando um homem é querido e honrado como é o caso de nosso anfitrião, tudo que é relativo a ele torna-se interessante em nossa pequena comunidade. O doutor Seward não é querido somente por seus funcionários e amigos, mas também por seus pacientes. Muitos têm desequilíbrio mental, distorcem causas e efeitos. Eu mesmo sendo um lunático não posso deixar de perceber as tendências sofistas que conduzem a erros de *non causa*[1] e *ignoratio elenchi* [2].

Arregalei os olhos diante dessa novidade! Ali estava o pior de todos os meus pacientes falando de filosofia com os modos de um cavalheiro refinado. Perguntei-me se seria a presença da senhora Harker que tocara de alguma forma sua memória. Se aquela nova fase era espontânea ou devido à influência inconsciente da jovem dama, era inegável que tinha um dom. Continuamos falando com ele por um tempo, vendo que aparentemente raciocinava com clareza. Ela se aventurou a tentar levá-lo para nosso assunto favorito. Surpreendi-me de novo em como enfocava a questão com imparcialidade, inclusive se colocou como exemplo ao mencionar certas coisas.

---

1 Falácia argumentativa da falsa proclamação de vitória.

2 Falácia da conclusão irrelevante ou pseudoconclusão.

— Bem, eu mesmo sou exemplo de um homem com uma estranha crença. Na verdade, não é de se estranhar que meus amigos tivessem se assustado, e insistissem em que eu deveria ser controlado. Pensava que a vida era uma entidade positiva e perpétua, e que ao consumir uma multidão de seres vivos, ainda que estejam embaixo na escala da criação, seria possível prolongar a vida indefinidamente. Às vezes, acreditava nisso com tanta firmeza que tentava comer carne humana. O doutor aqui é testemunha disso, já que tentei matá-lo com o fim de fortalecer meus poderes vitais, assimilando sua vida em meu corpo, por meio de seu sangue. Baseando-me, claro, na frase bíblica "Porque o sangue é vida".

Assenti de modo distraído, pois estava tão assombrado que não sabia ainda ao certo o que pensar ou dizer. Era difícil crer que o havia visto comer suas moscas e aranhas apenas uns minutos antes. Olhei o relógio de pulso e me dei conta de que era hora de ir para estação buscar Van Helsing. Disse à senhora Harker que precisávamos ir. Antes de sair, ela disse amavelmente a Renfield:

— Até mais tarde. Espero poder vê-lo com frequência.

Para meu espanto, Renfield respondeu:

— Adeus, querida senhora. Peço a Deus que não volte a ver nunca mais seu doce rosto. Que ele a abençoe e a proteja!

Van Helsing desceu do trem com a agilidade de um menino, e logo perguntou:

— Olá, amigo John, como está tudo? Bem? Que bom! Tenho estado muito ocupado, mas agora voltei para ficar caso seja necessário. A senhora Mina está com o senhor? Seu simpático esposo também? E Arthur e Quincey? Bom, muito bom!

No caminho para casa, coloquei-o a par de tudo o que aconteceu e de como meu diário passou a ser de alguma utilidade graças à senhora Mina.

— Ah, essa maravilhosa senhora Mina! Tem o cérebro de um homem, de um homem muito bem-dotado e um coração de mulher.

Deus a criou com algum objetivo maravilhoso, acredite, quando a fez com tão boa combinação. Amigo John, até agora a boa sorte fez com que essa mulher nos tenha sido de grande ajuda, mas, depois desta noite, não deverá mais auxiliar-nos com esse assunto tão terrível. Não é conveniente que corra um perigo tão grande. Nós, os homens, temos que destruir esse monstro. Não há lugar neste plano para uma mulher. Pode ficar traumatizada e passar a sofrer dos nervos. Além do mais, os pesadelos podem invadir seu sono. A partir de amanhã, eu a afastarei desse trabalho e continuaremos sozinhos.

Concordei com ele, e depois lhe relatei tudo o que havíamos descoberto em sua ausência. Inclusive que a casa que Drácula adquirira era vizinha à instituição. Ele se surpreendeu muito e pareceu se perder em profundas reflexões.

— Ah, se soubéssemos antes — exclamou. — Poderíamos ter salvado a pobre senhorita Lucy. No entanto, não adianta chorar sobre o leite derramado.

Antes do jantar, Van Helsing encontrou-se com a senhora Harker, e os dois começaram a conversar.

— Meu amigo John me disse que seu esposo e a senhora colocaram todos os documentos e diários em ordem, até este momento.

— Não até este momento, até esta manhã.

— Mas como não até este momento? Até agora, vimos os bons resultados que os pequenos detalhes deram. Revelamos todos os nossos segredos. Entretanto, nenhum deles é pior do que o segredo que ainda precisamos conhecer.

A senhora Harker tirou um papel do bolso e, corando, disse:

— Doutor Van Helsing, o senhor poderia ler isto e dizer-me se é necessário incluí-lo? É meu apontamento do dia de hoje. Eu também acredito que tudo deva ser registrado, até mesmo o mais trivial. Mas isso é um pouco íntimo, o que acha?

O professor leu a nota e a devolveu dizendo:

— Se a senhora não quiser fazê-lo, não é necessário incluí-lo. Mas lhe imploro que pense. Apenas fará com que seu marido a ame ainda mais e que todos nós, seus amigos, a honremos, a estimemos e a queiramos mais bem ainda.

A jovem pegou o papel com um grande sorriso. E desse modo, até este preciso instante, todos os documentos e diários estão completos e em ordem. O professor pegou uma cópia de tudo para analisar depois do jantar, e antes de nossa reunião que foi marcada para às nove da noite. Nós o havíamos lido e quando nos reuníssemos, poderíamos traçar nosso plano de batalha contra esse terrível e misterioso inimigo.

Do diário de Mina Harker

30 setembro Quando nos reunimos no escritório do doutor Seward, duas horas depois do jantar, formamos de maneira inconsciente uma espécie de junta ou comitê. O professor Van Helsing sentou-se à cabeceira da mesa, e eu imediatamente à sua direita. Pediu-me que atuasse como secretária. Jonathan se sentou ao meu lado e à nossa frente estavam Lorde Godalming, o doutor Seward e o senhor Morris.

O professor disse:

— Penso que todos estamos a par dos acontecimentos e de tudo que há nestes documentos.

Nós assentimos.

— Então, acredito que é conveniente contar algo sobre o tipo de inimigo que vamos enfrentar. Revelarei parte da história desse homem, a parte sobre a qual me inteirei. Depois poderemos debater sobre nosso método de ação. — E continuou:

"Existem seres chamados de vampiros, todos nós temos as provas de sua existência. Mesmo quando não dispúnhamos de nossas desafortunadas experiências com o assunto, os registros da antiguidade proporcionam provas suficientes às pessoas sensatas. Admito que no começo também era um cético. Se não tivesse me preparado por muitos anos para manter minha mente aberta, não poderia acreditar. Entretanto, os fatos me demonstraram que aquilo era possível. Se soubesse o que sei agora, talvez pudéssemos ter salvado a vida de alguns entes queridos. Mas isso não tem mais remédio e devemos continuar trabalhando para que outras pobres almas não padeçam.

"O nosferatu não morre como as abelhas, deixando o seu ferrão. É muito mais forte, e por causa disso, tem muito mais poder para fazer o mal. Esse vampiro que está entre nós é tão forte quanto vinte homens. Tem uma inteligência muito mais aguçada que a dos pobres mortais, uma vez que a aprimorou ao longo de séculos; e possui a ajuda da necromancia, que é, como diz sua etimologia, a adivinhação pela morte. Todos os mortos que falecem por terem seu sangue sugado à exaustão estão sob suas ordens. É rude, e mais que isso, pode, sem limitações, aparecer e desaparecer à vontade, quando e onde desejar, sob qualquer forma que lhe é própria. Pode, dentro de suas fronteiras, dominar os elementos, a tempestade, a névoa e os raios; pode dar ordens aos animais daninhos, aos ratos, às corujas, aos morcegos, às raposas e aos lobos; pode aumentar e diminuir de tamanho; e pode, às vezes, ficar invisível. Então, como vamos levar a cabo nosso ataque para destruí-lo? Como encontraremos o lugar em que se oculta e mais, como vamos matá-lo?

"Meus amigos, é um grande desafio. Vamos empreender uma árdua tarefa, que pode ser dura o suficiente para fazer com que os mais corajosos tremam. Se fracassarmos em nossa luta, ele nos vencerá, e o que será de nós? A vida não é nada, não lhe dou importância. Mas fracassar neste caso, não significa somente a vida ou a morte. Nos transformaríamos em algo como ele, e seríamos criaturas horrendas da noite, como ele. Seres sem coração, tampouco consciência, que se dedicam à rapina dos corpos e almas de quem mais amam. As portas do céu permanecerão fechadas para sempre, por que quem poderá abri-las? Continuaremos existindo, desprezados por todos, como uma mancha diante do resplendor de Deus. Como uma flecha nas costas de quem morreu por nós. Mas estando frente a frente com o dever, poderemos retroceder? No que diz respeito a mim, afirmo que não; mas sou velho, e a vida, com seu brilho, seus lugares agradáveis, o canto dos pássaros, sua música e seu amor, ficou no passado. Já os senhores são jovens. Alguns já experimentaram a dor, mas ainda esperam por dias felizes. O que dizem?"

Jonathan pegou minha mão enquanto o professor falava. Temia que a natureza do perigo o tivesse assustado, mas seu toque me transmitiu vitalidade... uma energia tão forte e tão segura. A mão de um homem valente pode falar por si, não é necessário ser uma mulher apaixonada para conseguir ouvir sua música.

Quando o professor parou de falar, meu esposo me olhou nos olhos. Não precisávamos falar para nos compreender.

— Respondo por Mina e por mim.

— Conte comigo, professor — disse Quincey Morris laconicamente, como de costume.

— Conte comigo também — disse Lorde Godalming —, por amor a Lucy e por nada mais.

O doutor Seward se limitou a assentir. O professor se colocou de pé e depositou o crucifixo de ouro sobre a mesa. Em círculo, nos demos as mãos e nossa promessa solene estava feita. Senti meu coração gelar, mas nem por um momento pensei em retroceder. Voltamos para nossos lugares, e o doutor Van Helsing continuou falando, com uma determinação que nos mostrava claramente que o trabalho havia começado.

— Bom, já sabem o que teremos que enfrentar, mas nós não somos fracos. Temos a vantagem de nos unirmos, de sermos parceiros. Uma possibilidade que é negada aos vampiros. Temos fontes científicas, somos livres para pensar e agir, e tanto as horas do dia quanto as da noite nos pertencem. Temos uma verdadeira devoção a uma causa e um objetivo a alcançar, que de egoísta não tem nada. Isso já é muito. — E prosseguiu:

"Agora vejamos até onde estão limitados os poderes que enfrentaremos, e como está limitado este indivíduo. Vamos examinar as fraquezas dos vampiros em geral, e deste em particular. Tudo que temos como pontos de referência são tradições e superstições. A princípio, esses fundamentos não parecem muito importantes quando se coloca em jogo a vida e a morte. Não temos como controlar outros meios. E em segundo lugar, porque depois de tudo a tradição e as superstições são alguma coisa. Não é verdade que muitos conservam a crença nos vampiros, mesmo que nós não? Há um ano, quem de nós aceitaria a possibilidade de algo assim? Bem no meio do século XIX, científico, cético e realista? Deixem que eu lhes diga que essas criaturas já são velhas conhecidas dos homens. Na Grécia e Roma antigas, na Alemanha, França, Índia e China, todos os povos os temem ainda em nossos dias. Eles seguiram a esteira dos islandeses, dos malditos hunos, dos eslovacos, dos saxões e dos magiares.

"Até aqui, temos tudo o que poderíamos necessitar para agir. Permitam que eu diga que muitas das crenças foram justificadas pelo que vimos por meio de nossa própria experiência miserável. O vampiro continua vivendo e não pode morrer com o passar do tempo. Ao contrário, pode se fortalecer se tiver a oportunidade de se alimentar do sangue de outros seres vivos.

"Ainda há mais: vimos que podem, inclusive, rejuvenescer. Que suas faculdades vitais ficam mais poderosas quando tem uma provisão de sangue humano. Mas não podem prosperar sem esse regime, não se alimentam como nós. Nem sequer o amigo Jonathan, que viveu com ele durante várias semanas, o viu comer. Não projeta sombra, nem reflete nos espelhos, tem a força de muitos em suas mãos, conforme o testemunho de Jonathan. Pode se transformar em lobo, como sabemos pela sua chegada a Whitby.

Pode aparecer em meio a uma névoa que ele mesmo produz, mas o alcance dela se limita ao seu redor. Ele chega nos raios de luz da lua, como pó cósmico. Jonathan viu como as irmãs no castelo do Drácula passavam pela janela, e nós vimos como a senhorita Lucy passou pela fresta da tumba. Pode entrar e sair de qualquer lugar que esteja hermeticamente fechado ou soldado. Pode enxergar no escuro, poder que não é pequeno em um mundo que está sempre sumindo em meio à escuridão. Escutem bem: pode fazer todas essas coisas, mas não está livre. Não. É mais prisioneiro do que os escravos nos navios, ou os loucos em suas celas. Não pode ir aonde quiser. Ainda que não pertença à natureza, deve obedecer a algumas leis naturais. Não sabemos por quê. Não pode entrar em qualquer lugar, a menos que alguém da casa lhe faça um convite. Mas depois poderá entrar quando e como quiser. Seus poderes terminam, como o de todas as coisas malignas, ao raiar do sol.

"Essas são coisas que os nossos registros provaram. Enquanto pode fazer o que quiser dentro de seus limites, seja em sua terra, em seu ataúde ou no inferno, em qualquer outro lugar profano, em outros lugares só pode se mover no momento oportuno. Dizem que apenas pode passar pelas águas na maré baixa. Além disso, existem coisas que o afetam a ponto de perder seu poder, como o alho e as coisas sagradas, como este crucifixo. Existem outras coisas das quais vou falar caso as necessitemos em nossas investigações. O ramo da rosa silvestre, se colocado sobre seu túmulo, o impede de sair dele. Uma bala consagrada disparada ao interior do túmulo o mata imediatamente. Enquanto atravessá-lo com uma estaca de madeira e cortar sua cabeça o faz repousar para sempre. Vimos isso com nossos próprios olhos.

"Então, quando encontrarmos o lugar onde mora este ser milenar, poderemos fazer com que permaneça em seu caixão e destruí-lo, se usarmos todos os nossos conhecimentos. De toda forma, ele é inteligente. Pedi a meu amigo Arminius, da Universidade de Budapeste, que me fornecesse informações para fazer a ficha da criatura. Ele me comunicou tudo o que sabia. Na verdade, trata-se do General Drácula, que obteve sua nobreza lutando, sobre o grande rio que fica na fronteira das terras turcas. Já não se tratava de um homem comum. Nessa época e séculos depois disso, falou-se deste homem como o mais inteligente, sábio e valente filho da terra depois dos bosques. Esse poderoso cérebro e essa determinação férrea o acompanharam até a tumba e agora nos enfrentam.

"Os Drácula eram, conforme disse Arminius, uma família grande e nobre, ainda que de vez em quando surgisse uma ramificação que fazia pactos com o maligno. Aprenderam seus segredos na Escolomancia (escola de necromancia), que ficava entre as montanhas, sobre o lago Hermanstadt, onde o diabo reclamava o décimo estudante como seu. Nos registros, há palavras como... bruxo e... satã e inferno. Em um manuscrito encontramos menção a este mesmo Drácula como um *Wampyr*, que todos compreendemos perfeitamente. Dessa família, surgiram muitos grandes homens e mulheres, e suas tumbas consagraram a terra onde apenas o maligno poderia morar. O maior de seus horrores não é que este ser maligno esteja enraizado em todas as coisas boas, mas sim que não podem repousar em Terra Santa."

Enquanto o professor falava, o senhor Morris olhava fixamente para a janela e se levantando, muito tranquilo, saiu do escritório. Houve uma ligeira pausa e o professor continuou:

— Agora devemos decidir o que fazer. Temos à nossa disposição muitos dados e devemos pensar nos planos necessários para nossa empreitada. Sabemos, pela investigação levada a cabo por Jonathan, sobre as cinquenta caixas de terra que chegaram, mas também sabemos que umas quantas foram retiradas. Parece-me que nosso primeiro passo deve ser verificar se o resto das caixas permanece na casa ao lado, ou se outras estão sendo retiradas. Se este for o caso, devemos segui-las...

Neste momento, fomos interrompidos de um modo assombroso. No exterior da casa, ouvimos um disparo de pistola, e o vidro da janela foi destroçado por uma bala, que foi parar no lado oposto do cômodo. Devo ser uma covarde, pois tremi de medo. Todos os homens se levantaram, Lorde Godalming se precipitou para a janela e a abriu. Ao fazê-lo, ouvimos o senhor Morris dizendo:

— Sinto muito! Acredito que os assustei. Vou subir e explicarei tudo sobre isso.

Um minuto depois estava de volta ao escritório e disse:

— Foi uma estupidez de minha parte e peço perdão, senhora Harker, com toda sinceridade. Devo tê-la assustado muito. Mas o fato é que, enquanto o professor estava falando, um morcego preto pousou no peitoral da janela. Tenho horror a esses animais desde o acontecido com Lucy e saí para atirar nele, como venho fazendo todas as noites ao ver um. Antes o senhor ria de mim por isso, Art.

— Você o feriu? — perguntou Van Helsing.

— Não sei, mas penso que não, já que se afastou voando até o bosque.

Sem acrescentar mais nada, voltou a ocupar seu lugar, e o professor continuou com suas considerações.

— Devemos encontrar todas as caixas, uma a uma, e quando estivermos preparados devemos capturar e liquidar esse monstro ou, por assim dizer, devemos esterilizar esta terra para que já não possa buscar refúgio nela. Assim, no fim, poderemos encontrá-lo em sua forma humana, entre o meio-dia e o pôr do sol, e atacá-lo quando estiver mais fraco. Para a senhora Mina, esta noite é o fim da linha, até que tudo termine bem. A senhora é demasiado preciosa para correr semelhante risco. Quando nos separarmos esta noite, a senhora não deverá nos fazer mais perguntas. Explicaremos tudo no seu devido tempo. Nós somos homens, e estamos em condições de suportar isso, mas a senhora deve ser nossa estrela e esperança, e agiremos com maior liberdade se não estiver em perigo.

Todos os homens, inclusive Jonathan, pareciam aliviados. Não me trouxe nenhum conforto saber que se arriscariam mais para me proteger. E ainda que fosse difícil de engolir tal resolução, estavam tão irredutíveis que não disse nada. Limitei-me a aceitar aquele cuidado quixotesco.

O senhor Morris resumiu a discussão:

— Como não há tempo a perder, proponho que vasculhemos a casa agora mesmo. O tempo é importante, e uma ação rápida pode salvar outra vítima.

Senti o coração falhando quando vi que chegava o momento de entrar em ação, mas não disse nada, pois tinha medo de me tornar um estorvo, de modo que, além de me deixarem fora da ação, me deixassem sem informações. Agora foram a Carfax, o que significa que entrarão na casa. De uma maneira muito varonil, disseram-me para eu me deitar e dormir. Como se uma mulher pudesse dormir enquanto as pessoas que ama correm perigo.

Tenho que me deitar e fingir que durmo para que Jonathan não sinta mais ansiedade por mim quando voltar.

Do diário do doutor Seward

1 outubro, quatro da manhã

No momento em que estávamos para sair, chegou-me uma mensagem de Renfield, suplicando que fosse vê-lo imediatamente, pois tinha algo muito importante para me comunicar. Pedi que lhe dissesse que o veria pela manhã, bem cedo, mas meu assistente falou que ele parecia muito intranquilo:

— Nunca o havia visto tão ansioso. Se não for, penso que poderá ter um de seus ataques de fúria.

Sabia que ele não diria algo assim sem uma causa justificada, então respondi:

— Muito bem, muito bem, irei vê-lo agora mesmo.

Pedi aos outros que esperassem por uns minutos, pois precisava ver meu "paciente".

— Me leve com o senhor, amigo John — pediu o professor. — Este caso, descrito no seu diário, me interessa muito, já que tem relação com o nosso. Gostaria muito de vê-lo, principalmente em momentos nos quais a mente dele não está em bom estado.

— Posso acompanhá-los também? — perguntou Lorde Godalming.

— Eu também — inquiriu o senhor Morris — posso acompanhá-los?

— Deixem-me ir com os amigos — disse Harker.

Assenti e avançamos todos juntos pelo corredor. Nós o encontramos em uma agitação considerável, mas muito mais razoável em seu modo de falar como nunca o havia visto. Tinha uma percepção inusitada de si mesmo, muito além do que era normal entre os lunáticos, e qualquer um diria que seu raciocínio se equiparava ao das pessoas sensatas. Ele solicitava que o deixasse sair imediatamente do hospício, e que o mandasse de volta para casa. Embasava o pedido com argumentos relativos à sua recuperação e dava como exemplo seu recente comportamento.

— Faço um apelo a seus amigos — disse. — Seria possível pedir aos senhores que se sentem para examinarem meu caso? A propósito, o senhor não nos apresentou.

Estava tão surpreso que o fato de apresentar um louco a outras pessoas não me pareceu estranho neste momento. Além do mais, havia certa dignidade no comportamento daquele homem, portanto fiz as apresentações imediatamente.

— Lorde Godalming; professor Van Helsing; senhor Quincey Morris, do Texas; senhor Jonathan Harker; este é o senhor Renfield.

Deu a mão a todos eles dizendo a cada um:

— Lorde Godalming, tive a honra de conhecer seu pai em Windham. Sinto saber de sua morte. Era um homem querido e respeitado por todos os que o conheciam. Ouvi dizer que em sua juventude foi o inventor do ponche, tão apreciado hoje. Senhor Morris, deve estar orgulhoso de seu grande estado. Sua entrada na União dará muitos frutos no futuro. O poder do tratado pode resultar em um motor de expansão quando a doutrina Monroe ocupar seu lugar como uma fábula política. O que pode dizer um homem sobre o prazer que sente ao conhecer o grande Van Helsing? O homem que revolucionou a terapêutica, ao descobrir a evolução contínua da matéria cerebral. Os senhores, cavalheiros, que por nacionalidade, herança ou dons naturais estão destinados a ocupar seus respectivos lugares no mundo em movimento, eu os tomo como testemunhas de que estou tão sensato como, ao menos, a maioria dos homens livres. E tenho certeza de que o senhor doutor Seward, humanista e médico jurista, assim como cientista, considerará um dever moral me tratar como alguém que deve ser julgado e analisado por meio de condições especiais.

Fez essa última observação com um ar de convencimento que não deixava de ter seu encanto. Posso dizer que estávamos todos surpresos. Fiquei convencido de que, apesar de conhecer o caráter e a história do homem, ele recobrara a razão, e me senti impulsionado a dizer que o deixaria sair. Todavia, pensei que seria melhor esperar antes de fazer algo assim, já que o paciente era dado a mudanças de comportamento.

Então resolvi fazer uma declaração sobre a rapidez com a qual estava se curando, e que conversaria longamente com ele pela manhã. Isso não o satisfez em absoluto:

— Mas, doutor Seward, temo que o senhor não compreendeu qual é meu desejo. Desejo ir agora… imediatamente… neste mesmo instante… sem esperar nem um minuto sequer. O tempo urge. E essa é a essência de nosso contrato, tenho certeza de que é suficiente comunicar a um médico tão admirável quanto o doutor Seward, um desejo tão simples, ainda que impulsivo, para garantir que seja atendido.

Olhou-me de maneira inteligente e, ao ver a negativa em meu rosto, se virou para os demais e os encarou por um minuto. Ao não encontrar uma reação suficientemente favorável, continuou dizendo:

— Será que me enganei em minha suposição?

— Sim, enganou-se — disse francamente, mas ao mesmo tempo, como compreendi logo depois, com brutalidade.

Fez-se uma pausa bem longa, e logo ele disse devagar:

— Então suponho que deverei mudar o modo de formular este pedido. Deixem que implore esta concessão… este dom, privilégio, como o senhor queira chamar. Em um caso como este, fico feliz em implorar, não por motivos pessoais, mas pelo amor de outras pessoas. Não posso lhe dar todas as minhas razões, mas o senhor pode, afirmo, aceitar minha palavra de que são boas, sãs e nada egoístas, já que advêm de um senso de dever. Se pudesse olhar dentro do meu coração, senhor, aprovaria de forma inequívoca os sentimentos que me animam. Além do mais, poderia considerar-me entre seus mais diletos e sinceros amigos.

Novamente nos olhou com ansiedade. Estava cada vez mais convencido de que sua mudança repentina de método intelectual era apenas outra forma ou face de sua loucura, e, então, decidi deixá-lo falar mais um pouco, sabendo por experiência que ao fim, como todos os loucos fazem, se denunciaria.

Van Helsing o estava observando com um olhar de extraordinária intensidade, com suas sobrancelhas cheias, quase em contato uma com a outra. Disse a Renfield em um tom que não me surpreendeu neste momento, mas sim ao pensar nisso mais tarde. Era o tom de alguém que se dirigia a um igual:

— O senhor não pode nos dizer francamente quais são suas razões para desejar sair daqui nesta noite em especial? Tenho certeza de que me convencendo, eu que sou um estrangeiro sem preconceitos, que aceito todo tipo de ideia, o doutor Seward lhe concederá o privilégio que deseja.

Renfield sacudiu a cabeça com tristeza. O professor continuou:

— Vamos, pense bem. O senhor pretende gozar do privilégio da razão em seu mais alto grau, já que tenta nos impressionar com sua capacidade de raciocinar. Mas age de modo que dá margem para questionarmos sua sanidade. Se não apresentar suas razões, como poderemos saber que se trata de algo razoável? Seria conveniente para o senhor que nos ajudasse para que possamos ajudá-lo.

Renfield voltou a sacudir a cabeça e disse:

— Doutor Van Helsing, nada tenho a dizer. Seu argumento é válido; e, se tivesse liberdade para falar, não hesitaria em fazê-lo, mas não sou eu que tem o poder de decidir sobre este assunto. A única coisa que posso fazer é pedir um voto de confiança. Mas se me negarem este pedido a responsabilidade não será minha.

Pensei ser aquele o melhor momento para pôr fim àquela cena que já estava se tornando comicamente grave e disse:

— Vamos, amigos. Temos muito que fazer. Boa noite!

Contudo, quando me aproximei da porta uma nova mudança aconteceu em meu paciente. Veio até mim com uma rapidez que, por um momento, acreditei que se tratava de outro ataque homicida, mas estava enganado. Estendeu as mãos em uma atitude de súplica, e me pediu em tom emocionado. Mas viu que esse excesso de emoção falava contra ele.

Olhei para Van Helsing e vi minha convicção refletida em seus olhos. Fiquei ainda mais convencido de que tomara a decisão certa, e fiz um gesto que demonstrava claramente que seus esforços não dariam resultados. Ficou histérico, caiu de joelhos e levantou as mãos juntas, implorando para que atendesse ao seu desejo, permaneceu nessa postura, demonstrando muito sofrimento, entre lágrimas que escorriam por suas bochechas.

— Permita-me, doutor Seward, implorar que me deixe sair desta instituição imediatamente. Se quiser, mande comigo guardiões, chicotes, me deixe sair em uma camisa de força e com as pernas travadas com correntes. O senhor não sabe o que está fazendo ao me manter aqui. Peço do fundo do coração... de toda minha alma. Ai de mim! Não posso falar! Por tudo quanto é mais sagrado, por tudo quanto é mais querido, por seu amor perdido, por sua esperança de viver, pelo amor do Todo-poderoso, me tire daqui e evite que minha alma se sinta culpada. Não me ouve, doutor? Não compreende que estou dizendo a verdade? Que não estou em um momento de loucura, mas que sou, neste momento, um homem tentando salvar sua própria alma? Por Deus! Deixe-me ir! Deixe-me sair daqui!

— Vamos — disse com firmeza —, não continue com essa cena, já presenciamos o bastante. Vá para cama e trate de se comportar de forma mais discreta.

De repente, ficou em silêncio e me olhou fixamente por um momento. Então, sem pronunciar uma palavra, virou-se e se sentou na beirada da cama. O colapso aconteceu, como em outras ocasiões, assim como esperava. Quando estava saindo do quarto, me disse com a voz tranquila e bem controlada:

— Espero, doutor Seward, tendo em conta o que possa acontecer, que tenha feito todo o possível para convencê-lo esta noite.

19

CAPÍTULO 19

Do diário de Jonathan Harker

1 outubro, cinco da manhã

Fui com o grupo até Carfax para levar adiante nossa investigação, com a consciência tranquila, sabendo que Mina estava bem. Alegro-me muito de que tenha aceitado se afastar e nos deixar encarregados do trabalho. De certo modo, era como um pesadelo para mim que estivesse enredada em tão terrível assunto. Mas agora que seu trabalho está feito, que graças à sua inteligência e dedicação todas as informações foram reunidas, de tal modo que cada detalhe faça sentido; com toda certeza, cumpriu sua parte com louvor e podemos nos encarregar do resto. Creio que estávamos um pouco aborrecidos com a cena que vimos no quarto do senhor Renfield. Ficamos em silêncio até chegar ao escritório do doutor Seward. Uma vez ali, o senhor Morris disse ao doutor:

— Diga-me, John, se esse homem não estava representando uma cena com o fim de nos enganar. Creio que é o louco mais sensato que já conheci. Não tenho certeza, mas penso que tinha algum objetivo muito sério e, nesse caso, é muito cruel que não lhe tenha dado nenhuma oportunidade.

Lorde Godalming e eu ficamos em silêncio, mas o doutor Van Helsing acrescentou:

— Amigo John, o senhor conhece mais malucos do que eu, e fico feliz por isso, porque temo que, se fosse eu quem tivesse que tomar a decisão, o teria deixado em liberdade antes que tivesse esse ataque de nervos. Mas vivemos aprendendo e agora não devemos correr riscos inúteis, como diria meu amigo Quincey. Todos estão melhores como estão.

O doutor Seward pareceu responder aos dois de forma preocupada:

— A única coisa que sei é que estou de acordo com os senhores. Se esse homem fosse um louco comum, teria corrido o risco de confiar nele; mas parece estar ligado ao Conde de uma forma muito estranha. Tenho medo de fazer algo indevido ao satisfazer seus desejos. Não posso esquecer como implorava, quase com o mesmo fervor, quando pediu um gato e como depois tentou destroçar meu pescoço com os dentes. Além disso, chamou ao Conde de "senhor e amo", e é possível que deseje sair para ajudá-lo em algum plano diabólico. Esta coisa horrível tem os lobos, os ratos e os seus iguais para ajudá-lo. Imagino que consiga usar também um pobre lunático. Todavia, é verdade que parecia sincero. Espero ter feito o melhor para este caso. Essas coisas, junto ao duro trabalho que nos espera, são suficientes para afetar os nervos de um homem.

O professor avançou e colocando uma mão em seu ombro, disse com a seriedade e amabilidade habituais:

— Não tema, amigo John. Estamos cumprindo com nosso dever em um caso extremamente triste e terrível; agimos conforme nos parece mais seguro. Que outra coisa poderíamos esperar, a não ser a piedade do altíssimo?

Lorde Godalming saiu por alguns minutos, mas voltou imediatamente. Levantou um pequeno apito de prata, enquanto o observava:

— É possível que esta casa esteja cheia de ratos, nesse caso temos um antídoto à mão.

Dirigimo-nos até a casa tendo o cuidado de permanecer nas sombras das árvores, projetadas sobre a relva, quando a lua saía. Ao chegarmos, o professor abriu sua maleta e tirou um monte de objetos que foram colocados em um dos degraus, formando com eles quatro grupos. Evidentemente, um para cada um de nós:

— Meus amigos, vamos correr um grande risco e temos que nos armar de várias formas. Nosso inimigo não é somente um espírito. Lembrem-se de que tem a força de vinte homens. Ainda que nosso pescoço e sistema respiratório sejam do tipo comum, ou seja, podem ser quebrados, os dele não podem ser vencidos pela força. Um homem mais forte, ou um grupo de homens que em conjunto são mais fortes que ele, pode segurá-lo às vezes, mas não pode feri-lo como nós podemos ser feridos por sua força. Então é preciso ter cuidado para que não toque em nós. Mantenham isso perto do coração.

Enquanto falava, levantou um pequeno crucifixo de prata e o entregou para mim, já que eu era o que estava mais próximo dele.

— Ponham estas flores ao redor do pescoço — falou, dando-nos um colar feito de cabeças de alho. — Para outros inimigos mais humanos, este revólver e este punhal, e para nos ajudar a enxergar, essas pequenas lanternas elétricas; e isto, que não devemos usar sem necessidade.

Era um pedaço da sagrada hóstia, que meteu em um envelope e me entregou. Todos os outros receberam os mesmos instrumentos.

— Agora — disse —, amigo John, onde estão as chaves mestras? Se conseguirmos abrir a porta, não necessitaremos entrar pela janela como fizemos na casa da senhorita Lucy.

O doutor Seward testou um par de chaves mestras com uma destreza cirúrgica. Finalmente encontrou uma que servia. E depois de vários avanços e retrocessos, a fechadura cedeu. Empurramos a porta e, com as dobradiças enferrujadas rangendo, ela se abriu. A casa era assombrosamente semelhante à imagem que eu formara da tumba da senhorita Westenra pela descrição que li no diário do doutor Seward. Creio que todos pensaram a mesma coisa, pois como eu, retrocederam.

O professor foi o primeiro a avançar, e dizia enquanto se benzia:

— *In Manus tuas, Domine*! — [Em suas mãos, Senhor!]

Fechamos a porta para evitar que quando acendêssemos as lanternas a luminosidade atraísse alguém que nos visse da rua. Contudo, o professor não a trancou, para que pudéssemos sair rápido se algo acontecesse.

Começamos nossas investigações. A luz das lanternas iluminava todo tipo de formas estranhas. Estava com a sensação constante de que havia alguém ali além de nós. Suponho que era a lembrança, reavivada pelo tétrico ambiente, da espantosa experiência que tivera na Transilvânia.

Penso que todos nós tínhamos a mesma sensação. Notei que os outros, assim como eu, não paravam de olhar por cima do ombro, cada vez que escutávamos o menor ruído ou quando alguma nova sombra se projetava.

O lugar estava todo coberto por uma espessa camada de pó. No chão, essa camada tinha vários centímetros de profundidade, exceto nos lugares em que se viam pegadas de passos recentes. As paredes estavam mofadas e nos cantos pairavam grossas teias de aranhas.

Em uma mesa, no vestíbulo, havia um grande molho de chaves. Cada uma tinha uma etiqueta amarelada pelo tempo. Foram usadas várias vezes, pois deixaram várias marcas sobre o pó.

Van Helsing me disse:

— O senhor conhece este lugar melhor que nós, Jonathan, pois já esteve aqui e copiou as plantas. Onde é a capela?

Tinha uma ideia de onde poderia encontrá-la. Durante minha visita, não havia conseguido entrar nela. Fiz papel de guia, e depois de umas tantas voltas equivocadas, me deparei com uma porta baixa, que formava um arco de madeira, cruzada por barras de ferro.

— Este é o lugar — disse o professor, iluminando com sua lanterna um mapa, copiado dos meus arquivos que continham os documentos relativos à aquisição da casa.

Com alguma dificuldade encontramos a chave para abrir a porta. Estávamos preparados para que algo desagradável acontecesse; mas ao abrir a porta sentimos um ar malcheiroso que parecia brotar entre as fendas. E nenhum de nós esperava se deparar com um cheiro como aquele.

Nenhum dos outros havia visto o Conde, e quando estive com ele o via rapidamente nos cômodos ou escalando as paredes do castelo, depois de se saciar de sangue fresco. Mas ali era muito pequeno, e estava fechado por muito tempo. Parecia que o ar estivera estancado, esperando para sair, com esse cheiro de podre.

Havia um odor de terra pútrida que sobressaia ao ar viciado. Mas como poderia descrever o cheiro que inundava aquele cômodo? Não era composto apenas pela degradação da mortalidade, ou pelo traço acre e penetrante do sangue, a impressão era de que a própria podridão estava se decompondo. Ah! Tenho ânsia só de lembrar... cada vez que aquele monstro respirara seu hálito parecia impregnar todo o lugar, intensificando sua repugnância.

Em outras circunstâncias talvez aquele fedor teria colocado fim à missão, mas esse era um caso extremo. Nossa nobre tarefa e sua importância nos deu força para ultrapassar o mal-estar físico. Depois do primeiro estremecimento involuntário, consequência direta da primeira rajada daquele ar nauseante, começamos a trabalhar. Examinamos o lugar cuidadosamente, e o professor disse ao começar:

— Antes de mais nada, temos que ver quantas caixas ainda estão aqui. Depois, devemos examinar todos os buracos e fendas para ver se há alguma indicação sobre o que aconteceu com as outras.

Uma olhada ao redor foi suficiente para contá-las. Só restaram 29 caixas das cinquenta! Em um determinado momento levei um bom susto. Lorde Godalming havia se virado repentinamente e olhava pela porta de entrada. Eu também olhei e, durante um instante, tive a impressão de ter visto os traços do rosto maligno do Conde. O nariz aquilino, os olhos avermelhados e a terrível palidez. Foi só um milésimo de segundo resumido por Lorde Godalming:

— Pensei ter visto um rosto, mas eram apenas sombras.

E voltou a se dedicar à sua investigação. Virei minha lanterna até a direção da entrada e me dirigi até lá. Não havia sinais da presença de ninguém; e como nenhuma porta, quina ou abertura estavam à vista, mas apenas a parede sólida do corredor, não era possível se esconder ali. Suponho que o medo aguçara minha imaginação, e não disse nada. Alguns minutos mais tarde, vi que Morris se afastou repentinamente do lugar onde estava. Seguimos seus movimentos com o olhar, e vimos uma massa fosforescente que tremeluzia como se fossem estrelas. Instintivamente, demos um passo para trás. Todo o lugar estava se enchendo de ratos. Durante um momento permanecemos imóveis, assombrados; menos Lorde Godalming, que parecia estar preparado para algo assim. Correu até a porta e a abriu. Logo depois, começou a tocar o apito de prata lentamente. De trás da instituição do doutor Seward, vieram latidos de vários cachorros, e um minuto depois, três cães da raça terrier apareceram correndo. Inconscientemente tínhamos voltado para a entrada, e ao fazê-lo vimos que o pó daquele lado estava remexido. Deve ter sido por ali que saíram as caixas que faltavam. Mas não pudemos pensar muito no assunto, a quantidade de ratos aumentava a cada minuto.

A cada instante, surgia uma quantidade enorme, e a luz das lanternas refletia em seu corpo escuro se movendo, e em seus olhos malignos. Os cachorros apareceram rapidamente, mas se detiveram no umbral da porta. Ficaram parados, cheirando o lugar e, logo, levantaram a cabeça e começaram a uivar de maneira lúgubre. Os ratos se multiplicavam aos milhares, e tivemos que sair dali.

Lorde Godalming pegou um dos cachorros no colo, o levou para dentro e o colocou suavemente no chão. Neste momento, o animal recuperou sua coragem e atacou seus inimigos naturais. Os ratos fugiram com tanta rapidez que os outros dois cachorros, transportados para dentro da mesma forma que o primeiro, tiveram poucos animais para afugentar. Com o desaparecimento daqueles seres repugnantes, algo diabólico foi embora também. Isso se percebia pela mudança de comportamento dos cães, que passaram a brincar alegremente. Nós já não tínhamos medo e voltamos ao trabalho. Não sei se foi por causa da purificação do ar, após a abertura da porta da capela, ou pelo alívio que sentíamos com a ajuda dos animais, mas a sombra do medo parecia nos deixar e nossa ida à casa estava perdendo um pouco seus contornos sombrios, embora nossa resolução estivesse intacta. Fechamos a porta e começamos a verificar a casa, levando os animais conosco. Só encontramos pó, e tudo parecia nunca ter sido tocado.

Os cachorros não demonstraram mais sinais de inquietação, inclusive quando voltamos para a capela, continuaram brincando, como se estivessem caçando coelhos no bosque. Ao sairmos pela porta principal, o resplendor do amanhecer surgia. O doutor Van Helsing trancou a porta, guardou o molho de chaves e nos disse:

— Até agora — disse — a noite tem sido produtiva. Não nos machucamos, como temíamos, e nos certificamos do número de caixas que faltam. Sobretudo alegro-me muito de que este primeiro passo, talvez o mais difícil e perigoso de todos, o tenhamos dado sem colocar nossa querida senhora Mina em perigo; sem turvar seus pensamentos com visões, ruídos e odores dos quais jamais esqueceria. Também posso dizer que aprendemos algo hoje. Agora sabemos que as criaturas que estão sob as ordens do Conde são extremamente obedientes, pois esses ratos vieram a seu chamado; assim como chamara os lobos à porta de seu castelo para que não saíssem. Mas também descobrimos que as criaturas têm medo, e esse medo é maior que a lealdade. Se assim não fosse, esses animais não teriam fugido dos cães. Vamos voltar agora, o amanhecer está perto. É possível que ainda nos restem muitos dias e noites cheios de perigo, mas devemos seguir em frente, sem nos encolher diante dos perigos.

A instituição estava imersa em um profundo silêncio, a não ser pelos gritos de uma pobre criatura, que estava em uma das alas mais afastadas, e um som baixo e triste que saía do quarto de Renfield. Com certeza o pobre homem estava se torturando com pensamentos dolorosos.

Entrei no meu quarto na ponta do pé e encontrei Mina dormindo, respirando com tanta suavidade que tive que aguçar o ouvido para poder ouvi-la. Parecia mais pálida que de costume. Esperava que a reunião da tarde não a tivesse impressionado demais. Sinto-me agradecido por não a ter conosco durante o trabalho mais perigoso. É possível que algumas coisas a assustassem, no entanto, ocultá-las seria pior que revelá-las, caso suspeite de que não dissemos algo. Por isso teremos que ser para ela agora como livros fechados, não deixar que desconfie de nós e não contarmos nada até que tudo esteja resolvido. Até que a terra esteja livre daquele monstro das trevas.

Deitei-me no divã para não a perturbar.

1 outubro, mais tarde

Suponho que seja natural que tenhamos dormido até tarde hoje. Inclusive Mina, que deveria estar muito cansada. Apesar de eu ter ido dormir já com o sol nascendo, ela acordou muito depois de mim. Na verdade, estava tão profundamente adormecida que ao despertar não me reconheceu em um primeiro momento. Olhou-me com um profundo terror, como se estivesse acordando de um terrível pesadelo. Reclamou de cansaço, então a deixei deitada por mais tempo.

Sabíamos agora que 21 caixas foram retiradas; e no caso de ter sido em uma única vez, poderíamos encontrá-las. Claro que isso significaria um trabalho imenso, e quanto antes resolvêssemos esse assunto, melhor seria. Tinha que ir ver Thomas Snelling.

Do diário do doutor Seward

1 outubro Era quase meio-dia quando fui acordado pelo professor. Estava mais alegre e amável do que de costume. É evidente que o trabalho da noite anterior tirou um peso de suas costas. Depois de falar sobre a aventura que vivemos, disse repentinamente:

— Seu paciente me interessa muito. Posso visitá-lo esta manhã com o senhor? Se o senhor estiver muito ocupado, irei sozinho, se me permitir. É uma experiência nova para mim, encontrar um louco que fala sobre filosofia de maneira tão sensata.

Eu tinha algumas coisas importantes para fazer, então disse que poderia ir sozinho. Chamei um dos meus ajudantes e dei algumas instruções. Antes que o mestre saísse, o aconselhei a tomar cuidado, e a não se envolver com meu paciente.

— Gostaria que ele me falasse de si mesmo e de seu frenesi quanto ao consumo de animais vivos. Ele disse à senhora Mina, como vi em seu diário de ontem, que teve essas crenças no passado. Por que o senhor ri, amigo John?

— Desculpe, mas a resposta está aqui — falei, colocando as mãos sobre as cópias datilografadas. — Quando nosso sensato e inteligente lunático fez essa declaração ainda tinha a boca cheia de moscas e aranhas que acabara de comer, momentos antes da senhora Mina entrar no cômodo.

— Bem — disse o professor —, sua memória é boa. Esse desvio do pensamento e da memória é o que faz o estudo das doenças mentais tão apaixonante. É possível que eu consiga obter mais conhecimentos sobre a loucura com esse pobre homem do que poderia obter estudando os homens mais sábios. Quem sabe?

Continuei meu trabalho e, antes que passasse muito tempo, terminei o mais urgente. Na verdade, parecia que se passaram apenas alguns instantes, mas Van Helsing voltou ao escritório:

— Eu o interrompo? — perguntou, permanecendo no umbral da porta.

— Não, entre. Já terminei meu trabalho, estou livre. Posso acompanhá-lo se desejar.

— É inútil, acabo de vê-lo.

— E?

— Temo que não goste muito de mim. Nosso encontro foi curto. Quando entrei no quarto, estava sentado em uma cadeira, no centro, com os cotovelos apoiados sobre os joelhos, e em seu rosto havia uma expressão mal-humorada. Falei-lhe com toda a amabilidade possível e com todo respeito, e ele não me respondeu.

"O senhor não me reconhece? — perguntei.

"Sua resposta não foi muito tranquilizadora.

"Eu o conheço perfeitamente. O senhor é o velho idiota, Van Helsing. Gostaria que fosse embora com suas estúpidas teorias psicológicas. Malditos sejam todos os estúpidos holandeses.

"Não deu mais nenhuma palavra e permaneceu sentado, fechado em seu descontentamento, como se eu nunca tivesse entrado no quarto, tal era sua indiferença. Portanto, perdi a oportunidade de aprender algo com ele. Bom, devo me consolar trocando algumas palavras agradáveis com a doce senhora Mina. Amigo John, alegro-me infinitamente de que ela não tenha mais que sofrer, nem que se preocupar com nossos assuntos terríveis. Ainda que sentiremos falta de sua ajuda, é melhor assim."

— Estou de acordo com o senhor. A senhora Harker está melhor fora de tudo isso. A situação já é bastante ruim para nós.

Van Helsing foi conversar com o senhor e a senhora Harker. Quincey e Art saíram para tentar descobrir o máximo que pudessem sobre o desaparecimento das caixas. Eu tenho que fazer minha ronda. Esta noite nos reuniremos.

Do diário de Mina Harker

1 outubro

É estranho para mim. Não me agrada ficar no escuro, depois da total confiança de Jonathan por tantos anos. É desagradável ver que evita certos assuntos de propósito. Dormi até muito tarde hoje, estava bastante cansada de ontem. Ainda que Jonathan tenha ido dormir mais tarde que eu, acordara bem antes de mim. Falou comigo antes de sair com muito mais ternura do que o costume, mas não mencionou uma palavra sobre o que acontecera na excursão que fizeram ontem à casa do Conde. Sem dúvida ele sabe da terrível ansiedade que eu sentia, e isso deve afligi-lo mais que a mim. Mas todos, inclusive eu, concordamos que me afastasse desse assunto pavoroso. Mas me deixa muito aborrecida pensar que está escondendo algo! E agora choro como uma tola, quando, na realidade, tudo isso só reforça o grande amor de meu querido marido e a boa vontade de todos os outros homens. Pensar assim me faz sentir melhor. Bem, algum dia falaremos sobre isso. Para evitar que ele pense que eu também lhe escondo algo continuo escrevendo meu diário, como sempre, com todos os meus pensamentos e com todos os sentimentos do meu coração.

Sinto-me triste e mal-humorada, suponho que seja efeito de tudo isso. Ontem à noite, deitei-me quando os homens partiram, simplesmente porque me disseram para fazê-lo. Não tinha sono e me sentia muito apreensiva. Estive pensando em tudo que aconteceu desde que Jonathan foi me ver em Londres e parecia uma grande tragédia, como se o destino nos empurrasse para um fim sinistro. Tudo que fazemos, ainda que com a melhor das intenções, parece nos conduzir a algo deplorável. Se não tivesse ido a Whitby, talvez a pobre e querida Lucy ainda se encontrasse entre nós. Não teria passado pela sua cabeça visitar o cemitério até a minha chegada. E se não tivesse ido até lá durante o dia, não teria voltado em seu sonambulismo; e o monstro não se aproximaria dela. Mas por quê?

Por que fui a Whitby? Choro outra vez! Não sei o que se passa comigo hoje. Preciso esconder essa minha fragilidade de Jonathan, pois se souber que chorei duas vezes essa manhã, eu que não choro nunca, o pobre homem se desanimará e ficará preocupado demais. Devo manter um semblante sereno.

Não posso deixar de anotar como adormeci. Lembro-me de haver escutado um latido repentino dos cachorros e um estrondo, sons esquisitos, como orações, vindas do quarto do senhor Renfield, que se encontra em alguma parte no piso abaixo do meu. Mas logo o silêncio voltou a reinar, tão profundo que me assustou. Levantei-me para olhar pela janela. Tudo estava escuro e em silêncio. As sombras negras, projetadas pela luz da lua, estavam cheias de mistério. Nada parecia mover-se, mas tudo parecia lúgubre e tétrico, de modo que uma nuvenzinha de névoa branca avançava lentamente como se tivesse uma vitalidade própria. Creio que esses pensamentos, ao me fazerem esquecer os anteriores, me fizeram bem, porque ao voltar a me deitar, senti uma letargia me invadir suavemente. Mas o sono mesmo não vinha. Resolvi me levantar de novo, a névoa estava bem próxima da instituição, começando a subir pelas paredes e a penetrar pelas janelas. O pobre homem falava com mais força, e, ainda que não conseguisse distinguir muito bem suas palavras, compreendi que se tratava de uma súplica fervorosa. De repente, ouvi um barulho de luta e compreendi que os enfermeiros estavam se encarregando dele. Senti-me tão assustada que cobri a cabeça com o lençol e tampei os ouvidos com os dedos. Não tinha sono, ou assim pensava, porque devo ter dormido logo, já que não me lembro de mais nada até esta manhã, quando Jonathan me despertou. Creio que precisei fazer algum esforço e levou um tempo para que eu lembrasse onde estava ao acordar.

Sonhei com algo muito peculiar. Era algo muito real, daqueles que causam calafrios quando acordamos. Estava muito ansiosa por Jonathan e não pude fazer nada. Tinha as pernas, os braços e o corpo pesados, de tal forma que não podia fazer nenhum movimento costumeiro. Não dormi tranquilamente, e segui com sonhos estranhos. Comecei a sentir que o ar estava pesado, úmido e frio. Descobri o rosto e, muito surpresa, vi que tudo estava escuro.

A lamparina a gás que deixara acesa, ainda que bem fraquinha, parecia uma chama diminuta vista através da névoa, que neste momento ficara mais densa e já entrara no quarto. Lembrei que havia fechado a janela. Queria me levantar para me certificar, mas um peso de chumbo parecia reter meus membros e minha vontade. Fiquei imóvel, isso foi tudo.

Fechei os olhos, mas ainda podia ver com clareza através das pálpebras (é maravilhoso ver os truques que os sonhos têm, e como nossa imaginação trabalha de maneira tão lógica). A névoa ficava cada vez mais espessa, e podia vê-la entrando no quarto. Era como se fosse fumaça, ou vapor branco quando a água ferve. Vi que não entrava pela janela, mas por baixo da porta. Parecia se condensar em uma coluna de vapor. Os pensamentos ficaram turvos quando a coluna começou a dançar pelo quarto. Nessa forma caótica de pensar, me chegaram algumas frases bíblicas: "uma coluna de vapor pelas noites e de fogo pelo dia." Seria algum guia espiritual que vinha me visitar por meio do sonho? Mas a coluna era composta tanto do guia noturno quanto do diurno, já que o fogo estava representado pelo olho vermelho que eu via envolto pela névoa. Enquanto o observava, fiquei fascinada, pois o fogo pareceu se dividir em dois olhos, iguais aos que me descrevera Lucy em uma de suas divagações mentais. De repente, lembrei-me horrorizada que era assim que Jonathan vira se materializarem aquelas horríveis mulheres, da névoa que girava sob o resplendor da lua. Devo ter desmaiado no sonho, pois acabei em uma profunda escuridão.

O último esforço consciente que minha imaginação fizera foi o de me fazer ver o rosto lívido que se inclinava sobre mim, saindo de dentro da névoa. Devo ter cuidado com esses sonhos, eles podem afetar a razão de uma pessoa caso apareçam com muita frequência. Falarei com o doutor Van Helsing ou o doutor Seward para que me receitem algo que me faça dormir profundamente, meu único medo é de apavorá-los com isso. Tal sonho só os faria temer mais ainda por mim.

Esta noite me esforçarei para dormir de forma natural. Se não conseguir, vou pedir uma dose de calmante. Não me fará mal, ao contrário, uma boa noite de sono me fará muito bem. Hoje acordei mais fatigada do que se não houvesse dormido nada.

2 outubro,

às dez da noite

Ontem dormi, mas não sonhei. Penso que devo ter dormido profundamente, pois não acordei quando Jonathan se deitou. Mas o sono não me fez tão bem quanto gostaria, já que hoje me sinto fraca e desanimada. Passei o dia cochilando. Pela tarde, o senhor Renfield perguntou se poderia vir me ver. Pobre homem. Foi muito amável e ao ir embora, beijou-me a mão e pediu a Deus que me abençoasse. De certa forma, isso me afetou muito, e as lágrimas me vêm aos olhos cada vez que penso nisso. Essa é uma fraqueza com a qual tenho que me preocupar e tentar resolver, Jonathan ficaria muito triste se soubesse que tenho andado chorando. Tanto ele quanto os demais estiveram fora até a hora do jantar e voltaram muito cansados. Fiz todo o possível para alegrá-los, e penso que o esforço me fez bem, já que esqueci o quanto estava cansada. Depois do jantar me mandaram dormir e disseram que iriam fumar, mas sei que o que desejavam era conversar sobre o que aconteceu a cada um durante o dia. Compreendi pela atitude de Jonathan que tinha algo muito importante para comunicar-lhes.

Não sentia sono suficiente, então, antes que partissem, pedi ao doutor Seward que me desse algum comprimido para dormir, porque não dormira bem na noite anterior. Ele preparou um sedativo e me deu dizendo que não me faria mal, pois era bem fraquinho... tomei a droga e estou esperando que o sono me vença, o que parece ainda difícil. Espero não ter tomado a decisão errada, já que quando o sono começa a se apoderar de mim, me assalta um novo temor. É possível que tenha cometido o erro de me privar do poder de despertar. É possível que precise dele. Tenho sono. Boa noite!

20

CAPÍTULO 20

Do diário de Jonathan Harker

1 outubro, pela noite

Encontrei-me com Thomas Snelling em sua casa, em Bethnal Green, mas infelizmente ele não estava em condições de se lembrar de nada. Antes que eu chegasse, havia bebido algumas cervejas, o que foi demais para ele. No entanto, soube por meio de sua esposa, que parecia ser uma pobre boa alma, que ele era apenas o assistente de Smollet, que era de fato o responsável.

Dirigi-me então a Walworth e encontrei o senhor Joseph Smollet, em sua casa, tomando uma xícara de chá. É um tipo honrado e inteligente, um trabalhador de confiança, com personalidade autêntica. Lembrava-se de tudo sobre o incidente das caixas. Pegou seu maravilhoso e gasto caderno de anotações e me mostrou registros em hieróglifos já parcialmente apagados, o destino das caixas. Seis das caixas retiradas de Carfax foram entregues na Rua Chicksand, 197, em Mile End, New Town. Outras seis, em Jamaica Lane, Bermondsey. No caso de o Conde querer distribuir seus fantasmagóricos refúgios por toda Londres, esses lugares foram escolhidos como pontos de partida para a distribuição. Pelo modo sistemático que se desenhava o processo, me parecia claro que o Conde não queria se fixar nesses dois lugares. Ele agora estava fixado no leste distante da costa norte de Londres, bem como no leste da costa sul. O norte e o oeste com certeza não estariam eliminados de seu esquema diabólico... muito menos a cidade em si. Era provável que quisesse estender suas garras ao coração de Londres, em especial às modernas áreas oeste e sudoeste. Voltei a encontrar Smollet e lhe perguntei se podia me dizer se alguma outra caixa fora retirada de Carfax.

— Bem, o senhor comportou-se muito bem comigo. — Eu lhe dera meio soberano [libra em ouro]. — Então, vou dizer tudo o que sei. Ouvi um homem chamado Bloxam dizer há quatro noites, na Pincer's Alley, que ele e o companheiro haviam feito um trabalho sujo e esquisito em uma velha casa naquela região. Aqui não são frequentes esses tipos de trabalhos, e creio que Sam Bloxam poderá lhe dizer mais a respeito.

Perguntei se era possível que me desse o endereço. Levantou-se dizendo que faria algumas averiguações. Na porta se deteve e disse:

— Escute, senhor, não faz sentido esperar aqui. Pode ser que encontre Sam rápido, ou não, mas de qualquer maneira não acredito que esteja em condições de lhe dizer muito esta noite. Sam é um tipo esquisito quando bebe muito. Se o senhor puder me dar um envelope com um selo e seu endereço, verei onde posso encontrá-lo, e enviarei todos os dados ainda hoje pelo correio. Mas será preciso que vá vê-lo pela manhã, pois acorda muito cedo, por mais longa que tenha sido a noite anterior.

Foi o que fiz. Esta noite me sinto cansado e desejo dormir. Mina dorme profundamente e tem um aspecto pálido demais. Seus olhos dão a impressão de que estivera chorando. Pobrezinha, tenho certeza de que é muito duro permanecer na ignorância; e de que isso pode fazer com que se sinta mais ansiosa por mim e pelos outros. Mas é melhor assim. É melhor se sentir decepcionado e triste do que ter os nervos destroçados. Os médicos tinham razão ao insistir para que ela permanecesse longe de tudo isso. Devo me manter firme para suportar toda essa carga de silêncio; e nem sequer mencionar o tema perto dela, mas agora percebo que não será tão difícil; logo quando comunicamos nossa decisão, ela ficou um pouco reticente e não comentou mais nada acerca do Conde, ou de seus atos.

2 outubro, pela noite

Foi um longo dia, emocionante e desafiador. Recebi uma carta pelo correio que junto com o endereço de Bloxam me dizia para perguntar pelo xerife. Levantei-me sem acordar Mina, que estava ainda mais pálida e dormia profundamente. Decidi que ao voltar dessa diligência tomaria providências para enviá-la de volta a Exéter, creio que se sentirá melhor em nossa própria casa, reassumindo suas tarefas. Parti para Walworth, e tive uma certa dificuldade em achar o endereço, pois a ortografia de Smollet me enganou.

Achei o xerife. Ele me informou que Bloxam passara a noite na hospedaria, mas saíra cedo para trabalhar. Não soube me dizer o local exato, mas pensava se tratar de um armazém novo. Era meio-dia, e ainda não havia conseguido nada. Entrei em um café, onde várias mulheres comiam. Uma delas me disse que estavam construindo um novo armazém, na Rua Cross Angel. Imediatamente me dirigi até lá. Um capataz da obra, mediante um soberano, me deu pistas sobre Bloxam. Quando sugeri que estava disposto a pagar-lhe um dia de salário pelo privilégio de poder fazer algumas perguntas ao homem, ele mandou que o buscassem. Era um tipo bastante inteligente, ainda que de gestos e maneiras de falar um tanto brutas. Respondeu às perguntas que lhe fiz, também mediante pagamento. Fez duas viagens entre Carfax e uma casa de Piccadilly levando nove caixas muito pesadas. Perguntei se poderia me dar o endereço desta casa em Piccadilly:

— Bem, senhor, esqueci o número, mas fica a algumas portas de uma grande igreja branca, ou algo semelhante, que foi construída recentemente. Era uma velha casa coberta de pó, ainda que não tão empoeirada quanto a casa de onde tirei as caixas.

— Como o senhor conseguiu entrar se as duas casas estavam desocupadas?

— O velho que me contratou estava me esperando em Purfleet. Ele me ajudou a levantar as caixas e a colocá-las na carreta. Isso me insultou, mas era o homem mais forte que já vi na vida. Era um ancião. Pegou um dos extremos da caixa como se fosse um jogo de xícaras de chá, enquanto eu pegava o outro extremo, suando e bufando como um urso. Para mim, foi muito trabalhoso levantar a parte que me correspondia, mas consegui...

— E na casa de Piccadilly, como entrou?

— Ele também me esperava ali. Deve ter saído imediatamente depois de mim para chegar antes na outra casa. E da mesma forma me ajudou a descarregar as caixas no vestíbulo.

— Às nove?

— Sim, cinco da primeira vez, e quatro da segunda. Era um trabalho muito pesado e lembro muito bem como voltei para casa.

Eu o interrompi.

— As caixas ficaram no vestíbulo?

— Sim, é um cômodo muito amplo e não havia mais nada lá.

— Não lhe deu nenhuma chave?

— Não houve necessidade de chave. O ancião abriu a porta e voltou a fechá-la quando fui embora. Não me lembro de nada da segunda viagem, mas deve ser pela cerveja que bebi.

— E o senhor não se lembra do número?

— Não senhor, mas não é difícil de encontrar. É uma construção alta, com uma fachada de pedra, um escudo de armas na frente e uma escada bem alta que leva até a porta de entrada. Lembro dessa escada porque tive que subir com as caixas, junto com três rapazes que se aproximaram para ganhar uns centavos. O velho lhes deu mais dinheiro do que esperavam, então tentaram tirar mais dele. O homem segurou um pelo ombro e pouco faltou para lançá-lo escada abaixo.

Acreditava que com todas essas informações não seria difícil encontrar essa tal casa e fui para Piccadilly. Foi doloroso saber que o Conde podia movimentar as caixas sozinho. Isso me dizia que o tempo era muito precioso, pois poderia terminar o que queria no tempo que quisesse, sem que notássemos. Encontrei a casa descrita. Parecia estar abandonada faz muito tempo. As janelas estavam cheias de pó e as persianas estavam levantadas. Toda a estrutura escurecera com o tempo, e a pintura das partes metálicas desbotara. Era evidente que ali na parte superior da varanda estivera pendurado um anúncio, que havia sido retirado bruscamente, de modo que ficaram os vestígios. Gostaria de ter visto esse anúncio, poderia me dar pistas do proprietário. No momento, não pude fazer nada ali, portanto, fui até a parte posterior para ver se descobria algo. Perguntei a alguns criados das casas vizinhas se podiam me dar alguma informação sobre quem havia comprado a casa. Eles me disseram que eu obteria detalhes no escritório de Mitchell, Sons & Candy, os corretores. Estava escurecendo e não quis perder tempo. Fui até esse escritório.

O cavalheiro que me recebeu tinha modos muito suaves, mas não era muito comunicativo. Depois de me dizer que a mansão, como chamou a casa de Piccadilly, estava vendida, pensou que meu interesse acabara ali. Quando perguntei quem a havia comprado, arregalou os olhos e fez uma pausa antes de dizer novamente que a casa estava vendida:

— Me perdoe, senhor — disse com a mesma cortesia. — Mas tenho razões especiais para desejar saber quem adquiriu essa construção.

Ficou em silêncio por um tempo considerável e levantou as sobrancelhas.

— Está vendida, senhor — voltou a dizer laconicamente.

— Suponho que não se importará em me dar essa informação — insisti.

— Claro que me importo! — respondeu. — Os negócios de nossos clientes são absolutamente confidenciais.

Estava claro que se tratava de um pedante da pior espécie, e não adiantaria discutir com ele. Pensei que seria melhor enfrentá-lo em seu próprio terreno.

— Neste caso, senhor, essas pessoas têm sorte de ter suas informações asseguradas por um guardião tão empenhado. Eu mesmo sou um profissional. — Entreguei a ele meu cartão. — Não estou interessado neste caso por mera curiosidade: sou representante de Lorde Godalming, que deseja saber algo sobre a propriedade, pois pensava estar à venda até pouco tempo.

Isso fez com que mudasse o tom.

— Gostaria de lhe dar essas informações, senhor Harker, e especialmente gostaria de ajudar seu cliente. Em certa ocasião, realizamos para ele umas transações sobre o aluguel de uns quartos quando ainda era o honorável Arthur Holmwood. Se o senhor puder me dar seu endereço, terei enorme prazer em conseguir informações sobre o sujeito. Envio-lhe uma carta esta mesma noite.

Agradeci e lhe dei o endereço da instituição do doutor Seward. Anoitecera e estava cansado e faminto. Tomei uma xícara de chá e voltei para Purfleet de trem. Encontrei todos reunidos. Mina ainda estava pálida e cansada, mas fez um enorme esforço para parecer amável e animada. Graças a Deus, seria a última noite que teria que estar por perto sem poder assistir às nossas reuniões. Precisei de toda a minha coragem para mantê-la realmente afastada de tudo.

Não podia falar aos outros dos descobrimentos que fizera durante o dia, enquanto não estivéssemos a sós. Depois do jantar, e de um pequeno interlúdio musical que serviu para manter as aparências, inclusive para nós mesmos, levei Mina ao quarto para que se deitasse. Minha adorável esposa foi extremamente carinhosa comigo e me abraçou como se desejasse me reter ali, mas eu tinha muito que dizer aos outros, então a deixei sozinha. Graças a Deus o fato de não poder contar a ela sobre o caso não fez com que as coisas mudassem entre nós.

Quando desci encontrei todos sentados ao redor do fogo, estudando os fatos. No trem, havia escrito em meu diário tudo sobre as minhas descobertas do dia. Limitei-me a ler o que escrevera. Quando terminei, Van Helsing disse:

— O seu dia foi magnífico, muito produtivo, amigo Jonathan. Sem dúvida estamos na pista das caixas que faltam. Se encontrarmos todas nessa casa, nosso trabalho se aproxima do fim. Mas se faltar alguma coisa, teremos que procurar até encontrá-la. Aí sim, daremos o golpe final e faremos com que o monstro morra de verdade.

Permanecemos todos em silêncio até que Morris disse:

— Mas digam! Como vamos entrar na casa?

— Da mesma forma como entramos em Carfax — disse Lorde Godalming, de pronto.

— Mas, Art, lá entramos de noite. O parque nos ocultava dos olhares indiscretos. Seria muito diferente em Piccadilly, tanto de noite quanto de dia. Confesso que não vejo como poderemos entrar a não ser que esse homem da imobiliária nos dê alguma chave.

Lorde Godalming franziu a sobrancelha, levantou-se e andou pelo cômodo. De repente, deteve-se e disse, virando-se para nós e nos olhando um por um:

— Quincey tem razão. Nós nos demos bem nessa história de invadir a casa uma vez, mas o trabalho que temos agora é muito diferente... A menos que encontremos o chaveiro do Conde.

Como não podíamos fazer nada antes do amanhecer, e como era aconselhável esperar a comunicação de Mitchell's, decidimos não dar nenhum passo até a hora do café da manhã. Permanecemos um tempo sentados, fumando, discutindo todas as facetas do assunto, visto de diferentes ângulos. Aproveitei a oportunidade para atualizar este diário. Tenho muito sono e preciso me deitar... Só uma linha mais... Mina dorme profundamente e sua respiração é regular. Sua testa está cheia de pequenas rugas, como se estivesse pensando enquanto dorme. Ainda está muito pálida. Espero que amanhã possamos pôr fim a tudo isso, ela vai para nossa casa em Exéter. Deus! Que sono tenho!

Do diário do doutor Seward

1 outubro

Meu espanto com o caso de Renfield se renova. Suas mudanças de humor são tão repentinas que tenho dificuldade de registrá-las e de me adaptar a elas. E como sempre têm um significado que vai além do seu próprio bem-estar, é um estudo mais que interessante.

Esta manhã quando fui vê-lo, depois de ter se negado a falar com Van Helsing, seu comportamento era o de um homem que estava se dirigindo ao destino. Na verdade, dava ordens ao destino. Não se preocupava com coisas terrenas, estava nas nuvens e olhava do topo de seu altar todas as fraquezas e desejos dos pobres mortais. Decidi aproveitar a ocasião e perguntei:

— O que me diz das moscas nestes últimos dias?

Sorriu com um ar superior.

— As moscas, meu querido senhor, têm uma característica surpreendente: suas asas são típicas do caráter aéreo das faculdades psíquicas. Os antigos tinham razão quando representavam a alma em forma de mariposa!

— Ah, o senhor está buscando uma alma agora?

Uma expressão de assombro apareceu em seu rosto, ao mesmo tempo em que sacudia a cabeça com uma energia que não havia visto antes:

— Não, não, não quero almas. Tudo o que quero é vida. — O rosto de Renfield se iluminou neste momento. — Sinto uma grande indiferença sobre isso atualmente. A vida está boa. Tenho tudo o que necessito. O senhor precisa buscar outro paciente doutor, se deseja estudar a zoofagia.

Essa saída me deixou um pouco surpreso, então me aprofundei.

— Então, o senhor comanda a vida. Deve ser um Deus, imagino?

Sorriu com uma espécie de superioridade benigna.

— Ah, não! Não tenho a arrogância de me atribuir divindade. Nem sequer me interesso pelo lado espiritual. Se for possível estabelecer minha posição intelectual, diria que estou para as coisas terrenas como Enoque [personagem bíblico presente nas Escrituras Sagradas, antepassado de Noé] para as espirituais.

Isso resultou em um problema para mim, pois não me lembrava da posição de Enoque. Tive que perguntar, ainda que isso me rebaixasse a seus olhos:

— E por que se compara a Enoque?

— Porque andava com Deus.

Não compreendi a analogia, mas não queria reconhecer isso, então voltei ao assunto que ele havia negado.

— Então não se preocupa com a vida e não quer almas. Por quê?

Fiz a pergunta depressa e o mais secamente possível para desconcertá-lo. Deu resultado, e por um minuto se tranquilizou e voltou a ter o comportamento servil. Inclinou-se diante de mim e me adulou, enquanto respondia:

— Não quero almas! Isso é certo! É certo! Não quero! Não me serviriam de nada, não teria como usá-las. Não as poderia comer ou… — Ficou em silêncio repentinamente e a antiga expressão de astúcia voltou ao seu rosto. — Escute, doutor, em relação a vida, o que ela é? Quando obtemos tudo que é necessário e sabemos que não desejamos mais nada, isso é tudo! Tenho amigos, bons amigos, como o senhor, doutor Seward. Sei que nunca me faltará nada na vida!

Penso que entre as brumas de sua loucura, viu em mim um certo antagonismo, porque retrocedeu ao abrigo dos loucos, no mais profundo e obstinado silêncio. Compreendi que não adiantaria tentar falar com ele naquele momento.

Mais tarde, no decorrer do dia, me chamou. Normalmente não iria vê-lo sem alguma razão especial, mas estou tão interessado nele que farei este pequeno esforço, de forma alegre. Além do mais, fico feliz de que algo me ajude a passar o tempo. Harker está fora, Quincey e Lorde Godalming também. Van Helsing está no meu escritório, examinando cuidadosamente os registros preparados pelos Harker. Parece acreditar que, por meio de um conhecimento exato de todos os detalhes possíveis, descobrirá algum indício importante. Pediu para não ser incomodado enquanto trabalhava, a não ser alguma urgência.

Encontrei Renfield sentado em uma cadeira, no meio do quarto. Quando entrei disse imediatamente:

— Que me diz das almas?

Era evidente que minha ida foi uma decisão acertada. O inconsciente desempenhava seu trabalho até mesmo no caso dos lunáticos. Decidi acabar com aquele assunto:

— O que o senhor me diz delas?

Ele não respondeu de imediato. Olhou ao redor do quarto como se esperasse receber alguma inspiração para responder.

— Não quero almas! — disse em um tom fraco, quase como um pedido de desculpas. O assunto parecia ocupar sua mente e decidi me aproveitar disso... decidi ser cruel para ser bom, então disse:

— O senhor gosta da vida. Quer a vida?

— Ah, sim, isso é bom. O senhor não precisa se preocupar com isso.

— Mas — perguntei — como vamos obter a vida sem obter a alma ao mesmo tempo?

Ele pareceu surpreso, de forma que desenvolvi a ideia.

— O senhor passará um tempo de muita diversão ao sair daqui com as almas de todas as moscas, aranhas, pássaros e gatos, voando, se retorcendo e miando ao seu redor. O senhor lhes tirou a vida e deve saber o que fazer com todas as almas.

Algo pareceu afetar sua imaginação. Cobriu os ouvidos com os dedos e fechou os olhos, apertando-os com força, como faz uma criança quando os pais lavam seu rosto com sabão. Havia algo patético nele que me emocionou. Ele parecia apenas um menino, ainda que seu semblante denotasse o cansaço, e a barba sobre seu rosto fosse branca.

Era evidente que seu cérebro estava entrando em choque. Pensava que deveria entrar mais em sua mente e o primeiro passo seria ganhar, novamente, sua confiança.

Perguntei em voz alta, já que ainda estava com os ouvidos tampados:

— O senhor quer um pouco de açúcar para voltar a atrair suas moscas?

Pareceu despertar de repente e movimentou a cabeça. Com uma gargalhada disse:

— Não! As moscas são de pouca importância agora! — Fez uma ligeira pausa e acrescentou: — Mas, de qualquer modo, não quero as almas delas zunindo em meus ouvidos...

— E as aranhas?

— Não quero aranhas! Para que servem as aranhas? Não têm nada para comer ou... — Fez silêncio novamente como se lembrasse de um assunto proibido.

"Vamos, vamos!", disse para mim mesmo. É a segunda vez que para de falar de forma repentina, em especial como se fosse complementar com a palavra "beber". O que significa isso?

Renfield se deu conta de que tinha cometido um erro e se apressou em continuar, para desviar minha atenção:

— Não tenho nenhum interesse nesses animais. Já não têm importância. Superei todas essas bobagens. Seria o mesmo que pedir a um homem que comesse moléculas com palitos, ou tentasse me interessar por carnívoros, sabendo o que me espera.

— Compreendo — disse. — O senhor agora deseja grandes animais nos quais possa cravar os dentes, não é assim? Gostaria de um elefante para o café da manhã?

— O senhor está falando tolices ridículas!

Resolvi aprofundar ainda mais o assunto.

— Eu me pergunto com o que se parece a alma de um elefante.

Obtive o efeito que desejava. Ele voltou a descer de seu pedestal e se transformou em criança novamente.

— Não quero a alma de um elefante, não quero alma nenhuma.

Durante alguns momentos, permaneceu sentado, como se estivesse abatido. De repente se colocou de pé, com os olhos brilhando e todos os sinais de excitação cerebral.

— Vá para o inferno com suas almas! — gritou. — Por que me aborrece com suas almas? Pensa que não tenho o bastante com que me preocupar, sofrer e me distrair sem pensar em almas?

Estava tão hostil que acreditei que fosse tentar outro ataque homicida. Para evitar isso, usei meu apito. No entanto, no momento que fiz isso, se acalmou e me disse em tom de desculpas:

— Me perdoe, doutor, perdi o controle. O senhor não necessita chamar nenhuma ajuda. Estou tão preocupado que me irrito com facilidade. Se soubesse o problema que tenho que enfrentar e solucionar, teria pena de mim, teria mais tolerância e me perdoaria. Imploro-lhe que não me coloque em uma camisa de força. Desejo refletir e não posso fazê-lo enquanto estou com o corpo atado.

Estava claro que tinha autocontrole, de modo que quando chegaram os assistentes, pedi que se retirassem. Renfield os observou enquanto se afastavam. Quando fecharam a porta, me disse com uma considerável dignidade e doçura:

— Doutor Seward, o senhor tem tido muita consideração por mim. Estou muito agradecido.

Pensei ser o momento conveniente para deixá-lo sozinho.

Tenho muito que pensar sobre o estado desse homem. Vamos tentar pôr os pontos que contam a história dele em ordem: não deseja mencionar a palavra "beber". Teme sentir o peso da alma de algo. Não tem medo de pensar na vida e no futuro. Despreza todas as formas inferiores de vida, ainda que tema ser atormentado por suas almas.

Lógico que tudo isso significa algo! Tem a certeza de que chegará a adquirir uma certa forma de vida superior. Teme a consequência... o peso de uma alma. Contudo, é uma alma humana que está buscando! Deus piedoso! O Conde esteve com ele e preparou um novo horror.

Mais tarde

Fui ver Van Helsing depois de terminar minha ronda e lhe contei minhas suspeitas. Ele ficou sério e depois de refletir por um momento me pediu para ver Renfield.

Quando chegamos perto da porta do quarto, o ouvimos cantar com muita alegria, como fazia em tempos passados. Ao entrar, vimos que tinha espalhado o açúcar, como fazia antes, e as moscas começavam a voar pelo quarto. Tentamos falar com ele, mas se negou a prestar atenção. Continuou cantando, como se não estivéssemos ali. Havia conseguido um pedaço de papel e o estava dobrando no interior de um caderno de anotações. Não conseguimos nada dele. É realmente um caso curioso. Teremos que vigiá-lo esta noite.

Carta de Mitchell, Sons & Candy a Lorde Godalming

1 outubro

Sua senhoria,

Estamos sempre dispostos a satisfazer seus desejos. Atender ao pedido de sua senhoria, conforme nos expressou o senhor Harker, de obter mais informações sobre o número 347 de Piccadilly. Os vendedores originais são os herdeiros do falecido senhor Archibald Winter Suffield. O comprador é um nobre estrangeiro, o Conde de Ville, que efetuou pessoalmente a compra, pagando à vista o preço estipulado. Além disso, não sabemos mais nada.

Somos, senhor, os mais humildes servidores de sua senhoria,

Mitchel, Sons & Candy.

Do diário do doutor Seward

2 outubro

Coloquei um homem no corredor durante a última noite para me apresentar um relatório exato de todos os ruídos que ouvisse no quarto de Renfield. Também dei instruções para que, em caso de acontecer algo insólito, me chamasse imediatamente. Depois do jantar, ao nos reunirmos ao redor da lareira no escritório, depois que a senhora Harker havia se deitado, discutimos as tentativas e as descobertas que fizéramos naquele dia. Harker foi o único que obteve resultados e temos grandes esperanças de que os indícios que ele levantou possam ser de muita importância. Antes de me deitar, dei uma volta pelos quartos dos pacientes. Renfield estava dormindo profundamente e seu peito se elevava e descia em um movimento regular.

Esta manhã, o homem que permaneceu de serviço me comunicou que, depois da meia-noite, ele estava inquieto e recitou suas orações em voz alta. Perguntei se isso era tudo, e ele me respondeu que sim, não ouvira nada além disso. Havia algo em seu comportamento que era suspeito. Perguntei francamente se havia dormido em serviço. Ele negou, mas admitiu ter cochilado por um momento. É uma desgraça que não se possa confiar nos homens.

Hoje, Harker saiu para seguir sua pista. Art e Quincey foram buscar os cavalos. Godalming pensa que seria conveniente ter os cavalos sempre preparados, caso necessitemos sair às pressas. Devemos esterilizar toda a terra das caixas entre o amanhecer e o pôr do sol. Assim pegaremos o Conde em seu ponto fraco, e sem deixar um lugar onde possa se refugiar. Van Helsing foi ao Museu

Britânico estudar certas autoridades antigas na medicina. Os antigos médicos levavam em conta certas coisas que os seus seguidores não aceitaram. O professor está procurando antídotos contra demônios e feitiços que possam ser mais úteis daqui em diante. Às vezes penso que estamos todos loucos e que vamos recuperar a razão quando estivermos em camisas de força.

Mais tarde Nós nos reunimos outra vez. Parece que finalmente estamos na pista certa e que o trabalho de amanhã pode ser o princípio do fim. Pergunto-me se a calma de Renfield tem algo a ver com isso. Suas mudanças de humor se ajustaram tanto aos movimentos do Conde que a destruição iminente do monstro pode ter sido revelada a ele de forma sutil. Se tivéssemos alguma ideia do que acontece em sua mente, sobretudo entre o momento em que foi visto falando com o Conde até voltar a se dedicar às moscas, poderia considerá-lo como uma pista valiosa. Aparentemente ficaria tranquilo durante um tempo... Será? Este grito horrível parece vir de seu quarto, o assistente entrou correndo dizendo que de alguma forma Renfield sofrera um acidente e quando ele chegou ao quarto, encontrou-o no chão, todo coberto de sangue. Devo ir imediatamente...

21

CAPÍTULO 21

Do diário do doutor Seward

3 outubro

Vou contar exatamente o que aconteceu, tal como me lembro desde a última vez em que escrevi neste diário. Tenho que fazê-lo com calma, já que não devo deixar nenhum detalhe de fora.

Quando cheguei ao quarto de Renfield, o encontrei no chão no meio de uma poça de sangue. Tinha diversas feridas espalhadas pelo corpo, e o rosto estava muito machucado como se tivesse batido com ele no chão... olhando bem, foi das feridas do rosto que veio a poça de sangue. O assistente me disse enquanto virávamos o paciente:

— Penso, senhor, que danificou a coluna. Veja, os membros da parte direita do corpo estão paralisados, assim como esta parte do rosto.

Meu assistente parecia desconcertado, sem saber como aquilo aconteceu. Seu rosto estava muito franzido quando disse:

— Não faz nenhum sentido. O rosto poderia ter sido machucado batendo-o contra o chão. E poderia ter quebrado a coluna ao cair da cama, mas não as duas coisas. Veja, se quebrou a coluna, não poderia bater com rosto no chão. E se houvesse ferido o rosto antes de cair, haveria um rastro de sangue.

— Vá e peça ao doutor Van Helsing que venha imediatamente aqui.

Em poucos minutos o professor apareceu, ainda de pijama e pantufas. Quando viu Renfield no chão, olhou para mim. Creio que captou o que eu estava pensando, como se o visse refletido nos meus olhos, já que disse tranquilamente, de forma que o assistente ouvisse:

— Que triste acidente! Necessita de uma vigilância intensa e mais cuidados. Vou colocar uma roupa e já volto.

Renfield estava respirando de maneira irregular e era fácil perceber que sofrera algum terrível ferimento. Van Helsing regressou com extraordinária celeridade, trazendo uma maleta com os instrumentos cirúrgicos e me sussurrou:

— Mande o assistente sair. Temos que estar sozinhos com ele quando se recuperar da cirurgia.

— Creio que isto é tudo, Simmons — disse ao assistente. — Fizemos tudo o que poderíamos ter feito. Será melhor que se ocupe da ronda. O doutor Van Helsing vai operar o paciente. Se notar algo estranho, me comunique imediatamente.

O homem se retirou e nós examinamos o paciente de forma minuciosa. As feridas do rosto eram superficiais, a verdadeira causa do perigo era uma fratura no crânio, que se estendia sobre a região motora. O professor refletiu por um instante e disse:

— Devemos reduzir a pressão craniana. A rapidez com que o derrame se espalhou mostra a natureza terrível do dano. Toda a região motora parece ter sido afetada. Devemos liberar a pressão do crânio rapidamente, antes que seja tarde.

Enquanto falava, ouvimos umas batidinhas suaves na porta. Eram Arthur e Quincey que estavam no corredor, também de pijamas e pantufas. Arthur falou:

— Ouvi seu assistente chamar o doutor Van Helsing, mencionando um acidente, então acordei Quincey, ou melhor, o chamei, já que estava desperto. Podemos entrar?

Concordei e os fiz entrar. Quando Quincey viu o estado do paciente e notou a horrível poça de sangue, disse com pena:

— Deus santo! Mas o que lhe aconteceu? Pobre diabo!

Expliquei de forma sucinta e acrescentei que esperávamos que ele recuperasse a consciência depois da cirurgia... ao menos durante um breve período. Quincey se sentou na beirada da cama, com Godalming a seu lado, e esperamos pacientemente.

— Devemos esperar — disse Van Helsing — para determinar o melhor local para fazer a incisão para retirada do coágulo com a maior rapidez e eficiência possíveis.

Os minutos passaram com uma lentidão espantosa. Tinha um pressentimento terrível, e pelo semblante de Van Helsing compreendi que ele estava apreensivo com o que podia acontecer. A respiração do pobre homem ficou mais pesada e irregular. Parecia que a todo momento abriria os olhos e começaria a falar, mas então suspirava e se acalmava, caindo de novo em letargia. Ainda que estivesse acostumado aos doentes e moribundos, aquela expectativa estava ficando intolerável para mim. Quase podia ouvir com nitidez as batidas de meu coração.

Finalmente, o silêncio se tornou insuportável. Olhei para meus companheiros e vi em seus rostos avermelhados e na forma como franziam o cenho, que estavam sofrendo a mesma tortura que eu. Um nervosismo pairava sobre todos nós, como se sobre nossa cabeça fosse ressoar algum sino potente quando menos o esperássemos.

Chegou um momento em que era evidente que o paciente estava enfraquecendo muito rápido e poderia morrer a qualquer momento. Olhei para o professor e vi que seus olhos estavam fixos em mim. Seu rosto estava rígido quando falou:

— Não há tempo a perder. Suas palavras podem contribuir para salvar muitas vidas, estive pensando nisso enquanto esperávamos. É possível que haja uma alma que corra um perigo enorme! Devemos operar imediatamente, fazer a incisão acima do ouvido.

Sem acrescentar mais uma palavra, começou a cirurgia. Por um tempo, sua respiração continuou pesada, mas momentos depois, Renfield repentinamente abriu os olhos, que permaneceram fixos, com um olhar selvagem e impotente. Ficou assim por um minuto e, então, seu olhar se suavizou, mostrando uma alegre surpresa. De seus lábios, saiu um suspiro de alívio. Se moveu de forma convulsiva, e ao fazê-lo disse:

— Ficarei tranquilo, doutor. Peça-lhes para me tirarem a camisa de força. Tive um sonho terrível e fiquei tão fraco que não conseguia me mexer. O que aconteceu com o meu rosto? Estou com uma dor insuportável.

Tentou virar a cabeça, mas por causa do esforço seus olhos pareceram ficar vidrados outra vez e, suavemente, o fiz desistir de seu empenho.

Então Van Helsing disse em tom sério e tranquilo:

— Conte-me seu sonho, senhor Renfield.

Quando ouviu a voz do professor, seu rosto se iluminou, apesar dos hematomas e disse:

— É o senhor, doutor Van Helsing?! Fico muito feliz que esteja aqui. Dê-me um pouco de água, estou com a boca seca. Logo lhe contarei tudo. Sonhei...

Fez uma pausa e pareceu que iria desmaiar. Chamei Quincey rapidamente:

— O conhaque! Está no meu escritório! Vamos, depressa!

Saiu correndo para buscar e retornou com uma garrafa de conhaque e uma jarra de água. Umedecemos os lábios do paciente e ele recuperou a consciência. Entretanto, creio que seu pobre cérebro ferido continuou trabalhando enquanto estava desfalecido, pois ao voltar a si me olhou fixamente com uma terrível expressão que nunca poderei esquecer e me disse:

— Não devo tentar me enganar. Não foi um sonho, foi a terrível realidade.

Seus olhos percorreram o quarto e quando viu as duas figuras sentadas pacientemente na beira da cama, continuou dizendo:

— Se não tivesse certeza disso, teria sabido por causa deles... — Fechou os olhos por um instante, não por causa da dor ou do sonho, mas voluntariamente, como se estivesse reunindo todas as suas forças. Quando voltou a abri-los disse de forma apressada com o máximo de energia que conseguiu: — Rápido doutor, rápido! Estou morrendo! Sinto que tenho poucos minutos de vida e logo cairei morto ou algo pior. Por favor, dê-me um pouco mais de conhaque! Preciso lhe dizer algo antes de morrer, ou antes que meu cérebro entre em colapso. Obrigado! Aconteceu naquela noite depois que o senhor saiu daqui, quando lhe implorei para me deixar sair do hospício. Não podia falar, sentia como se minha língua estivesse atada. Sentia-me bastante sensato naquele momento, exceto por essa coisa de não poder falar. Depois que o senhor se foi, fiquei muito tempo em completo desespero, devem ter se passado muitas horas. Então, senti uma paz repentina. Meu cérebro parecia que começava a funcionar friamente e compreendi onde estava. Ouvi os cachorros latindo atrás da casa, mas não onde *ele* estava!

Enquanto o paciente falava, Van Helsing o olhava sem piscar. Pegou minha mão e a apertou com força. Todavia, não se traiu, concordou ligeiramente e disse em voz muito baixa:

— Continue.

Renfield continuou falando:

— Ele chegou até a janela no meio da névoa, como eu havia visto tantas outras vezes, mas então, de repente, se transformou em algo sólido, não em um fantasma, e seus olhos eram ferozes, como os de um homem furioso. Ele sorria com sua boca vermelha e os dentes brancos e pontiagudos brilhavam sob o resplandecer da lua. Ficou ali olhando na direção das árvores, onde os cachorros latiam. No começo não pedi que entrasse, ainda que o quisesse fazer. Como sempre quis. Começou a me prometer coisas, não com palavras, mas conjurando-as.

— Como?

— Fazendo com que as coisas acontecessem, do mesmo modo que me enviava as moscas fazendo-as brilhar sob o sol. Grandes e bem gordas, com aço e safira em suas asas. E enviava enormes mariposas, à noite, com caveiras e ossos cruzados.

Van Helsing sussurrou-me quase que inconscientemente:

— A *Acherontia Atropos* das Esfinges, que vocês chamam de "esfinge da morte", não é?

O paciente continuou falando sem pausa:

— Então, começou a sussurrar: "Ratos, ratos, ratos! Centos, milhares, milhões deles, e cachorros para comê-los e gatos! Todos são vida! Todos têm sangue vermelho com muitos anos de vida. Não apenas moscas zumbindo!" Ri dele porque desejava ver o que podia fazer. Então os cachorros latiram. Fez com que me aproximasse da janela. Fiquei em pé e olhei para fora. Ele levantou os braços como se chamasse alguém, sem pronunciar uma só palavra. Uma massa escura avançava sobre a relva, e quando fez sinal para que a névoa se dispersasse vieram milhões de ratos com olhinhos vermelhos como os dele. A um movimento de sua mão, os ratos, e ele parecia me dizer:

"Eu lhe darei todas essas vidas e muitas mais, e vidas mais importantes, através dos tempos no infinito, tudo isso se aceitar me adorar.

"E então uma nuvem avermelhada parecia nublar meus olhos e antes de ter consciência do que estava fazendo, abri a janela e disse: entre, amo e senhor! Todos os ratos já haviam partido e, apesar de ter aberto apenas parte da janela, ele se materializou dentro do quarto."

Sua voz ficou mais fraca, então lhe dei um pouco mais de conhaque e continuou falando, mas saltando pedaços da narrativa. Van Helsing fez um gesto para que não o interrompesse:

— Deixe-o, não o interrompa, talvez não consiga continuar por muito tempo, seu pensamento está perdendo a coerência.

Renfield continuou:

— Esperei o dia todo por notícias dele, mas não me enviou nada, nem uma mosca. Quando a lua apareceu, estava muito bravo com ele, que entrou pela janela, apesar de fechada, sem se dar o trabalho de chamar por mim. Enfureci-me ainda mais. Zombou de mim e seu rosto surgiu na neblina, enquanto seus olhos vermelhos brilhavam. Caminhou pelo quarto como se pertencesse a ele e eu não existisse. Não pude detê-lo. Creio que de algum modo a senhora Harker havia entrado no quarto.

Os dois homens sentados na cama se levantaram e se aproximaram por trás do paciente, de forma que ele não pudesse vê-los, mas de onde poderiam ouvir melhor o que dizia. Os dois estavam silenciosos, mas o professor se sobressaltou e estremeceu, seu rosto ficou rígido e sério.

Sem se dar conta da tensão que dominava o cômodo, Renfield continuou:

— Quando a senhora Harker veio me ver naquela tarde, não era a mesma, era como o chá quando colocamos mais água na chaleira. — Todos nós nos movemos, mas não pronunciamos uma palavra. — Não soube que estava aqui até que falou e não parecia ela mesma. Não me interesso pelas pessoas pálidas, me agradam quando têm muito sangue, e ela parecia ter perdido todo seu sangue. Neste momento, não pensei muito, mas quando saiu daqui refleti sobre o assunto e me enfureci ainda mais. Ele estava roubando a vida dela. Esta noite eu o esperava. Vi a neblina que penetrava pela janela e parti para cima dele. Ouvi dizer que os loucos têm uma força sobrenatural e, como todos sabem que estou louco, ou ao menos às vezes estou, resolvi usar meu poder. Ele sentiu o golpe. Teve que sair da névoa para lutar comigo. Eu o segurei fortemente e pensei que conseguiria vencê-lo. Não queria que ele continuasse roubando a vida da senhora. Então vi seus olhos. Aquele olhar me transpassou e minha força me abandonou. Ele se soltou, me levantou no ar e me deixou cair no chão. Havia uma nuvem vermelha na minha frente e ouvi o ruído de um trovão, em seguida, a névoa parecia escapar por debaixo da porta.

Sua voz ia enfraquecendo a cada palavra, e sua respiração ficava mais pesada. Van Helsing se levantou instintivamente e disse:

— Agora sabemos que o pior está aqui e descobrimos quais são seus objetivos. Pode não ser tarde demais. Temos que nos armar e não podemos perder nem um minuto.

Não foi necessário expressar nossos medos e nossas certezas... todos sentiam a mesma coisa. Apressamo-nos em arrumar nossas coisas. Quando nos reunimos no corredor, Van Helsing declarou:

— Até que esse assunto termine, não se separem mais dessas coisas, sejam prudentes, amigos. Não estamos enfrentando um inimigo comum. Nossa querida senhora Mina está sofrendo. Ah, que lástima!

Paramos um minuto diante da porta dos Harker, e Quincey perguntou:

— Devemos importuná-la?

— É necessário. Se a porta estiver trancada, forçaremos para entrar.

— Mas isso não irá assustá-la demais? Não é educado invadir o quarto de uma dama!

— O senhor tem razão — disse Van Helsing solenemente. — Mas se trata de uma questão de vida ou morte.

Arrombamos a porta e nos deparamos com uma cena que nos fez tremer de tanto horror. Senti um arrepio gélido percorrendo meu pescoço e meu coração quase parou de bater. A luz da lua iluminava todo o quarto de modo que era possível ver claramente. Jonathan Harker estava deitado na cama com a respiração pesada e o rosto vermelho, em estado catatônico. Ajoelhada sobre a beira da cama se distinguia a figura branca de sua esposa. Ao seu lado estava um homem alto e magro, vestido de preto. Mesmo com o rosto virado para o outro lado, assim que o vimos reconhecemos o Conde com todos os detalhes, inclusive a cicatriz em sua testa. Com sua mão esquerda segurava as mãos da senhora Harker, e sua mão direita empurrava sua cabeça pela nuca, forçando-a contra seu peito. A camisola da jovem estava manchada de sangue. Quando entramos no quarto, o Conde se virou para nós e em seu rosto apareceu a expressão diabólica que tantas vezes haviam descrito. Seus olhos brilharam vermelhos com uma fúria demoníaca, suas narinas se dilataram e tremeram de modo ligeiro, seus dentes pontiagudos estavam arreganhados como os de uma fera. Girou nos calcanhares deixando sua vítima cair sobre a cama e avançou sobre nós. Mas o professor se precipitou contra ele com a hóstia sagrada nas mãos. O Conde se deteve, de repente, do mesmo modo que a pobre Lucy fizera fora de seu mausoléu, e retrocedeu; enquanto avançamos com os crucifixos em riste contra ele. A luz da lua desapareceu quando, de repente, uma grande nuvem negra avançou no céu. Quincey acendeu a lamparina de gás, e vimos que um vapor desaparecia por debaixo da porta. Van Helsing, Art e eu corremos até a senhora Harker, que naquele momento havia recuperado o ar e soltara um grito tão agudo, penetrante e cheio de desespero, que acreditei que o poderia ouvir até os últimos instantes de minha própria vida.

Durante alguns segundos, permaneceu em sua postura vulnerável e cheia de desespero. Seu rosto estava fantasmagórico, com uma palidez acentuada pelo sangue que manchava suas bochechas e lábios. Seus olhos estavam arregalados de terror. Cobriu os olhos com as mãos, nas quais era possível ver o vergão deixado pelo aperto do Conde, e gemeu em completa desolação. Van Helsing cobriu a dama com o lençol, enquanto Art, olhando um instante seu rosto pálido, saiu do quarto. O professor veio até mim e sussurrou:

— Jonathan está em estupor como sabemos que só um vampiro provocaria. Não podemos fazer nada pela pobre senhora Harker, até que se acalme. Devemos despertar seu esposo.

Molhou uma toalha com água fria e começou a esfregar o rosto de Jonathan. Enquanto isso, sua esposa cobria o rosto com as mãos e soluçava de forma aterradora. Olhei pela janela e nesse momento vi que Quincey Morris se escondia atrás de um arbusto. Fiquei intrigado e não conseguia atinar qual o objetivo de tal ato. Neste momento, ouvi uma exclamação de Harker que recuperara a consciência. Em seu rosto havia uma expressão de horror. Ficou atordoado uns instantes, então começou a voltar a si por completo e se levantou. Sua esposa se endireitou ao vê-lo, e estendeu os braços para ele. No entanto, imediatamente os baixou, cobriu de novo o rosto, tremendo de forma convulsiva.

— Em nome de Deus! O que significa isso? — gritou Harker. — Doutor Seward, doutor Van Helsing, o que significa isso? Mina, querida, o que está acontecendo? O que significa esse sangue? Ele esteve aqui? Meu Deus, meu Deus! — Ajoelhou-se e unindo as mãos, clamava — Ajudem-na! Ajudem-nos!

Num movimento rápido, levantou-se e começou a vestir-se. Sentiu necessidade de agir imediatamente e disse sem fazer pausas:

— O que aconteceu? Me expliquem! Doutor Van Helsing, faça algo para salvá-la! Cuidem dela enquanto vou atrás dele.

Sua esposa percebeu o perigo que ele corria e esquecendo sua própria dor gritou:

— Não, não, Jonathan! Não me deixe sozinha! Já sofri muito esta noite! Não posso nem imaginar o que ele faria com você! Fique aqui comigo!

Tentamos acalmar os dois. O professor conservava o crucifixo de ouro nas mãos e disse com muita calma:

— Não tema, querida senhora. Estamos aqui, e enquanto este crucifixo estiver ao seu lado esse monstro não poderá se aproximar. Está a salvo esta noite. Devemos nos tranquilizar.

A senhora Harker teve um calafrio e ficou em silêncio, mantendo a cabeça apoiada no peito do marido. Quando levantou o rosto, viu que havia manchado a camisa de Jonathan com o sangue que ainda estava em seus lábios. Entrou em desespero:

— Estou contaminada! Não devo tocá-lo, nem beijá-lo. Ah! É possível que agora eu seja seu pior inimigo, e é a mim que deve temer.

Ao ouvir isso, Jonathan falou decidido:

— Nada disso, Mina! Não quero que diga algo semelhante nunca mais. Que Deus me castigue com um sofrimento ainda maior que este, se por qualquer atitude, ou palavra minha, nos afastemos.

Estendeu os braços e puxou-a contra seu peito. Durante uns instantes ela permaneceu abraçada a ele, soluçando. Jonathan nos olhou por cima da cabeça da esposa, seus olhos brilhavam e piscavam sem parar, enquanto suas narinas tremiam.

Quando a senhora Harker se acalmou, Jonathan veio até mim e me pediu que contasse tudo o que havia acontecido, com detalhes.

Expliquei-lhe tudo, e me escutou com uma calma forçada, mas sua aparência denotava o quanto estava furioso. Seus olhos ardiam quando mencionei como o Conde sujeitava sua esposa enquanto sugava seu pescoço. Quando terminei o relato, Quincey e Godalming bateram à porta. Entraram depois que demos permissão para isso. Van Helsing me olhou de maneira interrogativa. Entendi que queria aproveitar a chegada dos dois para distrair a atenção do casal. Então o professor perguntou a ambos, o que haviam feito.

— Não o encontrei em parte alguma da casa. No entanto...

Fez uma pausa para olhar a figura pálida da senhora Harker. Van Helsing pediu de forma severa:

— Continue, amigo Arthur. Não devemos ocultar nada mais. Nossa esperança reside no conhecimento de todos os fatos. Fale livremente!

— Ele esteve no escritório. Por poucos minutos, mas o suficiente para desarrumar tudo. Todos os manuscritos foram queimados — fez uma pausa. — Graças a Deus a cópia está no cofre. — Seu rosto se iluminou um instante, mas voltou a entristecer ao acrescentar: — Corri escada abaixo e nenhum sinal dele. Olhei no quarto de Renfield, mas não havia rastro dele, exceto... — Ficou em silêncio de novo. — Exceto que o pobre homem está morto.

A senhora Harker levantou a cabeça, nos olhou um por um, e disse solenemente:

— Que se faça a vontade de Deus!

Não pude deixar de pensar que Art nos escondia algo, mas como acreditava ser por um objetivo específico não disse nada. Van Helsing se virou para Morris e perguntou:

— E o senhor, amigo Quincey. Não tem nada para contar?

— Um pouco. É possível que seja algo importante, mas no momento não posso assegurar. Acreditava ser conveniente saber para onde o Conde iria. Não o vi, mas notei um morcego que alçava voo da janela de Renfield e se dirigia ao Oeste. Esperava vê-lo regressar a Carfax em alguma de suas formas, mas evidentemente foi para outro refúgio. Não voltará esta noite, já que o amanhecer está próximo. Devemos agir amanhã!

Pronunciou estas últimas palavras com os dentes cerrados. O silêncio reinou por alguns minutos, aumentando a tensão. Então Van Helsing, pousando a mão carinhosamente sobre a cabeça da senhora Harker, disse:

— Agora, querida senhora Harker, nos diga o que aconteceu, com exatidão. Deus sabe que não quero causar-lhe sofrimento de qualquer espécie, mas é preciso que saibamos todos os pormenores para fazer o trabalho com rapidez, eficiência e extrema urgência. Aproxima-se o dia em que tudo deve terminar.

A pobre senhora tremeu violentamente e vi como estava nervosa quando abraçou o esposo com mais força. De repente, levantou a cabeça com orgulho, estendeu a mão para o professor que, fazendo uma reverência, beijou-a com respeito. Jonathan segurava de maneira protetora a outra mão da esposa.

Depois de ordenar seus pensamentos, ela começou a falar:

— Tomei o remédio que o senhor me deu, mas demorou para fazer efeito. Eu me sentia cada vez mais acordada e uma infinidade de fantasmas começaram a povoar minha imaginação... Todos eles relacionados à morte e aos vampiros, ao sangue, à dor e ao desespero.

Jonathan grunhiu involuntariamente. Ela se virou para ele e disse:

— Não fique irritado, meu amor. Preciso da sua força para me ajudar a superar isso. Se soubesse o esforço tão grande que tenho que fazer apenas para falar deste assunto tão horrível, compreenderia o quanto preciso de sua ajuda. Bom, entendi que deveria ajudar o remédio a fazer efeito, então me esforcei para dormir. Tenho certeza de que dormi rapidamente, já que não me lembro de mais nada. Jonathan não me despertou ao entrar. Minha lembrança seguinte é com ele ao meu lado. A mesma névoa que havia visto antes estava entrando no quarto. Não me lembro se os senhores estão a par disto, de qualquer forma podem ler tudo em meu diário. O mesmo terror da outra vez se apoderou de mim e tive a mesma sensação de que havia outra pessoa no cômodo. Pensei em acordar Jonathan, mas percebi que dormia muito profundamente. Parecia que ele é que tomara o calmante. Tentei de todas as formas, mas não despertou. Isso me assustou muito e olhei ao redor aterrorizada. Então, meu coração deu um salto, ao lado da cama, como se tivesse aparecido do meio da névoa, ou melhor dizendo, como se a névoa tivesse se transformado nele, havia um homem alto, magro e vestido de preto. Eu o reconheci de imediato por causa da descrição que todos fizeram dele. O rosto branco como a cera, o nariz grande e pontudo, os lábios entreabertos, entre os quais apareciam os dentes brancos e afilados, e os olhos vermelhos, iguais aos que pensei ter visto no pôr do sol na igreja de Santa Maria em Whitby. Também dava para ver a cicatriz em sua testa, no ponto em que Jonathan lhe golpeara. Durante um momento, meu coração parou e quis gritar, mas estava paralisada. O monstro falou em um sussurro seco e cortante, apontando para Jonathan com um dedo:

"Silêncio! Se a senhora fizer apenas um ruído acabarei com ele."

Estava aterrorizada para poder dizer algo. Com seu sorriso irônico, colocou uma mão no meu ombro e me segurando com força afastou a roupa de meu pescoço, dizendo ao mesmo tempo:

"Primeiro um pequeno refresco, como pagamento de meus esforços. Será melhor que fique imóvel, não é a primeira vez, nem a segunda que suas veias saciam minha sede.

"Eu estava aturdida e, por mais estranho que possa parecer, não queria atrapalhar o plano dele. Suponho que isso faz parte de seu terrível poder quando toca em suas vítimas. Ah, meu Deus, meu Deus, tenha piedade de mim. Ele pressionou a boca nojenta em meu pescoço. Senti a força me abandonando e quase desmaiei. Não sei quanto tempo durou isso, mas me pareceu que havia passado bastante tempo até que retirasse a boca asquerosa, pútrida e suja de sangue fresco de cima de mim."

A lembrança pareceu ser maior que sua força, pois teria caído se não estivesse sendo amparada pelo marido. Fez um esforço enorme para continuar:

— Então ele zombou de mim dizendo:

"De que forma a senhora, assim como os demais, acharam que sua inteligência era páreo para mim! A senhora queria ajudar esses homens a acabar comigo! Agora sabe o que todos eles sabem em parte, ou saberão antes do que imaginam, o que significa cruzar meu caminho. Deviam poupar sua energia para cuidar de suas vidas antes de fazer planos para enfrentar-me. Arrá! Enfrentar a mim! Que dirigi nações e lutei por centenas de anos antes que eles nascessem. E a senhora, a amada de todos eles, e agora minha, é carne de minha carne, sangue do meu sangue, familiar de minha família, e logo mais, será minha companheira e minha ajudante. Mas agora devo castigá-la por aliar-se aos demais. De agora em diante acudirá ao meu chamado. Quando minha mente ordenar, cruzará terras e mares para satisfazer minha vontade. E para me assegurar disso, olhe o que faço!

"Então ele abriu a camisa, e com suas grandes unhas abriu uma veia em seu peito. Quando o sangue começou a brotar, pegou minhas mãos em uma das suas, as apertou com força, e com a outra mão agarrou meu pescoço e me obrigou a apoiar minha boca em sua ferida, de tal modo que ou me asfixiava ou era obrigada a tragar. Meu Deus, meu Deus! O que eu fiz para merecer um destino destes? Eu que tentei seguir o caminho da retidão por toda a vida? Tende piedade de mim, meu Deus! Baixa teu olhar sobre esta pobre alma que está sujeita a um perigo mais que mortal!"

Enquanto contava sua terrível história, o céu começou a se iluminar e todos os detalhes do quarto foram aparecendo com mais clareza. Harker permanecia imóvel e em silêncio, mas seu rosto, conforme o terrível relato avançava, ia se modificando de acordo com o resplandecer vermelho do amanhecer invadindo o quarto, sua pele parecia mais escura em contraste com seus cabelos, que estavam embranquecendo de forma gradativa.

Combinamos que um de nós deveria estar sempre por perto do casal, até que nos reuníssemos e planejar nossos próximos passos. Tenho certeza de que o sol não se elevará sobre nenhuma casa que esteja mais triste do que esta.

22

CAPÍTULO 22

Do diário de Jonathan Harker

3 outubro Tenho que fazer algo senão vou enlouquecer, por isso estou escrevendo. Agora são seis da manhã, e vamos nos reunir no escritório em meia hora para comermos algo antes de partir para a ação. Precisamos de forças para a árdua tarefa que se avizinha. Tenho que continuar escrevendo custe o que custar, pois todos os detalhes podem nos ajudar a superar este calvário. Devemos seguir tendo fé. Mina acabou de me dizer, com lágrimas correndo pelo rosto que é em momentos de adversidade que devemos demonstrar nossa fé, e que Deus nos ajudará até o fim. O fim! Meu Deus! Qual será o fim? Mãos à obra!

Quando o doutor Seward e o doutor Van Helsing voltaram do quarto do pobre Renfield, discutimos o que poderíamos fazer. Eles me contaram tudo o que aconteceu com aquele pobre coitado, e que novamente o assistente o encontrara jogado no chão, dessa vez, morto. Tinha o rosto todo lacerado e o nariz quebrado. Doutor Seward perguntou ao assistente se ouvira alguma coisa. Ele disse que estava sentado do lado de fora da porta, cochilando quando ouvira os gritos de Renfield, "Meu Deus! Meu Deus!", e em seguida uma forte pancada contra o chão. Van Helsing lhe perguntou se ouvira alguma outra voz além da do paciente, e o assistente titubeou. Dissera que não tinha certeza, no princípio pareciam duas, mas como certamente Renfield estava sozinho, havia se enganado. O doutor Seward, para evitar uma investigação, acredita que, baseado naquelas informações, poderia dar um atestado de óbito declarando que a causa da morte fora acidental, de uma queda de sua cama.

Discutimos sobre qual deveria ser nosso próximo passo e decidimos que, inicialmente, Mina deveria ficar a par de tudo o que acontecesse, por mais terrível que fosse. Ela concordou com essa medida, e era uma lástima vê-la tão corajosa e ao mesmo tempo tão cheia de dor e desespero.

— Não devem me ocultar nada! — disse. — Já me ocultaram coisas demais e não há mais nada neste mundo que possa me causar maior dor do que a que sofri.

— Mas querida senhora Mina, não está com medo? — perguntou Van Helsing.

O rosto de Mina se endureceu, mas seus olhos brilhavam como os de uma mártir ao responder:

— Não! Minha mente já se acostumou à ideia.

— Qual ideia? — perguntou Van Helsing suavemente, enquanto permanecíamos imóveis, pois imaginávamos, cada um à sua maneira, o que diria.

Sua resposta foi dada com toda simplicidade como se constatasse um fato:

— Se encontrar em mim (e vou me vigiar com todo cuidado) algum sinal de que eu possa causar dano a alguém a quem amo, devo morrer.

— A senhora tirará sua própria vida? — perguntou Van Helsing com voz rouca.

— Sim, eu o farei se não houver algum amigo que o faça por mim.

Mina olhou para o professor, muito séria, enquanto falava. Van Helsing, que estava sentado, logo se pôs de pé, se aproximou dela e, colocando suavemente a mão sobre a cabeça de nossa amada, declarou de forma solene:

— Minha amiga, há alguém que estaria disposto a tudo, se fosse para seu bem. Eu mesmo estaria disposto a responder por tal ato perante Deus, se a eutanásia para a senhora, fosse o melhor. Mas, querida senhora...

Durante um momento, ele pareceu ser vítima de um choque emocional e um enorme soluço foi abafado em sua garganta. Engoliu em seco e continuou:

— Aqui estão várias pessoas que ficariam entre a senhora e a morte. A senhora não deve morrer de maneira alguma e menos ainda por sua própria mão. Enquanto o morto-vivo, que intoxicou a doçura de sua vida, não estiver morto, a senhora também não deve morrer, porque se assim fosse, a morte apenas a transformaria em um ser exatamente igual a ele! Deve lutar para viver, já que a morte seria um horror indescritível. Deve lutar contra a morte, chegue ela em meio à alegria ou à tristeza, de dia ou de noite, a salvo ou em perigo. Pela salvação de sua alma, lhe imploro que não morra e nem sequer pense na morte, enquanto esse monstro não tenha deixado de existir.

Minha adorada esposa ficou ainda mais pálida e estremeceu de forma convulsiva. Ficamos todos em silêncio, não podíamos fazer nada. Finalmente, Mina se acalmou um pouco, e enquanto o doutor segurava sua mão, ela disse, com uma suavidade que contrastava com sua infinita tristeza:

— Prometo, meu amigo, que se Deus permitir que siga viva, me esforçarei para isso, até que por Sua vontade esse horror tenha acabado para mim.

Diante de tão corajosa atitude, todos nós nos sentimos fortalecidos a lutar por ela e começamos a deliberar sobre o que deveríamos fazer. Disse à Mina que deveríamos guardar todos os documentos, o fonógrafo e os cilindros no cofre, e que ela deveria continuar com o trabalho de manter tudo em ordem, como antes.

Vi que lhe agradava a perspectiva de ter o que fazer... isto é, se o verbo agradar, pode ser empregado neste caso horripilante.

Como de costume, Van Helsing se adiantara e estava fazendo os planos da empreitada:

— Foi providencial não termos tocado nas caixas de terra quando estivemos em Carfax. Se as tivéssemos tocado, o Conde poderia adivinhar nossas intenções e sem dúvida teria tomado precauções. No momento, ele não tem ideia de que podemos esterilizar todos os seus refúgios para que não possa voltar a usá-los. Avançamos em nosso conhecimento sobre a disposição dessas caixas e devemos seguir o rastro das últimas. Hoje o dia é nosso, e nele repousam nossas esperanças. O sol se eleva sobre nós, e, em meio à nossa tristeza, nos guia. Até a hora que se ponha o astro rei esta noite, o monstro deve conservar a forma que tem agora. Está confinado aos limites de seu invólucro terrestre. Não pode converter-se em névoa, não pode passar por frestas, por baixo da porta, nem desaparecer. Portanto, temos que encontrar hoje todos os seus refúgios e esterilizá-los. Então se ainda não o tivermos pegado, devemos fazê-lo cair em alguma armadilha. Em algum lugar no qual sua captura e aniquilação sejam certas, no tempo apropriado.

Neste momento, levantei-me ansioso, pois demorávamos a agir, e cada segundo era precioso para a segurança e a felicidade de minha amada Mina. Mas o professor ergueu a mão para me deter:

— Não, amigo Jonathan, neste caso o caminho mais rápido para chegar à casa é o mais longo, como vocês dizem. Teremos que agir com uma rapidez desesperadora quando chegar o momento. Creio que a chave de tudo está na casa de Piccadilly. O Conde deve ter adquirido vários imóveis. Devemos conseguir todas as escrituras, as chaves e outras coisas. Ele deve ter um caderno para anotar suas coisas e um talão de cheques. Deve haver muita coisa em alguma parte, e que melhor lugar do que esse, de onde ele pode sair e entrar sem ser visto pela frente ou pelos fundos, em meio ao intenso tráfego, sem ninguém reparar nele? Devemos investigar esta casa, e quando descobrirmos o que tem lá, caçaremos nosso inimigo.

— Então vamos imediatamente — gritei. — Estamos perdendo um tempo precioso!

O professor não se moveu e se limitou a dizer:

— E como vamos entrar na casa?

— Invadindo, se for necessário.

— E a polícia, o que dirá sobre isso?

Estava desesperado, mas sabia que se ele esperava tinha uma boa razão para isso.

— Não espere mais do que o estritamente necessário — pedi. — Tenho certeza de que compreende o tamanho da tortura à qual estou sendo submetido.

— Tenha certeza disso, meu amigo — respondeu. — E, acredite, não tenho nenhuma intenção de acrescentar ainda mais sofrimento ao que já está suportando. Mas temos que pensar antes de agir. Chegará o momento oportuno para entrar em ação. Refleti bastante, e parece-me que o modo mais simples é o melhor. Queremos entrar na casa, mas não temos chave, não é assim?

Concordei. Ele continuou:

— Suponhamos que o senhor fosse o dono da casa e tivesse perdido a chave, o que faria?

— Chamaria um chaveiro.

— Mas a polícia poderia intervir, não é?

— Não, se soubesse que o chaveiro estava trabalhando para o dono da casa.

— Então, amigo Jonathan! O senhor pode tentar abrir todas as casas de Londres ou em qualquer cidade do mundo sem ter problemas com a polícia se agir com serenidade. Não devemos ir muito cedo para que não recaia suspeita sobre nós. Ao contrário. Devemos ir depois das dez da manhã, quando muitos agentes estão circulando e nos comportaremos como se fôssemos realmente os proprietários.

Ele tinha razão, e até o terrível desespero desenhado no rosto de Mina se suavizou um pouco, graças à esperança que encontrou nas palavras de Van Helsing, que continuou:

— Uma vez dentro da casa, poderemos encontrar mais indícios. De todo modo, um de nós deve permanecer lá enquanto os outros irão a outros lugares para procurarem pelas caixas que faltam.

Arthur sugeriu usar os cavalos para nos ajudar na empreitada, já Quincey disse que cavalos chamariam muito a atenção, e o ideal seriam carros de aluguel.

— O amigo Quincey tem razão, sua cabeça pensa sempre um passo à frente. Nosso trabalho é delicado e não é conveniente que ninguém repare em nós — disse Van Helsing.

Mina se interessava cada vez mais pelos detalhes e me alegrava que ela estivesse envolvida, já que parecia ter esquecido o acontecido da noite anterior. Mas ainda estava pálida... quase espectral e tão magra que seus lábios estavam repuxados, fazendo com que seus dentes saltassem para fora. Não disse nada para não a assustar, mas meu sangue gelava ao pensar no que acontecera com a pobre senhorita Lucy. Ainda não havia sinal de que os dentes começavam a afilar, mas não se passara tanto tempo assim...

Quando chegamos ao debate sobre o que fazer em seguida e como disporíamos nossas forças, não houve consenso, mas finalmente concordamos que, antes de ir à Piccadilly, tínhamos que destruir o refúgio do Conde perto do hospício. No caso do Conde se dar conta cedo demais do que estávamos fazendo, deveríamos estar adiantados em nosso trabalho de destruição. Devíamos aproveitar o momento de maior fragilidade, quando está em sua forma natural, para conseguir mais pistas úteis.

O professor sugeriu que depois de nossa visita a Carfax deveríamos todos ir à casa de Piccadilly. Os doutores e eu ficaríamos ali, enquanto Quincey e Art procurariam os refúgios de Walworth e Mile End, e os destruiriam. Era possível, ainda que não provável, que o Conde aparecesse em Piccadilly durante o dia. Neste caso, estaríamos preparados para acabar com ele ali mesmo. Eu queria ficar cuidando de Mina, mas ela não quis nem pensar nessa possibilidade. Disse que poderia aparecer alguma situação legal na qual eu poderia ser útil. Que entre os documentos do Conde poderia haver algum indício que apenas eu conseguisse interpretar devido à minha estadia na Transilvânia; e que, de toda forma, deveríamos concentrar todos os esforços em eliminar aquele monstro.

Cedi tão logo ela me garantiu que não tinha medo e que assim seria melhor. Estava cada vez mais impaciente e gritei:

— Vamos logo, pelo amor de Deus! Estamos perdendo tempo! O Conde pode chegar em Piccadilly antes do que pensamos!

— De maneira alguma — disse Van Helsing levantando a mão.

— Por que não? — perguntei.

— O senhor esquece que ontem à noite ele se refestelou em um banquete e que agora dormirá até bem tarde? — disse com um sorriso.

— Não, não esqueci! Poderei esquecer algum dia? Algum dia poderia apagar isso da minha mente?

Mina fez um esforço enorme para não perder o controle, mas a dor a venceu e cobriu o rosto com as mãos, gemendo. Van Helsing não teve a intenção de lembrá-la dessa terrível experiência. Simplesmente esquecera a presença dela ali. Quando compreendeu o que havia feito, horrorizou-se por sua falta de tato e tratou de consolar minha esposa.

— Ah, minha senhora! — exclamou. — Sinto muito que eu, que a respeito tanto, tenha dito algo tão desagradável! Meus estúpidos e velhos lábios e minha cabeça inútil não merecem seu perdão. Mas esquecerá, não é?

O professor se inclinou junto a ela enquanto falava. Mina pegou uma de suas mãos e através de um rio de lágrimas lhe disse com a voz entrecortada:

— Não, não devo esquecer, porque é justo que lembre. Além disso, no meio de todos esses acontecimentos, há muitas coisas suas que são doces, devo lembrar-me de tudo. Agora devem partir. O café da manhã está servido, devemos comer para termos forças.

Tomamos café e nos preparamos para sair. Van Helsing se certificou:

— Chegou a hora, amigos! Vamos seguir para nossa empreitada terrível. Todos estão com suas armas e instrumentos, para enfrentar os ataques humanos e espirituais? — Assentimos, e ele acrescentou, dirigindo-se a Mina: — Muito bem. A senhora está a salvo até o pôr do sol, e voltarei antes desta hora... Sim... voltaremos todos. Mas antes de partir quero que a senhora esteja armada contra os ataques pessoais. Eu mesmo preparei seu quarto, colocando coisas que impedem esse monstro de entrar. Agora deixe que lhe ensine como se proteger. Na sua testa, colocaremos um pedaço da hóstia sagrada, em nome do pai, do filho e do...

Um grito de terror quase congelou o sangue em nossas veias. Quando o professor colocou a hóstia sobre a testa de Mina, esta a transpassou... queimando a testa de minha esposa como se fosse um metal em brasa. Minha pobre Mina compreendeu imediatamente o significado daquele ato ao mesmo tempo que seu sistema nervoso recebia a dor física, e esses dois sentimentos a oprimiram de tal forma que foram externados naquele terrível grito.

Ela ainda gritava quando reagiu. Caiu de joelhos, seus cabelos jogados no rosto, como que para cobrir a ferida e exclamou:

— Imunda! Imunda! Inclusive o Todo-poderoso castiga minha carne corrompida! Carregarei essa marca da vergonha diante de Deus, no dia do juízo final!

Todos ficamos em silêncio. Eu me lancei ao seu lado, me sentindo impotente, e a rodeando com meus braços, mantive-a apertada contra meu peito. Durante uns minutos, nosso coração angustiado bateu em uníssono, enquanto os amigos se viravam para o outro lado com os olhos cheios de lágrimas. Van Helsing disse com seriedade em tom grave que não pude evitar pensar que estava sendo inspirado por algo e não falando por si mesmo:

— É possível que a senhora tenha que carregar essa marca até o dia do juízo final. Mas, minha senhora, desejo que todos nós, os que a amamos, possamos estar presentes quando essa cicatriz vermelha desaparecer, deixando sua testa tão limpa e pura como o coração que todos nós conhecemos! Estou seguro de que essa cicatriz desaparecerá, assim como de que estou vivo, assim que Deus tire esse peso de nossos ombros. Até então, levaremos nossa cruz como o fez Seu filho, obedecendo à Sua vontade. É possível que sejamos instrumentos escolhidos por Ele, que estejamos trabalhando sob Suas ordens, entre estigmas e vergonhas, lágrimas e sangue, entre dúvidas e temores.

Havia esperança e consolo em suas palavras, e tais encorajamentos eram um convite à resignação. Mina e eu compreendemos assim e pegamos, ao mesmo tempo, cada um uma mão do ancião e a beijamos humildemente. Então, sem pronunciar uma palavra, todos nos ajoelhamos, juramos ser sinceros uns com os outros, e pedimos ajuda para a terrível tarefa que nos esperava. Fizemos um esforço para amenizar o véu de tristeza que se abatia sobre Mina, afinal, cada um à sua maneira, todos a amávamos.

Chegou a hora de partir. Nós nos despedimos de Mina de maneira tal que não pudéssemos esquecê-la até o fim de nossos dias. Havia algo para o qual deveríamos estar preparados. Se descobríssemos que Mina estava se transformando em uma vampira, então, não deveríamos deixá-la ir sozinha para aquela terra terrível e desconhecida. Suponho que era assim que acontecia na antiguidade, um vampiro se convertia em muitos.

Entramos em Carfax sem dificuldade e encontramos tudo exatamente igual como da primeira vez em que estivemos lá. Era difícil acreditar que naquele ambiente de pó e decadência houvesse uma base para o horror que já conhecíamos. Se nossa mente não estivesse preparada, se não tivéssemos terríveis lembranças, não creio que levaríamos a cabo nosso objetivo. Não encontramos documentos na casa, nem nada que nos ajudasse, tampouco na capela. As grandes caixas pareciam estar exatamente do mesmo jeito que as deixamos.

— Agora, meus amigos — disse Van Helsing, solene, enquanto observávamos as caixas —, temos um dever a cumprir. Devemos esterilizar esta terra, tão cheia de sagradas relíquias, vindas de lugares tão distantes. Ele escolheu esta terra por ser bendita, então vamos usar de suas mesmas armas. Vamos santificá-la ainda mais. Foi santificada para o uso do homem e agora será santificada para o uso de Deus.

Enquanto falava, começou a abrir as caixas. A terra tinha um cheiro desagradável devido ao tempo que estava ali fechada, mas isso não nos importou. Tirou do bolso um pedaço de hóstia sagrada e o colocou com uma reverência sobre a terra, tapando cada caixa logo em seguida.

Ao terminar, deixamos tudo exatamente como estava, fechamos a porta da casa, e o professor disse:

— Este trabalho terminou. É possível que tenhamos o mesmo êxito nos outros lugares; e assim, no pôr do sol de hoje, a testa da senhora Mina estará branca como o marfim, e sem o estigma.

Ao passar pelo caminho que dava para a estação de trem, olhei ansiosamente pela janela de nosso quarto no hospício e vi Mina. Acenei e fiz gestos para que compreendesse que nosso trabalho ali terminara bem. Ela fez um sinal de que compreendera. A última coisa que vi foi ela me acenando.

Chegamos à estação, cheios de tristeza. Escrevo tudo isso no trem a caminho de Piccadilly. Pouco antes de chegarmos, Lorde Godalming me disse:

— Quincey e eu vamos procurar um chaveiro. Será melhor que não venha conosco. Pode aparecer alguma dificuldade e não seria ruim para nossa imagem sermos pegos invadindo uma casa qualquer, mas para o senhor, como advogado...

Protestei, não desejava deixar de compartilhar qualquer perigo que fosse com eles, mas continuou dizendo:

— Além disso, atrairemos menos atenção se estivermos em menor número. Meu título me ajudará muito para contratar o chaveiro e para que nos entendamos com qualquer agente da lei que possa cruzar nosso caminho. Será melhor que o senhor vá com John e o professor, e fiquem em Green Park, em algum lugar de onde possam ver a casa. Assim, quando avistarem a porta aberta, retornem.

— O conselho é bom — disse Van Helsing.

Não discutimos mais o assunto. Meu coração se acelerou ao ver a casa na qual todas as nossas esperanças estavam depositadas. Ela se destacava, sombria e com as marcas de abandono, entre as construções alegres e cheias de vida da vizinhança. Sentamos em um banco cuja vista era favorável e fumamos um cigarro, agindo normalmente de forma a não atrair atenção. Os minutos pareceram eternos. Por fim, vimos um carro que parava perto da casa. Dele, saíram, bem tranquilos, Lorde Godalming, Morris e um homem rechonchudo vestido com roupas de trabalho, que carregava uma caixa com as ferramentas necessárias para o que tinha que fazer. Morris pagou o cocheiro e Lorde Godalming disse ao chaveiro o que deveria fazer. O homem tirou a jaqueta e, antes de iniciar o serviço, falou com um policial que se aproximara deles. O agente fez um sinal de concordância e o homem se ajoelhou colocando a caixa de ferramentas ao seu lado.

Conseguiram abrir a porta e entraram. Nós esperamos por mais um tempo. Meu cigarro se consumia rapidamente enquanto o de Van Helsing quase se apagava. Esperamos, tranquilos, até que o chaveiro saísse da casa. Tudo foi feito com muita discrição. E foi só quando perdemos o homem de vista que atravessamos a rua e batemos à porta, que foi aberta de imediato por Quincey.

— Este lugar tem um cheiro extremamente desagradável — comentou Art quando entramos.

Na verdade, a atmosfera ali era tão desagradável e pútrida quanto na velha capela de Carfax. Não tivemos dificuldade em compreender que o Conde esteve usando aquela casa. Começamos a explorá-la. Permanecemos juntos, nos precavendo de algum ataque, já que sabíamos que nosso inimigo era forte, cruel e impiedoso. Ainda não sabíamos se ele estava ou não no local. Na sala de jantar, atrás do vestíbulo, encontramos oito caixas de terra. Oito das nove que estávamos procurando! Nosso trabalho não havia terminado e poderia ser perdido se não encontrássemos a última caixa.

Primeiro, abrimos as janelas que davam para um pátio cercado com um muro de pedras. Nos fundos, havia algo que parecia uma pequena casinha, sem janelas, de forma que não ficamos com medo de que nos vissem. Não perdemos tempo e abrimos as caixas. Fizemos exatamente o mesmo que havíamos feito com as que estavam na velha capela. Era evidente que o Conde não estava em casa. Demos uma busca em todo o imóvel. Depois de examinar rapidamente todos os cômodos, chegamos à conclusão de que os pertences do Conde estavam na sala de jantar, e começamos a examinar tudo com muito cuidado. Estavam em uma espécie de bagunça organizada no centro da grande mesa. Havia títulos de propriedade da casa em Piccadilly, escrituras das casas de Mile End e Bermondsey, papel para escrever, envelopes, penas e tinta. Tudo estava envolto em papel fino para ser preservado do pó. Havia também uma escova para roupa, uma escova de cabelo, um pente e uma bacia… que continha água suja, avermelhada, como se tivesse sangue. E por fim, um chaveiro com chaves de todos os tamanhos e formas, provavelmente das outras casas. Quando estávamos examinando aquele último achado, Quincey Morris e Lorde Godalming tomaram nota de todos os endereços dos imóveis, pegaram as chaves e saíram para destruir as caixas que estavam naqueles lugares. O resto de nós esperamos, com toda a paciência possível, a volta deles, ou a chegada do Conde.

23

CAPÍTULO 23

Do diário do doutor Seward

3 outubro O tempo parecia não passar. Enquanto esperávamos, o professor tentava nos distrair. Ele pretendia, antes de qualquer coisa, aliviar a dor de Harker. O pobre homem estava afundado na tristeza. Parece ter envelhecido cem anos nesta última noite, mas sua energia permanece intacta, de fato é como uma chama viva. Pobre homem! Eu pensava em meu próprio desespero. Meus problemas eram suficientemente graves, mas nada comparados a... isto! E o professor tentava mantê-lo ativo. O que dizia era muito interessante, estas foram suas palavras:

— Tenho estudado de maneira sistemática todos os documentos relativos a esse monstro, e quanto mais os examino maior me parece a necessidade de apagá-lo de vez da face da Terra. Em todos esses documentos, há sinais de seu progresso, não só de seu poder, mas também de seu conhecimento sobre ele. Como soube pelas investigações de meu amigo Arminius, de Budapeste, ele era em vida um homem extraordinário. Soldado, estadista e alquimista, cujos conhecimentos se encontravam entre os mais desenvolvidos de sua época. Tinha uma mente poderosa, conhecimentos incomparáveis e um coração que não conhecia o temor nem o arrependimento. Assistiu, inclusive, a algumas aulas de Escolomancia, e não há nem sequer um ramo do saber em seu tempo que lhe tenha escapado. Nele, os poderes mentais sobreviveram à morte física, ainda que sua memória não alcance se recordar de tudo. A respeito de algumas faculdades mentais, ainda é como uma criança, mas está crescendo. Certas coisas que eram infantis no começo agora já não o são. Está experimentando, e o está fazendo muito bem. Se não tivéssemos cruzado seu caminho, ele seria o responsável por estabelecer uma nova ordem mundial, como perpetuador de seres malignos, construindo-a por meio dos trajetos da morte e não dos da vida.

Harker perguntou como ele conseguia desenvolver as habilidades, e o professor disse:

— Desde sua chegada, tem ensaiado seus poderes sem cessar. Lentamente e de forma segura, seu grande cérebro infantil está trabalhando. Deseja triunfar, e um homem que tem vários séculos de existência pode se dar ao luxo de esperar o momento certo para agir. "Devagar e sempre", pode muito bem ser o seu lema.

— Não o compreendo, seja mais explícito, por favor — pediu Harker. — É possível que o sofrimento e as preocupações estejam obscurecendo meu entendimento.

O professor pousou uma mão sobre seu ombro e esclareceu:

— Muito bem, meu amigo, vou ser mais explícito. O senhor não percebeu como ultimamente esse monstro vem adquirindo conhecimentos de maneira experimental? Usou o paciente zoófago para entrar na instituição do amigo John. O vampiro só pode entrar em qualquer lugar se um de seus moradores assim o permitir. Não vimos que no começo todas essas caixas pesadas de terra foram carregadas por terceiros? Mas logo percebeu que poderia fazer aquilo sozinho. E, assim, quando seu cérebro infantil entendeu isso, passou a esconder as caixas em lugares que apenas ele conhece. É possível que tenha pensado em enterrar as caixas profundamente, de tal forma que as usasse somente à noite, ou nos momentos em que pudesse mudar de forma. Ninguém saberia onde eram seus esconderijos. Mas não se desesperem, meus amigos; adquiriu esse conhecimento muito tarde. Todos os esconderijos, exceto um, devem ter sido esterilizados e tudo estará terminado antes do pôr do sol.

Enquanto falávamos, alguém bateu à porta principal, e todos se surpreenderam. Saímos para o vestíbulo ao mesmo tempo, e Van Helsing, levantando uma mão para que fizéssemos silêncio, se dirigiu até a porta e a abriu. Um jovem lhe entregou um telegrama que dizia:

> *"Cuidado com D. Acaba de sair apressadamente de Carfax, às 12h45 da tarde, e se dirigiu rapidamente para o Sul. Parece que está fazendo uma ronda, e é possível que vá ao encontro de vocês. Mina."*

Depois de um minuto de silêncio, Jonathan falou:

— Graças a Deus, logo nos encontraremos!

Van Helsing se virou para ele de modo brusco e disse:

— Deus agirá do Seu modo e no momento que achar conveniente. Não tema, nem se alegre ainda, pois o que desejamos neste momento pode significar nossa destruição.

— Nada me preocupa agora — disse exacerbado —, a não ser apagar essa besta da face da Terra. Seria capaz de vender minha alma para isso!

— Não diga isso, senhor! — falou Van Helsing. — Deus, em toda a sua sabedoria, não compra almas. E o diabo, ainda que as possa comprar, não cumpre sua palavra. Mas Deus é misericordioso e justo, Ele conhece sua dor e sua devoção à senhora Mina, sua esposa. Não tenhamos medo, o dia terminará bem. Calma, está chegando o momento de entrar em ação, hoje esse vampiro se encontra limitado pelos poderes humanos e, até o pôr do sol, nada mudará. O que devemos esperar agora é que Quincey e Lorde Godalming cheguem antes dele.

Aproximadamente meia hora depois da chegada do telegrama, ouvimos outra batida à porta. Todos nos armamos e nos preparamos... mas nosso coração se encheu de alegria, que deve ter se refletido em nosso rosto, quando vimos que eram nossos dois amigos que chegavam.

— Está feito. Encontramos as duas casas. Encontramos seis caixas em cada uma e destruímos todas — disse Quincey.

— Destruíram as caixas? — confirmou o professor.

— Nós as destruímos para o prazer dele — disse Godalming.

Ficamos em silêncio um instante, que foi quebrado por Quincey.

— Se ele não chegar até as cinco, teremos que ir. Não podemos deixar a senhora Harker sozinha depois do pôr do sol.

— Não demorará muito para chegar agora — disse Van Helsing consultando seu caderno de anotações. — O telegrama da senhora Harker dizia que havia saído de Carfax em direção ao Sul, o que significa que teria que cruzar o rio, e somente poderia fazê-lo com a maré baixa, ou seja, pouco antes de uma. O fato de ter ido para o Sul tem certo significado para nós. Ele foi de Carfax para o lugar onde menos suspeita poder encontrar algum obstáculo. Como não chegou aqui ainda significa que foi primeiro a Mile End. Mas agora acreditem, amigos, não teremos que esperar muito tempo. Temos que estar preparados com um plano de ataque para não perdermos nenhuma oportunidade. Preparem as armas! Mantenham-se alerta! — E fez um gesto, nos advertindo, pois ouvimos claramente o barulho de uma chave girando suavemente na fechadura.

Em todas as nossas aventuras pelo mundo, Quincey Morris era quem criava os planos de ação. Art e eu nos acostumamos a obedecer de maneira implícita. Agora o velho costume parecia voltar de maneira instintiva. Dando uma olhada rápida no cômodo, estabeleceu imediatamente o que faríamos. Sem pronunciar uma palavra, apenas gesticulando, nos colocou em nossos postos. Van

Helsing, Harker e eu ficaríamos atrás da porta. Godalming e Quincey ficariam escondidos perto das janelas.

Esperamos impacientemente, os minutos se arrastavam como em um pesadelo. De repente, passos lentos e cuidadosos atravessaram o vestíbulo... O Conde estava preparado para uma surpresa ou, ao menos, a temia. Com um enorme salto, penetrou no cômodo passando por nós antes que pudéssemos fazer qualquer coisa para impedi-lo. Havia algo tão felino no movimento, tão inumano, que nos despertou do choque que sua chegada produzira.

O primeiro a entrar em ação foi Harker, que com um rápido movimento se colocou diante da porta que dava para o cômodo da frente da casa. Quando o Conde nos viu, uma espécie de careta zombeteira apareceu em seu rosto, mostrando seus grandes e pontiagudos caninos, mas seu sorriso se desvaneceu de forma ligeira, sendo substituído por uma expressão de profundo desprezo. Avançamos contra ele. Não tínhamos um plano de ataque eficaz, e eu não estava convencido de que nossas armas nos protegeriam. Evidentemente, Harker estava disposto a tentar, pois preparou sua faca *kukri* e fez um corte profundo no Conde, rasgando-lhe o casaco, do qual caíram inúmeras moedas de ouro e comprovantes bancários. Mas o monstro se moveu a uma velocidade espantosa. Caso contrário, a faca o teria atingido no coração.

A expressão no rosto do Conde era tão diabólica que por um momento temi por Harker. Ele estava disposto a dar outra facada em Drácula. Avancei instintivamente, com um impulso protetor, mantendo o crucifixo e a hóstia sagrada na mão esquerda. Senti que um grande poder corria por meu braço e não me surpreendi ao ver que o monstro recuava diante daquilo. Todos fizeram o mesmo que eu, e seria impossível descrever a expressão de ódio, ira e fúria infernais que apareceu no rosto do Conde. Sua pele de tom azulado, passou a um verde amarelado, em contraste com seus olhos vermelhos e ardentes. A cicatriz que tinha na testa parecia uma ferida aberta e palpitante. Antes de Harker conseguir desferir outro golpe, ele passou por baixo de seu braço, apanhou um pouco das moedas que caíram de seu bolso durante a investida, e se jogou contra uma das janelas. Em meio ao barulho dos cacos quebrados, ouvi o ruído que faziam vários soberanos ao caírem no asfalto. Corremos para a janela e ainda vimos o Conde se levantar ileso. Cruzou o pátio e foi na direção dos estábulos. Uma vez ali, nos olhou e disse:

— Os senhores acreditam mesmo que podem me confundir... com seus rostos temerosos, como as ovelhas no matadouro. Agora todos sentirão minha ira. Acreditam ter me deixado sem lugar para repousar, mas tenho outros refúgios. Minha vingança começa agora! Ando pela Terra por séculos, e o tempo me favorece. Todas as mulheres que amam são minhas; e por meio delas, os senhores e tantos outros me pertencerão também... serão minhas criaturas, e farão o que eu ordenar.

Ele deu uma gargalhada cheia de desprezo, e ouvimos um abrir e fechar de portas. Van Helsing admitiu que seria difícil persegui-lo agora e disse:

— Aprendemos muito com essa cena... Apesar de suas fanfarronices, tem medo de nós. Teme o tempo e as necessidades. Se não fosse assim, por que se apressaria tanto? Seu tom o traiu, ou meus ouvidos me enganaram. Por que levou esse dinheiro? Temos que nos assegurar de que não possa usar nada deste lugar caso retorne.

Ao falar, colocou no bolso o resto do dinheiro, guardou as escrituras das casas e jogou todo o resto na lareira, acendendo-a em seguida.

Godalming e Quincey saíram para o pátio, e Harker havia saído pela janela para seguir o Conde. No entanto, Drácula havia trancado muito bem a porta do estábulo, e quando conseguiram abri-la não encontraram o rastro do vampiro.

Era bem tarde, não havia mais nada a fazer, faltava pouco tempo para o pôr do sol. Decidimos voltar e cuidar da senhora Harker. Van Helsing disse:

— Vamos, não devemos deixar a senhora Mina sozinha, temos que protegê-la. Mas não nos desesperemos, só restou uma caixa de terra e nós vamos encontrá-la.

Compreendi que ele estava falando com firmeza para consolar Harker. O pobre estava completamente abatido e não conseguia evitar um gemido ou outro. Estava pensando na esposa.

Regressamos cheios de tristeza. A senhora Harker nos esperava com bom humor, mas quando viu nosso rosto, ficou pálida, igual a um cadáver. Durante um ou dois segundos, permaneceu com os olhos fechados, como se estivesse orando em segredo, e depois disse amavelmente:

— Nunca poderei agradecê-los pelo que fazem por mim. Meu pobre esposo — enquanto falava, segurou o rosto do marido, emoldurado pelos cabelos grisalhos, e o beijou —, apoie sua pobre cabeça aqui e descansa. Tudo ficará bem agora, querido. Deus nos protegerá, se assim desejar.

O pobre homem gemeu. Não havia lugar para palavras no meio de sua sublime tristeza. Jantamos juntos, sem apetite, mas isso nos deu um novo ânimo.

Como não havíamos nos alimentado desde o café da manhã, a comida pareceu nos ter devolvido a esperança de certa maneira. Ou talvez fora efeito da camaradagem que reinava entre nós e nos consolava um pouco. Cumprindo com a promessa feita, relatamos à senhora Harker tudo o que aconteceu em Piccadilly. Ainda que demonstrasse apreensão, nos momentos em que ouvira como seu esposo correra perigo, escutou tudo com coragem e calma. Quando contamos como o marido partiu para cima do Conde, ela agarrou o braço de Harker e assim ficou, tensa. Contudo, não disse nada até que terminássemos. Neste momento, ela se levantou para falar.

Não tenho palavras para ilustrar a cena. Aquela extraordinária mulher, doce, boa, com toda a radiante beleza de sua juventude e animação; com a cicatriz vermelha na testa, da qual tinha consciência; aquela mulher que víamos apertando os dentes ao se lembrar de onde, quando e como tudo aconteceu; sua adorável amabilidade que contrastava com nosso ódio sinistro; e sua fé, contra todos os nossos medos e dúvidas.

— Jonathan — disse, e a palavra parecia sair de uma música, pelo grande amor e ternura que colocou nela. — Meu querido Jonathan, meus queridos amigos, quero que levem em conta algo terrível. Sei que precisam lutar... que devem destruir, inclusive, como destruíram a falsa Lucy para que a verdadeira vivesse depois. No entanto, não se trata de uma obra de ódio. Essa pobre alma que nos causou tanto mal é o caso mais triste de todos. Imaginem os senhores o tamanho de sua alegria quando ele também for destruído em sua pior parte, para que a melhor possa gozar da imortalidade espiritual. Devem ter piedade dele também, ainda que essa piedade não deva obstruir o que terão que fazer.

Enquanto falava, o rosto de seu marido obscurecia e ficava tenso, como se a paixão que o consumia o estivesse destruindo. Instintivamente, sua esposa apertou ainda mais sua mão, até que os nós dos dedos ficassem brancos. Ela nem sequer piscou por causa da dor, que, tenho certeza, estava sentindo; mas o olhou com os olhos mais suplicantes do mundo. Quando ela parou de falar, seu marido se levantou quase arrancando a mão da dela e disse:

— Que Deus o traga para mim pelo tempo suficiente para poder acabar com sua vida terrena. E depois disso, se enviar sua alma para o inferno ardente por toda a eternidade, ficarei feliz.

— Basta, basta! Em nome de Deus, não diga essas coisas! Jonathan, meu marido, fará com que me desespere, vítima do medo e do horror. Veja, meu querido... Tenho pensado nisso durante o dia todo... que talvez... em algum momento... eu também precise dessa piedade. E alguém como você, com as mesmas causas para odiar-me, poderá negar ser piedoso comigo.

Todos nós estávamos com os olhos cheios de lágrimas. Não pudemos resistir e choramos copiosamente. Ela também chorou ao ver que seus doces conselhos prevaleceram. O marido se ajoelhou ao seu lado, abraçou-a e escondeu o rosto em seu vestido. Van Helsing fez um sinal para que saíssemos e os deixássemos a sós com seu Deus. Antes de nos recolhermos, o professor preparou o quarto para protegê-la do vampiro, e garantiu à senhora Harker de que poderia descansar em paz. Ele lhe entregou um sino e ordenou que tocassem ao menor sinal de qualquer eventualidade.

Decidimos permanecer de guarda, fazendo três turnos onde nos revezaríamos eu, Quincey e Art. O primeiro turno foi de Morris.

Do diário de Jonathan Harker

3-4 outubro, cerca de meia-noite

Pensei que o dia de ontem não fosse terminar nunca. Discutimos sobre o passo seguinte a ser dado. A única coisa que sabíamos é que ainda havia uma caixa de terra, e só o Conde sabia onde estava. Se ele desejar permanecer escondido, poderá nos confundir por muitos anos. Esse pensamento é demasiado horrível, não posso alimentá-lo. O que sei é que se existe uma mulher perfeita, essa é minha adorada e ferida esposa. Amo-a mil vezes mais por sua piedade demonstrada ontem.

A esperança é a única coisa que me resta. Graças a Deus, Mina está dormindo e não tem pesadelos. Não tem estado tão tranquila, notei, desde o pôr do sol. Ainda há pouco, durante um momento, o rosto transpareceu uma calma tal como a primavera depois das tempestades de março.

Não tenho sono, ainda que esteja muito cansado... terrivelmente cansado. No entanto, devo dormir para repor as forças para amanhã.

Mais tarde

Creio que dormi, porque Mina me acordou. Ela estava sentada na cama com uma expressão de assombro no rosto. Colocara a mão na boca, e me sussurrava ao ouvido:

— Tem alguém no corredor!

Levantei-me cautelosamente e, cruzando o quarto, abri a porta sem fazer ruído. Deitado em um colchão estava Morris completamente acordado. Levantou uma mão para pedir silêncio e sussurrou:

— Silêncio! Volte para a cama, não está acontecendo nada. Um de nós vai permanecer aqui por toda a noite. Não queremos correr nenhum risco.

Seus gestos não davam margens para discussão, então voltei a deitar e expliquei à Mina o que estava acontecendo. Ela suspirou, e a sombra de um sorriso apareceu em seu rosto pálido. Rodeou-me com os braços e me disse suavemente:

— Dou graças a Deus por todos os homens bons!

Escrevo agora porque o sono não vem, mas vou tentar dormir.

4 outubro, pela manhã

Mina me acordou outra vez. Mas dormimos bem, pois o céu começava a dar indícios de que amanheceria em breve.

— Vá chamar o professor — pediu —, quero falar com ele imediatamente.

—Por quê? — perguntei.

— Tive uma ideia, Van Helsing deve me hipnotizar o quanto antes. Corra! Não há muito tempo.

Ao sair pela porta, o doutor Seward, que estava no chão, se pôs de pé em um salto:

— Aconteceu alguma coisa? — perguntou, alarmado.

— Não, Mina quer falar com Van Helsing — respondi.

Dois ou três minutos depois, o professor entrou no quarto vestindo seu pijama. O senhor Morris e Lorde Godalming estavam na porta com o doutor Seward fazendo perguntas. Quando o professor viu Mina, um sorriso, um verdadeiro sorriso iluminou seu rosto. Esfregou as mãos e disse:

— Minha querida senhora! Que mudança! Olhe, amigo Jonathan, recuperamos nossa amada Mina Harker! — Então se virou para ela e perguntou: — O que posso fazer pela senhora? Suponho que não me chamou aqui à toa.

— Quero que o senhor me hipnotize e que o faça antes do amanhecer, porque assim poderei falar com liberdade. Vamos, não nos resta muito tempo.

O professor indicou que ela se sentasse na cama. Começou a estalar os dedos em torno de Mina, inúmeras vezes. Mina abriu os olhos, mas não parecia a mesma mulher. Havia neles uma expressão de vazio, como se seu olhar estivesse perdido na distância. Sua fronte estava coberta de gotas de suor e sua voz tinha uma tristeza infinita. Tudo isso era algo novo para mim. O silêncio foi quebrado pelo professor falando em um tom de voz muito baixo para não interromper o curso do pensamento de minha esposa.

— Onde a senhora está?

— Não sei! O sonho não tem nenhum lugar que possa considerar como real. — A voz dela não tinha nenhum traço de emoção.

O silêncio reinou novamente no cômodo. Mina continuava sentada rigidamente e o professor a olhava de modo fixo. O resto de nós quase não respirava.

Sem tirar os olhos de Mina, o professor fez um gesto para abrir a persiana. Neste instante, entraram alguns feixes de luz, iluminando o cômodo e seu lindo rosto. Então, o professor continuou:

— Onde a senhora está agora? — perguntou.

Mina falou como se estivesse interpretando algo. Eu a ouvira empregar o mesmo tom de voz quando estava lendo suas notas escritas por taquigrafia.

— Não sei, é um lugar estranho para mim.

— O que a senhora vê?

— Nada, está tudo escuro.

— Escuta alguma coisa?

Notei a tensão na voz paciente de Van Helsing.

— O ruído da água. Um barulho de ressaca e de pequenas ondas que se chocam. Posso ouvi-las bem próximas a mim.

— Então a senhora está em um barco?

Nós nos entreolhamos com medo.

— Sim!

— Ouve algo mais?

— Um ruído de passos de homens que correm de um lado para o outro. Também o ruído de uma corrente e um grande estrondo da âncora caindo no mar.

— O que a senhora está fazendo?

— Estou absolutamente imóvel. É como a morte.

A voz se apagou, se transformando em um profundo suspiro, como de alguém adormecido, e os olhos voltaram a se fechar.

O sol estava alto no céu, e Van Helsing colocou as mãos na cabeça de Mina, e a fez repousar no travesseiro. Dormiu por um instante, e ao acordar, estranhou que todos estivessem reunidos à sua volta; e nos perguntou se havia falado enquanto dormia.

O professor lhe contou o que acontecera e Mina retrucou:

— Então não há tempo a perder. É possível que não seja tarde demais.

O senhor Morris e Art foram até a porta, mas Van Helsing os chamou de volta.

— Fiquem, queridos amigos. Esse barco, onde quer que esteja, está ancorado, segundo a própria senhora Harker. Quantos barcos têm âncoras neste momento no porto de Londres? Qual deles é o que buscamos? Graças a Deus voltamos a ter pistas, ainda que não saibamos onde nos levam. Estivemos de certo modo cegos, de uma maneira muito humana, já que ao olhar para trás teríamos tido um vislumbre do futuro, se conseguíssemos ver o que era necessário. Vamos! Essa frase é um quebra-cabeça, não é assim? Podemos compreender agora no que estava pensando o Conde quando pegou aquele monte de moedas. Queria fugir. Ouçam, *fugir*! Compreendeu que com uma caixa só à sua disposição e um grupo de homens o perseguindo como cachorros a uma raposa, Londres não seria mais um lugar seguro para ele. Vamos, vamos. Adiante! Como diria nosso amigo Arthur em uma caçada. Nossa velha raposa é astuta, muito astuta, e devemos caçá-la com esperteza.

"Vamos descansar agora, ainda que exista muita água entre nós e essa criatura. Água essa que ele não poderia atravessar mesmo se quisesse… pois a maré está alta. Além do mais, o sol nasceu e o dia nos pertence. Vamos tomar um banho e nos vestir. Tomaremos café da manhã com tranquilidade, já que o monstro não se encontra no mesmo lugar que nós."

Mina o olhou de maneira suplicante e perguntou:

— Mas por que os senhores necessitam seguir atrás dele, se ele mesmo se afastou de nós?

O professor pegou suas mãos, deu-lhes umas palmadinhas, e disse:

— Não me pergunte nada agora, depois do café responderei a todas as suas perguntas.

E não disse mais nada. Depois que tomamos café, Mina voltou com a pergunta. O professor a olhou seriamente e respondeu em tom triste:

— Porque, minha querida senhora, agora mais do que nunca devemos encontrá-lo, ainda que tenhamos que segui-lo até o inferno!

— Mas por quê? — insistiu Mina, ainda mais pálida.

— Porque ele pode viver vários séculos — respondeu o professor de modo solene. — E a senhora é apenas uma mulher mortal! Devemos temer agora o tempo…

Só tive tempo de ampará-la em meus braços quando caiu para a frente, desmaiada.

24

CAPÍTULO 24

Do diário fonográfico do doutor Seward, narrado por Van Helsing

Isto é para Jonathan Harker.

O senhor deve ficar com sua querida esposa. Assumiremos a investigação... se podemos chamar assim, sendo algo mais como uma confirmação. Mas o senhor deve ficar e cuidar dela durante todo o dia, é o mais sagrado para todos nós. De qualquer forma, o monstro não poderá aparecer hoje.

Deixe-me colocá-lo a par do que nós quatro já sabemos. Nosso inimigo se foi, voltou para o castelo na Transilvânia. Sei com toda certeza, como se uma grande mão de fogo tivesse escrito em uma parede. De certa forma, se preparara para isso, e sua última caixa havia sido embarcada. Por isso, pegou o dinheiro e se apressou tanto, para evitar que o pegássemos antes do pôr do sol. Era sua única esperança, a menos que pudesse se esconder na tumba de nossa querida Lucy, que ele pensava que fosse ainda como ele. Mas estava sem tempo. Quando viu que esse plano falhara, decidiu dar um passo atrás. Ele é inteligente, muito inteligente. Compreendeu que havia perdido o jogo e voltou para casa. Encontrou um barco que iria na mesma direção. Vamos descobrir que barco é esse, assim que soubermos, voltaremos para comunicar isso ao senhor. Então poderemos dar novas esperanças à senhora Mina. Esta criatura que agora perseguimos demorou séculos para chegar a Londres e, no entanto, quando juntamos conhecimento suficiente sobre seu comportamento e sua movimentação, nós a fizemos fugir em um só dia. Tem limitações. Nós somos fortes, cada um a seu modo, e somos ainda mais fortes quando estamos juntos. Anime-se, senhor. Esta batalha acaba de começar e no final a venceremos... Tenho tanta certeza disso como de que nas alturas está Deus olhando por Seus filhos. Portanto permaneça otimista e console sua esposa até que regressemos.

Van Helsing.

Do diário de Jonathan Harker

4 outubro

Quando li para Mina a mensagem que Van Helsing deixou no fonógrafo de Seward, a pobre mulher se animou consideravelmente. A certeza de que o Conde deixou o país lhe deu conforto. E conforto é força para ela. Para mim, agora que esse terrível perigo não se encontra cara a cara, parece quase impossível acreditar nele. Até mesmo minhas próprias experiências terríveis no castelo de Drácula parecem um grande e horroroso pesadelo, com o frescor do ar de outono sob a luz do sol brilhante.

Mas ai de mim! Como poderia desacreditar? Entre as névoas de minha imaginação, meu pensamento se detém na cicatriz vermelha que minha adorada esposa tem na alva testa. Enquanto essa cicatriz permanecer, não será possível deixar de acreditar. Mina e eu tememos ficar inativos, por isso resolvemos revisar todos os diários. De certo modo, o medo e a dor parecem ter diminuído. Mina disse que talvez sejamos os instrumentos para um final feliz. Gostaria de pensar como ela, mas nunca falamos sobre o futuro.

Do diário de Mina Harker

5 outubro, cinco da tarde

Reunião para escutar relatórios. Presentes: professor Van Helsing, Lorde Godalming, doutor Seward, o senhor Quincey Morris, Jonathan Harker e Mina Harker.

O doutor Van Helsing descreveu os passos que deram para descobrir em qual barco Drácula fugiu.

— Sabíamos que desejava voltar para a Transilvânia. Tinha certeza de que o faria pelo Danúbio ou por alguma rota do mar Negro. Tínhamos uma tarefa importante diante de nós. *Omne ignotum pro magnifico* [Tudo o que é desconhecido parece magnífico]. Assim, com o coração afundando no peito, começamos a procurar os barcos que saíram à noite para o mar Negro. Nossa investigação se deu nessas duas direções. Procuramos por um à vela, já que a senhora Harker descreveu um barco assim enquanto estava em transe. Esse tipo de embarcação não é tão importante para estar na lista que aparece no *Times*, e, portanto, aceitamos a sugestão de Lorde Godalming. Fomos ao Lloyd's, onde são registrados todos os barcos por menores que sejam. Descobrimos que apenas um seguiu a rota do mar Negro aproveitando as marés. É o Czarina Catherine. É nesse barco que está o Conde. Fomos a Doolittle's Wharf, de onde o barco saiu, e nos deparamos com um escritório tão pequeno que o funcionário lá dentro parecia ser maior que o próprio lugar. Perguntamos a ele tudo sobre este barco e o rosto do homem ficou vermelho, sua voz ficou ríspida. Mas quando Quincey tirou algo do bolso e entregou a ele, se transformou em uma pessoa melhor, um humilde servo. Acompanhou-nos e fez algumas perguntas a vários homens rudes e que estavam muito suados, esses também tiveram mais boa vontade ao molharmos suas mãos.

"Falaram de muito sangue e de outras coisas que não entendi, ainda que imaginasse o que queriam dizer.

"Disseram-nos, entre outras coisas, que ontem, mais ou menos às cinco da tarde, chegou um homem apressado. Era alto, magro e pálido, com nariz aquilino, dentes muito brancos e olhos flamejantes. Estava vestido todo de preto, a não ser por um chapéu de palha que não combinava nada com ele. Distribuiu dinheiro enquanto perguntava se havia algum barco partindo na direção do mar Negro, e até onde iria. Levaram-no ao escritório e, logo depois, ao barco, mas ele não quis subir a bordo, deteve-se no cais e pediu que o capitão fosse vê-lo. Então veio o capitão que, ao ser informado de que seria muito bem recompensado, xingou muito de início, mas depois concordou com os termos. Depois disso, o homem magro perguntou onde poderia encontrar uma carroça e um cavalo e foi embora. Momentos depois, voltou conduzindo ele mesmo uma carroça sobre a qual havia uma grande caixa, que ele mesmo descarregou. Ainda que fossem necessários vários homens para colocá-la dentro do barco. Deu várias instruções ao capitão sobre a carga. Mas o capitão não gostou e o xingou em diversos idiomas, e disse a ele que, se quisesse, poderia vir, e as coisas seriam como seriam. Mas o homem disse que não, que embarcaria mais tarde, porque tinha muitos assuntos pendentes. Então o capitão lhe disse que se apressasse... com sangue... já que aquele barco ia... com sangue... quando a maré fosse propícia ou seja... com sangue. Então o homem magro sorriu ligeiramente e lhe disse que, com certeza, deveria partir quando achasse necessário, mas se surpreenderia se esse momento fosse muito em breve. O capitão xingou outra vez, um poliglota, e o homem magro lhe fez uma reverência e o agradeceu, e disse que jamais lhe causaria algum transtorno e que embarcaria antes da partida. Enfim, o capitão, mais vermelho do que nunca, xingou aquele homem em todos os idiomas possíveis e disse, também em todas as línguas, que não queria malditos franceses imundos em seu barco. Então, depois de perguntar onde poderia comprar formulários para navio, ele partiu.

"Ninguém sabia para onde o Conde havia ido, e o Czarina não deveria zarpar na hora marcada, pois uma bruma começou a se estender sobre o rio, e foi ficando cada vez mais espessa, até que finalmente uma densa neblina cobriu o barco e tudo ao seu redor. A água subia cada vez mais e o capitão pensou que acabaria perdendo a maré. Não estava nada de bom humor, quando o homem alto chegou, se apresentou e pediu que lhe mostrassem onde estava a caixa. O capitão desejou que ele e sua caixa estivessem no inferno. Mas o homem não se mostrou ofendido e desceu com um tripulante ao porão para vê-la. Logo subiu e permaneceu um tempo ali, envolvido pela névoa. Deve ter subido sozinho já que ninguém o viu quando chegou ao convés. Na verdade, não prestaram mais atenção nele, pois a névoa começou a se dissipar e o tempo voltou a ficar claro.

"Os homens nos contaram que o capitão ficou mais furioso ainda quando percebeu que a tal neblina não havia sido vista por outras embarcações. O barco zarpou com a maré baixa e com certeza estava bem longe agora.

"Agora, senhora Mina, temos que descansar um pouco enquanto nosso inimigo está no mar, dando ordens à névoa. O avanço de um barco à vela nunca é rápido o suficiente. Podemos ir por terra com maior rapidez e o alcançaremos. Nossa esperança é pegá-lo quando estiver em sua caixa, entre o amanhecer e o pôr do sol. Temos vários dias à disposição, durante os quais devemos fazer planos. A caixa que nos interessa será desembarcada em Varna e entregue a um procurador, um tal de Ristics, que apresentará suas credenciais.

"Assim nosso informante terminou sua parte. Quando ele nos perguntou se havia algo errado, uma vez que, em caso afirmativo, ele poderia telegrafar a Varna e pedir um inquérito, dissemos que não, pois nosso trabalho não poderia ser executado pela polícia ou pela alfândega, deveríamos fazer sozinhos, do nosso jeito."

Quando o professor terminou seu relato, perguntei se havia se certificado de que o Conde estava mesmo a bordo do barco. O professor respondeu:

— Temos a maior prova possível, suas próprias declarações quando a senhora estava em transe hipnótico esta manhã.

Voltei a perguntar se era mesmo necessário que fossem atrás dele, porque temia ficar sozinha, sem Jonathan. Respondeu-me a princípio com calma, mas conforme ia falando, de forma mais exaltada. Chegou ao ponto de perder o domínio sobre si mesmo em alguns instantes.

— Sim, é necessário... necessário! Necessário! Pelo seu bem em primeiro lugar, e pelo bem de toda a humanidade. Esse monstro fez muito mal a muita gente. Eu expliquei isso aos outros. A senhora, querida, poderá escutar tudo no fonógrafo do doutor Seward. Expliquei que o fato de sair de sua terra árida... árida em habitantes, para vir para este país, onde moram mais pessoas do que grãos de milho em uma plantação, fora um trabalho de séculos. Se algum outro morto-vivo tentasse fazer o mesmo que ele, necessitaria de todos os séculos do planeta e ainda não seria o bastante. Mas no caso deste vampiro, todas as forças ocultas da natureza, profundas e poderosas devem ter sido reunidas de alguma forma monstruosa. O lugar onde ele passou todos esses séculos como morto-vivo é cheio de mistérios da geologia e da química. Existem fissuras e profundas cavernas que ninguém sabe em qual lugar chegam. Além de vulcões que ainda expulsam água com propriedades esquisitas, e gases que matam ou dão vida. Inegavelmente, há algo magnético ou elétrico em algumas dessas combinações de forças ocultas, que influenciam de maneira estranha a vida física. Em tempos duros, de guerra, ele foi celebrado como o homem de melhor temperamento, da inteligência mais desperta e do melhor coração. Nele, algum princípio vital estranho encontrou sua máxima expressão, e enquanto seu corpo se fortalecia e lutava, sua mente também se desenvolvia. Tudo isso com a ajuda diabólica com a qual certamente conta. E, agora, digo o que representa para nós; ele a infectou. Perdoe-me por dizer isso, senhora, mas o faço para seu bem. Contaminou-a de uma forma muito perspicaz. Ainda que nunca mais a toque, a senhora poderia viver da sua maneira doce, mas se transformaria em algo como ele quando a morte chegasse como chega para todos. Isso não pode acontecer. Assim, somos ministros da vontade de Deus, para que o mundo dos homens, pelo qual morreu Seu filho, não fique nas mãos de criaturas monstruosas, cuja própria existência é uma blasfêmia contra Ele. Redimimos uma alma, e estamos dispostos, como os antigos cavaleiros das Cruzadas, a redimir muitas mais. E como eles, se devemos cair, cairemos por uma boa causa.

Fez uma pausa, e então perguntei:

— Mas o Conde não aceitará sua derrota? Já que foi expulso da Inglaterra, não evitará este país, como o tigre evita o povoado no qual foi caçado?

— A-rá! Seu exemplo sobre o tigre é muito bom e vou usá-lo. O "devorador de homens", como chamam os habitantes da Índia aos tigres que provaram sangue humano, não ligam mais para as outras espécies, mas caçam os homens sem cessar até pegá-los. O monstro que expulsamos de nosso povoado é um tigre, um devorador de homens, que nunca deixará de perseguir suas presas. Não, por natureza não é alguém que se retire e se mantenha afastado. Durante sua vida terrena, atravessou a fronteira turca e atacou seus inimigos em seu próprio território. Foi expulso, mas se conformou? Não. Voltou uma e outra vez. Observe sua constância e sua resistência. Em seu cérebro infantil, concebera desde muito tempo, ir para uma grande cidade. O que fez? Encontrou o lugar mais promissor do mundo. Então, de maneira deliberada, preparou-se para a tarefa. Foi descobrindo com o tempo, muito paciente, quais eram seus poderes e sua força. Estudou outras línguas. Aprendeu a se comportar socialmente, em novos ambientes. Aprendeu sobre política, legislação, finanças, ciências, os costumes da nova terra e seus habitantes.

"O olhar sobre este mundo não fez apenas aumentar seu apetite, mas também seu desejo. Isso o ajudou a desenvolver sua mente. Fez tudo sozinho, absolutamente sozinho, saindo de uma tumba em ruínas, localizada em uma terra esquecida. O que não poderá fazer quando o mundo do pensamento se abrir à sua frente? Ele, que pode rir da morte, como vimos. Que pode florescer no meio de doenças e pragas que tomam a vida de milhões. Ah! Se tal ser fosse originário de Deus, e não do diabo, que força do bem poderia ser em um mundo como o nosso!? Mas não! Não é assim! Temos que livrar o mundo dele! Devemos levar a cabo nosso objetivo em silêncio e manter tudo em segredo para sermos bem-sucedidos. Nesta era iluminada, quando homens não acreditam nem naquilo que veem, a dúvida de homens sábios seria sua maior força. Seria ao mesmo tempo sua proteção e seu escudo; enquanto suas armas poderiam nos destruir, seus inimigos, que estamos dispostos a arriscar até mesmo nossas próprias almas pela segurança daquela que amamos... pelo bem da humanidade e pela honra e glória de Deus."

Depois de uma longa conversa, determinamos que nada ficasse totalmente estabelecido nesta noite. Todos deveríamos tentar ruminar os eventos ao dormir e tirar as próprias conclusões. Amanhã na hora do café voltaremos a nos reunir e, depois de explicitar nossas ideias uns aos outros, escolheremos a estratégia de ação definitiva.

Sinto uma paz e calmaria maravilhosas. É como se uma presença espectral tivesse sido retirada de mim. Talvez...

Minha suposição não foi concluída, não consegui, pois vi no espelho aquela cicatriz na testa e compreendi que ainda estou estigmatizada.

Do diário do doutor Seward

5 outubro

Levantamo-nos cedo. Dormir nos fez muito bem. Estávamos animados durante o café da manhã. É maravilhoso ver a natureza humana agindo. Basta que um obstáculo seja retirado, até mesmo por intermédio da morte, para que voltemos a sentir a mesma esperança e alegria de antes. Perguntei-me se os horrores dos dias anteriores não foram apenas um grande sonho, mas ao ver a cicatriz na testa da senhora Harker entendo que tudo o que vivemos é real. Ela mesma parece esquecer, em determinados períodos, todo o sofrimento, mas o estigma sempre a traz de volta à realidade. Em meia hora, devemos nos reunir em meu escritório para decidir o que fazer. Vejo apenas uma dificuldade imediata, e mais por instinto do que por raciocínio: teremos que falar francamente, porém, temo que, de alguma maneira misteriosa, a língua da senhora Harker esteja atada. Sei que chega a conclusões que lhe são próprias. E por tudo que aconteceu até agora, posso imaginar o quão brilhantes e verdadeiras devem ser, mas não deseja ou não pode expressá-las. Mencionei isso a Van Helsing e conversaremos sobre o assunto quando estivermos sozinhos. Suponho que parte desse horrível veneno que fora introduzido em suas veias começa a trabalhar. O Conde tinha seus próprios objetivos quando lhe deu, como Van Helsing chama, "o batismo de sangue do vampiro". Bem, poderia haver também um veneno destilado por coisas boas; numa época em que a existência de certas bactérias ainda é um mistério, não devemos nos surpreender com nada! Uma coisa é certa: se meu instinto não me engana, a respeito dos silêncios da senhora Harker, há uma terrível dificuldade, um perigo desconhecido no trabalho que nos espera. Mas o mesmo poder que a faz guardar silêncio, pode fazê-la falar. Não posso continuar pensando nisso, não quero desonrar o pensamento de uma mulher tão nobre.

Mais tarde

Quando o professor chegou, debatemos a situação. Percebi que tinha algo a dizer, mas parecia apreensivo para falar às claras. Depois de muitos rodeios, disse de repente:

— Amigo John, temos que discutir um assunto, sozinhos a princípio, mas mais tarde teremos que confiar nos demais.

Fez uma pausa.

— A senhora Mina, nossa pobre senhora, está mudando.

Um calafrio percorreu minha espinha ao perceber que minhas suposições estavam certas. Van Helsing continuou:

— Com a triste experiência da senhorita Lucy, devemos estar prevenidos desta vez, antes que a situação se complique ainda mais. Nossa tarefa é mais difícil que nunca. Vejo características vampirescas aparecerem em seu rosto. São ainda muito leves, mas podem ser percebidas se observarmos com cuidado sua face. Seus dentes estão mais pontiagudos e, às vezes, seus olhos ficam mais duros. Mas isso não é tudo. Frequentemente fica em silêncio, como fazia nossa querida senhorita Lucy. Não fala, mesmo que escreva para que fiquemos sabendo mais tarde. Meu temor é o seguinte: ela pode nos dizer onde estava o Conde ao ser hipnotizada, por estar ligada a ele, mas o Conde também pode usar a mente da senhora Mina para descobrir o que acontece aqui. É uma suposição plausível, sim?

Assenti e o professor continuou.

— O melhor que temos a fazer é mantê-la na ignorância, para que não possa revelar o que porventura venha a saber. Isso é muito doloroso! Estou muito infeliz de ter que tomar essa decisão, mas é o melhor. Em nossa reunião mais tarde, lhe direi que por razões das quais não desejamos falar, não poderá estar mais presente em nossos encontros, mas continuaremos cuidando dela.

Enxugou a testa, estava suando muito por pensar na dor que poderia causar àquela mulher, que já estava sendo bastante torturada. Sabia que lhe serviria de consolo se eu lhe contasse que havia chegado às mesmas conclusões, assim ele não teria dúvida de que tomara a decisão certa. Desse modo, lhe disse e de fato se tranquilizou.

Mais tarde

No momento em que começaríamos a reunião, Van Helsing e eu sentimos um grande alívio. A senhora Harker enviou uma mensagem por seu marido, dizendo que estava convencida de que deveria nos deixar livres para discutir nossos movimentos, sem nos preocuparmos com ela. O professor e eu nos entreolhamos por um instante, e de certo modo nos sentimos aliviados. Pensava que a senhora Harker se dava conta do perigo que poderia representar. Passamos imediatamente a discussão sobre o plano de ação. Van Helsing nos explicou de maneira resumida os acontecimentos:

— O Czarina saiu do Tâmisa ontem pela manhã. Ainda que vá o mais rápido que conseguir, levará três semanas para chegar a Varna. Mas nós, indo por terra, chegaremos em três dias. Vamos levar em conta uma margem de segurança de uma semana devido à influência que Drácula exerce sobre o clima. Ainda assim, só chegariam em duas semanas. Portanto, para termos bastante segurança, devemos partir até o dia 17. Chegaremos a Varna um dia antes da chegada do Czarina, e poderemos nos preparar como julguemos necessário. Devemos ir armados... armados contra todos os perigos, tanto espirituais quanto físicos.

Quincey acrescentou:

— Ouvi dizer que o Conde é de um país de lobos, e é possível que chegue antes de nós. Portanto, aconselho que levemos nossas Winchesters. Tenho plena confiança nesses rifles quando se apresenta um perigo como esse.

— Bem! — disse Van Helsing. — As Winchesters são muito convenientes, sobretudo para a caça. Quincey pensa sempre com muita acuidade. As metáforas podem causar mais dano à Ciência do que os lobos aos homens. Nesse aspecto, não podemos fazer absolutamente nada. Como nenhum de nós conhece Varna, por que não vamos antes para lá? Podemos nos preparar entre hoje e amanhã, e então, se tudo der certo, nós quatro partiremos.

— Nós quatro? — perguntou Harker.

— Naturalmente — confirmou o professor. — O senhor deve ficar para cuidar de sua adorável esposa.

Harker ficou um momento em silêncio, e então disse com uma voz rouca:

— Melhor nos decidirmos amanhã. Vou me consultar com Mina sobre isso.

Pensei que esse era o momento oportuno para que o professor o avisasse sobre a possibilidade de a senhora Mina representar um perigo para nossos planos, mas ele estava indiferente. Eu o olhei de modo significativo e tossi. Como resposta, ele colocou um dedo nos lábios e se virou para o outro lado.

Do diário de Jonathan Harker

5 outubro — pela tarde

Por um bom tempo depois de nossa reunião desta manhã, não consegui pensar com clareza. Estava preocupado com a decisão de Mina em não participar mais das reuniões. Ainda não consegui descobrir o porquê. De toda forma, surpreendeu-me a reação dos outros. Havíamos decidido não guardarmos mais segredos, mas Seward e o professor pareciam aliviados. Mina dorme bem, parece feliz. Tem um sorriso no rosto. Graças a Deus, ela pode desfrutar de momentos assim.

Mais tarde

Tudo é muito estranho. Estive observando o rosto de Mina. Refletia tanta felicidade que eu mesmo fui contagiado e me senti feliz outra vez. Conforme o tempo foi passando, a terra ia sendo coberta por sombras projetadas pelos objetos iluminados pela luz do sol, cada vez mais baixo. O silêncio do quarto me parecia cada vez mais solene. De repente, Mina abriu os olhos e me olhando com ternura disse:

— Jonathan, desejo que me prometa algo e me dê sua palavra de honra. Será uma promessa feita a mim de forma sagrada, tendo Deus como testemunha, que nunca poderá quebrar, ainda que me ajoelhe e lhe rogue com lágrimas nos olhos. Rápido, precisa fazer esta promessa imediatamente.

— Mina — disse —, não posso fazer nenhuma promessa no momento. É possível que nem tenha direito a fazê-la.

— Mas querido — disse com tal intensidade espiritual que seus olhos refulgiam como se fossem estrelas polares —, sou eu quem deseja isso, e não é por minha causa. Pergunte ao doutor Van Helsing se não tenho razão.

— Prometo — disse, e durante um momento, ela pareceu extremamente feliz, ainda que no fundo sabíamos que toda felicidade lhe escapava por causa da cicatriz em sua testa.

— Prometa-me que não me contará nada sobre os planos que fazem contra o Conde. Nem por palavra, nem por indicações, enquanto eu conservar esse estigma.

Vi que estava falando sério e lhe prometi. Neste momento, senti que uma porta se fechava entre nós.

Mais tarde, meia-noite

Mina esteve alegre e animada pela tarde, o que fez com que todos se animassem também. Como se fôssemos contagiados por sua alegria. Como consequência, senti que o peso que paira sobre nós, aliviou um pouco. Todos voltamos cedo para nossos quartos. Mina está dormindo como um bebê. É maravilhoso como ainda conserva o dom do sono, no meio de seu caos tão terrível. Dou graças a Deus por isso, assim se esquece por alguns momentos de sua dor.

Talvez seu exemplo me contagie agora como contagiou mais cedo, e eu consiga dormir bem. Que sejam sonhos sem pesadelos!

6 outubro, pela manhã Outra surpresa. Mina me acordou cedo, quase na mesma hora que no dia anterior, e me pediu para ver o doutor Van Helsing. Pensei que se tratava de outra oportunidade para a hipnose e fui chamá-lo. Era evidente, ele esperava por esse chamado, pois o encontrei vestido, e a porta, entreaberta para poder ouvir quando a nossa se abrisse. Acompanhou-me imediatamente. Perguntou a Mina se desejava que os outros também estivessem presentes.

— Não — disse com toda a sinceridade. — Não será necessário. O senhor pode contar-lhes tudo mais tarde. Devo ir nesta viagem.

O doutor Van Helsing ficou tão espantado quanto eu. Ao fim de um momento de silêncio, perguntou.

— Mas, para quê?

— Devem me levar junto. Estarei mais segura se estiver com os senhores, e os senhores estarão mais seguros comigo.

— Mas por quê, querida senhora Mina? A senhora sabe que sua segurança vem em primeiro lugar, é nosso dever mais solene. Nós vamos atrás de um perigo imenso, ao qual a senhora está, ou pode estar, mais suscetível que qualquer um de nós por causa... por causa das circunstâncias... das coisas que ocorreram. — Fez uma pausa, envergonhado.

Ao responder, Mina ergueu um dedo e apontou para a própria testa.

— Já sei. Por isso devo ir. Posso dizer aos senhores agora, antes do sol se levantar. É possível que não possa fazê-lo mais tarde. Sei que quando o Conde me quiser a seu lado, terei de ir. Sei que se me disserem que vão em segredo, terei que ser esperta e nada me deterá. Nem sequer Jonathan.

Deus viu o olhar que me deu enquanto falava. E se houvesse ali um anjo escrivão, esse olhar teria sido anotado para conservar sua honra e glória eternas. A única coisa que fiz foi segurar sua mão, sem poder falar. Minha emoção era grande demais para que recebesse o consolo das lágrimas. Ela continuou:

— Os senhores são homens corajosos e fortes. E juntos conseguem enfrentar aquilo que destroçaria qualquer um que se aproximasse sozinho. Além disso, posso ser útil, já que o senhor pode me hipnotizar e fazer com que lhe diga o que nem eu sei.

O professor fez uma pausa antes de responder.

— Senhora Mina, a senhora é muito sábia. Deve sim nos acompanhar e faremos juntos o que for necessário.

O longo silêncio de Mina fez com que eu olhasse para ela. Havia caído de costas sobre o travesseiro e já estava dormindo. Não acordou nem quando levantei as persianas da janela e deixei que a luz do sol iluminasse plenamente o quarto. Van Helsing me fez um sinal para que o acompanhasse em silêncio. Fomos para seu quarto e, depois de um minuto, Lorde Godalming, o doutor Seward e o senhor Morris também chegaram. Contou a eles sobre a conversa com Mina e continuou falando:

— Partiremos para Varna pela manhã, e agora contaremos com um novo fator: a senhora Mina. Mas a alma dela é pura. Para ela, é uma verdadeira agonia nos dizer o que nos disse, mas foi muito acertado, e assim estamos advertidos a tempo. Não devemos jogar fora nenhuma oportunidade. Em Varna, estaremos prontos para agir assim que aquele barco chegar.

— Mas o que faremos exatamente? — perguntou o senhor Morris, lacônico como sempre.

O professor fez uma pausa antes de responder.

— Primeiro subiremos a bordo deste barco, e quando identificarmos a caixa, colocaremos uma rama de rosa silvestre sobre ela. Devemos prendê-la ali, pois esse ramo não permite que ninguém saia da caixa. Assim nos diz a superstição. E no momento, é na superstição que nos aferraremos, porque era a fé do homem da antiguidade. Então quando aparecer a oportunidade que estamos procurando… quando ninguém estiver nos vendo, abriremos a caixa… e tudo terminará.

— Não penso em esperar nenhuma oportunidade — disse Morris. — Quando encontrar a caixa, a abrirei e destruirei o monstro. Mesmo que mil homens estejam me observando, ainda que eu corra o perigo de ser linchado logo depois.

Agarrei sua mão instintivamente e descobri que estava tão firme como um pedaço de aço. Penso que compreendeu meu olhar, ou ao menos espero que o tenha compreendido.

— Magnífico — disse o professor. — Magnífico! Nosso amigo Quincey é um homem verdadeiro. Que Deus o abençoe por isso. Meu amigo, nenhum de nós ficará para trás ou será impedido por qualquer temor. Só estou dizendo o que podemos fazer… o que devemos fazer. Mas na verdade, nenhum de nós poderá prever o que fará. Há muitas coisas que podem acontecer, e seus métodos e fins são tão diversos que, até que chegue o momento certo, não podemos afirmar nada. De qualquer maneira, deveremos estar armados, e quando chegar o momento final, nosso esforço não será em vão. Bom, dediquemos o dia a pôr nossas coisas em ordem. Vamos deixar tudo que diz respeito às pessoas que nos são queridas, ou que dependem de nós, arranjadas, pois não sabemos nem quando, nem como será o fim. Como meus assuntos estão em ordem, vou comprar nossos bilhetes e o que mais for necessário.

Não havia mais nada a dizer. Separamo-nos.

Agora devo pôr em ordem todos os meus negócios e estar preparado para tudo o que possa acontecer…

Mais tarde Tudo está pronto. Fiz meu testamento. Mina, se sobreviver, é minha única herdeira.

Se não for assim, nossos amigos serão nossos herdeiros.

Aproxima-se o pôr do sol; é o desassossego de Mina que me faz perceber. Tenho certeza que algo em sua mente desperta nesses momentos, que estão se tornando muito desagradáveis para nós. Porque sempre que o sol se põe, há a possibilidade de novos riscos se apresentarem… Escrevo isso em meu diário porque minha adorada esposa ainda não deve saber de tudo. Mas se for possível que leia um dia, devo deixar preparadas estas páginas para seu conhecimento. Estão me chamando neste momento.

25

CAPÍTULO 25

Do diário do doutor Seward

11 outubro,
à noite

Jonathan me pediu que tomasse nota de tudo isso. Diz não estar em condições de se encarregar dessa tarefa, e é necessário manter um registro preciso de tudo.

Creio que nenhum de nós se surpreendeu quando nos chamaram para ver a senhora Harker, pouco antes do pôr do sol. Fazia tempo que havíamos notado que o nascer ou o pôr do sol eram os momentos durante os quais gozava de maior liberdade. Era quando sua antiga personalidade podia se manifestar sem influência externa. Sempre começa meia hora antes do pôr do sol ou de seu raiar. No entanto, quando perde essa liberdade, o retrocesso toma lugar rapidamente, precedido apenas de um momento de silêncio, como um sinal de alerta.

Esta noite, quando nos reunimos, parecia se reprimir e apresentava todos os sinais de uma luta interna. Todavia, vi que fez um esforço violento para ter controle de si mesma. Pediu que Jonathan se sentasse ao lado dela, e nós tomamos nossos lugares.

Ela pegou a mão de seu esposo e começou a falar:

— Estamos todos juntos aqui, livres, talvez pela última vez. Eu sei, querido, sei que estará sempre comigo, até o fim. Amanhã, partiremos para terminar nossa missão e apenas Deus sabe o que nos espera. Serão muito bons comigo se me levarem. Sei o que todos os senhores, homens sinceros e bons, podem fazer por uma pobre e frágil mulher cuja alma talvez já esteja perdida... Não, não, não, ainda não. Mas é algo que pode acontecer mais cedo ou mais tarde. Devem se lembrar de que não sou como os senhores. Há veneno em meu sangue e em minha alma, que pode me destruir. Que me destruirá a menos que consigamos obter um antídoto. Meus amigos, os senhores sabem tão bem quanto eu que minha alma está em jogo e, mesmo agora, sabendo que existe um modo de sair desta situação, nem os senhores nem eu devemos aceitá-lo.

Olhou-nos de maneira suplicante, um por um, começando e terminando em seu esposo.

— Que modo é esse? Que solução é essa que não devemos aceitar?

— Que eu morra agora mesmo, seja pela minha mão ou pela mão de algum dos senhores, antes que o mal seja consumado. Os senhores sabem tanto quanto eu que, uma vez morta, podem libertar meu espírito e o fariam, como o fizeram no caso da pobre Lucy. Se fosse apenas a morte ou o medo da morte o único obstáculo em nosso caminho, não teria nenhum inconveniente em morrer agora, aqui mesmo, entre amigos que me amam. Mas a morte não é tudo. Não acredito que seja da vontade de Deus que eu morra neste caso, quando ainda há esperança e uma terrível tarefa nos espera. Portanto, de minha parte, rejeito, neste momento, o que poderia ser o descanso eterno e saio para a escuridão, onde podem ser encontradas todas as piores coisas do mundo.

Ficamos em silêncio porque entendemos que aquilo se tratava somente de um prelúdio. Estávamos todos sérios. Harker ficou mais pálido, talvez adivinhasse melhor do que qualquer um de nós, o que viria a seguir. A senhora Harker continuou:

— Essa é minha contribuição. Qual será a contribuição dos senhores? A vida, sei bem, é fácil para os homens corajosos. Suas vidas são de Deus e podem devolvê-las, mas o que me darão?

Voltou a olhar para cada um de nós de maneira inquisitiva, mas desta vez evitou o olhar do marido. Quincey pareceu compreender, assentiu, e o rosto da senhora Harker se iluminou.

— Então devo dizer claramente o que desejo. Não devem restar dúvidas sobre isto. Os senhores devem me prometer, juntos, incluindo meu amado esposo, que, se for necessário, me matarão.

— Quando será isso? — A voz era de Quincey, mas baixa e cheia de tensão.

— Quando eu estiver tão diferente, e os senhores estiverem convencidos de que é melhor que eu morra a continuar vivendo. Então, quando minha carne estiver morta, sem um minuto a perder, atravessarão o meu coração com uma estaca. Cortarão minha cabeça ou farão qualquer outra coisa que possa me dar o repouso eterno.

Quincey foi o primeiro a se levantar depois da pausa. Ajoelhou-se diante dela e pegando sua mão disse solenemente:

— Sou um tipo vulgar que talvez não tenha vivido como se deve viver um homem para merecer tamanha distinção, mas juro para a senhora, por tudo que é mais sagrado e querido que, se chegar este momento, não irei titubear, nem tentarei fugir do dever que a senhora nos deu.

— Meu querido amigo! — Foi tudo o que conseguiu dizer entre as lágrimas que corriam copiosamente por suas bochechas, antes de inclinar-se e beijar a mão de Morris.

— Eu juro também, senhora Mina — disse Van Helsing.

— Eu também — disse Lorde Godalming, ajoelhando-se para fazer sua promessa.

Eu fiz o mesmo.

Então, seu esposo se virou para ela, com o rosto decomposto e uma palidez esverdeada que se confundia com a brancura de seu cabelo, e perguntou:

— Devo fazer essa promessa também, minha amada?

— Sim, meu amor — respondeu, com uma pena infinita refletida em seus olhos e em sua voz. — Não deve hesitar. Nossas almas estão fundidas em uma só por toda a vida. Pense, querido, que em épocas distantes, homens corajosos tiveram que matar suas esposas e filhas para impedir que caíssem nas mãos de seus inimigos. Eles não hesitaram em atender ao pedido daquelas que amavam. É um dever dos homens em tempos tão duros. Meu amor, se alguém deve me dar a morte, que seja aquele quem mais me ama. Doutor Van Helsing, não esqueci o favor que o senhor fez àquele que mais amava Lucy... — Se deteve e corou ligeiramente, mudou sua frase. — À pessoa com mais direito a lhe dar a paz. Se uma situação semelhante aparecer, conto com o senhor para que lembre meu esposo disto, que seja sua mão amorosa a me liberar dessa terrível maldição que pesa sobre mim.

— Prometo, minha querida — respondeu Van Helsing.

A senhora Harker sorriu, suspirou profundamente, e depois de um instante disse:

— Agora quero avisá-los sobre algo. Não esqueçam do que direi. Se a oportunidade surgir não percam tempo, lembrem-se de que eu, neste momento, poderei estar… melhor dizendo, se chegar este momento, estarei aliada ao nosso inimigo. Mais um pedido: não é tão vital e necessário quanto o primeiro, mas desejo que o façam por mim se quiserem, agora.

Concordamos, mas ninguém disse nada, não havia necessidade de falar.

— Quero que os senhores leiam a oração dos mortos.

Um forte gemido de seu marido a interrompeu, ela pegou a mão dele, a levou ao coração e continuou:

— Algum dia, terá que lê-la sobre meu corpo, seja qual for o fim deste terrível pesadelo. Espero que seja você, meu amor, quem a leia; para que assim sua voz fique gravada no meu coração para sempre.

— Então devo ler, minha amada? — perguntou Jonathan.

— Isso me consolará, meu querido. — Foi tudo o que disse.

Jonathan começou a ler.

Como posso, como poderia alguém, descrever aquela cena estranha, tão solene, tão triste em seu horror, e, ainda assim, com tanta doçura?

Inclusive um cético, que enxerga o sagrado somente como farsa, teria se impressionado profundamente ao ver aquele pequeno grupo de amigos, devotos e amantes, ajoelhados ao redor daquela triste e desventurada dama. Sentir a terna paixão na voz de seu marido, cujo tom era tão emocionado que várias vezes teve que fazer uma pausa, lendo a simples e bela oração dos mortos. Não... não posso continuar, falham-me as palavras e a voz... Seu instinto não a enganou. Por mais estranho que pareça, neste momento, sentimos a poderosa influência da oração. Consolou-nos; e o silêncio que precedia a perda da liberdade espiritual da senhora Harker não nos pareceu tão desesperador como temíamos.

Do diário de Jonathan Harker

15 outubro, em Varna

Saímos de Charing Cross pela manhã do dia doze. Chegamos a Paris nesta mesma noite e ocupamos nossos lugares no trem. Viajamos dia e noite e desembarcamos aqui por volta das cinco horas. Art foi ao consulado para ver se havia chegado algum telegrama, enquanto nós viemos para este hotel, o Odessus. A viagem poderia ter sido atrativa, porém, eu estava por demais ansioso para me dar conta disso.

Até a chegada do Czarina, nada no mundo chamará minha atenção. Graças a Deus, Mina está bem. Dorme quase todo o dia e já recuperou a cor. Todavia, nos períodos antes do nascer e do pôr do sol, está sempre muito alerta e atenta. Já virou um costume Van Helsing aproveitar esses momentos para hipnotizá-la. Sempre lhe pergunta o que vê e o que ouve. De acordo com as visões de Mina, é óbvio que o Czarina ainda está navegando.

Godalming acaba de voltar com um telegrama do agente marítimo informando sobre a rota do navio; ele os receberá diariamente como uma forma de controlarmos o paradeiro da embarcação. Jantamos e nos deitamos cedo. Amanhã iremos ver o vice-cônsul para tentar chegar a um acordo, se for possível, com o objetivo de subir a bordo do barco quando este chegar ao cais. Van Helsing disse que nossa melhor oportunidade consiste em chegar ao barco entre o amanhecer e o pôr do sol. O Conde, mesmo que tome a forma de morcego, não poderá atravessar a água, portanto não poderá abandonar a embarcação. Como não pode adotar a forma humana sem levantar suspeitas, deverá permanecer trancado na caixa. Se pudermos subir a bordo depois do nascer do sol, estará completamente à nossa mercê, e o atacaremos antes que desperte. Enfrentaremos algumas dificuldades com os funcionários públicos ou os marinheiros. Mas graças a Deus! Este é um país onde é possível usar o suborno e todos nós dispomos de dinheiro em abundância.

16 outubro

As informações de Mina durante a hipnose continuam as mesmas: ondas e barulho de água, escuridão e ventos favoráveis. Ainda há tempo, e estaremos preparados quando o barco atracar.

17 outubro

Tudo está pronto para receber o Conde. Godalming disse aos estivadores que a caixa transportada no barco continha provavelmente algo que roubaram de um amigo seu, e assim obteve autorização para abri-la sob sua responsabilidade. O encarregado lhe deu um documento no qual indicava ao capitão que lhe facilitasse a entrada na embarcação.

Já decidimos o que devemos fazer no caso de recebermos a caixa aberta. Se o Conde estiver dentro, Van Helsing e Seward cortarão sua cabeça e atravessarão seu coração com uma estaca. Morris, Godalming e eu devemos evitar as intromissões, se for necessário, usaremos nossas armas. Se conseguirmos isso, o corpo do Conde se transformará em pó, segundo o professor; o que não deixaria provas contra nós, no caso de suspeita de um assassinato. Mas se não acontecer assim, poderemos sair bem ou mal de nossa empreitada. E é possível que em algum dia no futuro, estes escritos possam servir para impedir nossa ida à forca. De minha parte, correrei este risco com muito prazer. Não deixamos nada ao acaso, um mensageiro nos informará tão logo o Czarina seja avistado.

24 outubro Esperamos por toda a semana. Lorde Godalming recebe diariamente seus telegramas informando o paradeiro do barco, mas sempre dizem a mesma coisa: "Ainda não foi avistado". Em transe hipnótico, as informações de Mina ainda não mudaram: ondas se quebrando e barulho do labor na embarcação.

Telegrama de Rufus Smith, Lloyd's, Londres, a Lorde Godalming

24 outubro Czarina Catherine avistado esta manhã nos Dardanelos.

Do diário do doutor Seward

25 outubro Como sinto falta do meu fonógrafo! Escrever um diário com uma pena me desespera.

Mas Van Helsing me disse que devo fazê-lo. Ontem ficamos muito nervosos quando Godalming recebeu seu telegrama do Lloyd's. Agora compreendo perfeitamente bem o que os homens sentem durante as batalhas, quando recebem ordens para atacar. A única de nosso grupo que não mostrou nenhum sinal de emoção foi a senhora Harker, o que não é estranho, pois tivemos o cuidado de não deixar que ela soubesse de algumas coisas. Talvez em outros tempos, ela percebesse que lhe ocultávamos algo, mas mudou muito nas últimas três semanas. A letargia se faz cada vez mais presente. Van Helsing e eu não estamos nada satisfeitos, entretanto, não dissemos nada aos outros. Isso destroçaria o coração do pobre Harker, ou pelo menos seu sistema nervoso, caso soubesse de nossas suspeitas. Van Helsing me confidenciou que examina seus dentes minuciosamente quando ela está em transe e assegura que não se transformaram, ele acredita que a mudança ocorrerá em várias etapas.

O Czarina deve chegar pela manhã, provavelmente antes do meio-dia, por isso fomos todos cedo para cama. Devemos descansar e nos preparar.

25 outubro, meio-dia

Ainda não recebemos notícias do navio. Os informes da senhora Harker em seu transe, pela manhã, foram os mesmos. Estamos ansiosos, exceto Harker, que está tranquilo até demais. Suas mãos estão frias como o gelo e, faz uma hora, o encontrei afiando a grande faca que leva sempre consigo. Será um belo fim para o Conde se o gume desse instrumento encontrar o pescoço dele, empunhado por mãos tão duras e firmes! Van Helsing e eu estamos um tanto alarmados com a senhora Harker. Por volta de meio-dia, ela submergiu em uma espécie de letargia que não nos agrada em absoluto. Ainda mantivemos isso em segredo, mas tal fato nos preocupa.

Ela esteve inquieta por toda a manhã, de tal forma que ficamos felizes quando adormeceu. Por outro lado, seu marido mencionou que estava tão profundamente adormecida que não conseguia despertá-la. Fomos verificar. Respirava com naturalidade e tinha um aspecto tão agradável e cheio de paz, que concordamos que dormir era o melhor para ela. Pobre mulher! A realidade é tão cruel que não espanta que o sonho lhe faça tão bem.

Mais tarde

Nossa opinião estava justificada, já que depois de um bom sono, despertou e parecia mais radiante.

26 outubro

Mais um dia, e nada do Czarina. Já deveria ter chegado. De acordo com os informes da senhora Harker, o navio ainda está navegando. É possível que tenha ficado detido por causa da neblina. Várias embarcações que chegaram ao porto na última noite indicaram ter visto nuvens de neblina, tanto ao norte quanto ao sul do porto. Devemos continuar a postos. O Czarina chegará a qualquer momento.

27 outubro, meio-dia

É muito estranho que ainda não tenhamos recebido notícias do Czarina. A senhora Harker, mais uma vez em transe, disse que ouvia ondas se chocando e barulho de água, mas acrescentou que as ondas eram muito suaves. Os telegramas de Londres nos deram as mesmas informações de sempre: não há novidades.

Van Helsing está terrivelmente ansioso. Ele teme que o Conde esteja fugindo de nós. E acrescentou:

— Não gosto dessa letargia da senhora Mina. A alma e as memórias podem fazer coisas muito estranhas durante os transes.

Ia perguntar mais a respeito, mas Harker entrou, e o professor fez um gesto com a mão para me interromper.

Telegrama de Rufus Smith, Londres, a Lorde Godalming

28 outubro

Avistaram Czarina entrando hoje a uma em ponto, em Galatz.

Do diário do doutor Seward

28 outubro

Quando veio o telegrama anunciando a chegada do barco a Galatz, não creio que tenha produzido um choque em qualquer um de nós, como se esperaria naquelas circunstâncias. É verdade que não sabíamos onde, como e quando surgiria uma dificuldade; mas sabíamos que poderia acontecer coisas esquisitas. No dia em que deveria ter chegado a Varna, nos convencemos de que alguma mudança aconteceria. De toda forma, não foi um choque, mas sim uma surpresa. As coisas têm que ser como devem ser, e não necessariamente se encaixam em prognósticos humanos. As coisas que transcendem a natureza física, são um ótimo caminho para os anjos, mas para os homens seu brilho se desvanece num piscar de olhos. Van Helsing levantou a mão sobre a cabeça como se discutisse com o Todo-poderoso, mas não disse uma só palavra; e ao fim de alguns segundos, levantou-se com o semblante endurecido. Godalming ficou pálido e se sentou respirando pesadamente. Eu estava estupefato e olhava, assustado, para os demais. Quincey apenas apertou a arma em seu cinto. A senhora Harker estava tão pálida que a cicatriz em sua testa parecia arder; ela juntou as mãos de modo fervoroso e começou a orar. Harker sorriu, um sorriso sombrio de quem perdeu toda a esperança. Mas ao mesmo tempo sua ação desmentiu essa impressão, já que suas mãos pegaram instintivamente sua grande faca.

— Quando sai o próximo trem para Galatz? — perguntou Van Helsing.

— Amanhã pela manhã, às 6h30! — Todos nos sobressaltamos, pois a resposta fora dada pela senhora Harker.

— Como é possível que a senhora saiba? — perguntou Art.

— O senhor se esquece... ou talvez não saiba, que sou obcecada por trens. Em casa, atualizava sempre as tabelas de horários, para ser útil ao meu marido. Sabia que se algo nos obrigasse a nos dirigir até o castelo de Drácula, deveríamos ir por Galatz, ou pelo menos por Bucareste; portanto, memorizei os horários. Por desgraça, não havia muitos para decorar, já que o único trem sai amanhã na hora que disse.

— Mulher maravilhosa! — exclamou o professor.

— Será que não conseguiríamos um horário especial? — perguntou Lorde Godalming

Van Helsing balançou a cabeça.

— Temo que não, este país é bem diferente do nosso, além do mais, temos que nos preparar, refletir e nos organizar. O senhor, meu amigo Arthur, vá até a estação. Consiga as passagens e tome as providências necessárias para que possamos viajar. Jonathan, vá ao escritório responsável pelo barco para conseguir a autorização para vistoriá-lo em Galatz, tal como havíamos conseguido para fazê-lo aqui. Quincey, vá ver o vice-cônsul, e obtenha ajuda para que entre em contato com seu colega em Galatz. Peça-lhe para nos ajudar no caminho até lá, assim não perderemos tempo. John deverá ficar com a senhora Mina e comigo. Assim, se o tempo passar e o pôr do sol chegar, estarei aqui para conseguir as informações por meio da hipnose.

— E eu — disse a senhora Harker, com a expressão animada, que lembrava a sua antiga nos dias mais felizes — vou tentar ser útil de todas as formas possíveis. Devo escrever para os senhores, como fazia antes. Algo está mudando dentro de mim de uma maneira muito estranha, e me sinto mais livre do que já estive nos últimos dias.

Os três mais jovens pareceram felizes ao ouvir essas palavras, mas Van Helsing e eu nos olhamos com seriedade e com grande preocupação. Entretanto, não dissemos nada neste momento. Quando os três homens saíram, Van Helsing pediu à senhora Harker que pegasse as cópias dos diários, e separasse a parte do diário de Harker relativa ao castelo.

Quando a porta se fechou atrás dela, Van Helsing me disse:

— Pensamos a mesma coisa, fale!

— Houve uma mudança. É uma esperança que me deixa doente, porque podemos sofrer uma decepção.

— Exatamente! O senhor sabe por que pedi a ela que fosse buscar o manuscrito?

— Não — respondi. — A não ser que fosse para falar comigo a sós.

— O senhor tem razão em parte, meu amigo, mas só em parte. Quero lhe dizer algo, amigo John. Estou correndo um risco terrível, mas creio que é justo. No momento em que a senhora Mina disse essas palavras que nos surpreenderam, tive uma inspiração. Durante o transe, há três dias, o Conde enviou seu espírito para ler a mente dela, ou é mais provável que a levara para que o visse em sua caixa de terra no navio, no meio do mar, por isso se libertava pouco antes do nascer e do pôr do sol. Assim, soube que estávamos aqui, por meio dela, que tinha olhos para ver e ouvidos para ouvir, mais livre do que ele trancado, como está, em seu féretro. Então agora deve estar fazendo um esforço enorme para fugir de nós. E atualmente não necessita dela. Ele tem certeza de que ela atenderá ao seu chamado, mas não utiliza mais seu poder sobre ela para que não vá ao seu encontro e assim não nos leve até ele. Agora tenho a esperança de que nosso cérebro maduro chegue mais longe que seu cérebro infantil. Uma mente que permaneceu em sua tumba por séculos e que ainda não alcançou nossa maturidade só toma atitudes egoístas e, portanto, medíocres. Aí vem a senhora Mina. Não lhe diga nem uma palavra sobre o que falamos. Ela ficaria desesperada, o que seria imprudente logo agora que necessitamos tanto de sua esperança e de sua coragem, e de seu cérebro, treinado como o de um homem, mas é de uma doce mulher que recebeu o poder do Conde (que, ainda que quisesse, não poderia retirá-lo completamente, ainda que assim ele acredite). Ai, John, tenho um medo que nunca senti antes. Só podemos confiar em Deus. Silêncio. Aí vem ela.

Pensei que o professor sofreria um ataque histérico, igual ao que teve quando Lucy morreu, mas com um grande esforço, se controlou. E, apesar de nervoso, dissimulou muito bem quando a senhora Harker entrou no quarto, vivaz e com uma expressão de felicidade, aparentemente esquecida de sua tragédia. Ao entrar, entregou a Van Helsing um punhado de papéis datilografados.

O professor os folheou e seu rosto foi se iluminando enquanto lia. Então, segurando as páginas entre o indicador e o polegar, disse:

— Amigo John, para o senhor que tem certa experiência... e para a senhora, que é jovem, Mina, está aqui uma boa lição: não tenham medo de pensar. Um meio pensamento vem cercando minha imaginação, e temia que perdesse suas asas... Agora, com mais conhecimentos, volto ao lugar onde nasceu esse embrião de pensamento, e descubro que não tem nada de embrionário; ao contrário, é um pensamento completo, mas tão jovem que ainda não consegue usar bem suas asas diminutas. Assim como o *Patinho feio* de meu amigo Hans Andersen, esse pensamento não era um patinho, mas um belo cisne, grande, que voará com asas muito poderosas quando chegar o momento. Olhem, leio aqui o que escreveu Jonathan:

> *"Esse outro de sua raça, em uma outra era, repetidas vezes, fez com que suas tropas cruzassem o grande rio e penetrassem em território turco. E quando era rejeitado,*

voltava uma e outra vez, mesmo quando devia regressar sozinho ao campo de batalha ensanguentado, onde suas tropas estavam sendo destroçadas, pois sabia que apenas ele poderia triunfar..."

— O que isso nos diz? Não muito? Não! — continuou o professor. — O pensamento infantil do Conde não esconde nada, por isso falou com tanta liberdade. É como os elementos em repouso, que apesar de seu curso natural, seguem seu caminho, se tocam... e puf! É produzido um relâmpago que cobre todo o firmamento, que cega, mata e destrói algo ou alguém, mas que ilumina toda a terra, quilômetros e mais quilômetros ao redor. Não é assim? Bom, será melhor que me explique. Para começar, os senhores já estudaram alguma vez a filosofia do crime? O senhor, amigo John, sim, pois é um estudioso da loucura. A senhora Mina não, porque o crime não é assunto que lhe toque... exceto por uma vez. Porém, sua mente trabalha como a de um especialista.

"Há uma particularidade em todos os criminosos, em qualquer país, em qualquer época, de modo que até a polícia, que não sabe grandes coisas sobre filosofia, sabe na prática que isso existe. Um criminoso sempre trabalha em um crime... esse é o verdadeiro criminoso, o que parece estar predestinado para aquele crime específico e que não deseja cometer nenhum outro. Esse criminoso não tem um cérebro amadurecido. É inteligente, habilidoso, e está cheio de recursos, mas não tem um cérebro desenvolvido. O Conde também está predestinado para o crime, assim como tem um cérebro de uma criança e foi infantil ao fazer o que fez. Os pássaros, os peixes pequenos, os animaizinhos, não aprendem por princípio, mas sim empiricamente. E quando aprendem como fazer algo, este saber serve de base para continuar evoluindo. *Dos pou sto*, como disse Arquimedes: 'Deem-me um ponto de apoio, e moverei o mundo!' Fazê-lo uma vez é o ponto de apoio a partir do qual o cérebro infantil se desenvolve até se tornar um cérebro adulto. E até que tenha o propósito de fazer mais, seguirá repetindo o mesmo a cada vez, como já fez antes. Ah, minha querida senhora, vejo que seus olhos se abrem e que para a senhora a luz do relâmpago ilumina todo o terreno. — A senhora Harker começava a apertar as mãos e seus olhos lançavam chispas. O professor continuou dizendo:

— Agora deve falar. Diga-nos, a dois homens secos pela ciência, o que vê com esses olhos tão brilhantes.

Pegou a mão dela e a segurou entre as suas enquanto ela falava. Os dedos se apoiaram no pulso dela, creio que instintiva e inconscientemente, enquanto ela respondia:

— O Conde é um criminoso, e como tal tem um cérebro imaturo. Assim, quando se encontra em dificuldade, ele se refugia em seus costumes. Seu passado é um indício, bem como a única página dele que conhecemos, ditada de sua própria boca, e nos diz que em uma ocasião regressou a seu próprio país, da terra que deveria invadir. Então, sem perder de vista seus objetivos, se preparou para um novo ataque. Voltou outra vez, mais bem equipado para terminar aquele trabalho. E venceu. Assim fez agora. Foi a Londres para invadir uma nova terra. Foi derrotado e quando viu sua esperança de triunfo fracassar, e que sua existência estava em perigo, voltou por mar para sua casa, exatamente como fez quando fugiu sobre o Danúbio, vindo de terras turcas.

— Magnífico! Magnífico! A senhora é uma mulher genial! — disse Van Helsing com entusiasmo, enquanto se inclinava e lhe beijava a mão.

Um momento mais tarde, me disse com a mesma calma de quando sondamos um doente:

— Apenas 72 e com toda esta empolgação. Tenho esperanças. — Virou-se novamente para ela e disse com uma grande expectativa: — Continue! Continue! A senhora pode nos dizer mais se o desejar. Não tema. John e eu sabemos muito. Pelo menos, eu sei e lhe direi se a senhora está no caminho certo ou não. Fale sem medo!

— Vou tentar, mas espero que os senhores me perdoem se parecer egoísta.

— Não! Não tema. Deve ser egoísta, já que é na senhora em quem pensamos.

— Então, como ele é um criminoso, é egoísta. Como seu intelecto é apequenado e seus atos estão baseados no egoísmo, se limita a um objetivo. Ele não tem arrependimentos. Do mesmo jeito que cruzou o Danúbio e deixou que suas tropas fossem destruídas, agora pensa apenas em se salvar, sem se importar com mais nada. Seu próprio egoísmo libera minha alma, até certo ponto, do terrível poder que adquiriu sobre mim naquela terrível noite. Sinto muito. Como sinto! Graças a Deus por sua enorme misericórdia! Minha alma está mais livre do que jamais esteve desde aquela hora fatídica e o único medo que tenho é que em algum dos meus sonhos ou transes, eu tenha revelado algo a ele.

O professor se colocou de pé, e disse:

— Ele tem usado esse poder sobre a senhora, por isso nos deixou aqui em Varna enquanto o navio no qual está foi para Galatz. Mas sua mente infantil não avançou. É possível, como assegura a providência divina, que o criminoso tenha acreditado obter êxito agindo segundo seu bem-estar egoísta, enquanto na verdade isso seria seu maior dano. O caçador é pego em sua própria armadilha, agora que acredita que está livre de nós, que pensa não ter deixado rastro e que conseguiu fugir. Dispondo de tantas horas de vantagem, seu cérebro imaturo o fará dormir. Ele acredita, que ao conhecer sua mente, a senhora não pode obter nenhum conhecimento sobre ele. Esse é o seu erro. Esse terrível batismo de sangue que lhe infringiu a torna livre para que a senhora possa ir até ele em espírito. Quando está em transe, a senhora vai ao meu comando e não ao dele. Esse poder, que a senhora adquiriu em meio ao sofrimento, nos é muito precioso enquanto ele não sabe disso. Para se resguardar, ele evita fazer contato e, assim, não sabe de nossas andanças. Devemos segui-lo mesmo que corramos o perigo de nos transformar em uma criatura como essa. Amigo John, estes momentos foram maravilhosos. Devemos escrever tudo para que, quando cheguem, os demais possam ler e se inteirar do que sabemos.

Então, escrevi tudo isso enquanto esperávamos a volta de nossos amigos. E a senhora Harker datilografou tudo que ainda estava manuscrito.

26

CAPÍTULO 26

Do diário do doutor Seward

29 outubro

Estou escrevendo no trem, que vai de Varna a Galatz. Ontem, em transe, a senhora Harker deu respostas distintas às que vinha dando nos últimos dias:

— Não vejo nada, estamos imóveis, não há ondas, apenas um barulho suave de água. Ouço vozes de homens que gritam, aqui perto e bem longe, e o som de remos. Alguém dispara uma pistola em alguma parte. Barulho de passos, correntes. Que é isso? Um raio de luz, sinto um vento que vem para cima de mim…

Aqui se deteve. Levantou-se impulsivamente e jogou ambas as mãos abertas para cima como se estivesse suportando um grande peso. Van Helsing e eu nos entreolhamos, compreendendo perfeitamente. Quincey levantou as sobrancelhas e a encarou, enquanto Harker fechava a mão de forma instintiva sobre a faca. Fez-se uma pausa. Todos sabíamos que o tempo no qual ela era livre para falar estava acabando. Mas pensamos que seria inútil dizer algo para ela. De repente, se sentou, abriu os olhos e disse com doçura:

— Alguém quer uma xícara de chá? Devem estar cansados.

Como desejávamos satisfazê-la, concordamos. Saiu do quarto para buscar o chá. Quando ficamos sozinhos, Van Helsing disse:

— Os senhores estão vendo? Está próximo da costa, já saiu de sua caixa. Mas ainda não chegou. Pela noite pode se esconder, mas se o barco não chegar à costa não poderá desembarcar. Se o descarregarem, os oficiais da alfândega poderão descobrir o que a caixa contém. Resumindo, se não chegar à terra firme esta noite, ou antes do nascer do sol, perderá todo o dia. Então, poderemos chegar a tempo de o encontrar dentro da caixa, à nossa mercê.

Não havia mais nada a dizer. Esperamos pacientemente pelo nascer do sol, já que só ao amanhecer poderíamos colher mais informações da senhora Harker.

Pela manhã, bem cedo, escutamos, apreensivos, as respostas que nos deu em seu estado hipnótico. Não foram muitas, porque dessa vez demorou muito a cair em transe. Van Helsing parecia depositar toda sua alma na tarefa, por fim, a senhora Harker disse:

— Está tudo escuro. Ouço a água no mesmo nível que eu, e um barulho de madeira roçando madeira…

Fez uma pausa, e o sol nasceu. Não havia mais como tirar informações dela. Portanto, estamos indo para Galatz cheios de expectativas. Deveríamos chegar por volta das duas ou três da manhã, mas já estamos com três horas de atraso em Bucareste. De forma que é impossível que cheguemos antes do sol estar bem alto no céu. Assim poderemos ter mais duas mensagens hipnóticas da senhora Harker! Elas podem jogar mais luz sobre o que está acontecendo.

Mais tarde

O sol se pôs. A senhora Harker respondeu à influência hipnótica ainda com mais atraso do que esta manhã. Temo que seu poder para ler as sensações do Conde está desaparecendo e logo no momento que mais necessitamos. Parece-me que sua imaginação começa a confundi-la. No transe de hoje, limitou-se aos fatos rotineiros. Se continuar assim, é possível que nos induza a erro. Se eu tivesse certeza de que o poder do Conde sobre ela terminaria quando deixasse de se conectar à mente dele, ficaria feliz. Mas temo que não será assim. Quando falou, suas palavras foram enigmáticas:

— Algo está saindo, sinto que passa ao meu lado como um vento frio. Posso ouvir, ao longe, sons confusos... como homens que falam línguas desconhecidas, a água que cai com força e os uivos dos lobos.

Fez uma pausa, e percebemos nela um calafrio, que aumentou de intensidade por alguns segundos, culminando num tremor tão intenso, que parecia estar tendo um ataque.

Não disse nada mais. Quando voltou do transe, estava fria, esgotada de cansaço e lânguida, mas sua mente estava bem acordada. Não se lembrava de nada, perguntou o que havia dito e refletiu sobre isso por muito tempo, em silêncio.

30 outubro, às sete da manhã

Estamos próximos a Galatz e é possível que não tenha tempo para escrever mais tarde. Esperamos ansiosamente o nascer do sol. Sabendo da crescente dificuldade de conseguir hipnotizá-la, Van Helsing começou os trabalhos antes da hora de costume. No entanto, ela só caiu em transe depois de muito tempo, e as respostas começaram a sair um minuto antes do sol aparecer.

— Tudo está escuro, sinto a água passar perto de minhas orelhas, no mesmo nível, e o raspar da madeira contra a madeira. Ouço o gado à distância. Há outro som, um muito estranho, como...

Fez silêncio e ficou muito pálida, intensamente pálida.

— Continue, continue! Eu ordeno! Fale! — clamou Van Helsing em tom firme e ao mesmo tempo, desesperado.

Ela abriu os olhos e nos sobressaltamos quando disse, muito calma, e, aparentemente, com a maior falta de interesse:

— Ah, professor! Por que me pede para fazer o que sabe que não posso fazer? Não lembro de nada. — Então, vendo a expressão de assombro em nossos olhos, perguntou, com um olhar confuso: — O que eu disse? O que fiz? Não sei de nada, só que estava deitada aqui, meio adormecida, quando lhe ouvi dizer: "Continue! Continue! Eu ordeno! Fale!"

Ouvimos assobios, estamos nos aproximando a Galatz, cheios de ansiedade!

Do diário de Mina Harker

30 outubro

O senhor Morris me levou até o hotel onde tínhamos feito as reservas, como ele não falava nenhum outro idioma, não seria muito útil para os outros neste momento. Arthur foi ver o vice-cônsul, já que seu título lhe franquearia a entrada no gabinete do alto funcionário. Jonathan e os dois médicos foram se encontrar com o responsável do porto para descobrir os detalhes da chegada do Czarina Catherine.

Mais tarde

Arthur voltou. O cônsul está viajando, e o vice-cônsul está doente, portanto, é um secretário que está em seu lugar. Foi muito amável e ofereceu ajuda.

Do diário de Jonathan Harker

30 outubro, às nove horas

Doutor Van Helsing, o doutor Seward e eu visitamos os senhores Mackenzie e Steinkoff, agentes da firma londrina de Hapgood. Haviam recebido um telegrama de Londres em resposta à solicitação telegráfica feita por Arthur, pedindo que nos demonstrassem toda a cortesia possível, e que nos ajudassem o quanto pudessem. Foram mais que amáveis e corteses e nos levaram imediatamente a bordo do Czarina, atracado na desembocadura do rio. Ali encontramos o capitão, chamado Donelson, que nos contou sobre a viagem. Disse-nos que nunca tiveram ventos tão favoráveis na vida.

— Mas estávamos com medo — disse — de ter que pagar com algum acidente ou algo parecido, esta sorte extraordinária que nos favoreceu durante todo o percurso. Não é normal navegar de Londres até o mar Negro com um vento assim. Parecia que era o próprio diabo que estava soprando as velas para seus próprios objetivos. Mas ao mesmo tempo, não conseguíamos enxergar nada. Quando nos aproximávamos de um barco ou um pedaço de terra, uma neblina descia sobre nós, nos cobria e viajava conosco. Quando ela se levantava, não deixava rastros. Passamos por Gibraltar sem poder marcar nossa presença, e não podíamos nos comunicar até que entrássemos nos Dardanelos. No começo, pensei em arriar as velas e esperar que a neblina se fosse. No entanto, refleti sobre isto e resolvi que, se o diabo tinha interesse em nos fazer chegar rapidamente ao mar Negro, era provável que o fizesse de qualquer jeito.

Essa mistura de simplicidade e astúcia, de superstição e ponderação comercial entusiasmou Van Helsing, que disse:

— Meu amigo! Esse diabo é muito mais inteligente do que muitos pensam, e sabe quando encontra um adversário à altura!

O capitão não se mostrou descontente pelo cumprimento e continuou:

— Quando passamos pelo Bósforo, os homens começaram a grunhir, alguns romenos vieram me ver e me pediram para jogarem ao mar uma caixa grande que havia sido embarcada por um velho de aspecto ruim, pouco antes de sairmos de Londres. Sempre se benziam quando ele os olhava. As superstições desses estrangeiros são absolutamente ridículas! Mandei que se ocupassem de suas tarefas, mas como logo depois a neblina apareceu de novo pensei que talvez tivessem um pouco de razão. Bem, continuamos navegando, e o vento nos levou, mesmo com a neblina nos cegando por cinco dias. Fizemos uma boa travessia, e faz apenas dois dias, quando o sol da manhã penetrou a névoa que descobrimos que estávamos no rio, em frente a Galatz. Os romenos estavam furiosos e desejavam, com meu consentimento ou não, jogar a caixa para fora do barco. Tive que discutir um pouco com eles. Quando o último deles abandonou o convés com as mãos na cabeça, já os havia convencido de que com mau-olhado ou sem, as propriedades de nossos passageiros estariam melhor dentro do barco do que no fundo do Danúbio. Eles subiram a caixa para o convés, ameaçando jogá-la na água. Na caixa dizia "para Galatz, via Varna". Achei melhor deixá-la ali para descarregá-la com maior facilidade quando chegássemos ao porto. Nós nos livraríamos dela de todo jeito. Pela manhã, uma hora antes do nascer do sol, um homem subiu a bordo com uma ordem escrita em inglês, que havia sido enviada de Londres, para receber uma caixa direcionada a um certo Drácula. Naturalmente, tudo estava preparado para que ele a levasse. Tinha os documentos em ordem e fiquei feliz em poder me livrar daquela maldita caixa, pois ela estava começando a me inquietar. Se o diabo tinha alguma bagagem a bordo, tinha certeza de que era aquela coisa.

— Como se chamava esse homem que levou a caixa? — perguntou Van Helsing.

— Vou dizer em seguida... — respondeu descendo à sua cabine. Mostrou-nos um recibo assinado por Immanuel Hildesheim. O endereço era Rua Burgenstrasse, 16.

Isso era tudo o que o capitão sabia. Agradecemos e partimos. Encontramos Hildesheim em seu escritório. Era judeu. Depois de certa negociação, concordou em nos dizer o que sabia. Havia recebido uma carta do sr. de Ville, de Londres, que lhe dizia para receber, se possível, antes do amanhecer, para evitar a alfândega, uma caixa que chegaria a Galatz, no Czarina.

Teria que entregá-la para um tal Petrof Skinsky. Fomos procurar por esse tal Skinsky, mas não conseguimos achá-lo.

Um de seus vizinhos, que parecia não gostar muito dele, disse que partira uns dois dias atrás, e ninguém sabia de seu paradeiro. Essa informação foi confirmada por seu senhorio, que recebeu, por meio de um enviado especial, as chaves da casa e o valor do aluguel daquele mês, em libras.

Isso aconteceu entre as dez e as onze horas da noite anterior. Estávamos novamente em um beco sem saída. Enquanto falávamos, um homem se aproximou correndo e, quase sem fôlego, nos disse que encontraram o corpo de Skinsky no cemitério de São Pedro. Tinha o pescoço destroçado, como se tivesse sido morto por algum animal selvagem. Homens e mulheres saíram para ver o que havia acontecido. As mulheres gritavam:

— Isso é obra de um eslovaco!

Afastamo-nos dali rapidamente, para não nos envolvermos no assunto. Não queríamos ser interrogados. Não conseguíamos chegar à conclusão alguma. Estávamos convencidos de que a caixa estava sendo transportada por água para algum lugar, mas teríamos que descobrir para onde. Voltamos ao hotel para nos reunirmos com a senhora Mina. Carregávamos uma grande tristeza em nossa alma. Antes de falar com a senhora, reunimo-nos para resolver se seria prudente ou não confiar em Mina, revelando todos os nossos segredos. A situação é bastante crítica, e esta é uma oportunidade, ainda que muito arriscada. Como passo preliminar, fui eximido da promessa que fizera a ela.

Do diário de Mina Harker

30 outubro, à noite

Estavam todos muito cansados, desanimados e tristes. Pedi que se deitassem por meia hora pelo menos, apenas enquanto escrevo estas linhas e coloco os diários em dia.

Estou muito agradecida ao inventor da máquina de escrever, e ao senhor Morris que me conseguiu uma. Seria muito trabalho escrever tudo à mão…

Tudo está feito, pobre e querido Jonathan, já sofreu tanto e como ainda deve estar sofrendo! Está estendido no divã, e quase não se nota sua respiração. Todo o seu corpo parece ter sido vítima de um colapso. Tem a sobrancelha franzida e seu rosto reflete claramente seu sofrimento. Talvez esteja pensando… posso ver sua testa enrugada como se estivesse refletindo. Se eu puder ser de alguma utilidade, farei todo o possível! Pedi ao doutor Van Helsing e ele me entregou todos os diários que ainda não tinha lido. Enquanto descansam, vou examinar cuidadosamente todos esses documentos, e é possível que eu consiga chegar a alguma conclusão. Devo seguir o exemplo do professor e pensar sem preconceitos sobre os fatos que tenho diante de mim…

Creio que, graças à divina providência, fiz uma descoberta. Preciso de um mapa para verificar algumas coisas… Tenho mais certeza do que nunca de que estou com a razão. Reunirei todos os amigos para que julguem. É bom que sejam sinceros, pois todos os minutos contam.

Memorando de Mina Harker (incluído em seu diário)

Base da pesquisa: o problema do Conde Drácula consiste na sua volta para casa.

1 – Deve ser levado até lá por alguém. Isso é evidente, pois se tivesse poder para se deslocar quando quisesse, o faria na forma humana, de lobo, de morcego ou qualquer outro animal. Certamente, teme que o descubram ou que se criem obstáculos para ele, no desamparo em que deve se encontrar… confinado como está, entre o amanhecer e o pôr do sol, em sua caixa de madeira.

2 – Como pode ser transportado? Neste caso, o procedimento de raciocinar por eliminação deve ser útil. Por trem, pela estrada, por água?

2.1 – Pela estrada. Muitas dificuldades, especialmente para sair da cidade (há muita gente curiosa, que pode investigar). Uma dúvida ou uma suposição a respeito do que existe na caixa pode significar sua destruição. Além disso, há ou pode haver alfândegas ou postos de controle por onde tenha que passar. Seus perseguidores podem segui-lo. Esse é seu maior temor. E com o objetivo de não ser pego, se afastou para o mais longe possível, inclusive de sua vítima... de mim!

2.2 – Por trem. Não há ninguém que se encarregue da caixa. Correria o risco de se atrasar, e um atraso seria fatal para ele. Poderia fugir pela noite, mas o que seria dele em um lugar estranho, sem poder ir para algum de seus refúgios? Ele não correria esse risco.

2.3 – Por água. Este é o caminho mais seguro de certo modo, mas com maior perigo de outra maneira. Ele não tem poder quando está sobre as águas, a não ser pela noite quando pode atrair a neblina, a tempestade, a neve e seus lobos. Mas em caso de acidente, estaria perdido. Poderia fazer com que sua barca chegasse à costa; mas se fosse em terras inimigas, onde não teria liberdade para se locomover, sua situação seria ainda mais desesperadora. Sabemos, de acordo com o que aconteceu até agora, que estava na água, então o que devemos fazer é descobrir onde.

A primeira coisa que temos que fazer é saber diferenciar entre o que fez em Londres, seguindo seu plano, e o que fez quando foi tomado pela pressa e teve que se arrumar da melhor maneira possível. Em segundo lugar, devemos fazer o melhor que pudermos para julgar os fatos que já conhecemos. Em relação ao primeiro ponto: é evidente que queria chegar a Galatz e enviou a caixa para Varna para nos enganar. Então seu propósito imediato era fugir.

Para provar tudo isso, temos a carta com instruções enviada a Immanuel Hildesheim, para pegar a caixa e desembarcá-la *antes do nascer do sol*. Neste caso, é apenas uma suposição, mas deve ter enviado instruções também a Petrof Skinsky, pois ele foi se encontrar com Hildesheim. Até aqui, seus planos funcionaram. O Czarina fez uma viagem extremamente rápida, a tal ponto de despertar as suspeitas do capitão Donelson, mas sua superstição, unida à sua inércia serviu ao Conde, que conduziu o navio às cegas em meio à névoa ao porto de Galatz.

Foi provado que as ordens do Conde foram cumpridas. Hildesheim recebeu a caixa, tirou-a do barco e a entregou a Skinsky. Este a pegou… e aqui é onde a pista se perde. Só sabemos que a caixa está em algum lugar, sobre a água, movendo-se. A alfândega, se existe ali, foi evitada.

Agora chegamos ao que o Conde deve ter feito depois de sua chegada a Galatz. Por que Skinsky foi escolhido para recolher a caixa? No diário de meu marido diz que este tal Skinsky era um indivíduo que traficava com os eslovacos, e o grito das mulheres de que ele havia sido assassinado por um eslovaco mostra o sentimento de repulsa que a população tem destas pessoas. O Conde buscava afastamento.

Suponho que em Londres o Conde decidiu voltar a seu castelo por água porque era o caminho mais seguro e secreto. Ele fora levado do castelo para a cidade de barco. Então sabia em quem poderia confiar sua volta. Quando desembarcaram, antes do nascer do sol, ou ao pôr do sol, se reuniu com Skinsky e lhe deu instruções sobre o que tinha que fazer. Encontrar alguém que transportasse a caixa pelo rio. Quando Skinsky o fez, o Conde soube que tudo estava em ordem, apagou todas as pistas e assassinou seu agente.

Examinei os mapas e descobri que o rio mais apropriado para este trabalho seria o Prut ou o Siret. Li no manuscrito, que consta das minhas sessões de hipnose que, certa vez, falei de ter ouvido vacas e barulhos de madeira roçando em madeira. Então isso quer dizer que a caixa viajou em uma embarcação aberta… impulsionada provavelmente por remos e navegava contra a corrente. Esses barulhos não seriam produzidos se fosse a favor da corrente. O rio Prut é de mais fácil navegação, mas o Siret, em Fundu, recebe o Bistritza, que corre ao redor do desfiladeiro de Borgo. A curva que faz aqui é de fato próxima ao castelo do Drácula.

Do diário de Mina Harker (continuação)

Quando concluí a leitura, Jonathan me tomou em seus braços e me abraçou. Os demais me sacudiram e o doutor Van Helsing disse:

— Nossa querida senhora Mina e, mais uma vez, nossa mestra. Seus olhos pousaram onde nós não havíamos visto nada ainda. Agora, estamos novamente seguindo a pista e, desta vez, poderemos triunfar. Nosso inimigo se encontra em seu ponto mais fraco e, se pudermos alcançá-lo de dia, sobre a água, nossa tarefa estará concluída. Tem certa vantagem, mas não pode se apressar, já que não pode abandonar sua caixa para não despertar suspeitas. Agora, amigos, façamos nosso conselho de guerra. É preciso que projetemos aqui, neste momento, o que cada um fará.

— Vou conseguir uma lancha a vapor para segui-lo — disse Lorde Godalming.

— E eu, cavalos para persegui-lo por terra, caso desembarque — disse Morris.

— Bem — disse o professor —, ambos têm razão, mas ninguém deve ir sozinho. Devemos ter forças para vencer outras forças, caso seja necessário. Os eslovacos são fortes, bem como brutais, e estão bem armados.

— Trouxe várias Winchesters — disse o senhor Morris. — Podem ser usadas no meio de uma multidão. Além disso, há os lobos. Devemos nos preparar para tudo.

— Creio que é melhor ir com Quincey — disse o doutor Seward —, juntos e bem armados podemos ser grandes inimigos para qualquer um. Mas o senhor também não pode ir sozinho, Art. Pode ser necessário lutar contra os eslovacos. Não devemos correr riscos desta vez. Não descansaremos até separarmos a cabeça do corpo desta criatura, para nos certificarmos de que não reencarne.

Olhou para Jonathan enquanto falava, e meu esposo me olhou. Compreendi que o pobre homem estava desesperado. Naturalmente, desejava ficar comigo, mas o grupo que partiria no barco, seria o que teria mais probabilidades de destruir o... o... vampiro (por que hesito em escrever a palavra?). Ficou em silêncio por um momento e o doutor Van Helsing interveio, dizendo:

— Amigo Jonathan, isso lhe corresponde por duas razões: primeiro porque o senhor é jovem, corajoso e pode lutar. Todas as forças serão necessárias no momento final. Além disso, o senhor tem o direito de destruí-lo, pelo sofrimento que lhe infringiu. Não tema pela senhora Mina, cuidarei dela. Sou velho e minhas pernas não me permitem correr como antes, e não estou tão acostumado a cavalgar para percorrer um trecho muito longo a cavalo caso seja necessário; nem a lutar com armas letais. Enquanto Arthur e Jonathan avançam por lancha, e John e Quincey guardam a costa, levarei a senhora Mina para o território do inimigo. Quando a velha raposa estiver fechada em sua caixa, devemos percorrer a pista seguida por Jonathan. De Bistritz sobre o Borgo para encontrar o caminho do castelo de Drácula. Ali, sob o poder hipnótico, a senhora Mina poderá nos ajudar. Temos muito a fazer e outros lugares para santificar para que este ninho de cobras seja destruído.

Neste momento Jonathan o interrompeu.

— O que o senhor quer dizer com isso? Que vai levar a pobre Mina, nesse estado, estigmatizada como está, com essa doença diabólica, para o esconderijo do lobo? Para que caia em uma armadilha mortal? De maneira alguma! Por nada no mundo!

Durante um minuto perdeu a voz e continuou:

— O senhor sabe como é esse lugar? O senhor já viu como é esse terrível antro de infâmias infernais, onde a luz da lua está viva e adota todo tipo de forma, e onde cada partícula de pó é o embrião de um monstro? O senhor já sentiu os lábios de um vampiro em seu pescoço?

Virou-se para mim, me encarou e levantou os braços, gritando:

— Meu Deus! O que fizemos para que se abatesse esse horror sobre nós? — E caiu no sofá, destroçado.

A voz do professor com seu tom doce, vibrando no ar, nos acalmou.

— Meu amigo, é porque quero salvar a senhora Mina desse horror que preciso levá-la. Temos certo trabalho a fazer. Se o Conde fugir de nós desta vez, visto que é forte, inteligente e hábil, pode se pôr a dormir por um século. E a seu devido tempo, nossa querida dama — me pegou pela mão — o acompanhará, e será como as outras que o senhor viu, Jonathan. Descreveu-nos tudo referente a seus lábios glutões e suas risadas horríveis quando carregaram a sacola, com algo vivo dentro, que o Conde jogara para elas. O senhor estremece, mas é algo que pode acontecer. Perdoe-me que lhe cause tanta dor, mas é necessário. Meu amigo, não se trata de uma empreitada na qual provavelmente terei que perder a vida? No caso de que algum de nós tenha que ir a este lugar para ficar, terei que ser eu.

— Faça como quiser — disse Jonathan em meio a um soluço que fez todo seu corpo tremer. — Estamos nas mãos de Deus!

Mais tarde

Fez-me muito bem ver o modo como esses corajosos homens trabalham. Como é possível que as mulheres não amem homens assim? Sinceros, francos e corajosos? Também pensei no extraordinário poder do dinheiro. O que não pode fazer quando é aplicado corretamente? O que não pode conseguir quando é usado de maneira errada? Fico muito feliz de que Lorde Godalming seja tão rico, e de que tanto ele quanto o senhor Morris, que também têm muito dinheiro, estejam dispostos a gastá-lo com tanta liberalidade. Se assim não fosse, nossa expedição não aconteceria.

Temos todos os mapas que precisamos. O professor Van Helsing e eu sairemos esta noite, às 23h40, por trem, com destino a Veresti, onde conseguiremos uma charrete, que nos levará ao desfiladeiro de Borgo. Levamos uma grande quantidade de dinheiro para isso e outras providências. Teremos que conduzir a charrete, já que não podemos confiar em ninguém. O professor sabe muitos idiomas, então não teremos dificuldade em nos comunicar. Estamos bem armados, inclusive, estou carregando um revólver. Jonathan disse que não se sentiria seguro se não fosse armada. Mas não posso levar as armas que os outros levam por causa do estigma em minha testa. O doutor Van Helsing me consola, dizendo que está tudo bem, pois podemos encontrar com lobos e minha arma assim seria de muita valia. A temperatura fica mais fria à medida que o tempo passa, como se trouxesse maus presságios.

Mais tarde Tomei coragem para despedir-me do meu querido esposo. É possível que não nos vejamos nunca mais. Coragem, Mina! O professor está me olhando fixamente e esse olhar é uma advertência. Não posso derramar nem uma lágrima agora, a menos que, Deus permita, seja de alegria.

Do diário de Jonathan Harker

30 outubro, pela noite Estou escrevendo isto à luz da caldeira da lancha a vapor. Decidimos por fim que as suposições de Mina eram pertinentes, e que se o Conde escolhera a via aquática para regressar a seu castelo, deveria ser necessariamente pelo rio Siret e pelo Bistritza.

Acreditamos que em algum lugar perto de 47° de latitude norte seria o lugar escolhido para atravessar o país entre o rio e os Cárpatos. Não tínhamos medo de avançar em boa velocidade através do rio, em plena noite. A água é profunda e estamos longe da costa, podendo navegar tranquilamente e sem dificuldades, inclusive, na escuridão. Lorde Godalming me disse para dormir, já que um de guarda seria suficiente. Mas não posso dormir… Como poderia, sabendo do enorme perigo que pesa sobre minha querida esposa? Quincey e Seward estão guardando a costa. Levaram dois homens com eles para ter mais cavalos. São quatro animais para não despertar a curiosidade. Quando dispensarem os homens, o que se dará logo, ficarão com os animais. Assim, se nos reunirmos, poderemos montar e seguir a cavalo. Uma das selas pode ser adaptada para Mina, caso seja necessário. É uma aventura terrível. Aqui, enquanto avançamos no meio da escuridão, sentindo a frieza do rio, rodeados por todas as vozes misteriosas da noite, vemos tudo claramente. Estamos indo para mundos desconhecidos, por caminhos estranhos. Godalming está fechando a porta da caldeira...

31 outubro

Continuamos avançando em boa velocidade. Amanheceu, e Godalming está dormindo. Estou de guarda. A manhã está muito fria, por isso é muito agradável o calor que vem da caldeira. Até agora só passamos por uns tantos botes, mas nenhum levava a bordo alguma caixa do tamanho que procurávamos. Os homens se assustavam sempre que jogávamos a luz de nossa lanterna sobre eles. Ajoelharam-se e rezavam.

1 novembro, pela noite

Não tivemos nenhuma notícia e não encontramos nada durante todo o dia. Passamos Bistritza e se estivermos errados sobre alguma suposição perderemos nossa oportunidade. Observamos todas as embarcações, grandes e pequenas. Esta manhã, a tripulação de uma delas pensou que éramos um barco do governo. Vimos nisso, de certo modo, uma vantagem. Conseguimos uma bandeira romena que agora levamos na proa. Isso nos ajudou muito, todos mostraram muita reverência sempre que precisamos inspecionar ou perguntar sobre algo. Sinto muito sono, o frio está me afetando. Godalming insiste que ele deve fazer o primeiro turno de guarda. Deus o abençoe por toda a sua bondade comigo e com Mina.

2 novembro, pela manhã O dia está claro. Meu amigo não quis me acordar, disse que seria um pecado, pois eu dormia pacificamente. Sou um novo homem esta manhã; e enquanto permaneço sentado, vendo Arthur dormir, posso me ocupar do timão e da vigilância. Sinto que minha força e minha energia estão voltando. Pergunto-me onde estarão agora Mina e Van Helsing. Devem ter chegado a Veresti mais ou menos por volta do meio-dia de quarta-feira. Necessitariam de certo tempo para conseguir a charrete e os cavalos. De forma que se partiram rápido, já deveriam estar próximos do desfiladeiro de Borgo. Que Deus os ajude e os proteja! Pergunto-me como estarão o senhor Morris e o doutor Seward. Espero conseguir vê-los antes de chegar a Straja. Se não conseguirmos pegar o Conde até lá, teremos que nos reunir para decidir o que fazer.

Do diário do doutor Seward

2 novembro Levamos três dias galopando. Não há nenhuma novidade.

3 novembro Em Fundu soubemos que a lancha de nossos amigos seguira pelo Bistritza. Desejei que não fizesse tanto frio. Havia sinais de que nevaria, e se a neve chegasse com muita força, nos deteria. Neste caso, teríamos que conseguir um trenó para continuar.

4 novembro Soubemos que a embarcação foi detida por um acidente. Mas conseguiram se pôr em marcha novamente. Os camponeses nos informaram que, depois que voltaram para águas tranquilas, o barco seguia parando por vezes. Devemos avançar com maior rapidez, é possível que logo necessitem de nossa ajuda.

Do diário de Mina Harker

31 outubro

Chegamos a Veresti pela tarde. O professor me disse que antes do amanhecer conseguiu me hipnotizar a duras penas. E tudo o que eu disse foi: "Escuro e tranquilo." Ele está fora, comprando a charrete e os cavalos. Ainda temos cento e dez quilômetros para percorrer. A paisagem é maravilhosa e muito interessante, se nos encontrássemos em circunstâncias diferentes, como seria bom contemplar tudo isso! Como seria bom viajar com Jonathan por essas terras! Que prazer seria! Aprender sobre essa gente peculiar, desfrutar do colorido do campo, mas, ai de mim!

Mais tarde

O doutor Van Helsing voltou. Conseguiu a charrete. Vamos jantar e empreenderemos a viagem dentro de uma hora. A senhora da pensão onde estamos hospedados juntou tantas provisões que pareciam suficientes para alimentar um batalhão de soldados. O professor a anima e me diz em sussurros que provavelmente ficaremos uma semana sem conseguir alimentos. Doutor Van Helsing também fez compras, e nos trouxe muita roupa para nos aquecer. Não sentiremos frio. Vamos partir. Temo só de pensar no que pode nos acontecer. Verdadeiramente, estamos nas mãos de Deus. Apenas Ele sabe o que pode acontecer, e peço com toda a força de minha alma triste e humilde, que cuide de meu amado esposo. Aconteça o que acontecer, Jonathan deve saber que eu o amo muito e que meu último e mais sincero pensamento será dedicado a ele.

27

CAPÍTULO 27

Do diário de Mina Harker

1 novembro Viajamos todo o dia em boa velocidade. O doutor Van Helsing está lacônico. Diz aos camponeses que tem pressa para chegar em Bistritz e por isso paga bem para trocar os cavalos. Eles nos deram sopa quente, café e chá. É uma paisagem encantadora, cheia de belezas de todos os tipos, e as pessoas são corajosas, fortes e humildes. Parecem ter muitas qualidades. São muito, mas muito supersticiosas. Na primeira casa onde paramos, quando a mulher que nos serviu viu minha cicatriz, se benzeu e levantou dois dedos na minha frente, para manter afastado o mau-olhado. Creio que até se incomodaram em colocar uma quantidade adicional de alho em nossas comidas, e não o suporto. Desde então, tenho tomado o cuidado de não retirar o véu e dessa forma consegui escapar dos olhares. O professor parece incansável. Não quis descansar durante todo o dia e me obrigou a dormir por um bom tempo. Ao entardecer, hipnotizou-me e disse que respondi como sempre: "Escuridão, barulho de água e atrito na madeira."

De forma que podemos pensar que nosso amigo continua navegando pelo rio. Tenho medo ao pensar em Jonathan, mas de alguma maneira não é por ele e nem por mim. Escrevo isto enquanto esperamos que preparem os cavalos para partir. Doutor Van Helsing está dormindo. Pobre homem! Parece estar muito cansado e ter envelhecido ainda mais nos últimos dias! Mas sua boca tem a firmeza de um conquistador. Mesmo sonhando, tem o instinto de decisão. Quando voltarmos à estrada, tentarei poupá-lo um pouco enquanto eu mesma conduzo, tentarei convencê-lo dizendo que não deve se exaurir, pois quando chegar o momento precisaremos de toda sua força. Bom, agora sim, tudo está pronto. Em pouco tempo partiremos.

2 novembro, pela manhã Tive êxito e fizemos turnos para dirigir durante a noite. Já amanheceu e o tempo está claro apesar do frio. Há um estranho peso na atmosfera. Digo peso porque não encontro uma palavra melhor, quero dizer, algo que nos oprime. Faz realmente muito frio e apenas nossas peles e abrigos quentes nos deixam confortáveis. Ao amanhecer, Van Helsing me hipnotizou e parece que eu respondi: "Escuridão, madeira e água rugindo."

Isto quer dizer que o rio está mudando à medida em que avança. Meu grande desejo é que meu amado não corra nenhum perigo, não mais do que o necessário, mas estamos nas mãos de Deus.

2 novembro, pela noite Viajamos por todo o dia. O campo fica mais selvagem à medida que avançamos, e as grandes elevações dos Cárpatos parecem nos rodear, elevando-se diante de nós. Nós dois parecemos estar de bom humor. Na verdade, nos esforçamos para que um anime o outro e assim vamos nos consolando. O doutor Van Helsing disse que pela manhã chegaremos ao Borgo. As casas agora são escassas e o professor enfatizou que o último cavalo que trocamos terá que continuar conosco até o fim da viagem. Os cavalos são pacientes e bons, não nos causam nenhum problema, por isso consigo conduzir tranquilamente. O que o futuro nos reserva para o dia de amanhã? Indo até o lugar onde meu marido sofreu tanto! Deus nos permita chegar bem, e que Ele cuide também de meu esposo e dos outros que nos são tão queridos e se encontram em um perigo tão mortal. Quanto a mim, não sou digna d'Ele! Ah! Não sou pura perante Seus olhos, e assim permanecerei até que Ele me permita estar ante Sua presença como um dos seres que não provocaram sua ira!

Memorando de Abraham Van Helsing

4 novembro Isto é para meu bom e velho amigo, o doutor John Seward, no caso de não voltar a vê-lo. É de manhã e escrevo junto ao fogo que nos tem mantido vivos por toda a noite. A senhora Mina me ajudou. Faz frio, muito frio. O céu cinza e pesado está cheio de neve que, quando cair, permanecerá por todo o inverno, já que a terra está enrijecendo para recebê-la. Este frio parece ter afetado a senhora Mina. Não parece ser a mesma. Dorme, dorme e continua dormindo! Ela, que é sempre tão vivaz, não fez absolutamente nada durante todo o dia, até perdeu o apetite. Não fez nenhuma anotação em seu diário, ela, que tão fielmente vinha escrevendo sobre todas as nossas paradas. Algo me diz que nem tudo está bem. Todavia, esta noite parece mais animada. Seu longo sono do dia a refrescou, bem como a restaurou e agora está tão doce e desperta como sempre. Eu a hipnotizei ao amanhecer, mas sem obter resultado positivo.

O poder vem diminuindo, dia após dia, e esta noite falhou completamente. Bom, que se faça a vontade de Deus!

Agora passemos ao diário de viagem, já que a senhora Mina não escreveu nada, devo fazê-lo de forma que nenhum dia fique sem registro. Chegamos ao desfiladeiro de Borgo ontem, antes do amanhecer. Quando observei os sinais da chegada da aurora, preparei-me para hipnotizá-la. Paramos a charrete e descemos, para que nada nos perturbasse. Fiz uma espécie de sofá com as peles que trouxemos a mais, e a senhora Mina, depois de se deitar, se entregou à hipnose como sempre fazia, mas muito mais devagar. Como antes, sua resposta foi: "Escuridão e águas agitadas." Logo despertou radiante e continuamos nosso caminho para chegar rápido ao nosso destino. Nesta hora, ela se encheu de um novo entusiasmo, um novo poder se manifestou nela, já que apontou um caminho e disse:

— Este é o caminho.

— Como sabe? — perguntei.

— Ora, claro que sei porque... — Fez uma pausa e prosseguiu. — Ora, Jonathan viajou por ele e anotou tudo em seu diário, não lembra?

No começo pensei que aquilo era muito estranho, mas depois admiti que talvez só houvesse um caminho como aquele. É pouco usado e muito diferente do caminho real que leva de Bucovina a Bistritz, que é mais amplo e endurecido, além de ser mais utilizado.

Então seguimos por este caminho. Quando encontramos bifurcações, nem sempre tínhamos certeza de que seguíamos sequer por uma estrada por conta da negligência e da leve camada de neve caída; parece que os cavalos sabiam o caminho, de modo que lhes deixava a rédea frouxa e eles seguiam pacientemente. Uma atrás da outra, encontramos todas as coisas que Jonathan anotou em seu maravilhoso diário. Prosseguimos por muitas e muitas horas.

De início, falei para a senhora Mina dormir. Ela tentou e foi bem-sucedida. Dormiu o tempo todo, até que, enfim, senti aumentar minhas suspeitas e tentei despertá-la. Mas ela seguiu adormecida, e não consegui acordá-la por mais que tentasse. Não quero tentar demais para não a ferir, pois sei que já sofreu um bocado e o sono às vezes é tudo que lhe resta. Acho que eu mesmo cochilei, pois de súbito sinto uma culpa, como se tivesse feito algo de errado. Despertei num estalar, com as rédeas em mãos, e os cavalos trotando, trotando como sempre. Baixei os olhos e vi que a senhora Mina ainda estava adormecida. Não falta muito para o entardecer e, sobre a neve, a luz do sol brinca com as sombras em uma grande claridade amarela. Estamos subindo e subindo continuamente e tudo é agreste e rochoso, como se estivéssemos no fim do mundo.

Então despertei a senhora Mina. Desta vez, ela acordou com pouca dificuldade; tentei colocá-la em seu sono hipnótico. Mas não entrava no transe, era como se eu não estivesse ali. No entanto, tento uma e outra vez, até que me dou conta de que já estamos imersos na escuridão, olho em volta e percebo que o sol já se foi. A senhora Mina ri, e me viro para ela. Agora está bem acordada e tem um ótimo aspecto, como nunca a vi desde aquela noite em Carfax quando entramos na casa do Conde pela primeira vez. Fico assombrado e nervoso, mas está tão alegre, terna e solícita comigo que esqueço meus temores. Acendo o fogo com a lenha que trouxemos conosco, e ela prepara nossa comida enquanto acomodo os cavalos para alimentá-los. Quando voltei para o fogo, ela havia preparado meu jantar. Eu me adiantei para servir-lhe um prato, mas ela sorriu e me disse que já havia comido, que sentira tanta fome e por isso não me esperou. Isso não me agradou e me causou dúvidas terríveis. Mas não quero assustá-la, então mantive silêncio a respeito. Ela me serviu, e comi sozinho, então nós nos aninhamos em peles e nos deitamos junto ao fogo; eu lhe disse para dormir enquanto ficava de guarda. Mas logo me esqueci de toda a vigia. E quando de súbito me lembro que estou de guarda, a vejo deitada quieta, imóvel, porém acordada e me olhando com olhos muito brilhantes. Isto aconteceu uma ou duas vezes, e dormi pouco até de manhã. Quando acordei e tentei hipnotizá-la, mas apesar de fechar os olhos com obediência, não entrou em transe. O sol estava bem alto quando o sono chegou para ela, tão profundo que mais uma vez não consegui despertá-la. Tive que levantá-la e colocá-la para dormir na charrete depois de preparar os cavalos e todo o resto. A senhora ainda dorme, e parece em seu sono mais saudável e corada do que nunca. Não gosto disso. Tenho medo, muito medo! Tenho medo de tudo, até de pensar, mas devo continuar em meu caminho. O risco que corremos fica entre a vida e a morte, ou mais do que isso, e não podemos vacilar.

5 novembro, pela manhã

Permita-me ser exato em tudo, pois ainda que o senhor tenha visto coisas estranhas junto comigo, pode começar a pensar que eu, Van Helsing, estou ficando louco, e que os muitos horrores conseguiram enfim transtornar minha mente.

Viajamos durante todo o dia de ontem, aproximando-nos cada vez mais das montanhas e percorrendo um caminho cada vez mais deserto e selvagem. Vimos precipícios gigantescos e ameaçadores e muitas cascatas, e a natureza parece ter feito sua festa por algum tempo aqui. A senhora Mina segue dormindo. Ainda que eu tenha sentido fome e parado para comer, não consegui despertá-la, nem para que se alimentasse. Comecei a temer que o feitiço fatal deste lugar estivesse se apoderando dela, já que está manchada com o batismo de sangue do vampiro. "Bem", disse para mim mesmo, "se é o caso de ela dormir o dia inteiro, também será o caso de eu não dormir à noite." Enquanto viajávamos pelo caminho áspero, antigo e deteriorado, baixei minha cabeça e adormeci.

Acordei com um sentimento de culpa e de tempo passado, mas vi que a senhora Mina continuava dormindo e que o sol estava muito baixo. Mas tudo havia de fato mudado. As montanhas ameaçadoras pareciam mais distantes e nos encontrávamos próximo ao topo de uma colina muito íngreme, no pico do qual havia um castelo, assim como Jonathan descrevia em seu diário. Imediatamente fiquei apreensivo e apavorado. Para o bem ou para o mal, o fim se aproximava.

Acordei a senhora Mina e tentei a hipnose, mas de novo sem resultado. Logo a profunda escuridão desceu sobre nós, depois do pôr do sol, quando os últimos reflexos morreram sobre a neve, tudo mergulhou em uma profunda escuridão. Encontramos um albergue no caminho, paramos, e dei de comer aos cavalos. Acendi uma fogueira e fiz com que a senhora Mina, que agora estava mais desperta e encantadora do que nunca, se sentasse com conforto entre as peles. Preparei o jantar, mas ela não quis comer. Disse simplesmente que não tinha fome. Não a pressionei, conhecendo seu estado irredutível. Mas jantei, precisava recuperar todas as minhas forças. Influenciado pelo temor do que poderia acontecer, fiz um círculo grande ao redor da senhora Mina. Sobre ele, coloquei parte da hóstia sagrada esfarelada para que tudo estivesse protegido. Ela permaneceu tranquilamente sentada, tão tranquila como se estivesse morta; e começou a ficar mais pálida, até ficar quase da mesma cor da neve, mas não dizia uma palavra. Quando me aproximei, ela me abraçou e notei que a pobre mulher tremia da cabeça aos pés, um tremor doloroso de presenciar. Disse a ela quando se acalmou um pouco:

— Por que não se aproxima do fogo?

Eu queria testar o que ela conseguia fazer. Levantou-se, obediente, mas quando deu um passo se deteve e ficou imóvel, como se estivesse petrificada.

— Por que não segue em frente? — perguntei.

Ela balançou a cabeça, e voltando, sentou-se em seu lugar. Então, olhando para mim com olhos arregalados, como se acabasse de despertar de um sonho, disse com simplicidade:

— Não posso! — E permaneceu em silêncio.

Eu me regozijei, pois sabia que se ela não conseguia, nenhum dos outros que nós temíamos conseguiriam. Apesar de seu corpo estar em perigo, sua alma ainda estava segura!

Então os cavalos começaram a relinchar, e se agitar, até que me aproximei deles para tranquilizá-los. Quando sentiram minhas mãos relincharam baixinho, como se felizes, e roçaram o focinho nelas, ficando tranquilos por algum tempo. Muitas vezes durante a noite fui até eles, até chegar a hora mais fria, quando a natureza está inóspita, e todas as vezes minha presença os acalmava. No ápice do frio, o fogo começou a morrer, e alimentei-o com mais lenha; uma névoa muito fria avançava. Na escuridão, havia um resplendor de certo tipo, e pareceu que os flocos de neve e a neblina tomavam a forma de mulheres, vestidas com roupas que se arrastavam pelo solo. Tudo parecia morto e reinava um silêncio sombrio, somente interrompido pela agitação dos cavalos, que pareciam temer que o pior acontecesse. Comecei a ficar aterrorizado. Mas então o sentimento de segurança retornou, devido ao círculo dentro do qual eu estava. Pensei que tudo aquilo era obra da minha sinistra imaginação, consequência da intranquilidade, da fadiga e da terrível ansiedade. Era como se minhas lembranças das tenebrosas experiências de Jonathan me enganassem. Pois os flocos de neve e a névoa começavam a girar à minha volta, até que vislumbrei uma imagem borrada daquelas mulheres que o beijaram. Os cavalos se encolhiam cada vez mais e começaram a gemer aterrorizados, como se fossem homens sentindo dor. Nem mesmo eles estavam imunes à loucura causada pelo medo. Temi por minha querida senhora Mina quando aquelas estranhas figuras se aproximaram e nos cercaram. Olhei para ela, mas permanecia sentada com tranquilidade, e sorriu para mim. Quando me aproximei do fogo para alimentá-lo, pegou minha mão e sussurrou, como uma voz etérea, extremamente baixa:

— Não! Não! Não saia! É seguro aqui!

Eu me virei para ela e lhe disse olhando-a nos olhos:

— Mas e a senhora? É pela senhora que temo!

Ao ouvir isso, começou a rir, um riso rouco e irreal e disse:

— Teme por mim? Por que teme por mim? Ninguém no mundo está mais protegido contra eles do que eu.

Enquanto me perguntava o significado de suas palavras, uma rajada de vento fez com que a chama se elevasse, e vi a cicatriz vermelha em sua testa. Compreendi tudo. E se não tivesse compreendido, logo o faria, graças às figuras de névoa e neve que giravam e se aproximavam, tomando certo cuidado para não chegarem perto demais do círculo santificado. Começaram a se materializar, Deus deve ter tirado minha sensatez, porque vi com meus próprios olhos. Diante de mim, em carne e osso, estavam as mesmas três mulheres que Jonathan viu no quarto, quando beijaram-lhe o pescoço. Eu conhecia aquelas figuras bamboleantes, olhos brilhantes e cruéis, os dentes brancos, as cores avermelhadas e os lábios voluptuosos. Elas sorriam para a pobre senhora Mina. Ao ressoar suas risadas no silêncio da noite, agitavam os braços e apontavam para ela, falando com vozes doces e penetrantes como Jonathan havia descrito. Insuportavelmente doces e cristalinas.

— Venha, irmã! Venha conosco! Venha! Venha!

Cheio de medo, virei-me para minha pobre senhora Mina e meu coração se elevou como uma chama, cheio de prazer. Porque, ah!

O terror refletido em seus doces olhos, a repulsa e o horror, fazia meu coração compreender que ainda havia esperança. Graças sejam dadas a Deus, porque não era uma delas ainda! Peguei uma tora de madeira da fogueira, que estava mais perto de mim, e segurando parte da hóstia, avancei contra elas. Afastaram-se de mim e começaram a gargalhar, um som rouco, horripilante. Alimentei o fogo e não tive medo, pois sabia que estávamos seguros dentro do círculo protetor, do qual Mina não podia sair da mesma forma que elas não podiam entrar. Os cavalos pararam de gemer e se deitaram imóveis no chão. A neve caía suavemente sobre eles, deixando-os mais brancos. Eu soube que, para os pobres animais, não havia um terror maior.

Permanecemos assim até o vermelho do alvorecer começar a aparecer em meio à neve sombria. Estava desolado e com medo, cheio de aflição e terror. Mas quando o sol começou a subir no horizonte, a vida retornou para mim. Nos primeiros raios de luz, as pavorosas figuras de neblina e neve, pareceram derreter e se afastaram em direção ao castelo.

Instintivamente, com a chegada da manhã, virei-me para a senhora Mina e tentei mais uma vez hipnotizá-la. Contudo, vi que de súbito se entregara ao sono de maneira profunda, e não pude acordá-la. Tentei hipnotizá-la enquanto dormia, mas não me deu resposta nenhuma, nada, e o sol terminou de nascer. Ainda temo me afastar demais. Acendi o fogo e fui ver os cavalos. Todos estavam mortos. Hoje terei muito o que fazer e sigo esperando o sol subir no céu. Sei que há lugares em que devo ir que, mesmo com a neve e a névoa obscurecendo-o, sua luz será minha segurança.

Tomarei o café da manhã para me fortalecer, e então partirei para minha missão terrível. A senhora Mina ainda dorme, e o Senhor seja louvado! Está tão calma em seu sono.

Do diário de Jonathan Harker

4 novembro, pela noite

O acidente com a lancha foi terrível para nós. Se não fosse por ele, poderíamos ter alcançado o barco há muito tempo e minha querida Mina estaria livre. Tenho medo ao pensar nela longe da civilização, naquele horrível lugar. Conseguimos cavalos e seguimos por terra. Escrevo isto enquanto Godalming se prepara. Estamos com as armas a postos, e os ciganos precisarão ter cuidado se quiserem lutar. Se Morris e Seward estivessem conosco! Mas só nos resta esperar! Se não volto a escrever, adeus Mina! Que Deus a abençoe e a proteja!

Do diário do doutor Seward

5 novembro, ao amanhecer

Vemos o grupo de ciganos diante de nós, se afastando do rio em suas carroças. Seguem com muita pressa como se estivessem sendo perseguidos. A neve está caindo lentamente e há uma enorme tensão na atmosfera. É possível que se trate somente de nossos sentimentos, mas a impressão é estranha. À distância, ouço o uivo dos lobos. A neve os faz descer das montanhas, e o perigo para todos é grande e vem de todos os lados. Os cavalos estão quase prontos e partiremos imediatamente. Marchamos em direção à morte de alguém. Apenas Deus sabe de quem ou onde, ou o quê, quando, ou como pode acontecer...

Memorando do doutor Van Helsing

5 novembro, pela tarde

Pelo menos estou lúcido. Graças a Deus por sua misericórdia em meio a tantos acontecimentos, ainda que tenhamos passado por tantas provas terríveis.

Deixei a senhora Mina dormindo dentro do círculo sagrado e me dirigi ao castelo. O martelo que trouxe está sendo bastante útil. Apesar das portas estarem abertas, as arranquei de suas dobradiças enferrujadas para evitar que alguma tentativa maligna ou a má sorte pudessem fechá-las, impedindo-me de sair. As amargas experiências de Jonathan me ajudam nesse aspecto. Recordando seu diário, encontro o caminho até a velha capela, sei que é onde terei que trabalhar. A atmosfera era sufocante, parecia que havia nela algum ácido sulfúrico que, por vezes, fez com que me sentisse tonto. De vez em quando ouvia um rugido, ou os uivos distorcidos dos lobos. Então me lembrei da minha querida senhora Mina e me encontrei no meio de um terrível dilema.

Não me permiti trazê-la a este lugar horrendo, e a deixei a salvo dos vampiros dentro do círculo sagrado. Por outro lado, havia lobos que a colocavam em perigo agora! Decidi que faria o que fosse necessário no castelo e, quanto aos lobos, nos submeteríamos à vontade de Deus. De qualquer maneira, isso significaria somente a morte e a liberdade. Então fiz a escolha por ela. Se fosse por mim, seria fácil decidir. Eu preferiria encontrar meu descanso no estômago de lobos do que dentro da tumba de um vampiro! Decidi continuar meu trabalho.

Sabia que havia pelo menos três tumbas que deveria encontrar, as quais estavam habitadas. Vasculhei incansavelmente e encontrei uma delas. Estava entregue ao seu sono de vampira, tão cheia de vida e de voluptuosa beleza. Estremeci, como se estivesse prestes a cometer um crime. Não duvido que na antiguidade muitos homens que se dispuseram a levar a cabo uma tarefa como a minha falharam, sucumbindo ao coração e aos nervos. E assim, nessa demora, a beleza da morta-viva os hipnotizava, e ficavam ali até o pôr do sol, quando o sono da vampira acabava. Então os belos olhos da linda mulher se abriam e o olhavam cheios de amor, com os lábios entreabertos para o beijar... como o homem é fraco. Assim, haveria uma vítima a mais na guarida do vampiro. Mais uma para aumentar a fila terrível dos mortos-vivos...!

Existe certa fascinação nisso. Eu mesmo me comovo diante da simples presença de uma mulher tão bela, mesmo estando estendida em uma tumba deteriorada pelos anos e cheia de pó de vários séculos, ainda que houvesse aquele odor fétido como os covis do Conde têm. Sim, me sentia estranho. Eu, Van Helsing, apesar de meus objetivos e de meu ódio. Fui acometido por uma necessidade de espera que parecia paralisar minhas faculdades mentais e obstruir minha própria alma. Era possível que a falta de sono e a estranha opressão do ar estivessem me afetando. Tinha certeza de que estava sendo dominado pelo sono, de olhos abertos, como se estivesse entregue a uma doce fascinação. Então ouvi, através do ar silencioso e frio, um gemido prolongado, tão cheio de aflição e de pesar que me despertou como o som de uma trombeta. Era a voz da senhora Mina que eu estava ouvindo.

Preparei-me para a minha horrível tarefa e descobri, arrancando as tampas das tumbas, a outra das irmãs, a morena. Não ousei parar para olhá-la, como havia feito com a primeira, com medo de ficar fascinado novamente. Continuei procurando até achar uma grande tumba, que deve ter sido construída para uma mulher muito amada, a outra irmã, aquela que meu amigo Jonathan havia visto se materializar na névoa. Era tão agradável contemplá-la, sua beleza radiante e tão estranhamente voluptuosa, faziam que o instinto de homem que havia em mim, responsável pelo sentimento de amor e proteção, girasse minha cabeça com uma nova emoção. Mas, graças a Deus, aquele lamento prolongado da senhora Mina ainda estava em meus ouvidos. E, antes que o feitiço me capturasse outra vez, decidi terminar o trabalho. Depois de minha busca tive a certeza de que não havia mais mortas-vivas, além das três. Como apareceram apenas três espectros ao nosso redor naquela noite, imaginei que não havia mais nenhum deles em atividade. Havia mais uma grande tumba, mais aristocrática que as outras. Era imensa e de proporções nobres, onde estava escrita apenas uma palavra: Drácula.

Então aquele era o lar do Rei Vampiro, responsável por tantas almas. O fato de estar vazia confirmou o que eu já sabia. Antes de começar a libertar as almas daquelas mulheres com meu trabalho terrível, deixei um pedaço da hóstia sagrada na tumba de Drácula, banindo-o de seu refúgio morto-vivo para sempre.

Então comecei minha tarefa e tive horror a ela. Se fosse apenas uma, teria sido fácil em comparação. Mas três! Depois de vivenciar o cúmulo do horror com a primeira, precisei encará-lo mais duas vezes. Havia sido terrível com a doce senhorita Lucy, por que não seria com essas estranhas que sobreviveram por séculos, fortalecidas pelo passar dos anos? Se pudessem, lutariam por suas vidas imundas...?

Ah, meu amigo John, era um trabalho de carniceiro! Se não pensasse em outros que morreriam, e nos vivos em quem elas criavam uma mortalha de medo, não teria conseguido. Não paro de tremer e faz tempo que o trabalho foi concluído. Graças a Deus meus nervos não me traíram. Se não houvesse visto o repouso e a alegria que se estendeu sobre o rosto daquela mulher um momento antes que começara a se transformar em pó, mostrando que sua alma havia sido liberada, talvez não concluísse minha carnificina.

Talvez não teria suportado o terrível ruído da estaca ao penetrar o coração, os lábios cobertos de uma espuma ensanguentada, nem as convulsões do corpo. Eu deveria ter fugido apavorado e deixado meu trabalho incompleto. Mas está terminado! Quanto às pobres almas, agora posso sentir lástima por elas e chorar, pois vi a paz que repousava sobre seu rosto, ao desaparecerem. Amigo John, mal minha faca cortara a cabeça de cada uma, seu corpo começava a desvanecer em pó, como se fosse a morte que deveria ter ocorrido há séculos enfim se apresentasse e dissesse em alto e bom tom: "Estou aqui!"

Antes de deixar o castelo, fechei as entradas, de forma que o Conde nunca mais entrasse como morto-vivo.

Quando entrei no círculo sagrado, em cujo interior dormia a senhora Mina, ela despertou e, ao me ver, disse chorando que havia suportado coisas demais.

— Vamos — disse. — Vamos nos afastar deste lugar medonho! Vamos procurar meu marido, que está vindo ao nosso encontro, eu sei.

Tinha um aspecto frágil, pálido e fraco. Mas seus olhos estavam puros e brilhavam de fervor. Estava feliz em ver sua palidez e aspecto doentio, já que minha mente estava ainda repleta do horror produzido ao ver aquele sono maldito das mulheres vampiras.

Assim, com confiança e esperança, e, no entanto, ainda cheios de medo, nos dirigimos rumo a leste para nos reunirmos com nossos amigos e com ele, já que a senhora Mina diz que sabe que estão vindo ao nosso encontro.

Do diário de Mina Harker

6 novembro

Estava bem tarde quando o professor e eu partimos para o Leste, por onde sabia que se aproximava Jonathan. Não avançamos com rapidez, pois o terreno era muito íngreme e tínhamos que levar conosco nossas peles pesadas. Não queríamos correr o risco de ficar sem roupas quentes no meio do frio e da neve. Além disso, tivemos que levar parte das provisões, já que estávamos em um lugar completamente desabitado. Quando havíamos percorrido aproximadamente um quilômetro e meio, me senti cansada pela pesada caminhada e me sentei um pouco. Estávamos em tamanhas profundezas abaixo do penhasco, tão abaixo, que o castelo ficava sob o ângulo de perspectiva das montanhas dos Cárpatos. Nós o vimos em toda sua grandeza, empoleirado no topo de um precipício enorme, e com uma aparente fenda gigantesca entre ele e a estrada das montanhas adjacentes que o rodeavam. Havia algo selvagem e perturbador naquele lugar. Ouvimos os uivos distantes dos lobos. Estavam muito longe, mas o som, ainda que suavizado pela neve, era horripilante. Compreendi pela forma como o doutor Van Helsing olhava ao redor, que procurava um lugar estratégico para nos proteger de um ataque. A trilha marcada continuava para baixo. Conseguíamos distingui-la através da neve.

Depois de alguns minutos, o professor fez sinais, então me levantei e me aproximei. Ele havia encontrado um lugar magnífico, uma espécie de caverna natural em uma rocha, com uma entrada semelhante a uma porta, entre duas pedras. Ele me tomou pela mão e me puxou para dentro.

— Veja! — disse. — Aqui estará segura. Se os lobos de fato vierem, posso enfrentá-los um por um.

Van Helsing trouxe nossas peles para dentro e fez um ninho confortável para mim. Em seguida, tirou algumas das provisões e me obrigou a consumi-las. Mas não conseguia comer, e o ato de tentar era repulsivo, por mais que eu quisesse agradá-lo, não conseguia me forçar. Ele parecia triste, mas não reclamou. Pegou seu binóculo e permaneceu na parte mais alta da rocha, examinando cuidadosamente o horizonte. De repente gritou:

— Senhora Mina, olhe! Olhe! Olhe!

Levantei-me de um salto e corri para onde estava. Ele me deu o binóculo e apontou. A neve agora caía com força, e girava, impulsionada por um vento forte que soprava. No entanto, quando a nevasca acalmava, podia-se ver uma grande extensão do terreno. Da altura em que estávamos era possível ver a uma grande distância. E muito além do deserto branco de neve, conseguia ver o rio cruzando como uma fita negra, fazendo curvas conforme seguia sua rota. Diretamente à nossa frente, e não muito longe… de fato tão perto que me perguntei como não os havíamos visto antes, vinha um grupo de homens em montaria se aproximando. No meio deles havia uma carroça que se balançava de um lado para o outro, como o rabo de um cachorro, quando passava sobre os desníveis do terreno. Como estavam desenhados contra a neve, conseguíamos ver pelas roupas dos homens que eram algum tipo de ciganos.

Sobre a carroça havia uma grande caixa quadrada. Senti que meu coração começava a bater com força ao pressentir o fim próximo. A noite se aproximava e sabia perfeitamente que depois do pôr do sol a Coisa que estava aprisionada naquela caixa poderia sair e, tomando uma de suas formas, começar uma perseguição. Aterrorizada, me virei para o professor. Para minha consternação, ele não estava ao meu lado. Um instante depois, o vi abaixado. Ao redor da rocha, estava fazendo um círculo semelhante ao que nos abrigara na noite anterior. Quando terminou, voltou-se para perto de mim e disse:

— Ao menos, a senhora estará protegida dele.

Pegou o binóculo de minha mão e, em seguida, percorreu todo o terreno que se estendia aos nossos pés.

— Veja — disse. — Eles se aproximam rapidamente. Estão açoitando os cavalos e galopando o mais rápido que podem. —

Fez uma pausa, e, um instante depois continuou, com a voz vazia:

— Estão correndo contra o crepúsculo. É possível que cheguemos tarde demais. Que se faça a vontade do Senhor!

A neve voltou a cair com força e toda a paisagem desapareceu. Entretanto, logo cessou, e o professor escrutinou novamente com seu binóculo. De repente começou a gritar:

— Olhe! Olhe! Olhe! Veja! Dois cavaleiros os seguem vindos do Sul. Devem ser Quincey e John. Pegue o binóculo. Olhe antes que a neve nos impeça de ver outra vez.

Peguei o binóculo e olhei. Os dois homens poderiam ser o senhor Morris e o doutor Seward. Em todo caso, estava certa de que nenhum deles era Jonathan. Ao mesmo tempo, *sabia* que ele não estava longe. Olhando ao Norte vi que outros dois homens galopavam a toda velocidade. Ali estava Jonathan, claro que o outro deveria ser Lorde Godalming. Eles também perseguiam o grupo. Quando contei ao professor, ele saltou de alegria, como uma criança, e olhou atentamente até que a nevasca o impedisse totalmente. Então, preparou sua Winchester, e se posicionou em uma das pedras, na entrada de nosso abrigo.

— O grupo converge em nossa direção — disse. — Em breve estarão por todos os lados.

Saquei meu revólver e o mantive engatilhado, já que, enquanto falávamos, os uivos dos lobos pareciam ficar mais próximos. Quando a nevasca deu outra trégua, olhamos novamente. Era estranho ver a neve cair com tanta força no lugar onde estávamos e, um pouco mais longe, ver o sol brilhando, cada vez com mais intensidade conforme afundava atrás das montanhas. Ao olhar ao redor, percebi manchas se movendo abaixo de nós, em grupos de dois, três ou mais. Os lobos estavam se reunindo para atacar suas presas.

Cada instante que passava parecia uma eternidade enquanto esperávamos. O vento, de repente, ficou mais forte, e a neve caía com fúria, redemoinhando sobre nós sem descanso. Às vezes não conseguíamos ver além de nosso próprio braço estendido, mas, em outros momentos, o ar ficava mais claro e nosso olhar abarcava toda a paisagem. Tínhamos, recentemente, nos acostumado tanto a notar o nascer e o pôr do sol que sabíamos com alguma precisão quando seria. E sabíamos que não faltava muito até o crepúsculo. Era difícil de acreditar que, de acordo com nosso relógio, fazia menos de uma hora que estávamos sobre aquela rocha, esperando, enquanto os três grupos de cavaleiros avançavam sobre nós. O vento foi ficando cada vez mais forte e soprava de maneira mais regular vindo do Norte. Neste momento a neve já não caía sobre nós. Conseguíamos distinguir com bastante clareza os indivíduos de cada grupo, os perseguidos e os perseguidores. Era bastante estranho que os perseguidos não se dessem conta de que estavam sendo perseguidos, ou que não se preocupassem com isso. Eles pareciam, no entanto, se apressar cada vez mais, enquanto o sol descia sobre os picos das montanhas.

Aproximavam cada vez mais... O professor e eu nos escondemos atrás de uma grande pedra e preparamos nossas armas. Compreendi que estava firmemente determinado a não deixar que passassem. Nenhum deles notou nossa presença. De repente, duas vozes gritaram com força:

— Alto!

Uma delas era do meu Jonathan, que se elevava em um tom determinado e vibrante. A outra era a voz decidida e de comando do senhor Morris. Era possível que os ciganos não compreendessem o idioma, mas o tom no qual foi pronunciada essa palavra não deixava lugar a dúvidas, sem que importasse em absoluto em qual língua havia sido dita. Instintivamente, puxaram as rédeas e, então, Arthur e Jonathan se precipitaram até um dos lados e o senhor Morris e o doutor Seward foram pelo outro. O líder dos ciganos, um tipo de aspecto impressionante que montava a cavalo como um centauro, fez um gesto, ordenando que retrocedessem e, com uma voz furiosa, deu ordem a seus companheiros para entrar em ação. Esporearam os cavalos que se lançaram para a frente. Mas os quatro cavaleiros levantaram seus rifles Winchester e, de uma maneira determinada, ordenaram que parassem. Nesse mesmo instante, o doutor Van Helsing e eu nos colocamos de pé por trás das rochas e apontamos nossas armas. Vendo que estavam cercados, os homens puxaram as rédeas e se detiveram. O líder se virou para eles, deu-lhes uma ordem e, ao ouvi-la, todos os ciganos pegaram as armas que tinham disponíveis, facas ou pistolas, e se prepararam para atacar. O resultado foi imediato.

O líder, com um rápido movimento de suas rédeas, impulsionou seu cavalo e apontou antes para o sol, agora muito perto dos cumes das montanhas e, logo depois, para o castelo, dizendo algo que não compreendi. Como resposta, os quatro homens de nosso grupo desmontaram de seus cavalos e dispararam para a carroça. Eu deveria ficar extremamente aterrorizada ao ver Jonathan em tamanho perigo, mas o ardor da batalha deve ter se apoderado de mim, como se apoderou dos outros. Não tinha medo, apenas um desejo selvagem e crescente de fazer algo. Vendo o rápido movimento dos nossos amigos, o líder dos ciganos deu uma ordem. De imediato, seus homens entraram em uma formação um tanto quanto desorganizada ao redor da carroça, empurrando uns aos outros, no afã de executar a ordem com rapidez.

No meio deles, consegui ver Jonathan que abria caminho por um lado até a carroça, enquanto o senhor Morris o fazia pelo outro. Era evidente que tinham pressa para levar a cabo sua tarefa antes do pôr do sol. Nada parecia detê-los ou impedi-los de passar. Nem mesmo as armas apontadas para eles, nem as facas dos ciganos à sua frente, tampouco os uivos dos lobos às suas costas pareciam atrair sua atenção. A impetuosidade de Jonathan e a firmeza aparente de suas intenções pareciam oprimir os homens. Instintivamente, eles retrocediam e o deixavam passar. Um instante depois, subiu na carroça e com uma força inacreditável, levantou a imensa caixa e a jogou sobre as rodas, no chão. Enquanto isso, o senhor Morris teve que usar a força para atravessar o círculo de ciganos. Durante todo o tempo em que estive observando angustiada a Jonathan, vi, de soslaio, Quincey avançar, lutando desesperadamente entre as facas dos ciganos que brilhavam ao sol e tentava acertar sua carne. Ele se defendera com seu punhal e, de início, pensei que havia conseguido sair ileso. No entanto, quando o vi saltar ao lado de Jonathan, que saíra da carroça, Quincey pressionava a mão esquerda sobre o flanco e o sangue brotava entre os dedos. Mas não deixou se acovardar por isso. Jonathan, com uma força desesperada, estava atacando a caixa com sua faca *kukri* para tirar a tampa, e Quincey começou também a atacá-la freneticamente com seu punhal do outro lado. Com o esforço dos dois homens a tampa começou a ceder e os pregos saíram com um barulho seco. Finalmente o topo da caixa caiu de lado.

Nesse ponto, os ciganos, ao se verem cercados pelas Winchesters, à mercê de Arthur e de doutor Seward, haviam cedido e já não apresentavam resistência. O sol estava quase escondido entre os picos das montanhas, e a sombra dos homens se projetava sobre a neve. Vi o Conde deitado na caixa sobre a terra, parte dela estava derramada sobre ele por causa da violência com que caiu no chão. Estava profundamente pálido, como um boneco de cera, e seus olhos vermelhos queimavam com um olhar vingativo e horrível que eu conhecia tão bem.

Enquanto o observava, seus olhos viram que o sol se afundava no horizonte e sua expressão de ódio se converteu em triunfo.

Mas nesse preciso instante, a terrível faca de Jonathan girou no ar. Gritei ao ver que cortava o pescoço do vampiro. Ao mesmo tempo, o senhor Morris cravava o punhal em seu coração.

Foi como um milagre, num piscar de olhos, o corpo inteiro se converteu em pó, e desapareceu sob nossos olhos.

Fiquei, e ficarei por toda a minha vida, extremamente feliz que, um momento antes da dissolução total do corpo, apareceu uma paz no rosto do vampiro, do tipo que eu nunca havia esperado ver.

O castelo do Drácula se destacava contra o céu vermelho, e cada uma das rochas de sua construção se perfilava contra a luz do sol poente.

Os ciganos, considerando-nos de alguma forma responsáveis pelo desaparecimento extraordinário do cadáver do morto, viraram-se e, sem uma palavra, se afastaram a toda velocidade, como se temessem por suas vidas. Os que iam a pé saltaram na carroça e gritaram aos cavaleiros que não os abandonassem. Os lobos, que se mantinham a uma distância segura, os seguiram. Ficamos a sós.

O senhor Morris, que havia caído no chão, apoiou-se no cotovelo, ainda com a mão apertada sobre o flanco. O sangue ainda escorria entre seus dedos. Corri para ele, pois o círculo sagrado já não me impedia, assim como os outros dois médicos. Jonathan se ajoelhou ao seu lado, e o ferido repousou a cabeça em seu ombro. Com um suspiro pegou minha mão, em um esforço fraco, com a que estava livre. Ele devia estar vendo a angústia de meu coração refletida em meu rosto, já que sorriu e disse:

— Estou feliz por ter sido útil! Ah, Deus! — gritou repentinamente, esforçando-se para sentar-se, e apontou para mim: — Valeu a pena morrer por isso! Olhem! Olhem!

O sol estava sobre os picos das montanhas, e os raios dourados caíam sobre meu rosto, banhando-me em luz rósea. Em um impulso, os homens caíram de joelhos e disseram um profundo e honesto:

— Amém! — pronunciado ao olharem na direção que o dedo dele apontava. O moribundo falou outra vez.

— Obrigado, meu Deus, porque tudo isso não foi em vão! Vejam! Nem a neve está mais limpa que sua testa! A maldição terminou!

E diante de nossa profunda dor, com um sorriso e em silêncio, morreu um extraordinário cavalheiro.

NOTA:

Sete anos atrás, todos nós atravessamos as chamas. A felicidade da qual alguns de nós gozamos hoje nos faz pensar que valeu a pena o sacrifício. Para Mina e eu, é uma alegria a mais que o aniversário de nosso filho seja o mesmo dia no qual morreu Quincey Morris. Mina acredita secretamente, eu sei, que parte do espírito de nosso corajoso amigo vive em nosso menino. Seu nome é a composição dos nomes de todos os homens de nosso grupo. Mas nós o chamamos de Quincey.

Durante o verão deste ano, fizemos uma viagem à Transilvânia, percorrendo o terreno que para nós estava, e está, tão cheio de terríveis e vívidas lembranças. Foi quase impossível acreditar que as coisas que havíamos visto com nossos próprios olhos e ouvido com nossos próprios ouvidos, pudessem ter existido. Todo rastro daquilo desapareceu por completo. O castelo permanecia como antes, elevando-se diante de uma paisagem cheia de desolação.

Quando voltamos para casa, falamos dos velhos tempos sobre os quais podíamos lembrar sem desespero, já que tanto Godalming quanto Seward estão alegremente casados. Tirei os papéis do cofre no qual estavam guardados desde nosso retorno tanto tempo antes. Nós nos surpreendemos ao ver que todo o conjunto de documentos que compõem a totalidade dos registros não compõem de fato um autêntico documento. Não há nada além de um monte de folhas datilografadas, com exceção das últimas anotações que Mina, Seward e eu fizéramos, além dos memorandos de Van Helsing. Não podemos pedir a ninguém, ainda que quiséssemos, que aceitassem estes escritos como provas de uma história tão terrível. Van Helsing resumiu tudo ao dizer, com nosso filhinho em seus joelhos:

— Não precisamos de provas. Não pedimos que ninguém acredite em nós! Este menino saberá algum dia o quanto sua mãe é corajosa e extraordinária. No momento, conhece sua doçura e carinho amoroso. Mais tarde, compreenderá o quanto foi amada por alguns homens, tanto que desejaram arriscar sua vida por ela.

Jonathan Harker.